지은이

미쓰다 신조 三津田信三

일본 나라현에서 태어났다. 대학에서 국문학을 전공하고, 졸업한 뒤에는 출판사에 들어가 호러와 미스터리에 관련된 다양한 기획을 진행했다. 1994년 단편소설을 발표하면서 작가의 길을 걷기 시작했다. 2001년에는 첫 장편소설 《기관, 호러 작가가 사는 집》을 출간하며 미스터리 작가로서 널리 이름을 알렸다.

데뷔 초부터 미스터리와 호러의 절묘한 융합, 특히 본격추리에 토속적인 괴담을 덧씌운 독자적인 작품세계를 구축하며 자신만의 독특한 작품들을 선보여왔다. 특유의 문체와 세계관, 개성적인 인물들, 미스터리로서의 높은 완성도가 평단과 독자 양쪽의 호평을 이끌어냈다.

2010년 《미즈치처럼 가라앉는 것》으로 제10회 본격 미스터리 대상을 수상했으며, 지금은 '미쓰다 월드'라 불리는 특유의 작품 세계가 열렬한 마니아층을 형성하는 등 명실상부 일본 본격 미스터리를 대표하는 작가로 자리 잡았다.

미쓰다 신조 본인이 등장하는 '작가 시리즈'를 비롯해 '사상학 탐정 시리즈', '도조 겐야 시리즈', '집 시리즈' 등 다수의 시리즈 작품을 발표했으며, 《노조키메》 《괴담의 집》 《괴담의 테이프》 《흉가》 《화가》 《우중괴담》 등 지금까지 출간한 소설만 수십 권에 이를 정도로 왕성한 활동을 펼치고 있다.

일곱 명의 술래잡기

七人の鬼ごっこ

SHICHININ NO ONIGOKKO

ⓒSHINZO MITSUDA, 2011

All rights reserved.

Original Japanese edition published by Kobunsha Co., Ltd.

Korean translation rights arranged with Kobunsha Co., Ltd.

through Shinwon Agency Co., Seoul.

일곱 명의

七人の鬼ごっこ

술래잡기

미쓰다 신조 장편소설

현정수 옮김

북로드

목차

생명의 전화

　―다～레마가 죽～었다…….

　수화기 너머에서 들려온 흐릿한 목소리를 들은 순간, 누마타 야에의 등줄기에 오싹한 오한이 퍼졌다.

　정확히 무슨 의미인지는 알 수 없지만, 어린아이가 음침한 억양으로 읊조리는 동요 같기도 하다. 그 불길한 목소리가 말로 형용하기 힘든 공포를 불러일으켰다. 곧바로 뇌리에 떠오른 것은, 어둠 속에서 어린아이가 속삭이는 이미지였다.

　젊었을 때 잃은 아들의 얼굴이 문득 떠올랐다. 최근 몇 년 들어서 어지간한 일로는 기억나지 않을 정도로 희미해졌는데, 그것이 선명하게 되살아나기 시작했다.

　그 순간 마치 다른 세상에서 들려오는 듯 기분 나쁜 노랫소리가, 더욱 생생한 어린아이의 목소리가 되어서 귓가에 울려 퍼졌다.

　하지만 이런 시간에?

　앞으로 10분만 더 있으면 자정이다. 목소리로 생각하면 전화를 걸어온 상대는 대여섯 살 정도의 남자아이? 아니면 여자아이?

부모는 대체 뭘 하고 있는 거람?

자기도 모르게 화가 났지만 곧바로 아이가 어떤 상황에 놓여 있는지 궁금해졌다. 아이가 어디에 연결되는지 알고서 전화를 걸었을 것이라고는 생각할 수 없었기 때문이다.

지금 아에는 생명의 전화 사무국에 있었다. 그녀는 현재 '니시도쿄 생명의 전화'에서 야근을 하는 중이고, 조금만 더 있으면 오늘의 근무를 끝낼 참이었다. 그녀와 교대할 상담원은 이미 출근해 있다. 전화 한 통을 받는 데 걸리는 평균 시간을 생각하면, 이 전화는 다음 상담원으로 돌려도 특별한 문제가 없다. 그럼에도 불구하고 그녀는 망설임 없이 전화를 받고 있었다.

하루 중에도 오후 7시부터 새벽 2시의 시간대에는 생명의 전화에 걸려오는 전화 수가 비약적으로 늘어난다. 그렇기 때문에 그 시간대에는 상담자와 전화 회선의 숫자를 주간보다 늘린다. 하지만 당연히 사람에도 전화에도 한도가 있기 마련이다. 아무리 노력해도 모든 전화를 받을 수는 없다.

'몇 번을 걸어도 연결이 안 된다.'

생명의 전화에 보내오는 의견 중에 가장 많은 불만이 이것이었다. 물론 상담원들도 평소에 그것을 안타깝게 생각하고 있었다. 도움을 원하는 사람이 있고, 그들이 모처럼 용기를 내서 전화를 걸어주었는데도 응할 수 없다니. 생각하면 생각할수록 괴로운 상황이다.

생명의 전화는 현재 각 도도부현都道府県(일본 전역을 47개로 나누는 행정구역 단위_역주)에 하나 이상의 센터를 두고 있다. 하나의 센터가 24시간 체제를 유지하기 위해서는 200명 이상의 상담원이 필요하다고 한다. 하지만 그 상담원은 전원 자원봉사자들이며, 누구나 쉽게 될 수 있는 것도 아니다.

먼저 한 해에 딱 한 번 모집하는 전화 상담원 양성 강좌에 지원해서 서류와 면접 심사, 심리 테스트 등을 통해 연수생이 되기에 어울리는지 평가받는다. 이것을 통과하면 다양한 강의, 그룹 연수, 체험 학습, 실습 등의 양성 과정이 2년 정도 이어진다. 참고로 이 과정에서 비용이 드는 경우에는 전부 연수생이 부담해야 한다. 모든 과정을 마치면 인정위원회의 심사가 있고, 거기서 인정받아야 비로소 정식 전화 상담원이 될 수 있다.

상담원이 되었다고 해서 이런 연수가 없어지는 것은 아니다. 그 다음부터는 양성연수 대신 또 다른 연수에 지속적으로 참가해야 한다. 니시도쿄 생명의 전화를 예로 들면, 필수 과정으로 한 달에 한 번의 자주연수회나 상담원 경력에 맞는 사례연수회에 참가하고, 선택 과정에 따른 전체 학습회나 전문 강좌, 공개 강연회 등도 수강해야 한다.

또한 1년에 한 번, 각자가 주제를 정해서 연구한 결과를 발표해야만 한다. 야에는 올해의 주제를 '전화 상담에 도움이 되는 기본도서'로 잡았다. 생명의 전화의 다른 지부나 같은 목적을 가진 타 단체의 장서를 비교 조사하는 것인데, 많은 시간이 들겠지만 이것을 정리할 수 있다면 분명히 후배 상담원의 육성에 도움이 될 것이다.

누마타 야에가 전화 상담원이 된 지도 벌써 18년이나 된다. 그래도 상담원으로서의 공부에 끝은 없다. 보다 더 좋은 상담을 할 수 있도록 항상 자기 자신을 연마할 필요가 있었다.

그동안에 몇 번을 그만두려고 생각했던가.

남의 고민을 열심히 듣는다, 그것도 대가 없는 자원봉사로. 전문가 같은 어드바이스를 하는 것은 아니다. 아니, 해서는 안 된다. 그저 상담자에 대해서 생각하고, 상대의 입장이 되어서 그 이야기에 귀를 기울인다. 누구나 쉽게 할 수 있거나 오래 계속할 수 있는 일은 결코 아닐 것이다.

물론 야에도 그 일에 대한 자부심을 갖고 있었다. 그러나 그런 마음만으로 일할 수 있을 정도로 전화 상담원 일이 만만치는 않다. 고민하는 사람을 한 명이라도 더 많이 돕고 싶다는 진지하고 겸허한 자세를 항상 가져야 하기 때문이다.

일기일회─期─會(평생에 단 한 번 있는 만남_역주).

생명의 전화에 전화를 걸어오는 상담자와 그것을 받는 상담원만큼 이 사자성어의 의미에 딱 맞는 관계도 없을 것이다. 이 당연한 사실을 깨달은 것은 10년이 지난 뒤쯤이었을까. 그것을 진정으로 실감할 수 있게 된 것은 최근 몇 년 사이였는지도 모른다.

눈앞의 전화가 울렸을 때, 야에가 아무런 망설임도 없이 손을 뻗은 것은 그렇게 축적된 과거가 있었던 탓이다.

"네."

전화벨이 세 번 울리기를 기다린 뒤에 천천히 수화기를 든다. 갑자기 받으면 깜짝 놀라서 끊는 사람이 있기 때문이다. 또한 상담원 쪽도 그전에 받은 전화에서 벗어나 자신의 마음을 새로운 상담자로 전환해야만 한다. 그래서 벨이 울리는 십여 초는 아주 귀중한 시간이다.

"니시도쿄 생명의 전화입니다."

차분한 어조로 천천히 입을 연다. 이미 그녀의 관심은 이 전화를 건 인물에게 향하고 있다.

조금 전까지 이야기를 했던 사람은 도호쿠 출신의 50대 초반의 남자였다. 고등학교를 졸업하고 상경해서 대형 부동산회사에 취직했다. 대졸자에게 밀리지 않도록 필사적으로 일했다. 덕분에 과장까지 승진할 수 있었다. 그러나 너무 무리해서 건강이 나빠지는 바람에 퇴직하게 되고 말았다. 한동안 같은 업종의 작은 회사들을 전전했지만 잘되지 않아서, 3년 전부터 자동차 공장의 기간공으로 일했다. 그러나 작년 3월에 갑자기 해고되었다.

본가로 돌아간 그는 직장을 구하기 시작했다. 이력서를 보낸 곳만 200군데가 넘었지만 그중에 면접까지 갈 수 있었던 회사는 열곳도 채 되지 않았다. 게다가 첫 회사를 퇴직한 뒤에 전직이 많았다는 점과 비정규직으로 일했던 경력, 적지 않은 나이를 이유로 들며 어디에서도 채용해주지 않았다. 면접을 거듭할수록 남자의 자존심은 상처투성이가 되어갔다.

이윽고 저축한 돈도 바닥나서 연금으로 생활하는 부모의 신세를 지게 되었다. 점차 아버지와의 사이가 나빠지기 시작해서 견디지 못하고 다시 도쿄로 나왔다. 그러나 가진 돈이 금세 바닥을 보이기 시작했고 여전히 직장도 찾을 수 없었다. 이제 죽는 수밖에 없는 걸까…… 하고 생각하던 차에 전화를 한 모양이다.

―사실은 유명한 아오키가하라의 수해(일본 야마나시 현에 있는 거대한 숲. 자살의 명소로 유명하다_역주)에 가려고 했습니다만…….

어째서인지 문득 교통비가 아깝다는 생각이 들었다고 한다. 농담 같은 이야기지만 정말인 듯했다. 그럼 그 돈을 뭔가 다른 일에 쓰자는 생각을 했다. 가능하면 자신에게 도움이 되는 일로 하자. 그러나 그래봤자 고작 수천 엔이다. 이리저리 고민하던 끝에 생명의 전화가 떠올랐다. 그렇게 해서 전화를 걸게 된 것이다.

"감사합니다."

야에가 진심에서 우러나온 감사의 인사를 하자, 남자가 갑자기 입을 다물었다. 그리고 전화 너머에서 흐릿하게 숨죽인 오열이 흘러나왔다. 그때까지의 인생을 돌아보며 괴로운 체험을 이야기할 때에도 울지 않았던 남자가, 그녀의 한마디에 눈물을 흘린 것이다.

―죄송합니다…….

잠시 눈물을 흘리던 남자는 다시 이야기를 시작했다. 대학을 졸업한 젊은 사람도 일자리를 구하기 힘든데, 자기처럼 나이 많고 경력도 다양한 사람에게 일자리가 있을 거라고는 도저히 생각할 수 없다. 노력하고 싶은 마음은 있지만, 아무리 시간이 지나도 결실을 거두지 못하는 것은 아닐까 하는 불안에 휩싸인다.

—하지만 살아가야만 하죠……. 그렇겠죠?

가슴속에 있는 걸 털어놓으니 자기도 놀랄 정도로 마음이 편해졌다고 남자는 말했다. 물론 전화를 했다고 그를 둘러싼 가혹한 현실이 나아진 것은 아니다. 무언가 변한 게 있다면, 남자의 마음뿐일 테다.

"또 이야기를 하고 싶으시면 꼭 전화해주세요."

남자가 감사의 인사를 하고 끊으려고 하기에 야에는 마지막으로 잊지 않고 말했다.

생명의 전화에 전화를 걸었다는 사실만으로도 최소한 그 사람에게는 자살을 생각하지 않고 긍정적으로 살자는 생각이 싹틀 수 있다. 그러나 내일부터, 아니 전화를 끊은 순간부터 눈앞에는 자비 없는 현실이 가로놓인다. 언제 어느 때에 같은 불안을 느끼게 될지 알 수 없다. 만약 그렇게 되었을 때는 이 전화를 떠올려줬으면 좋겠다. 다시 걸어줬으면 좋겠다. 그런 바람이 그 말에 담겨 있었다.

그래도 이 남자에게는 희망을 느낄 수 있었다. 일단 아오키가하라의 수해로 가기 전에 생명의 전화에 전화를 걸자는 생각을 했다는 것 자체가 누가 도와줬으면 좋겠다, 말려줬으면 좋겠다고 바라고 있었다는 증거다. 그리고 자신의 괴로움을 남김없이 털어놓은 결과, 전화를 끊을 무렵에는 그가 정신적으로 상당한 위안을 얻었다는 것을 야에도 느낄 수 있었다. 그렇다면 일단은 괜찮을 거라는 생각이 들었다.

과거 했던 상담 중에는 '이제 죽고 싶다'라는 이야기를 한창 듣고 있는 와중에 갑자기 뚝 하고 전화가 끊어지거나, 기껏 그쪽의 이야기를 열심히 들어주고 났더니 '그러면 이제부터 죽겠습니다'라는 말만 남기고 전화를 일방적으로 끊어버리는 경우도 적지 않았다. 그런 상담자들에 비하면 이 남자의 경우는 잘 풀렸다고 말할 수 있을 것이다.

교대 시간이 다가왔음에도 불구하고 야에가 다음 전화를 주저하지 않고 받을 수 있었던 것은 바로 전의 상담이 만족스러웠기 때문일지도 모른다. 그녀도 인간이다. 그것을 의식하든 하지 못 하든 아무래도 상담 결과에 영향을 받을 수밖에 없다. 다행히 이번에는 그것이 좋은 쪽으로 작용한 것이다.

그런데…….

"네, 니시도쿄 생명의 전화입니다."

야에는 평소처럼 차분한 목소리로 부드럽게 말을 걸었다.

─…….

그렇지만 상대에게서 돌아온 것은 완전한 침묵이었다.

생명의 전화에 전화를 거는 상담자 중에 처음부터 말이 많은 사람은 거의 없다. '무슨 일이신가요?'라고 거듭 물어봐야 띄엄띄엄 이야기를 꺼내기 시작하더니, 처음에 말수가 적었던 것이 거짓말인 듯이 수다스러워지는 경우가 많다.

"……여보세요?"

그렇기에 야에는 서두르지 않고 잠시 시간차를 두고 다시 말했다. 아무 말도 하지 않고 전화를 끊는 경우도 있었지만, 그것은 상담원이 남성인 경우가 대부분이었다. 아마도 '생명의 전화'란 단어에서 무의식중에 나이 많은 여성을 상상했는데, 갑자기 남자 목소리가 들려왔기 때문이 아닐까 싶다.

그러나 새로운 상담자에게 적어도 전화를 끊으려는 듯한 기척은 없었다. 전화를 걸기는 했지만, 막상 연결되자 입이 떨어지지 않는지도 모른다. 자주 있는 일이다. 전화를 받은 것이 나이가 좀 있는 여성이라는 것을 알게 되면 이내 입을 열게 될 것이다.

야에는 그렇게 생각하고 느긋하게 기다리기로 했다. 단, 어색한 분위기가 되지 않도록 적당히 말을 걸었다. '이쪽은 당신을 걱정하고 있습니다'라는 메시지를 자연스럽게 전하려는 것이다.

그러자 갑자기 마치 어린아이가 놀이를 하는 것 같은 아주 기분 나쁜 목소리가 수화기 너머에서 들려왔다.

─다~레마가 죽~었다…….

순식간에 목덜미의 털이 곤두섰다.

어린아이의 장난 같지는 않다. 동요를 부르는 듯한 목소리인데도 어째서인지 어린아이가 혼자서 필사적으로 도움을 청하고 있는 것처럼 들렸기 때문이다.

우연히 걸려온 전화인가?

어린아이가 아무렇게나 숫자를 누른 결과, 우연히 니시도쿄 생명의 전화로 연결되었을 가능성은 있다. 아주 드물게 어린아이가 상담을 요청하는 경우도 있지만, 이런 기묘한 전화는 전례가 없다.

"여보세요, 무슨 일이니?"

자기도 모르게 야에는 어린아이를 상대하는 듯한 말투로 묻고 있었다.

"혼자니? 엄마는?"

─…….

"지금 어디에 있니?"

─여보세요…….

그러자 전화기에서 남자 목소리가 들려왔다. 30대에서 40대 정도 느낌이다.

"……앗, 아버지 되시나요?"

—네……?

수화기 너머에서 당황스러운 듯한 기색이 전해져왔다.

"전화 건 아이의 아버지 아니신가요?"

—…….

"여보세요?"

—…….

"여보세요, 들리시나요?"

잠시 공백이 있은 후였다.

—저기…….

망설이는 듯한 목소리로 의외의 질문이 들려왔다.

—거기는…… 새, 생명의 전화 맞지?

"네, 맞습니다. 니시도쿄 생명의 전화 센터입니다."

—제대로 걸었나.

야에의 말에 대답했다기보다, 자신에게 맞장구를 친 듯했다.

"이곳에 전화를 거신 거 맞나요?"

—맞아. 다만…….

"네?"

—아이가 어쩌고 하는 얘기 말인데, 무슨 소린지…….

"……."

이번에는 야에가 입을 다물었다.

—아버지라니 무슨 말을 하는 건지…….

"……."

—여보세요?

"……네."

곧바로 야에는 납치나 유괴를 의심했다. 남자는 범인이고, 납치된 아이가 범인의 빈틈을 보고 몰래 핸드폰을 만진 것은 아닐까.

하지만 그렇다면 경찰에 전화를 걸기 마련이다.

그 정도는 어린아이라도 알 수 있을 것이다. 생명의 전화에 걸다니, 그런 일은 있을 수 없다. 조금 전 우연히 연결되었을 가능성을 떠올렸지만 그것도 현실적이지 않다는 생각이 들었다.

—이 전화, 끊는 게 나을까?

야에가 생각에 잠겨 있자 남자가 물었다. 그 불안한 듯한 목소리를 들은 순간, 문득 그녀는 정신을 차렸다.

"아뇨, 제발 끊지 마세요."

—…….

"죄송합니다만 이쪽에 전화를 거셨을 때, 전화가 연결되었을 때 어떤 상황이었는지 알려주실 수 없을까요?"

—전화가 걸리고 나서?

"네. 이쪽에서 전화를 받은 뒤에요."

조금 주저하는 듯한 공백 뒤에 남자가 입을 열었다.

—상황이고 뭐고……. 전화가 걸렸다는 느낌은 있는데, 아무 소리도 안 들려서…….

"니시도쿄 생명의 전화입니다, 라는 말은요?"

—사람 목소리는 전혀 들리지 않았어.

"잡음은요?"

—……없었지.

어째서인지 남자가 조금 망설이는 듯이 느껴졌다.

"어느 정도의 시간이었나요?"

—꽤 길게 느껴졌지만, 실제로는 십여 초겠지.

"그 뒤로는요?"

—어린애한테 말을 거는 목소리로, 무슨 일이냐, 엄마는? 하고

갑자기 물어보니까…….

"아무래도 혼선되었던 것 같네요."

자기도 믿기 힘든 해석이었지만 일단 야에는 그렇게 말했다.

―그쪽에는 어린애의 목소리가 들렸나?

"네. 이렇게 늦은 시간이라서 무슨 일이 있나 싶어 굉장히 걱정했어요."

―혼선이라…….

"죄송합니다."

―나는 생명의 전화에 전화하는 것까지 방해받는 건가…….

남자의 자조적인 목소리에는 명백히 어두운 감정이 담겨 있었다. 그것이 야에를 긴장시켰다.

애초에 평범하게 사회생활을 하는 어른이라면, 어디의 누군지 모르는 아이라고는 해도 안부 정도는 신경 쓸 것이다. 일단은 '괜찮을까', '아무 일도 없으면 좋겠는데' 하는 상식적인 말을 하기 마련이다.

그런데 이 남자는 달랐다. 자신이 건 전화인데도 방해를 받았다며 한탄하고 있다. '생명의 전화에까지'라는 표현으로 보면, 이제까지 그것 말고도 많은 괴로운 일을 겪고 불합리한 경험을 해왔으리라는 것을 상상할 수 있었다.

"제가 이런 말을 하는 것이 우습게 느껴질지도 모르겠지만……."

―…….

"생명의 전화에 몇 번을 걸어도 좀처럼 연결되지 않는다는 질책을 자주 받습니다. 실제로 조사해보니 140번에 한 번이라든가, 160번에 한 번꼴로 연결되더라는 결과가 나왔다고 해요."

―…….

"이래서는 안 된다며 상담원 숫자와 전화 회선을 늘리려고 저희도 노력하고 있습니다만……."

─그렇군.

남자가 끼어들었다.

─혼선이 있긴 했지만, 이렇게 이야기를 할 수 있는 것 자체가 아주 운이 좋은 일이라는 얘긴가.

아예가 에둘러 전하고 싶었던 것을 다행히 상대는 알아차려주었다. 아무리 듣기 좋게 말한다고 해도 사실 상담원의 입으로 할 만한 이야기는 아니다.

"물론 그렇다고 해서 저희랑 전화 통화를 하게 된 분이 다른 분보다 운이 좋다는 것은……."

그 때문에 야에는 급하게 말을 더하려고 했다. 그러나 의외로 남자는 이쪽의 입장을 이해해준 듯했다.

─그렇겠지. 생명의 전화 쪽에서 그런 말을 할 수 있을 리 없겠지. 하지만 그게 현실이라면, 어쩔 수 없지 않을까.

"앞으로 남겨진 큰 과제죠."

사실은 영원한 과제였지만, 지금 그런 말을 할 필요는 없다.

─그렇군.

맞장구를 치더니 그대로 남자는 입을 다물었다.

동시에 야에도 입을 다문다. 이제부터 남자가 원래 하려던 이야기를 할 때까지 그저 기다리는 수밖에 없다.

이상한 혼선 때문에 처음부터 기분이 상한 남자는 아무 말도 하지 않고 끊을지도 모른다. 또 반대로 이 일로 긴장이 풀려서, 전화를 건 당초보다도 차분해진 마음으로 자신의 고민을 이야기하기 시작할 수도 있다. 어쨌든 상대의 반응을 지켜볼 수밖에 없다.

자주 오해받곤 하지만, 사실 생명의 전화 상담원에게 요구되는 것은 전화 상대에게 유익한 어드바이스를 하는 것도 우수한 카운

슬링을 하는 것도 아니다. 전화 상담원 양성 강좌 지원자 중에도, 자신의 성공 혹은 실패한 인생 경험이나 오랜 기간에 걸쳐 취득한 전문지식을 활용해서 상담자를 돕겠다고 착각하는 사람이 많다. 당사자가 그런 생각이 아니라고 해도, 그런 오만한 자세는 실제 상담에 도움이 되기는커녕 오히려 해가 되는 경우가 대부분이다.

생명의 전화 상담원이 지향해야 하는 것은 상담자의 좋은 이웃이 되는 것, 그것뿐이다. 아주 간단할 것 같지만 의외로 실천하기 어려운 일이다.

전화를 걸어온 상대의 이야기에 그저 귀를 기울인다. 상대의 입장이 되어서 그 심정에 바짝 다가간다. 당신은 혼자가 아니다. 당신을 알고, 걱정하고, 건강히 지내길 바라는 사람이 여기에 있다. 그런 마음을 전하는 것이 생명의 전화의 역할이다.

―하지만…….

가만히 남자가 중얼거린다.

―역시 운이 좋았을까.

"전화가 연결된 게 말인가요?"

―그래. 만약 그렇지 않았더라면, 지금쯤에는 목을 맸을 테니까.

갑자기 남자가 의미심장한 말을 했다.

생명의 전화의 연수 과정에서는 '희사관념希死観念'이라는 낯선 단어를 배운다. '죽고 싶다'고 생각하는 마음을 말한다.

상당히 현실적인 차원에서 자살을 생각하고 있고, 그 때문에 막상 전화를 걸었음에도 불구하고 '죽음'을 이야기하는 것에 부담을 느끼는 상담자는 많다. 그러나 상담원이 대화를 계속하는 동안에 절망이나 고독, 자책이나 자포자기 같은 상대의 감춰진 심정이 보이기 시작하고 상담자에게서 위기가 느껴지는 경우가 있다. 그럴 때에 희사관념을 확인한다. 물론 상담을 통해 신뢰관계를 쌓은 상태에서 아주 진지하게 진행해야만 하는데, 상대에게 '죽고 싶다'는 마음이 존재하는지 어떤지를 조심스럽게 살피는 것이다.

그런데 상담자 중에는 직접적으로 '자살을 생각하고 있다'고 밝히는 사람도 있다. 이제까지 누구에게도 이야기할 수 없었던 자신의 괴로움을 들어주는 사람이 있다, 아마도 그 기대감에서 별다른 저항 없이 자살하고 싶다고 말해버리는 것이리라.

당연하지만, 생명의 전화에서 상담원 일을 아무리 오래 했더라도 자살하겠다는 말에 익숙해지지는 않는다. 항상 가슴이 덜컥 내려앉는다.

하지만 이 남자는 일단은 자살을 단념했다.

만약 전화가 연결되지 않았다면, 혹은 내가 끊어버렸다면…… 하고 생각하면 오싹해지지만, 일단 야에는 안도했다. 어쨌든 지금 이 남자는 목을 매지 않고 전화 통화를 하고 있으니까.

"전화가 연결되면 그만두기로 마음먹고 이쪽으로 전화를 해주신 건가요?"

—오늘 밤뿐이 아니야.

남자의 의미심장한 말에 야에는 다시 긴장했다.

상담자의 희사관념을 확인하고 나면, 그다음에 상담원은 자살의 위험도를 판단해야만 한다. 그것을 위해서는 '계획', '수단', '장소', '시기'의 네 가지 항목에 대해 고려할 필요가 있다.

첫 번째인 '계획'이란 막연하게 죽음을 생각하고 있는가, 이미 뭔가 구체적인 계획이 있는가를 살피는 것이다.

두 번째인 '수단'이란 어떤 방법으로 죽을 생각인가, 그 수단은 이미 준비되어 있는가를 알아내는 것이다.

세 번째인 '장소'란 실행할 장소를 정했는가, 아직인가를 알아내는 것이다.

네 번째인 '시기'란 오늘이나 내일이라도 죽을 생각인가, 아니면 몇 달이나 나중의 계획인가를 밝혀내는 것이다.

말할 것도 없이 첫 번째부터 세 번째 항목이 상세할수록, 그리고 네 번째 항목인 시기가 빠를수록 자살 위험성은 높아진다.

남자의 말로 추측해보면 이미 오늘 밤까지 몇 번인가 자살을 시도하려고 했던 듯하다. 즉 계획을 한창 실행에 옮기고 있는 중인 것이다. 수단은 목을 매는 것. 장소는 알 수 없다. 시기는 그야말로 지금이다.

침착해. 아직 괜찮아.

야에는 상대를 향해서가 아니라, 자기 자신에게 되뇌었다.

자살 위험이 있는 상담자에 대한 대응은 긴급도가 높은 '실행 중'과 '예고·통지', 긴급도가 비교적 낮은 '염려·위험'의 세 가지 중 어느 단계에 해당하는지에 따라 크게 달라진다.

'실행 중'은 전화를 걸어온 단계에서 이미 손목을 그었다, 약물을 삼켰다, 혹은 투신할 건물을 물색하고 있다, 처럼 거의 죽음이 눈앞에 다가와 있는 상태다. 그러므로 조속한 대처가 요구된다.

'예고·통지'는 실행 중에 비하면 아직은 유예 시간이 있다. 단 오늘이냐 내일이냐 하는 경우도 있기 때문에, 자살 위험도를 판단하는 네 가지 항목을 상담자로부터 신중하게 알아내야만 한다.

'염려·위험'은 자살의 시사, 이른바 죽음을 넌지시 암시하는 것이다. 일반인들에 비하면 생명의 전화에 전화를 걸어오는 상담자에는 원래부터 희사관념을 가진 사람이 많다. 염려·위험 단계에서 자살의 신호를 알아차리면 그 사람의 목숨을 구할 가능성도 높아진다.

이 남자의 경우는 완전히 실행 중 단계에 있다고 말할 수 있었다. 그렇지만 그것에 어떤 법칙을 가지고 있는 듯했다. 그것도 전화에 관련되어 있다. 야에는 그런 느낌을 받았다.

"전에도 이쪽에 전화를 주셨나요?"

—아니, 그렇지 않아. 이게 처음이야.

전화라고 해도, 그것이 생명의 전화는 아니었나.

—처음 걸었는데도 세 번 울리고 나서 연결되었으니, 혼선이 있었다고 해도 역시 나는 운이 좋은 거겠지.

"그러네요. 게다가 자살 시도를 멈추셨어요. 정말로 다행이라고 생각해요."

—아직이야.

"네?"

—아직 완전히 그만둔 건 아니야.

"어떻게 된 일인지 말씀해주시지 않겠어요?"

—오늘은 토요일이잖아.

전혀 영문을 알 수 없었지만, 야에는 순순히 대답했다.

"그렇죠. 8월의 세 번째 토요일이에요."

—월요일부터, 계속 시험하고 있었어.

"뭘 말인가요?"

—물론 목을 맬지 말지를 말이야.

"……매일 말인가요."

자기도 모르게 누마타 야에는 확인하듯 물었다. 전화를 걸어온 남자는 월요일부터 금요일까지 매일 저녁마다 목을 매려고 하고 있었다는 건가.

―그래, 오늘 밤이야말로 목을 매게 되지 않을까 하고 생각하면 서. 자기가 결정해놓고서 이상한 일이지만, 상당히 가슴이 두근거 리는 상황이거든.

"월요일부터 어제까지 자살 시도를 멈추신 이유를 알려주실 수 없을까요?"

그렇게 질문하면서, 야에는 지금 이 남자가 있는 장소를 알아낼 필요가 있다고 판단했다.

―그래서 전화를 걸었던 거지.

"어느 분께요?"

―옛날 친구들에게.

핸드폰을 사용하고 있는 것으로 봐서, 남자는 아무래도 실외에서 전화를 건 모양이다. 이따금씩 바람이 나무를 흔드는 듯한 소리가 들려온다.

—월요일부터 한 명씩, 다섯 명에게 걸었어.

생명의 전화 각 센터로 전화를 거는 상담자의 대다수는 그 사무국의 소재지에 거주, 혹은 체류하고 있는 경우다. 1년에 한 번, 일주일 동안만 실시하는 수신자 부담의 '자살 예방·생명의 전화'는 무료지만 평소에는 전화 요금이 부과된다. 일부러 많은 돈을 내면서까지 다른 지방으로 전화하는 사람은 없을 것이다. 즉 남자는 도쿄 23구가 아니라 니시도쿄 어딘가에 있을 가능성이 높다.

니시도쿄 생명의 전화에서 말하는 '니시도쿄'란 2001년에 다나시 시와 호야 시가 합병해서 생긴 니시도쿄 시를 가리키는 것이 아니다. 옛날부터 사용되고 있는 지역 이름으로서의 니시도쿄를 말하는 것으로, 요컨대 도쿄도의 서부를 의미한다. 23개의 구와 이즈 제도, 오가사와라 제도 같은 도서부를 제외한 지역, 이른바 다마 지역이다.

참고로 고교 야구에서 니시도쿄 대표라고 말할 경우에는 다마지구의 각 시군과 스기나미 구, 나카노 구와 네리마 구까지 합한 지역을 의미한다. 히가시도쿄의 대표라고 하면 나머지 20개 구와 오가사와라까지를 의미한다.

니시도쿄 생명의 전화 사무국은 무사시나고이케에 있었다. 다마생명의 전화와 구역을 나누고 있기 때문에 담당 지역은 니시도쿄 중에서도 약 절반으로 줄어든다. 그래도 단 한 명의 자살 희망자를 찾기에는 너무 넓은 범위긴 하다.

—전화가 연결되지 않으면 나는 목을 맨다. 그렇게 정했지.

"친구분이 받지 않으면…… 말인가요."

—그래. 생사를 건 전화 게임이야.

정말 당치도 않은 생각이다. 자신이 전화를 받지 않았던 탓에 친구가 죽음을 선택했다는 것을 나중에 그 친구가 알게 되면 얼마나 충격을 받을까. 전화 게임이라고 말하고는 있지만, 본인의 목숨이 걸려 있는 데다 불합리하게도 친구까지 정신적 고통을 강요받게 되는 것이다.

다만 상담자에게 그것을 지적해서는 안 된다. '죽다니, 그런 짓은 그만두세요', '절대 안 돼요' 같은 직접적인 명령이나 '당신이 죽은 뒤의 주위 사람이 어떨지 생각해보세요' 같은 간접적인 설득은 대부분의 경우 도움이 되지 않는다.

"다들 전화를 받으셨군요."

—그렇지……. 이럴 때만 금방 받더라고.

남자는 여전히 자조적인 말투였지만, 야에는 희망을 발견하고 있었다. 상담자가 목을 맬 계획을 하고 있었던 것은 틀림없다. 그러나 그것을 누군가가 말려주기를 바라고 있다. 본인은 자각하지 못하고 있는지도 모르지만, 친구들에게 전화를 해서 받지 않으면 죽는다, 라는 법칙을 정한 것이 무엇보다 확실한 증거다.

"옛 친구들이라면 어느 시절의 친구들인가요?"

—초등학교 중학교 시절 친구야.

"상당히 오랫동안 알고 지내셨네요."

—30년은 됐을까…….

추억하는 듯한 남자의 말에 그의 나이가 서른여섯에서 마흔둘 사이라는 것을 알 수 있었다.

"그렇게 오랫동안 사이좋게 지내는 친구들이 있으시다니, 정말로 부러워요."

—……그런가.

"어떤 이야기를 하셨나요?"

어린 시절의 그리운 추억을 이야기했다면 거기로 화제를 돌려서 남자의 마음을 치유할 수 있을지도 모른다.

그러나 야에의 생각은 빗나갔다.

―작년 12월에, 15년 넘게 근무했던 회사에서 정리해고당했거든.

거기서 남자는 갑자기 자신이 처한 상황에 대해서 이야기하기 시작했다.

―새 일자리를 찾아봤지만, 전혀 찾을 수 없었어. 본가로 돌아가서 아버지의 회사라도 거들까 했는데 아버지가 목을 맸지.

게다가 아버지가 자살했다고 한다. 가족 중에 스스로 목숨을 끊은 사람이 있는 경우, 자살 위험도는 더욱 높아진다.

―돌아가신 아버지에게 물려받은 회사는 부채가 2억 5000만 엔이나 되었어. 몇 년 전에 아버지는 치매에 걸린 어머니의 간호를 하기 위해서 이미 경영에서 손을 뗀 상태였지. 그러니까 회사를 정리해도 별 상관없었어. 하지만 연대보증을 선 사원이 있어서, 그 가족까지 길바닥에 나앉게 할 수는 없으니 도산만큼은 피해야 한다며 계속 고민하고 있었던 것 같아.

야에가 끼어들 새도 없을 정도로 남자는 쉬지 않고 이야기했다.

―이러저러 하는 동안에 어머니의 증상이 심해지기 시작했지. 아버지는 차츰 집 안에 틀어박히게 되고, 기운이 없어지고, 우울해지고……

전화 너머에서 남자의 목소리가 떨리는 것이 전해져 온다.

―옛날부터 아버지는 손님을 접대하는 장사를 좋아하셨어. 어머니는 오랫동안 보험 외판원을 하셨고. 부모님 두 분 다 인간관계는 좋았는데, 마지막에는 이런 꼴이지 뭐야. 마지막 일주일 동안에는 보증을 섰던 사원도 아버지와 연락이 되지 않았다고 하고 말이지.

"어머니는 어떻게 되셨나요?"

조심스럽게 묻자, 다시 자조적인 목소리가 돌아왔다.

―다행히……라고 말해야겠지. 아버지가 자살한 것도 치매 때문에 이해하지 못하고 계시다가, 얼마 못 가 아버지의 장례식 한 달 뒤에 돌아가셨어.

그야말로 불행의 연속이다.

―부모님이 그렇게 고생하고 계시는데, 제대로 연락 한 번 하지 않았던 나는 아무것도 모르고, 직장도 없이 매일 빈둥거리고 있었던 거야.

야에는 일부러 아무 말도 하지 않고 묵묵히 귀를 기울인다.

―아버지의 회사는 번화가의 상점 건물에 입주해 있었어. 의류 소매업이었지.

무거운 내용임에도 불구하고, 남자는 담담하게 이야기했다.

―리먼 쇼크 이후로, 그때까지 주 고객이었던 젊은이들의 발길이 뚝 끊겨버렸던 거야.

재작년 가을, 미국의 투자은행 리먼 브라더스의 경영 파탄으로 시작된 세계적인 금융 위기로 인해 회사나 사업을 운영할 수 없게 되었다고 밝히는 상담자가 실제로 상당히 늘었다.

―젊은 손님 대부분은 제조업에서 일하는 사람들이었어. 그러니까 무리도 아니지. 게다가 아버지의 회사뿐만이 아니라 같은 건물의 다른 가게도 파리만 날리게 되었어. 그러다가 빈 가게가 하나둘씩 눈에 띄기 시작하면서 건물은 완전히 활기가 사라졌지. 셔터가 내려진 상점가하고 똑같아.

이 남자와 같은 상황을 호소하는 상담자 중에는 자살을 암시하는 사람도 많았다. 경제에 대해서는 잘 모르는 야에조차, 리먼 쇼크의 영향이 헤아릴 수 없을 만큼 크다는 것을 통감하고 있었다.

―여러 곳에 상담을 했지만, 하는 말은 어디나 똑같았어. 개인파

산밖에 길이 없다고 들었어.

사실 정말로 그것밖에 길이 없는지 단언하기는 어렵다. 채무를 정리하고, 변제 조건이나 우선순위를 바꾸는 것으로 해결책이 보이는 경우도 있기 때문이다. 물론 모든 것이 예전대로 돌아가지는 않는다. 사업, 회사, 연대보증인, 사원, 자택 등 지키고 싶은 것 중에서 무엇을 선택할지 결정할 필요가 있다. 전부 지키는 것은 불가능해도 하나 정도라면 가능할 수도 있다.

다양한 상담을 하게 되고 또한 스스로도 공부를 한 결과, 야에는 채무정리나 개인파산에 관한 지식을 조금은 갖게 되었다. 다만 상담을 할 때 참고가 되었으면 좋겠다고 생각했을 뿐, 그 지식을 우쭐한 태도로 상담자에게 알려주기 위해서 공부한 것은 아니다.

─생명보험을 들고 위장 자살이라도 할까 생각했어. 아버지가 구하고 싶어 했던 연대보증인 사원을 그 보험금으로 구할 수 있을지도 모른다고 생각하고 말이지.

필요하다면 관련기관을 소개하기도 하지만, 그녀의 기본적인 역할은 상담자의 희사관념을 경감하고 최대한 없애는 것에 있다. 이 남자의 경우처럼.

─하지만 역시 아버지의 회사를 도산시키고 싶지는 않았어. 그렇게 생각하고 여러 가지로 궁리하다가 이쪽저쪽으로 돌아다니는 동안에 지쳐버려서…….

남자가 침묵하자, 수화기 너머에서 바람이 부는 소리가 들렸다. 여전히 나무들이 술렁이는 소리도 느껴진다. 자택의 정원, 혹은 집 근처의 공원에 있는 것일까.

─모든 것을 내던지고 싶어졌어.

이제까지와는 다른, 낮은 톤의 목소리가 들렸다.

─그래서 죽자는 생각을 했어.

목소리에서 억양이 느껴지지 않는다.

─로프를 산 건 목을 맸던 아버지의 모습이 머리에 남아서겠지……. 하지만 본가에서는 자살하고 싶지 않아. 죽을 장소를 찾아서 어슬렁거리다 보니 어느샌가 이 신사에 와 있었고…….

아무래도 남자는 자신의 본가가 있는 지역의 신사에 와 있는 모양이었다.

─이곳에 옛날에 자주 놀았던 커다란 나무가 있어. 벚나무였지. 까맣게 잊고 있었어. 그 뒤쪽 나뭇가지에 로프를 매고 막 목을 매려고 하는데 친구들의 얼굴이 문득 떠올랐어. 어릴 적의 얼굴, 이 신사에서 같이 놀았을 때의 얼굴이…….

옛 친구들도 그 지방에 남아 있는 걸까. 만약 그렇다면 이 남자가 자살을 단념하게 만들 힘이 될지도 모른다.

─어쩐지 이상한 기분이 들더라고. 어째서인지는 알 수 없지만, 조금 무서웠지.

천진난만하게 놀았던 어린 시절을 떠올려서 삶에 대한 마음이 싹튼 탓일까.

─그때, 이 게임을 생각해냈어. 이제부터 매일 밤 한 명씩 전화를 해서, 상대가 받으면 목을 매지 않는다. 일주일간 계속해서 살아남게 되면 다시 한번 힘을 내보자, 하고 말이야.

거기서 남자가 씁쓸한 듯 웃었다.

─그런데 친구들은 나를 포함해서 여섯 명이었어. 애초에 일주일이나 지속될 수 없었던 거야.

난처해진 남자는 6일째에 해당하는 토요일인 오늘 밤, 생명의 전화에 전화를 걸었다. 그렇게 된 사정인 모양이다.

간신히 상담자의 현재 상황이 보이기 시작하자 야에는 역시 희망이 있다고 느꼈다. 전화를 걸 친구들이 없어진 시점에서 목을 매지 않고 생명의 전화에 전화를 걸어온 것은, 죽고 싶지 않다는 마음이 남자 안에 존재하고 있는 증거일 것이다.

─그런 당연한 것조차 알아차리지 못할 정도로 나는 궁지에 몰려 있던 거지.

그렇다고 해도 방심은 할 수 없다. 때때로 남자가 보이는 자조적인 태도로 보아 아직 완전히 위험이 떠나간 것은 아닌, 요컨대 노란불이 들어온 상태라고 할 수 있다.

─여섯 명째로 선택된 당신에게는 민폐를 끼치게 됐군.

"아뇨. 이 전화를 받을 수 있어서 진심으로 다행이라고 생각하고 있어요."

─결과적으로 목매는 것을 막았으니, 그럴 만도 하겠지.

야유하는 듯한 남자의 목소리를 들으며 다시 야에는 긴장했다.

남자는 일주일간, 운을 시험하는 이 게임을 계속하고 있다고 말했다. 아직 내일 하루가 남았다. 일곱 번째 전화를 걸었는데 연결되지 않는다면 자살할지도 모른다. 가령 받았다고 해도 목매는 것을 그만둘 것이란 보증은 어디에도 없다. 본인에게 그럴 마음이 없어도, 그의 전화는 도움을 청하고 있다는 신호였다. 그러나 그것을 친구들이 알아차릴까. 이 게임이 끝나지 않은 것으로 보아, 남자의 SOS에 반응한 사람은 없었던 것이 틀림없다. 이대로라면 누구에게도 도움받지 못한 채로 절망에 빠져서 계획대로 자살할지도 모른다.

역시 반드시 여기서 멈춰야만 한다.

이 상담자는 '실행 중'과 '예고·통지' 사이에 있다. 오늘 밤은 괜찮을지도 모르지만, 내일 밤에는 위험도가 아주 높아질 것이다.

그렇다고 해도 일곱 명째는 어떡할 생각일까?

야에는 신경이 쓰였다. 지금은 그런 걱정을 하고 있을 상황이 아니라고 생각하면서도, 어째서인지 갑자기 불안한 생각이 들었다.

남자의 초등학생 시절 친구는 다섯 명밖에 없다. 30년 가까이 지나도 우정이 이어지고 있는 것을 생각하면 다섯 명이란 숫자는 결코 적지 않다고 생각한다. 그러나 일주일 동안 운을 시험하기 위해서는 앞으로 두 명이 부족하다. 우선 여섯 명째는 생명의 전화가 제몫을 해낸 셈이 되었다. 그러면 마지막 일곱 명째는 대체 누가 맡게 될 것인가. 남자는 어디에 전화를 걸 생각일까.

오늘 밤의 이 전화로 자살을 단념하게 만들지 않으면 분명히 상담자는 내일 밤에 마지막 전화를 걸겠지. 그 상대가 누구인지, 특히 어떤 직업을 가진 사람인지에 따라서 전화를 받을 확률이 크게 달라진다. 또한 가령 남자가 자살을 암시하고 있는 지금 같은 경우, 전화를 받은 사람이 어떤 인물이냐에 따라 상담자의 생사가 결정된다고 말할 수도 있다.

잠깐 동안 야에가 어지럽게 머리를 굴리고 있는데 조용한 목소리가 들려왔다.

—당신 덕분에 사는 날이 또 하루 늘어났어.

"친구분들에게도 지금과 같은 이야기를 하셨나요?"

—그래, 서로의 근황을 보고하면서. 그렇지만 다들 순조롭게 사는 것 같았어. 이제 곧 회사에서 승진할 것 같다든가, 어렵게 가진 아기가 귀여워서 못살겠다든가, 일 때문에 이리저리 바삐 돌아다니고 있다든가. 궁지에 몰려 있는 나하고는 너무나 차이가 컸어.

"다들 걱정하셨겠죠?"

—깜짝 놀랐던 건……

남자가 갑자기 흥분한 어조로 말했다.

—모두가 내가 자살하지 않을까 걱정했다는 점이야. 그런 말은 한마디도 하지 않았는데……

확실히 남자의 신상 이야기만으로 바로 자살을 걱정하는 사람은 없을지도 모른다. 하물며 일반인이라면 그 신호를 못 보고 놓칠 우려도 충분히 있다. 그렇지만 이 상담자는 구체적인 계획을 세워놓고서 실행할지 말지를 전화 상대의 반응에 따라 결정하고 있다. 아마도 본인은 깨닫지 못하고 있어도 수화기 너머의 친구들에게는 남자의 회사관념이 전해졌던 것이 틀림없다.

"당신의 이야기를 듣고 친구분들께서도 몹시 걱정을 하셨던 거예요."

—…….

"그만큼 오래 알고 지낸 사이이니까요."

—…….

"분명히 친구분들 모두, 지금도 걱정하고 계실 거라고 생각해요."

—그런 것치고는 그 뒤에 아무도 전화를 하지 않더군.

또다시 자조적인 말투가 되었지만, 곧바로 남자는 자신에게 핑계를 대듯이 중얼거렸다.

—하긴 다들 바쁘니까. 각자의 생활이 있고, 아무리 친구라고 해도 남의 일까지 신경 쓸 여력은 없겠지. 그게 어른이니까.

"그렇죠. 친구분들은 뭐라고 하시던가요?"

—자기가 실패했던 경험을 이야기하던 녀석도 있었고, 채무관계 쪽에 능한 변호사나 사업재생 컨설턴트를 소개하겠다고 말한 녀석도 있었어.

"도움이 되는 이야기는 없었나요?"

—이봐, 내 얘기를 제대로 들은 거야?

남자가 불만스러운 목소리로 말했다.

—그 녀석들에게 전화를 건 것은 운을 시험하기 위해서라고 말했잖아.

"죄송합니다. 그랬었죠."

어디까지나 이 남자는 자살을 생각하고 있다. 말려주기를 바란다는 마음도 있지만, 스스로는 그것을 어떻게 할 수 없다. 자살 희망자에게 잘 나타나는 특유의 모순된 심리가 남자의 내면에서 꿈틀거리고 있음을 알 수 있었다.

"어릴 적 이야기는 나왔나요?"

―응?

"친구분들과는 그 신사의 경내에서 노셨다고 했죠? 그곳에 있다고 전화로 이야기하지 않으셨나요?"

―아니, 말했지. 지금 아주 그리운 장소에 있는데, 어디인지 알겠느냐고 말이야.

"어땠나요?"

―힌트를 줬더니 모두 맞혔어.

"친구분들에게도 분명히 추억의 장소였나 보네요."

―그렇지……. 그 후에 나고야나 교토에 간 사람도 있었고, 도심으로 나간 녀석도 있어. 이곳으로 돌아온 사람은 나 혼자였으니까.

그 말로 이 남자의 본가는 역시 니시도쿄의 어딘가에 있다는 것을 짐작할 수 있었다.

―그래서 신사나 성터나 주위 동네 이야기를 했더니 모두 그리워했지.

성터와 주위 동네라는 정보는 커다란 단서가 될 것 같았다. 아마도 주위 동네란 단순히 인근 마을을 뜻하는 게 아니라, 성터가 있는 성 주위 마을이란 뜻이겠지.

설마 마다테魔館 시가 아닐까…….

젊을 때 살았던 지역의 풍경이 문득 야에의 뇌리에 떠올랐다. 갑자기 가슴이 답답해지고 숨이 잘 쉬어지지 않을 정도의 공포가 느껴졌다.

그녀가 살고 있던 당시, 마다테 시는 다마 지구 중에도 수수한 동네였다. 그러던 곳이 10여 년 전부터 관광 사업에 힘을 기울이기 시작했다. 성 주위 마을의 특징을 간직하고 있던 옛 중심가를 복원하고 에도 시대부터 1970년대까지 열렸던 아침 시장을 부활시키는 등, 관광객을 부르기 위한 동네 만들기에 전념했다. 그 결과, 지금은 역사를 체감할 수 있는 마을로 인기를 얻고 있다.

야에가 자신의 추리는 입 밖에 내지 않고 넌지시 떠보자, 남자는 어린 시절에 놀았던 곳들에 대해 이야기했다.

역시 마다테 시구나…….

그녀의 남편이 나고 자란 곳이다. 남편의 본가는 증조부 때부터 이어온 '사케토미'라는 생선가게로, 야에는 20대째에 그곳으로 시집을 갔다. 이후로 남편과 둘이서 가업인 생선가게를 운영했다. 이윽고 두 사람은 외아들을 얻어서 열심히 키웠다. 육아는 장사 이상으로 힘들었지만, 어머니로서의 행복을 실감할 수 있었다. '아들이 어머니를 쏙 닮았네'라는 말을 듣는 것이 몹시 기뻤다. 그런데 갑자기…….

사랑하던 사람을 상실한 아픔이 옅어지기까지는 10년이란 세월이 필요했다. 이것이 긴 것인지 짧은 것인지, 아직도 야에는 알 수 없었다. 다만 그때 그녀는 자신과 같은 심정의 사람들의 힘이 되기로 결심했다. 그래서 생명의 전화 상담원 양성 연수에 지원했던 것이다.

상담원이 된 후 15년간 줄곧 야에는 도쿄도 23구내에서 활동해 왔다. 그러다가 3년 전에 니시도쿄 지구로 옮겼다. 그때 만약 마다테 시에 사는 자살 희망자의 상담을 받게 된다면…… 하는 생각을 하자마자 아주 불안해졌다. 평정을 유지한 채로 상대의 이야기를 들을 수 있을지 몹시 걱정이 되었다.

그녀의 남편은 자살했다. 충동적으로 자신의 목숨을 끊었다.

나는 버림받았다…….

남편은 아무런 망설임도 없이 나를 버렸다…….

그때 야에는 아내나 어머니로서의 자신이 아니라, 야에라는 인간 자체를 완전히 부정당한 듯한 기분이었다.

사십구재를 지내고 나서, 야에는 가족들과 살던 가게를 처분하고 곧바로 마다테 시를 떠났다. 그 후로 결혼 전의 옛 성을 쓰게 되었다. 그리고 니시도쿄 방면으로는 한 번도 발을 들이지 않았다.

가족과 집을 잃은 지 27년이 지나고, 전화상담원이 된 지도 15년이 지났을 무렵에 야에는 생명의 전화 니시도쿄 지구로 옮기게 되었다. 그녀가 불안을 느낀 것도 무리는 아니다.

그러나 그곳에는 세월의 흐름이 있었다. 모든 것을 시간이 해결해준다고까지는 말할 수 없지만, 이미 옛날의 자신과는 다르다. 그것은 틀림없었다.

분명히 괜찮을 거야.

야에는 자신을 가지고 새로운 센터로 옮겼다.

애초에 이 자원봉사 활동을 시작한 뒤로 자살을 생각하는 상담자와 수없이 마주해왔다. 당초에는 불안과 두려움에 당황했지만, 조금씩 상대의 마음에 가까이 다가가면서 그녀도 이야기를 들어줄 수 있게 되었다.

생명의 전화를 받는 상담원도 전화를 걸어오는 상담자도, 어느 쪽이나 기본적으로는 익명을 고수한다. 전화 너머에 있는 상대가 만난 적도 없고 누군지도 모르는 사람이기에, 아주 무겁고 괴로운 이야기나 아주 슬프고 어두운 체험담도 있는 그대로 이야기할 수 있는 것이다. 실은 그 익명성에 야에 쪽도 위안을 얻고 있었다.

물론 그것에는 거짓말이나 과장도 포함되어 있다. 또한 개중에는 애초에 성희롱을 목적으로 한 전화 같은 것도 있어서 다수의 여성 상담원이 피해를 입고 있는 실정이었다. 그러나 특별히 유해하지 않은 헛소리로 끝난다면, 그리고 그것으로 상대의 마음이 풀린다면 무조건 나쁘다고만 할 수도 없다. 어쩌면 익명이라는 것은 생명의 전화 최대의 장점일지도 모른다.

다만 상담자의 자살 위험도가 높은 경우, 이 익명성은 문자 그대로 치명적 문제가 된다. 어디의 누구인지 모르면 도저히 구할 방도가 없다. 만약 자살을 시도하고 있는 중이라면 더더욱 구하는 것이 불가능하다. 그렇기 때문에 긴급을 요하는 케이스에 한해 상담자의 정체를 파고드는 것이 허용되고 있다.

이 남자가 있는 곳은 마다테 시에 있는 어느 신사 안이다.

잠깐 동안에 자신의 과거를 회상한 야에는, 그것을 깨달았다. 그 순간 그녀의 심장이 쿵쾅쿵쾅 시끄럽게 울리기 시작했다.

이 18년간, 자살을 생각하고 있는 상담자를 몇십 명은 상대해왔다. 그 경험 덕분에 그녀는 상담자의 말을 침착하게 받아들일 수 있을 정도로 성장해 있었다. 그럼에도 불구하고 상대가 마다테 시 사람이라는 것을 안 것만으로 이렇게 동요하게 될 줄은 생각도 못 했다. 그 사실이 그녀를 더욱 불안하게 만들었다. 아들과 남편을 잇따라 잃었던 그 당시의 자신으로 돌아갈 것 같은 기분이 들어서, 평정심을 잃어버릴 것만 같았다.

괜찮아…… 걱정할 것 없어.

야에는 필사적으로 자신에게 이야기하면서 지금은 어쨌든 전화를 건 남자에게 의식을 집중하고, 그에 대해서만 생각하려고 노력했다. 그렇지만 아무리 노력해도 아들과 남편이 떠오르는 것을 막을 수 없었다.

이 위기 상황에 자기도 모르게 절망하기 시작했을 때, 문득 야에는 깨달았다.

이건 찬스일지도 모른다…….

그녀는 마다테 시의 지리를 잘 알고 있다. 이 남자가 하는 이야기를 힌트로 삼아서 그가 지금 있는 장소를 알아낼 수 있지는 않을까.

오늘 밤에 이 남자가 목을 맬 위험성은 상당히 낮다고 여겨진다. 그렇지만 내일 밤에는 어떻게 될지 알 수 없다. 어쨌든 전화의 결과에 따라서 달라질 테니까. 즉 냉정하게 생각하면, 즉시 경찰에 연락해서 보호를 요청할 정도의 긴급성은 없지만, 내일 밤까지는 반드시 접촉해야만 한다는 결론을 내릴 수 있다.

그것을 위해 필요한 것은 우선 남자의 회사관념을 약하게 만들어서 자살 위험성을 낮춰두는 것. 그리고 아마도 남자가 내일 밤에도 오게 될, 지금 있는 장소를 알아내는 것. 이 두 가지다.

남은 것은 내가 어디까지 할 수 있는가 하는 것이다.

위기를 기회로 바꾸겠다고 마음먹기는 했지만, 역시 야에는 스스로에게 자신감을 가질 수 없었다.

그녀는 남자의 전화를 받고 난 뒤로 상대의 상황이나 정보에 대해서 기록하던 메모지에 급히 현재 상황을 적어 넣었다. 그런 뒤에 센터의 직원을 손짓으로 불러서 급히 메모지를 넘겼다. 자살 위험도가 높은 상대에게 전화를 받은 경우, 상담원 한 명으로는 한계가 있기 때문에 다른 스태프에게 도움을 요청하도록 되어 있다.

다만 이번 케이스는 조금 다르다. 야에의 개인적인 불안이 주된 이유였다. 그렇다고 해도 직원은 그녀의 사정을 모르고 그녀도 밝힐 생각은 없다. 하는 수 없이 통상의 수칙에 따르는 척을 하면서 도움을 청할 수밖에 없다.

메모지를 본 직원은 재빨리 그녀와 교대할 예정인 상담원과 이 일에 어떻게 대처할지 이야기했다.

그동안에도 물론 야에는 남자와 이야기를 계속하고 있었다. 거의 상대의 이야기를 듣기만 하는 상황이었지만, 새로운 정보를 얻어내면서 최대한 상담자의 '죽고 싶다'라는 생각을 누그러뜨릴 만한 대화를 하려고 노력했다.

얼마 되지 않아서 직원이 메모지를 내밀었다. 그곳에는 내일 니시도쿄 정신보건 복지센터에 연락해서 적절한 대응을 요청하겠다고 적혀 있었다.

이미 오전 0시가 지났으므로 모든 관계부서의 업무는 끝난 상태다. 그렇다고 해서 경찰에 부탁할 만큼 위급한 상황이라고는 할 수 없다. 내일 밤까지는 여유가 있으므로 어쨌든 지금은 가능한 한 최선의 대응을 해야 한다. 그렇게 결정된 듯했다. 야에의 판단은 틀리지 않았던 것이다.

어느샌가 남자의 이야기는 전화를 걸었던 친구들의 근황에까지 이르러 있었다. 언뜻 보기에는 하잘것없는 잡담처럼 들렸지만 실은 자신과 친구의 현재 상황을 비교하며 남자가 삶을 비관하는 듯도 했다.

—어릴 적에는 모두 똑같았지.

한숨 섞인 목소리가 들렸다.

—부모의 경제력은 각자 달랐지만, 초등학생에게 그것은 별 관계 없었어.

"아이들은 일단 같이 놀기 시작하면 다른 건 신경 쓰지 않으니까요."

—다만 내 경우에는 그럴 친구들이 없었지.

전화를 걸었던 사람들은 친구가 아닌가? 야에는 고개를 갸웃거렸지만, 일부러 묻지는 않았다. 남자가 뭔가 다른 이야기를 할 기미를 느꼈기 때문이다.

―처음에는 얼굴의 반점 때문이라고 생각했어. 나는 태어날 때부터 왼쪽 뺨에 옛날 애니메이션에 나올 법한 검은 구름 모양의 반점이 있었거든.

"그래서 친구들에게 괴롭힘을 당하거나 그랬나요?"

―아니.

의외로 남자는 부정했다.

―하지만 친구는 생기지 않았어. 얼굴에 있는 점 같은 건 사실 관계없어. 전부 내 탓이었으니까. 다만 어릴 적에는 그걸 알 수가 없었지.

"그렇군요."

―가령 알았다고 해도 마찬가지였을지도 몰라. 사람은 우선 겉모습으로 판단하기 마련이니까. 다른 녀석들보다 쓸데없는 고생을 더 해야 한다는 소리지.

"유감이지만 어른도 그럴지 몰라요."

―맞는 말이야. 하지만 그 녀석들은 달랐어.

"월요일부터 전화를 걸었던 친구들이군요."

―그래.

조금이지만 남자의 목소리가 밝아졌다.

―옛날의 나로 돌아가서 인생을 다시 살고 싶다…… 같은 생각을 하는 건 아니야. 하지만 그 무렵처럼 어린아이가 되어서 다시 한번 모두와 함께 놀 수 있다면 그건 한번 해보고 싶네.

"만약 어린아이로 돌아간다면, 뭘 하실 건가요?"

자연스럽게 물어보면서 야에는 생각했다.

과거의 추억에 젖는 것보다 현재 직면하고 있는 험한 현실에서 눈을 돌리지 않게 하고, 그러면서 살아갈 희망을 갖게 만든다. 전화 상담원이라는 입장에서는 그래야 할 것이다.

그러나 현재 이 남자에게는 어린 시절의 기억이 아무래도 유일한 마음의 안식처인 듯했다. 잠시 초등학교 시절의 이야기를 계속하다가 조금씩 현실로 돌아가는 것이 좋을지도 모른다.

게다가 지금은 이 남자가 있는 곳도 밝혀내야만 한다. 어린 시절에 대한 이야기는 다행히 그 일에도 도움이 될 수 있을 것 같았다.

"그 신사에서 어떤 놀이를 하셨나요?"

─가장 자주 했던 것은…… 그렇지. 친구들에게 이 장소에 대해 말할 때 힌트로 알려줬던 놀이였지.

"그러고 보니 어떤 힌트였는지 못 들었네요."

그렇게 말하자 갑자기.

─다~루마가 굴~렀다~.

어린아이 같은 남자의 목소리가 들려왔다.

"……"

야에는 몹시 당황해서 하마터면 수화기를 떨어뜨릴 뻔했다.

─지금처럼 말했더니, 알아듣기까지 시간이 좀 걸리긴 했어도 다들 '앗!' 하고 깨닫더군. 그 신사의 나무에 가 있는 거냐면서.

평소의 어조로 돌아온 남자의 설명에 귀를 기울이면서, 그녀는 뭐라 형언할 수 없는 흐릿한 한기에 감싸이고 있었다.

우연인가……?

이 전화를 받았을 때에 새까만 어둠 속에서 울려 퍼지는 듯이 전해져왔던 그 어린애 같은 목소리의 억양과 지금 이 남자의 목소리가 겹쳐서 들린다.

다~레마가 죽~였다…….

그것은 '다루마(달마의 좌선 모습을 본뜬 인형이나 장난감. 독특한 얼굴과 둥글고 큰 눈이 특징이다_역주)가 굴렀다'를 빗댄 말장난인가? '다루마'를 '다레마'로, '굴렀다'를 '죽였다'로 바꾼 걸까?

무슨 의미일까?

다레마란 누구일까. 그리고 대체 누구를 죽인 걸까. 다루마의 노래에 빗대어 부른 이유는 무엇일까. 알 수 없는 것들투성이였다.

다루마가 굴렀다, 이것 자체는 옛날부터 전해져오는 놀이다. 대여섯 명 정도의 아이들이 모이고, 조금 널찍한 공터만 있으면 어디서든 간단히 할 수 있다.

가위바위보를 해서 진 사람이 술래가 된다. 술래는 건물 벽이나 담벼락, 혹은 전신주나 나무 같은 곳 앞에 다른 이들에게 등을 보이는 상태로 선다. 다른 사람은 술래로부터 몇 미터 정도 떨어져서 술래의 등을 보는 자세로 선다. 준비가 되면 술래가 "다루마가 굴렀다!"라고 외친다. 이것은 빨리 말해도 되고 일부러 천천히 말해도 괜찮다. 다른 사람들은 "다루마가 굴렀다!"라는 말이 들리는 동안에 될 수 있는 한 빨리 술래에게 다가간다. 단 술래의 말이 끝나자마자 술래는 돌아본다. 그때 아직 움직이는 모습을 술래에게 들키면 "누구누구가 움직였어"라고 지적받고서 포로가 된다. 포로는 술래의 어깨에 한 손을 얹은 채로 가만히 있어야만 한다.

술래가 등을 보이고 있는 사이에 움직이고, 돌아볼 때에는 몸을 움직이지 않고 정지한다. 이 움직임과 정지의 반복이 '다루마가 굴렀다'란 놀이의 재미다.

놀이가 진행됨에 따라 포로의 숫자는 늘어간다. 그 한편으로 술래에 가까이 접근하는 사람도 생긴다. 움직이는 모습을 들키지 않고 술래의 곁까지 갈 수 있었던 사람은, 술래의 어깨에 대고 있는 포로의 손을 손날 치기로 잘라낸다. 포로가 한 명도 없는 경우에는 술래의 등을 때린다. 그 순간 모두 일제히 도망치는데, 술래가 돌아보고 "스톱!"이라고 외치면 그 자리에서 멈춰야만 한다. 술래는 자신이 서 있는 위치에서 세 걸음을 뗄 수 있다. 그리고 누군가를 터

치할 수 있으면 그 사람이 다음 술래가 된다. 아무도 잡을 수 없으면 계속해서 술래를 하게 된다.

세부적인 부분에서 차이가 있을지는 모르지만, '다루마가 굴렀다'는 그런 놀이였다. 상담자도 지금 옆에 있는 나무를 이용해서 친구들과 함께 이 놀이를 했던 것이다.

그렇게 생각하고 있다가 문득, 야에는 의심이 생겼다.

애초에 처음 전화가 걸려왔을 때 "다레마가 죽었다"라고 노래한 사람은 역시 이 남자였던 건 아닐까…….

그러나 금방 스스로 고개를 저으며 부정했다.

일단 이 남자에게 그런 짓을 할 이유를 찾을 수 없다. 그가 처한 곤경은 진짜다. 오랜 경험으로 그 점만은 확신할 수 있다. 전화를 이용한 자살 도박도 아마 진짜일 것이다. 그런 상태에 빠져 있는 상황에서 이런 장난은 전혀 어울리지 않는다.

애초에 "다레마가 죽었다"라고 노래한 뒤에 "다루마가 굴렀다"라고 남자가 말할 때까지의 사이가 너무 길다.

게다가 남자의 "다루마가 굴렀다"는 어린아이를 흉내 낸 어조였지만 명백히 어른임을 알 수 있는 것이었다. 그것에 비해서 "다레마가 죽었다"라고 노래했던 목소리는 어떻게 생각해도 어린아이로밖에 들리지 않는다. 남자아이인지 여자아이인지 판단이 서지는 않지만, 초등학교 저학년 정도가 아닐까.

그 노래와 이 남자는 관계가 없나……?

그것은 전화가 혼선되었던 것에 지나지 않고 남자가 '다루마가 굴렀다' 놀이를 언급한 것은 우연이며, 쌍방은 아무런 관계도 없을지 모른다.

도무지 납득이 되지 않는 섬뜩한 기분은 남지만, 어쨌든 야에는 전화에 집중했다. 남자의 희사관념에 대응하면서, 지금 그가 있는 장소를 밝혀내기 위해서 전력을 다했다.

그러나 이때의 야에는 아직 아무것도 몰랐다. 이 전화를 계기로 무시무시한 연쇄살인 사건이 일어나리라는 것을…….

니시도쿄 정신보건 복지센터의 직원인 도키와 요시미츠가 니시도쿄 생명의 전화 사무국장인 야마가타 다모츠의 전화를 받은 것은, 후추 시의 자택에서 커피를 마시고 있던 일요일 오전 10시경의 일이었다.

"안녕하십니까. 휴일인데 집으로 전화해서 죄송합니다. 마쿠마 과장님에게 전화를 했습니다만 연락이 되지 않아서…….."

50대 후반인 야마가타는 아직 30대 중반인 요시미츠에게도 항상 정중한 말투로 이야기한다.

"앗, 안녕하십니까. 과장님은…… 죄송합니다. 마쿠마 과장에게는 제가 연락을 해두겠습니다."

사과하면서도 요시미츠는 어째서 마쿠마에게 연락이 되지 않는지 충분히 알 거 같았다. 아마도 마쿠마의 집 전화는 자동응답 상태고 본인의 핸드폰은 꺼져 있을 것이다.

난처하게 됐네…….

야마가타가 이쪽을 배려하며 일부러 그 사실을 언급하지 않았기 때문에 더욱 부끄러워서 견딜 수가 없었다.

그렇지만 요시미츠는 그런 내색은 하지 않고 물었다.

"생명의 전화에 뭔가 심각한 전화가 왔습니까?"

"네. 오늘 밤 중에 자살할 우려가 높은 상담자가 한 명 있습니다."

야마가타는 어젯밤 니시도쿄 생명의 전화에 전화를 걸어온 남자에 대해서 간단히 설명했다

"자세한 사항은 곧 팩스로 보내겠습니다만, 이 남성은 오늘 밤 11시 이후에 마다테 시의 통칭 '표주박산'에서 자살을 실행할 가능성이 상당히 높다고 생각됩니다."

"알겠습니다. 마쿠마 과장과도 의논하겠습니다만, 일단 저희가 현지에 가서 대응하는 것으로 하겠습니다."

수화기에서 안도의 한숨이 흘러나왔다.

"잘 부탁드립니다."

"경찰에 협력을 요청해서 사전에 상담자의 신원을 파악할 필요는 없을까요?"

야마가타의 말로는 그것도 가능한 듯했다.

작년 12월부터 몇 달 동안에 마다테 시에서 자살한 50대 중반 이후의 남성 중, 의류 소매업을 하던 인물을 찾아내면 일단 상담자의 아버지를 알아낼 수 있을지도 모른다. 거기서 그 아들을 찾아내는 것은 간단할 것이다.

"일단 그것도 검토하긴 했습니다만, 집에 가서 설득을 시도하더라도 오늘 밤이 되면 마음이 바뀔지도 모릅니다. 아마도 가장 좋은 것은 자살을 시도하고 있는 현장에서 단념하게 만드는 것이겠죠. 게다가 상담자는 집에는 없을 공산이 크고, 또한 경찰도 지금 같은 상황에서는 좀처럼 움직여 주지 않을 거라고 생각합니다."

"말씀하신 대로겠죠."

역시나 그는 세세한 곳까지 잘 고려하고 있다.

"가능하면 오후 10시 반 전에 표주박산으로 가주실 수 있겠습니까."

"자살 예상 시간의 겨우 30분 전인데, 괜찮겠습니까?"

너무 늦는 것은 아닐까.

"정말로 위험한 시각은 오후 11시 반부터 오전 0시 사이입니다. 그러니 한 시간 전인 셈이죠. 이 타이밍이 아주 까다로워서……."

"너무 빠른 것도 좋지 않은가요?"

"잠복하고 있었다는 인상을 주는 것은 최대한 피하고 싶습니다. 상담자가 현장에 찾아온 뒤에 얼굴을 보이는 것이 좋다고 생각됩니다. 다만 시기를 적절히 맞추지 못하면 아무 소용도 없습니다. 이 전화를 받은 상담원의 말에 따르면, 그 남성은 최근 일주일 동안 매일 밤 11시 무렵에 표주박산에 올라가고 있다고 합니다. 그런 상황을 전부 고려해서 오후 10시 반에 가주십사 말씀드리는 거죠."

"상담자가 나타날 때까지 이쪽은 숨어 있고, 그다음에 말을 거는 거군요."

"네. 수고스럽겠지만 부탁드립니다."

"자살 시간을 앞당길 우려는 없습니까?"

"상담자가 어디에 전화를 거느냐에 따라서 다르겠습니다만, 오늘이 마지막 밤이라는 점도 있고 하니 방심은 할 수 없습니다. 예측하지 못한 사태에도 대비해둘 필요가 있겠죠."

"잘 알았습니다."

야마가타 씨도 같이 가주시면 안 될까요, 라는 말을 평소처럼 요시미츠는 꾹 삼켰다.

생명의 전화는 어디까지나 자원봉사 단체다. 전화를 걸어온 사람의 고민이나 불평을 듣고, 경우에 따라서는 상담도 한다. 그러나 할 수 있는 것은 거기까지다. 그 이상의 행동이 필요해졌을 경우, 거기서부터는 행정당국의 일이 된다. 물론 나라나 지자체가 자살대책 자체에 무관심한 것은 아니다. 생명의 전화와 같은 기능을 가진 부서를 각 지자체에 설치하고 있는 경우도 많다.

그러나 당연하게도 자살 희망자는 시간을 가리지 않는다. 한편으로 관청의 업무는 한계가 있다. 예를 들면 상담 창구는 오전 9시부터 오후 5시까지라는 식으로, 어쩔 수 없이 획일적인 대응을 하게 되고 마는 것이다. 현실에 맞춰 대응하기가 몹시 힘들다.

그렇기에 24시간 대응을 1년 내내 무급으로 실시하고 있는 생명의 전화 상담원에게는 정말 고개가 절로 숙여질 수밖에 없다. 그 뒤의 실무적인 대응을 도쿄도 복지보건국 관할인 이 센터의 자신들이 인계하는 것은 극히 당연한 일이라고 요시미츠는 항상 생각하고 있었다.

그런데 마쿠마 과장이란 인간은…….

휴일은 말할 것도 없고, 평일에도 니시도쿄 생명의 전화에서 근무시간 이후에 대처해야 하는 일로 연락해오는 것을 끔찍이 싫어하는 것이다.

그 기분을 이해 못 하는 것은 아니지만…….

1년을 통틀어서 보면, 근무시간 외 업무에 소비되는 시간들이 나름대로 부담이 되는 것은 부정할 수 없다. 그렇다고 해도 요즘 일반 기업들의 조기 출근이나 무보수 야근 같은 것에 비하면 훨씬 나은 편이다. 게다가 자신들의 임무는 사람의 생명을 구하는 숭고한 행위이기도 하다.

그러나 그렇게 말하면 마쿠마는 반드시, 벌컥 화를 낸다.

"어느 세상에 조기 출근이나 무보수 야근을 인정하는 노동자가 있지?"

확실히 맞는 말이라고 생각한다. 그러나 일반 시민이 자원봉사로 하고 있는 자살 희망자의 구조 활동에 지원이 필요하다면, 그 역할은 우리들이 해야 하는 것이 아닐까.

"정규 근무시간 내에서라면."

마쿠마의 대답은 지극히, 정말 감탄이 나올 정도로 관료주의적이었다.

"애초에 이 센터의 사명은……."

그리고 꼭 마지막에는 딱딱하고 형식적인 말로 얼버무리려 한다.

"정신보건 및 정신장애자 복지에 관한 법률에 기초해서 도쿄도민의 정신적인 건강 유지와 향상, 거기에 정신장애자 의료의 충실과 사회적 자립 촉진을 종합적으로 지원하며 추진하는 것이니까."

새삼스럽게 듣지 않아도 매일 그런 업무를 하고 있으니 요시미츠도 충분히 알고 있다. 아니, 알고 있기에 정신적인 고통으로 희사 관념을 품게 된 사람을 돕는 일이야말로 이 센터의 역할이라고 생각한다. 실제로 니시도쿄 정신보건 복지센터는 이 지방자치단체가 시행 중인 자살대책의 핵심적인 위치를 담당하고 있다.

그렇다고 해도…….

하다못해 대외적으로는 좀 제대로 된 태도를 보였으면 좋겠다. 니시도쿄 생명의 전화 쪽의 야마가타 사무국장은 분명 기가 막혀 하고 있겠지. 그것을 실감하는 만큼, 요시미츠는 항상 비참한 기분을 맛보고 있다.

애초에 마쿠마는 과장의 업무는 고사하고 평사원 중 선배 역할도 제대로 수행할 수 없으리라는 생각이 들 정도로 부하를 지도하는 데 서툴다. 아니, 그냥 서툰 정도가 아니라 다른 사람의 발목까지 잡는다. 게다가 어린애처럼 괴롭히기까지 한다. 그러는 한편으로, 상사에게는 능력 있는 관리직이라는 인상을 주려고 애를 쓰고 있다. 그러나 조금이라도 사람을 보는 눈이 있다면 보통은 속지 않을 것이다. 그럼에도 불구하고 어째서인지 그에 대한 상부의 신임은 두텁다.

자신을 포함한 과장의 부하들이 열심히 노력하기 때문이라고 요시미츠는 생각한다. 마쿠마 본인이 해야 할 업무까지 대부분 부하들이 처리하고 있기 때문이다. 다만 그렇다고 해도 과장에 대한 평가는 너무 높다. 처세술이라도 뛰어났다면 그것도 일종의 재능이라고 인정하겠지만 그것도 영 서툴다.

어지간히 강력한 연줄이나 배경이 있는 게 아닐까.

요시미츠는 20대 후반까지 대학 연구실에 있었고, 그 뒤에 공무원 시험에 합격해서 올해 봄에 이 직장으로 전속된 지 얼마 되지 않았다. 사회로 나가면 다양한 고난이 있을 거라고 어느 정도 각오하고 있었다. 그러나 적어도 폐쇄적인 대학보다는 개방되어 있을 거라는 기대도 하고 있었다. 그런데 실제로는 마쿠마 과장처럼 무능력한 인간이 활개치고 있다. 이런 부조리한 상황이 아무렇지도 않게 존재한다니, 정말 상상도 못 했던 일이다. 이것이 공무원 사회인가? 마치 딴 세상에 와 있는 듯한 기분이었다.

지금 와서 생각하면 신입치고는 많은 나이로 이 센터에 배속되게 되었을 때, 요시미츠는 골칫덩이 과장을 돌보는 역할을 떠맡은 것인지도 모른다. 자살대책을 위한 특별 프로젝트 팀을 짜기 위해서라고 들었는데, 그것은 표면적인 이유였던 것이 아닌가 그는 의심하고 있었다.

어느 친한 여성 동료가 말하기로는, 마쿠마는 부하 중에서도 요시미츠를 가장 심하게 괴롭히고 있다고 한다. 다른 곳에서는 '요시미츠'가 아니라 '요시코'라고 모멸적인 어조로 부른다고 한다. 신참이기 때문이냐고 묻자, 그녀는 조금 부끄러워하면서 믿겨지지 않는 이유를 밝혔다.

"분명히 도키와 씨의 외모를 질투하고 있는 거예요."

요시미츠는 어릴 적에 어머니가 여자아이 옷을 입혔을 정도로 단정하고 여성스러운 용모를 갖고 있었다. 목소리도 예뻤고, 변성기를 맞이한 다음에도 별로 변하지 않았다. 그 때문에 이성뿐만이 아니라 동성으로부터 뜨거운 시선을 받은 적도 있었다.

"……영문을 모르겠군요."

요시미츠가 당황하자 그녀는 이맛살을 찌푸리며 충고했다.

"저기요, 여자보다도 남자의 질투가 무서운 법이에요."

결국 다마 시에 살고 있던 마쿠마 호세이에게 연락이 된 것은 그날 오후였다.

그런데 상담자에 대해서 자세히 듣더니, 처음에는 늘 그렇듯이 의욕이 없었던 마쿠마가 웬일인지 차츰 흥미를 갖기 시작했다.

"야마가타에게 받은 자료를 팩스로 보내줘."

열 살 이상이나 연상인 사무국장을 이름으로 부르는 것은 여전히 탐탁지 않았지만, 마쿠마는 웬일로 적극적인 태도를 보였다.

"이 남자에게 어떻게 대처할지, 오늘 밤까지 서로 생각해두자고. 그렇지, 10시에 자네 집까지 차로 데리러 가지. 거기서 마다테 시까지 30분 정도면 될 거야. 차 안에서 의논도 할 수 있겠고."

사전에 시간을 들여서 대책을 짜지 않는 부분은 평소대로였다. 그렇지만 적어도 과장 스스로 오늘 밤에 어떻게 움직일지 결정한 것은 놀라운 일이었다. 혼자서 대응할 생각까지 하고 있었던 요시미츠는 더욱 놀랐다.

설마 아는 사이인가……?

요시미츠는 곧바로 상담자와 과장의 관계를 의심했다. 그렇지만 아무래도 그건 아닌 듯한 느낌이다. 남자가 현재 처한 상황을 설명했을 때에는 평소처럼 별 반응이 없었기 때문이다. 만일 아는 사람이었다면 거기서 바로 티가 났을 것이다.

그렇다면 과장은 어째서 이 일에 이렇게 신경을 쓰는 거지?

애초에 그런 의문을 가지는 것이 이상하다는 것은 알고 있다. 그렇다고 해도 이제까지의 마쿠마가 해온 언동을 알고 있는 만큼, 마치 여우에 홀린 듯한 기분이었다.

어쨌든 지금은 이 남자를 구하는 것에 집중해야 한다.

요시미츠는 생각에 빠졌다. 야마가타가 보내온 자료를 몇 번이나 읽으면서 이 일에 어떻게 대처해야 할지 고민하기 시작했다. 다행히 자신에게는 다른 센터를 필두로 상사나 선배들이 겪어온 풍부한 사례에 관한 자료가 있었다. 그것을 참고해 상대의 반응을 예상하면서 이 경우의 최선이라고 생각되는 대응책을 꼼꼼히 노트에 적어나갔다.

얼추 작업이 끝났을 무렵, 신뢰하는 센터의 선배에게 전화를 걸어 정리한 내용을 들려주었다. 그로부터 몇 가지 어드바이스를 받아서 개선하고, 간신히 만족스러운 결과물이 나왔을 무렵에는 벌써 날이 저물어가고 있었다.

저녁 식사를 하면서 일 때문에 외출해서 늦게 돌아올 것이라고 전하자, 어머니는 몹시 걱정스러운 얼굴을 했다. 이럴 때의 일이라는 것이 무엇인지 어머니도 알고 있다. 전혀 위험할 것 없다고 늘 설명하고 있지만, 도무지 믿어주지 않는다. 자기 아들이 자살 소동에 휘말려 죽는 것은 아닐까 그때마다 두려워하는 것이다.

요시미츠는 기억하지 못하지만, 그는 어릴 적에 딱 한 번 미아가 된 적이 있다고 한다. 다행히도 무사히 발견되었지만, 만 하루 동안 어디에 가서 무엇을 했는지 전혀 기억하지 못했다는 것이다. 이후로 어머니가 과보호 기미를 보이게 된 것은 어쩔 수 없는 일이라고

요시미츠도 생각하고 있었다. 하지만 이제는 어린애가 아니다. 아니, 이미 서른을 한참 넘긴 어른이니까 그런 걱정은 이제 그만했으면 했다.

"마쿠마 과장님도 같이 가니까 걱정할 것 없어요."

얄궂게도, 마쿠마 호세이와 동행한다고 하면 어머니는 조금이나마 안심하곤 했다. 아들이 공무원이 되었을 때, 무엇보다 안정적인 직업을 가졌다는 사실에 기뻐했던 어머니는 극히 보수적인 과장의 자세를 지지하고 있었다. 아무리 요시미츠가 자신들의 사명을 이야기하고 그 의의를 호소해도 늘 똑같은 대답이 돌아왔다.

"꼭 네가 하지 않아도……."

그러면 대체 누가 해야 하는가. 물론 어머니에게 그 대답은 없다. 어머니는 자기 아들이 위험한 업무를 강요당하고 있다고만 생각할 뿐이다.

역시 이제 그만 집에서 나가는 편이 좋을지도 모르겠다.

요시미츠의 아버지는 그가 초등학교 저학년 시절까지 다른 지역에서 서비스업을 하고 있었다. 그러나 경영에 실패해서 가게가 망했고, 그것이 원인이 되어 어머니와 이혼했다. 이후로 아버지와는 셀 수 있을 정도로밖에 만나지 않았다. 세 살 위의 누나는 4년 전에 결혼했다. 어머니와 단둘뿐이라고 생각했기에 취직하고 나서도 같이 살고 있지만, 최근에 어머니가 자신에게 의존하는 경향이 커진 듯한 기분을 떨칠 수 없다. 사이가 나빠지기 전에 서로 떨어지려면 이쯤에서 요시미츠가 자취를 시작해야 하는 것은 아닐까. 나이를 생각하면 이미 너무 늦었다고 할 수 있을 정도다.

저녁 식사 후, 어머니와 텔레비전을 보면서 요시미츠는 이런저런 생각을 했다.

요시미츠로서는 물론 같이 사는 것이 이래저래 편하고 좋다. 우선 취사, 빨래, 청소에 대해 걱정할 필요가 없다. 지금도 매달 생활비는 들지만, 독립하게 되면 집세와 공과금, 식비에 들어가는 돈이 훨씬 늘어나게 된다. 그렇지만 여기서 부모로부터 완전히 독립하지 않으면 계속 지금 같은 생활이 이어지게 될 것 같아 두려웠다.

정신이 들고 보니 어느덧 텔레비전 장식장 위의 시계가 10시 10분 전을 알리고 있었다. 슬슬 마쿠마가 올 시간이다. 황급히 옷을 갈아입고 자료들을 가방에 넣고 외출할 준비를 한다.

이윽고 10시가 되고, 5분이 되고 10분이 되고 15분이 되어도 마쿠마는 나타날 생각을 하지 않았다. 핸드폰도 전원이 꺼져 있는 것 같았다.

이상하다고 생각하긴 했는데…….

이상하게 적극적이었던 것은 그냥 변덕에 지나지 않았던 걸까. 요시미츠는 무엇보다 마쿠마를 믿고 기다리고 있던 자기 자신에게 가장 화가 났다.

결국 마쿠마의 차가 도착한 것은 10시 반 조금 전이었다. 완곡하게 지각한 것을 항의하자 매몰찬 대답이 돌아왔다.

"자살할 위험성이 있는 건 11시 반부터 오전 0시 사이잖아. 30분 전에는 도착할 거니까 아무 문제도 없어."

무슨 말을 해봤자 시간 낭비라는 것을 깨닫고, 요시미츠는 차에 올라타려고 했다. 자신이 운전해서 조금이라도, 늦은 것을 만회할 생각이었다. 그런데도 평소라면 당연히 운전을 맡길 마쿠마가 오늘밤에는 그를 조수석에 앉혔다. 게다가 차를 느릿느릿 운전해서 짜증이 치솟았다. 다른 선배였다면 조급해하는 그를 진정시키기 위해서 일부러 배려하는 것이라고 생각할 수도 있다. 그러나 마쿠마의 경우에는 아무리 봐도 훼방을 놓고 있다는 기분이 든다. 더 솔직하게 말하면, 자신을 괴롭히고 있는 것 같았다.

차 안에서 하자던 의논도 하는 둥 마는 둥이었다. 요시미츠가 상담자에게 어떻게 대처해야 할지 의견을 이야기해도 마쿠마의 대답은 냉담했다.

　"그거면 됐어."

　"과장님의 생각을 들려주세요."

　납득이 가지 않아서 물고 늘어지자, 마쿠마는 언짢은 듯한 어조로 쏘아붙였다.

　"상대는 궁지에 몰려서 죽으려고 하고 있어. 그런 녀석에게 매뉴얼대로 대응한다고 통할 것 같아? 그 순간의 상황 판단에 따라 임기응변으로 대응할 수밖에 없잖아."

　그렇기에 예상할 수 있는 상황에 대해서는 미리 시뮬레이션을 해둬야 하지 않겠습니까, 라는 반론을 요시미츠는 간신히 삼켰다. 입 밖에 내면 말싸움으로 이어질 게 확실하다. 그 남자를 구하는 일에 분명히 지장이 생길 것이다. 눈앞의 자살 희망자를 내팽개칠 정도로 마쿠마도 몹쓸 인간은 아니다. 그렇다고 해도 그때 두 사람 사이가 삐걱거리고 있으면 쓸데없는 실수를 저지를 우려가 있다.

　마다테 시에 도착한 것은 11시 6분 전이었다. 국도에서 논 사이에 나 있는 길로 들어가더니 누노비키 초라는 지역에 진입해서 한동안 달린 끝에, 마쿠마는 묘지 옆의 공터에 차를 세웠다.

　"여기서부터는 걸어가야 해."

　마쿠마가 재빨리 차에서 내리는 것을 보고 요시미츠도 황급히 뒤를 따랐다.

　흐린 날이었기 때문에 주변은 어두웠다. 근처에는 민가도 없고 논밭이 펼쳐져 있을 뿐이다. 그 탓에 가로등도 아주 적었다. 의지할 수 있는 조명이라곤 두 사람이 들고 있는 회중전등뿐이었다. 그래도 주위에 논밭 외에 아담한 묘지와 작은 숲이 있다는 건 알 수 있었다. 요시미츠에게는 전방에 작은 두 개의 혹 같은 산이 솟아올라 있는 모습 정도밖에 보이지 않았다.

"저게 표주박산인가요?"

마쿠마가 말없이 고개를 끄덕였다.

"낮은 쪽에는 집이 있군요."

군데군데 창문의 불빛이 보였다. 상당한 크기의 집이라는 것을 알 수 있었다.

"이 근방의 지주일까요?"

입지적으로 봐도 그럴 가능성이 있어 보였다.

"집이 세워져 있는 산뿐만 아니라, 옆에 있는 산도 저 집안의 땅일까요?"

"저 집은 우리 일과 관계없어."

무뚝뚝하게 마쿠마가 대답했을 무렵, 두 사람은 문제의 높은 쪽 산기슭에 도착해 있었다.

"이곳의 신사라고 들었습니다만, 상당히 쇠퇴한 곳 같은데요?"

낡아빠진 나무 도리이(보통 일본의 신사 입구에 세워져 있는 문으로, 기본적으로 두 개의 기둥이 있고 그 사이를 연결하는 가로대가 있는 구조를 가지고 있다_역주)를 보며 요시미츠는 조금 놀랐다. 조금 뻗어나간 흙길 앞에는 폭이 좁고 가파른 경사의 돌계단이 보였다.

"이봐, 가자고."

재빨리 도리이를 지난 마쿠마는 벌써 돌계단 아래에 가 있었다.

"기다려주세요."

종종걸음으로 뒤를 쫓아갔더니, 예상과 달리 마쿠마는 먼저 앞서 가라는 듯 손짓했다.

그러면 그렇지…….

마음속으로 한숨을 쉬고 돌계단을 오르기 시작한다. 좌우로는 나무들이 울창하게 우거져 있어서 안 그래도 어두운 발치를 전혀 보이지 않게 만들었다. 그래서 요시미츠는 신중하게 한 계단씩 올라가기 시작했다. 여기서 발을 헛디뎠다가는 뒤쪽에 있는 마쿠마까지 말려들어서 둘 다 굴러떨어지게 된다. 팔이나 다리만 부러지면 그나마 다행이지만, 까딱 잘못하다간 목숨이 위험할 수도 있다.

타인의 목숨을 구하려고 와서 자신이 사고로 죽다니…….

재수 없는 상상이지만 참으로 멍청한 상황이다. 만약 아들이 그런 일을 당한다면 분명히 어머니도 몹시 원통해하겠지.

어둠 속에서 발밑이 불안한 돌계단을 오르는 긴장감에 무슨 말이라도 꺼낼까 할 즈음, 간신히 꼭대기에 도착했다. 거기서부터 바닥 돌이 울퉁불퉁하게 뒤틀려 있는 참도가 뻗어 있다. 전방에 불빛을 비추자 고마이누(개와 유사한 상상의 동물 조각상. 주로 신사 앞에 쌍으로 놓여 있다_역주)로 보이는 두 개의 석상이 갑자기 나타나고, 그 사이에 사당처럼 보이는 낡은 건물의 실루엣이 흐릿하게 보였다.

역시 여긴 신사구나…….

그렇다고 해도 너무나 쇠락한 데다 엄청나게 음침한 분위기였다. 회중전등의 빛을 비춰봐도 그렇게 보이니, 날이 밝을 때 오면 폐가로 잘못 볼 만큼 기분 나쁜 건물이 틀림없을 것이다.

"이쪽이야."

기묘한 모습의 사당에는 눈길도 주지 않고 마쿠마는 경내의 오른편을 가리켰다. 다만 그렇게 지시만 내렸을 뿐, 역시 앞서 가는 것은 요시미츠였다.

천천히 걸음을 앞으로 내딛는다. 참도를 벗어나자 신발 바닥에 흙의 감촉이 전해졌다. 불빛은 발치 아래를 비추는 것만으로도 벅차서 주변의 상태는 전혀 알 수 없었다.

이윽고 커다란 나무 같은 것이 보이기 시작하자 요시미츠는 회중전등의 불빛을 약하게 했다. 자살할지도 모르는 남자를 불필요하게 자극하지 않기 위해서다. 11시가 지났으니 이미 이곳에 와 있어도 이상하지 않다. 몇 초 늦게 마쿠마도 부하를 따라서 회중전등의 밝기를 낮췄다.

"저 나무일까요?"

요시미츠가 속삭이는 소리에, 마쿠마는 가만히 고개를 끄덕였다. 야마가타에게 받았던 자료에는 남자가 경내의 동쪽 가장자리에 위치한 커다란 벚나무에서 목을 맬 가능성이 있다고 적혀 있었다. 눈앞의 거목이 아마도 그 나무겠지.

"그쪽에서 살펴봐."

마쿠마는 나무의 오른편을 가리키고서 자신은 왼편으로 돌아가는 시늉을 했다.

"알겠습니다."

거목의 앞에서 두 사람은 각자 살금살금 좌우로 나뉘었다. 그러나 일부러 발소리를 죽일 필요도 없었다. 지면 여기저기 거대한 뿌리가 땅 위로 튀어나와 있어서 도저히 평소 걸음으로 걸을 수 없었기 때문이다. 어쩔 수 없이 신중한 걸음걸이로 걷다 보니 자연스럽게 소리를 내지 않고 걷게 되었다.

조용하네……

거기까지 와서야 간신히 요시미츠는 경내가 아주 고요한 정적에 감싸여 있다는 사실을 깨달았다. 자살할지도 모르는 그 남자가 있다면, 아직 전화를 걸지 않았다고 해도 어떤 기척이 있지 않을까. 그러나 문득 생각해보니, 돌계단을 다 올라왔을 때부터 이미 산 위에는 아무도 없는 듯한 분위기가 떠돌고 있었던 느낌이 든다.

그것뿐이라면 오히려 잘된 일이다. 남자가 오지 않았든가, 돌아갔음이 틀림없기 때문이다. 그렇지만 이 나무에 다가갈수록 뭐라 형언할 수 없는 기묘한 공기가 주위에 가득 차기 시작했다. 요시미츠는 마치 이 자리에서 아주 흉측한 일이 일어났던 것 같은, 그런 감각에 휩싸였다.

아무래도 이상해…….

지금까지도 자살 희망자를 만나러 갔다가 여러 가지로 무서운 일을 겪은 경험은 있다. 그렇지만 이곳에서 느껴지는 정체를 알 수 없는 기괴함만큼 오싹한 기운은 느낀 적은 없다.

집에 가고 싶어…….

웬일로 요시미츠가 나약해졌을 때였다. 흐릿하게 암흑 속에 떠올라 꿈틀거리는 뭔가가 그의 시선 앞에 나타났다.

"우왓!"

삼키려고 했던 비명이 어두운 한밤중의 산속에서 흐릿하나마 날카롭게 울려 퍼졌다.

뭐, 뭐, 뭐지?

조심조심 회중전등을 향하자, 옆으로 뻗은 나뭇가지 하나에 목을 매기 위한 것으로 보이는 하얀 로프가 매달려 있었다. 그 고리 부분이 밤바람을 받아 조금 흔들리고 있다.

"후아……."

안도의 한숨을 내쉬었지만, 그리 기분이 좋은 광경은 아니었다. 물론 그 남자가 성급하게 목을 매지 않은 것은 다행이지만…….

"무, 무슨 일이야?"

왼편에서 마쿠마가 속삭이는 목소리가 들리고, 흔들리는 회중전등의 불빛이 요시미츠를 향해 뻗어왔다. 어둠에 울리는 목소리도 어둠 속에서 뻗어오는 빛줄기도 모두 떨리고 있었다.

대답하기 전에 우선 요시미츠는 나무 주위를 비춰보았다. 지면에는 나무 앞쪽과 마찬가지로 거대한 뿌리가 구불구불 뻗어 있고, 그 사이로 간간이 커다란 바위가 보인다. 그러나 그것 외에 특별히 이상한 곳은 없다.

아무도 없어…….

문제의 남자가 있는 듯한 기척도, 이곳에 있었던 흔적 같은 것도 전혀 없었다. 그럼에도 불구하고 무서운 일이 일어난 것 같은 공기가 이 자리에 가득 차 있다.

"무, 무슨 일이냐니까?"

목소리를 죽이는 것조차 잊고, 마쿠마는 반쯤은 화나고 반쯤은 울먹이는 듯한 목소리로 말했다.

"이 가지에 목을 매기 위한 로프가 걸려 있습니다."

"로, 로프뿐인가."

"네. 남자의 모습은 보이지 않습니다."

"뭐야……. 아직 안 온 거잖아."

마쿠마는 눈에 보일 정도로 안도했다.

"하지만 과장님……."

"……."

요시미츠의 말에 불안한 기운을 느꼈는지, 마쿠마는 입을 다물고 있다.

"아무래도 이상합니다."

"뭐, 뭐가?"

"이 나무 주변에 떠도는 공기라고 할까……."

"…… 그런 건, 기, 기분 탓이야."

마쿠마의 어색한 목소리가 어둠 속으로 사라지고, 한동안 적막한 시간이 흘렀다.

바스락바스락…….

어딘가에서 소리가 났다. 흐릿했지만, 초목이 술렁이는 듯한 소

리였다. 아무래도 거목 너머, 그것도 산 아래 쪽에서 들려온 기분이
든다.

"히익!"

마쿠마가 비명을 질렀다. 그러자마자 소리가 딱 멈췄다.

"과장님, 조용히 하세요."

작은 목소리로 주의를 주고서 요시미츠는 지면에 튀어나와 있는
뿌리를 피하며 커다란 나무의 뒤편으로 돌아 들어갔다.

거목 뒤편에는 나무들이 울창하게 우거져 있었다. 다만 딱 한곳,
잡풀밖에 나 있지 않은 곳이 있었다. 신중하게 다가가면서 불빛을
비춰보니 얼마 못 가 절벽이 되어 있었다. 무작정 들어가지 않아서
다행이다. 그런 생각을 하고 있는데 갑자기 마쿠마가 뒤에서 등을
밀며 다가와 요시미츠는 깜짝 놀랐다.

"떠, 떨어진 거야?"

"과장님……. 겁주지 마세요."

분노를 필사적으로 참으며 말했지만, 마쿠마는 들은 체도 안 했다.

"목을 맨 게 아니라 투신자살한 건가."

"아직 알 수 없어요. 이렇게 어두우면 아무것도 안 보이니까요."

"좀 더 살펴봐."

"위험하다구요."

"우리들에게는 확인할 의무가 있잖아."

우리들이라는 말 속에는 과장님도 들어가 있죠? 요시미츠는 돌
아보며 묻고 싶었지만 그만두었다.

소용없다고 생각하면서도 회중전등의 빛을 절벽 아래로 향한다.
아니나 다를까 아래까지는 전혀 닿지 않는다. 그 불빛을 앞쪽으로
서서히 가져오던 중에 절벽에서 튀어나온 나무뿌리 끝에 걸려 있
는 남성용 신발이 떠올랐다.

"과장님, 신발이 있어요."

"뭣……."

바스락바스락…….

이번에는 확실히 절벽 아래에서 또렷한 소리가 들려왔다. 역시 초목이 서로 스치는 듯한 소리다.

"누군가 계신가요? 괜찮으세요?"

요시미츠는 절벽 아래를 향해서 불렀다. 큰 목소리를 낼 생각이었지만, 속삭이는 것보다도 조금 나은 정도여서 금세 산을 뒤덮은 어둠에 삼켜져 사라졌다.

"아무도 없구만, 뭐."

마쿠마가 서둘러 결론을 내렸다. 분명히 오전 0시까지 기다렸으며 문제의 남자는 나타나지 않았다고 생명의 전화 쪽 야마가타에게 보고할 생각이겠지.

"하지만 과장님, 저런 곳에 신발이 있잖아요. 그렇게 판단할 수만은……."

"이봐, 대답이 없으니까……."

부스럭부스럭, 부스럭부스럭…….

그때, 명백히 풀숲을 헤치는 소리가 절벽 아래에서 크게 들렸다.

"괜찮으신가요? 다치지 않으셨나요?"

요시미츠는 조금 전보다 목소리를 크게 했다.

"저희는 당신을 구하러 온 사람들입니다!"

그러나 여전히 아무런 반응도 없다.

"여러 가지 상담을 해드릴 수도 있습니다!"

여전히 풀숲에서 움직이는 소리가 들린다.

"어떡해야 좋을지 같이 생각해보죠!"

아니, 점점 초목이 술렁이는 소리가 커지고 있다.

"이, 이봐……."

등 뒤에서 마쿠마가 겁먹은 듯한 목소리로 말했다.

"뭐, 뭔가 이상하다고, 저거……."

요시미츠의 목덜미 털이 곤두섰다. 오싹하는 전율이 곧바로 등줄기를 타고 흘러내려갔다.

그 순간, 그는 깨달았다. 지금 자신이 얼마나 무리해서 벼랑 아래의 그것을 부르고 있는지. 사실은 그것에 관계해서는 안 된다고 본능이 고하고 있다는 것을. 그런데도 자신이 해야 할 일이라면서 스스로 얼버무리고 있다는 것을.

요시미츠가 곧바로 도망치지 않았던 것은 얄궂게도 마쿠마가 옆에 있었기 때문인지도 모른다.

"과장님, 가죠."

벼랑 앞을 벗어나서 요시미츠는 돌계단으로 향했다.

"가? 가다니, 그만 돌아가자는 얘기야?"

마쿠마가 당황하며 뒤를 따라온다. 요시미츠는 아무 대답도 하지 않고 그저 발밑에 주의를 기울이면서 최대한 빨리 걸었다. 돌계단을 내려갈 때도 신중하면서도 신속하게 움직이려고 노력했다. 모순되는 행위였지만 그는 그것에 최대한 집중했다.

산기슭으로 내려갈 때까지 마쿠마는 말이 없었다. 그러나 요시미츠가 이웃한 낮은 산 사이로 들어가는 길을 찾기 시작하자 놀란 목소리로 말했다.

"이봐, 뭐 하는 거야?"

"저 벼랑 아래로 가는 길이 어딘가에 있을 겁니다."

"……없어 보이는데."

제대로 눈길도 주지 않고서 마쿠마는 이미 돌아가려 하고 있다. 오전 0시까지 이곳에 머무를 생각은 없는 모양이다.

"앗, 저기!"

돌계단에서 몇 미터 떨어진 오른편 수풀에 작은 틈새가 있는 것을, 주위를 열심히 살피던 요시미츠가 발견했다.

"저런 곳에는 도저히 못 들어간다고."

궁시렁대는 마쿠마를 무시하고 수풀 속을 조사하자, 좁은 길 같은 것이 왼편으로 꺾어지며 쭉 안으로 이어지고 있었다.

"괜찮아 보여요."

요시미츠는 대답을 기다리지 않고 수풀 속으로 발을 들였다.

"이봐, 잠깐 기다려……."

요시미츠는 못 들은 체하며 계속해서 앞으로 나아갔다.

"기다려……. 기다리라니까!"

그래도 마쿠마가 뒤를 따라온 것은 과장이라는 체면을 생각해서일까, 아니면 혼자 남는 것이 싫었기 때문일까.

"도키와! 쓸데없는 짓 하지 마!"

등 뒤에서 질타하는 소리가 울려 퍼지긴 했지만 아주 작고 약했다. 마치 누군가가 듣고 이쪽의 존재를 알아차리는 것을 두려워하는 것처럼.

그러나 그것은 무의미했다. 두 사람이 움직일 때마다 부스럭부스럭, 와삭와삭…… 하는 소리가 났기 때문이다.

"젠장, 될 대로 되라지!"

게다가 욕설을 내뱉을 때만 마쿠마의 목소리는 커진다. 절벽 아래에서 누군가가 기다리고 있더라도, 이미 다가오는 두 사람을 알아차렸을 것이 틀림없다.

앞으로 나아감에 따라 주위에 나 있는 잡초들의 키가 커져간다. 이따금씩 풀숲 틈새로 산 낮은 쪽에 있는 저택의 불빛이 흘끗흘끗 눈에 들어온다. 하지만 그 불빛은 요시미츠 일행이 있는 산골짜기를 비출 정도로 가깝지도 밝지도 않다. 그저 머리 위에서 무표정하게 그들의 행동을 흘겨보고 있는 것에 지나지 않는다.

내려다보는 집…….

실제로 그 저택에 감시당하고 있는 기분이 들었다. 불빛 하나하나가 저 산 위에 있는 저택의 눈알 같다는 생각이 머리에서 떨어지지 않았다.

"이봐, 아직이야?"

뒤에서 짜증난 마쿠마의 목소리가 들렸다.

"모기한테 엄청 물린 데다 수풀의 잎사귀에 긁혀서 아파 죽겠다고."

아무래도 공포심이 일시적으로 엷어져 있는 모양이다.

"이제 조금만 더 가면 될 겁니다."

이미 상당히 걸어왔다. 방향으로 봐도 맞을 것이다. 슬슬 표주박 산의 동쪽 절벽 쪽으로 나올 법도 한데.

갑자기 수풀이 끝나며 눈앞이 탁 트였다. 지면에 크고 넓적한 바위가 굴러다니고 있는 풀밭으로, 원편에는 거의 수직으로 보이는 절벽이 있었다.

"아무도 없잖아."

마쿠마는 또 금세 결론을 내리고 발걸음을 돌리려 했다.

"하지만 소리가 난 걸 들었잖습니까."

완곡하게 반론하면서 요시미츠는 주위에 회중전등의 빛을 비춰 보았다.

"그런 생각이 든 것뿐이지. 그냥 기분 탓이야."

"두 사람이 동시에 말입니까?"

"그렇다면 바람이겠지."

"수풀 중에 일부만 부스럭거릴 리가……."

"본 건 아니잖아. 완전히 어두워서 아무것도 안 보였으니까."

"하지만 그건 소리의 크기로……."

"자네는 그런 모호한 것으로……."

"앗……."

그때 회중전등의 불빛이 절벽 아래의 바위 옆에 떨어져 있는 뭔가를 비췄다.

"남성용 파우치입니다."

주워서 안을 보니 검은 가죽 지갑이 들어 있었다. 꺼내서 살펴보니 운전면허증이 나왔다.

"다몬 에이스케, 주소는 마다테 시로 되어 있습니다. 어디 보자, 나이는 마흔 살이군요."

"그게 문제의 그 남자일지 아닐지……."

"네, 단정은 할 수 없죠. 하지만 이 파우치는 더러운 상태가 아니니 여기에 떨어뜨리고 오랜 시간이 지난 건 아닐 겁니다."

"자기가 탐정이라도 되는 줄 아는 건가?"

바보 취급하는 마쿠마의 말을 무시하고 그 주변을 계속 조사했다. 가까운 바위 위에 퍼져 있는 검은 얼룩이 눈에 들어왔다.

"이거, 피 아닙니까."

코끝에 쇠 냄새가 확 풍겨와서, 요시미츠는 그곳으로 다가가려다 바로 걸음을 멈췄다.

"여, 역시 뛰어내린 건가……."

조금 전에 부하를 바보 취급한 것은 잊었는지, 바로 마쿠마가 태도를 바꿔 물었다.

"피가 묻은 지 얼마 안 된 것 같습니다."

"하, 하지만 대체 시체는 어디에……."

그렇게 말하면서 마쿠마는 이미 두세 걸음 뒤로 물러서 있다.

"죽지 못한 것일지도 모르죠."

"뭐, 뭐라고?"

절벽의 높이와 피의 양으로 보면 그럴 가능성은 낮아 보였다. 그러나 이곳의 상황을 설명하기 위해서는 그렇게 생각할 수밖에 없다.

게다가 절벽 아래의 바위 주변을 조사해보니 그 밖에도 피가 묻어 있는 바위를 발견할 수 있었다.

"아무래도 핏자국이 저쪽을 향해서 이어져 있는 것 같습니다."

절벽에서 보아 북동쪽 방향으로 드문드문 피가 떨어져 있고, 그 너머의 수풀 속으로 사라진 듯 보인다.

"뛰어내리기는 했지만 죽지 못해서, 이쪽으로 기어갔다는 건가?"

"그렇게 보입니다만……."

그렇다면 조금 전에 요시미츠가 불렀을 때 어째서 도움을 청하지 않았던 걸까. 이 자리에서 벗어난다고 해도, 어떻게 산 바깥쪽이 아니라 안쪽으로 들어간 걸까.

"……이상하군요."

잠시 침묵이 흘렀다.

"이봐, 이만 돌아가자."

깜짝 놀랄 만큼 진지한 목소리로 마쿠마가 말했다.

"너무 이상해. 아무래도 이거 좀 이상하다고."

"……네."

자기도 모르게 요시미츠는 순순히 대답했다. 평소 같았으면 반사적으로 상담자가 무사한지 확인해야 한다고 반론했을 것이다.

하지만 이 상황은…….

섬뜩하고 기분 나쁠 뿐만 아니라 너무나도 기괴한 상황이다. 이곳에서 무슨 일이 일어났는지 짐작도 가지 않지만, 아주 끔찍한 일이 있었던 것만은 틀림없다.

요시미츠는 마지막에 재빨리 회중전등의 불빛으로 주위 일대를 비춰보았다. 만일을 위해 그 밖에 못 본 것은 없는지 체크하기 위해서였다.

"……과장님."

"뭐 하고 있어? 얼른 오지 않고."

"저곳에 길이 있습니다."

문제의 핏자국은 울창하게 우거진 수풀 속으로 사라져 있었다. 하지만 잘 살펴보니, 짐승들이 다니는 길 같은 좁은 통로가 빛 가운데에 떠올라 있다.

"……관두라고."

"핏자국이 이어져 있는지, 잠깐 확인하고 오겠습니다."

그 수풀을 향해서 요시미츠는 걷기 시작했다.

"가지 마……."

불러 세우려고 하는 마쿠마의 속삭임이 등 뒤에서 들려온다.

"잠깐 보는 것뿐이에요."

돌아보지 않고 대답하며 계속 수풀로 다가간다.

"도키와, 어서 돌아와!"

"금방 끝나요."

발견해버린 이상, 확인하지 않고 돌아갈 수는 없지 않은가.

"이봐, 가지 말라고!"

낮으면서도 날카로운 마쿠마의 목소리가 절벽 아래의 풀밭에 울려 퍼진 그때였다.

부스럭부스럭…….

눈앞의 수풀 속에서 뭔가가 꿈틀거리는 소리가 났다.

"히이익!"

마쿠마의 비명이 어둠이 깔린 계곡에 메아리쳤다.

부스럭부스럭…….

그렇게 요시미츠의 등 뒤에서도 똑같이 초목이 술렁이는 소리가 들려왔다.

"어?"

앞쪽만이 아니라 뒤쪽에도? 깜짝 놀라 돌아보니, 마쿠마의 모습이 없다. 아무래도 쏜살같이 달아난 모양이다. 그리고 두 사람이 왔던 수풀 쪽에서 시끄러울 정도로 부스럭거리는 소리가 들려왔다.

성가신 게 사라져서 잘됐네.

요시미츠가 그렇게 기뻐한 것은 정말로 잠깐 동안이었다. 부스럭부스럭, 와삭와삭, 하고 눈앞의 수풀 속에서 꿈틀거리는 누군가의 기척에 귀를 기울이고 있는 동안, 그도 견딜 수 없이 무서워졌다.

어쩌면 그것은 요시미츠와 마쿠마의 대화를 수풀 속에서 꼼짝하지 않고 가만히 듣고 있었던 것은 아닐까. 그리고 요시미츠가 수풀 속을 들여다볼 생각인 것을 알아차렸기에 갑자기 움직이기 시작한 것은 아닐까.

그러나 생명의 전화에 전화를 건 남자, 야마가타의 자료에 적혀 있던 자살 희망자가 그런 기묘한 행동을 취할 것이라고는 생각할 수 없다.

그렇다면 수풀 속에 있는 것은…….

정신이 들고 보니 도키와 요시미츠는 그 자리에서 쏜살같이 도망치고 있었다.

어느 광경 1

"다~레마가 죽~였다!"

커다란 나무에 오른팔과 얼굴을 대고 그렇게 외치고 나서, 슬래가 왼쪽 어깨 너머로 돌아보았다.

그와 동시에 등 뒤에서 저녁 햇살을 받아 새까맣게 된 사람들의 움직임이 딱 멈췄다. 모두가 슬래 쪽을 향해, 지금이라도 걷기 시작할 것 같은 자세를 한 채로.

한 사람, 두 사람, 세 사람, 네 사람, 다섯 사람……. 아무도 손가락 하나 까딱하지 않는다.

그러나 슬래가 다시 나무 쪽을 향하며 등을 보이자마자, 다섯 사람은 일제히 움직이기 시작했다.

제
4
장

호
러
미
스
터
리
작
가

월요일 아침, 하야미 고이치는 평소대로 7시 반에 일어났다.

세수를 한 뒤에 신문을 읽으면서 빵으로 아침 식사를 한다. 커피를 끓이고 서재에 들어가서 컴퓨터를 켜고 메일을 체크한다. 바로 훑어봐야 할 것과 답신이 필요한 것에만 대응하고, 나머지는 저녁까지 내버려둔다. 아침 시간은 귀중하기 때문이다.

컴퓨터 안에 '원고'라고 적힌 아이콘을 클릭한다. 그리고 표시된 십여 개 중에서 '일곱 명의 술래잡기'라고 되어 있는 아이콘을 클릭하면서 그의 하루 일이 시작된다.

고이치는 3년 전에 호러 미스터리 《심홍의 어둠》으로 데뷔한 신인 작가다. 데뷔작을 발표하기 전에는 학술서 전문 출판사인 치소샤에서 15년 가까이 편집자로 일했다. 그때까지만 해도 창작은 어디까지나 취미고, 작가가 될 생각은 조금도 없었다.

당시에 그와 친하게 지내던 저자 중에 벌써 10년 이상 알고 지내는 덴코쿠대학의 시테가와라 후미오라는 인물이 있었다. 험악하게 생긴 얼굴에 체형은 거의 사각형이고 덤으로 입도 험해서 옛날부터 학생에게는 '시테가와라'가 아니라, 도깨비기와라는 뜻의 '오니가와라鬼瓦'라는 별명으로 불리고 있었다. 예순을 넘겼으니 조금은 온화해질까 생각했지만, 그 고약한 성격을 최근 들어 더욱 갈고닦고 있는 듯했다.

시테가와라는 근대문학 교수인데도 전문 분야에 대한 저서보다도 환상문학이나 괴기소설, 요정이나 유령이 나오는 민간전승, 장송의례나 빙의신앙 등의 괴이한 민속학, 더 나아가서 호러영화에 관한 책 등 취미 쪽의 저서가 많은 괴짜였다. 그 덕분에 뒤에서 오니가와라라고 불리고 있어도 학생들로부터 묘한 인기가 있다.

다만 고이치 같은 학술서 출판사의 편집자에게는 상당히 성가신 인물로, 그는 만날 때마다 회사의 경비로 먹고 마시려 하곤 했다. 그러면서 조금도 자신의 전공 분야에 관련된 원고를 쓰려고는 하지 않는다. 그 밖에도 여러 가지로 문제가 있는 인물이지만 어쨌든 괴이한 존재에 대한 조예가 깊다. 그것 때문에 같은 취향을 가진 고이치와는 언젠가부터 업무 관계를 넘어선 사이가 되어 있었다.

언젠가, 역시나 회사 경비로 장어구이 도시락을 먹으려고 하던 시테가와라의 입에서 '덴잔텐운'이라는 이름이 나왔다. 태평양 전쟁이 끝난 직후에 데뷔한 괴기환상 계열 작가로, 탐정 소설도 썼다고 한다. 대표작으로 〈곤보 계곡의 참극〉, 〈후텐 병원 살인 사건〉이 있다는 얘기를 들었지만 아는 게 적은 고이치는 모르는 작가였다.

"덴잔텐운의 작풍은 상당한 개성이 있었지. 일반 대중에게 먹힐 작품은 절대 아니었지만, 일단 매료되면 계속 찾아 읽게 돼. 잡지만 발표하고 단행본에는 수록되지 않은 작품이 많아서, 찾아 읽는 보람이 있는 작가지."

"선생님께서는 전부 다 모으셨겠죠?"

"뭐, 그렇지."

만약 여기서 이야기가 끝났다면 그런 작가가 있었다는 지식을 얻은 것뿐이지, 특별히 고이치도 신경 쓰지 않았을 것이다. 평소처럼, 장어구이 도시락값을 어떻게 회사 경비로 때울지나 고민했겠지.

그러나 이어서 시테가와라가 묘한 소리를 했다.

"책과 작품이 실린 잡지는 대부분 모았지. 한데 그 작가에게는 마지막 원고가 있었어."

"절필인가요?"

"그렇다고 말할 수 있겠군."

"집필 중에 돌아가신 거군요."

"아니, 행방불명되어버렸어."

듣기로는 사연이 있는 묘지의 취재를 하던 중에 홀연히 모습을 감췄다고 한다. 그때 집필 중이었던 〈심홍의 어둠〉이라는 제목의 소설 원고와 함께, 완전히 행방을 알 수 없게 되어버렸다는 것이다.

교수에 의하면 암브로즈 비어스나 후지모토 센처럼 행방불명인 채로 소식이 끊긴 작가는 그 외에도 있다고 한다. 그렇다고 해도 덴잔텐운 정도로 수수께끼 같은, 그러면서도 동시에 섬뜩한 상황에서 사라진 사람은 보기 드문 모양이다.

고이치는 이 에피소드에 곧바로 매료되었다. 창작 의욕을 크게 자극받아 단숨에 호러로도 미스터리로도 볼 수 없는 장편소설을, 제목도 정해지지 않은 상태로 완성시키고 말았다. 일단 작품을 완성하면 누군가에게 읽어보게 하고 싶어진다. 그런데 아무리 주위를 둘러봐도, 공교롭게도 시테가와라밖에 적임자가 없었다.

또 뭔가 한턱내라고 하겠군.

자비로 지불할 것을 각오하고 교수의 연구실에 가서 원고를 보여주었다. 시테가와라는 "옷!" 하고 조금 놀란 얼굴을 했지만, 바로 그 자리에서 읽기 시작했다. 그 뒤로는 고이치가 뭐라고 말해도 무

반응이었고 그저 원고에 눈길을 주고 있을 뿐이다. 하는 수 없이 "실례하겠습니다"라고 말하고 일단 자리를 떴지만, 그 뒤로 연락이 전혀 없었다.

그로부터 몇 주나 지난 뒤의 어느 날 밤, 고이치는 교수의 자택에 전화를 걸어 간신히 연락을 취할 수 있었다. 그런데 교수는 입을 열자마자 뜬금없는 소리를 했다.

"그 원고는 출간하기로 결정되었다네."

"네?"

"뭐야, 잊었나? 《심홍의 어둠》 말이야."

당황하며 사정을 물어보니, 고이치에게는 한마디 의논도 없이 멋대로 대형 출판사 문예편집부의 편집장에게 그의 원고를 넘겼다고 하는 것이 아닌가.

"그럴 수가, 말도 안 돼요."

"뭐가 말이 안 돼. 실제로 이렇게 멋지게 성공하지 않았나."

"하지만……."

"투고 원고가 이렇게 빨리 출판이 결정되는 일은 좀처럼 없다고."

그 점에는 고이치도 놀라고 있었다. 업계가 다르다고는 해도 그도 출판사의 편집자다. 그 방면의 사정은 잘 알고 있다.

"알겠나? 내가 강력하게 민 덕분에 책으로 나오는 거라고."

즉 시테가와라의 취미 방면 저서로 쌓은 실적이 그 원고의 출판에 한몫한 것이다. 고이치도 교수를 다시 보지 않을 수 없었다.

"가, 감사합니다."

자기 멋대로 이야기를 진행시킨 것은 좀 그렇지만, 제대로 결실을 거두었으니 우선 감사 인사는 해야겠지.

"이야, 참 다행이야! 이렇게 기쁜 일은 없을 걸세."

전화 너머에서 시테가와라는 어린아이처럼 수다스럽게 말을 쏟

아냈다. 작가 본인보다도 훨씬 기뻐하는 눈치였다.

"이것도 선생님께서 힘을 보태주신 결과입니다."

상대의 기뻐하는 기색을 귀로 듣는 동안 점차 고이치에게도 실감이 솟기 시작했다.

"응, 그래. 내 추천 덕분이지."

부정하거나 겸손한 모습을 보이지 않는 것이 역시 시테가와라다웠다.

"그런데 인세 말인데, 6대 4면 되겠나?"

"네?"

만일을 위해서 다시 확인해보니 교수가 6이고 고이치는 4라고 한다. 도무지 납득이 되지 않았지만, 어쩔 수 없겠다고 생각했다. 완전히 무명인 신인의 원고가 갑자기 책으로 나오는 것이다. 시테가와라의 입김이 컸다는 점은 확실했다. 게다가 고이치 자신은 작가가 될 생각이 없었다. 자신의 작품이 책으로 나와서 불특정 다수의 독자에게 도달하는 것만으로도 만족이었다.

그래서 담당 편집자와 몇 번인가 만났을 때, 고이치는 책에 추천사를 넣는 쪽이 좋을지 물었다.

"어느 분의 추천사를 생각하고 계십니까?"

"물론 시테가와라 교수님이죠."

한순간의 침묵 뒤에 담당 편집자가 말했다.

"어째서요?"

"……어째서냐뇨. 이 책이 나오는 건 교수님 덕분이니까요."

"네?"

"어라?"

뭔가 얘기가 맞물리지 않는다고 느낀 고이치가 물었다.

"출간이 결정된 것은 시테가와라 교수님의 추천이 있었기 때문이 아닌지……."

"아뇨, 그건 아닙니다. 원고가 재미있었기 때문입니다."

편집자는 간단히 부정하더니, 이어서 고개를 저으면서 말했다.

"여기서만 하는 얘깁니다만, 그 선생님은 학생이 쓴 소설 같은 것…… 즉, 소설로서의 형태조차 갖추지 않은 심각한 완성도의 원고를 종종 보내오기 때문에 전혀 신용이 없습니다. 편집장님이 하야미 씨의 작품을 읽은 것은, 우연히 몇 장을 훑어보다가 그대로 읽는 것을 멈출 수 없었기 때문입니다. 그 뒤로 저와 편집부 몇 사람이 돌려 읽었습니다. 그런 뒤에 편집회의를 해서 출간하기로 결정된 겁니다."

즉 고이치가 가지고 왔더라도 거의 같은 결과였을지도 모른다는 것이다. 아니, 오히려 시테가와라의 손을 거쳐서 전달된 탓에 그대로 읽히지 않고 묻혀버렸을 가능성이 높아졌던 것은 아닐까.

"저기……."

고이치가 기막혀하고 있는데 편집자가 아주 소극적으로, 아직 뭔가 말하고 싶은 것이 더 있다는 얼굴로 입을 열었다.

"뭐, 뭡니까?"

안 좋은 예감을 느끼면서 물었다.

"모르시는 것 같으니 전해드리는 편이 좋을까 해서……."

"네?"

"편집장님이 원고를 받았을 때, 작가명은 시테가와라 후미오라고 되어 있었다고 합니다."

"네에?"

무슨 소리인지 금방은 이해할 수 없었다.

"하지만 원고를 본 편집장님이 곧바로 이건 악질적인 장난이라는 것을 알아차려서……."

장난으로 끝날 문제가 아닐 것이다.

"시테가와라 선생님에게 진짜 작가는 누구냐고 물어보니, 몹시 놀라서 당황하셨다고 하더군요."

"교수님이 순순히 털어놓으셨습니까?"

"······아뇨. 쓸데없는 저항을 했다고 하더라구요. 하지만 편집장님이 '선생님의 저작물로 출간된 뒤에 만약 다른 사람의 작품이란 것을 알게 되었을 경우에는 막대한 손해배상이 청구될 수 있습니다만'이라고 말하자마자, '그냥 장난 좀 쳐본 것뿐이야'라고 말씀하셨던 모양이라······."

정말 무서운 인물이다.

"서, 설마 학생의 작품에도 똑같은······."

편집자는 고개를 끄덕이면서 말했다.

"그때도 선생님은 이건 자기가 쓴 것이라고 주장하셨습니다. 편집장님이 원고에 나오는 젊은이들 은어의 의미를 물어보자 엉뚱한 대답을 해서 단박에 들켰다고······."

"그렇군요."

너무나 시테가와라 교수답다.

"금방 들킬 거짓말입니다만, 본인은 아주 진지한 얼굴로 합니다. 정말로 농담인지 아닌지 판단하기 어려운 탓에 뭐라 대응하기도 난처해서 편집장님도 애를 먹고 있는 듯하더군요."

"폐를 끼쳐서 죄송합니다."

자신도 피해자이지만, 곧바로 고이치는 고개를 숙이고 있었다. 시테가와라에게 분노를 느끼기보다도 먼저, 교수의 나쁜 평판이 퍼지는 것이 걱정되었기 때문이다. 아무래도 오랫동안 알고 지낸 사이이기 때문일까.

그렇지만 본인을 마주했을 때는 전혀 달랐다. 누구에게 들었다고는 말하지 않았지만 전부 알았다는 것을 전한 뒤, 고이치는 정말 기가 막힌다는 듯 강하게 그를 질책했다.

"선생님, 대학 교수라면 적어도 상식은 있으셔야 하는 것 아닙니까."

"적어도라니, 적긴 뭐가 적어. 나처럼 상식이 풍부한 대학 교수에게 무슨 소린가."

"이 경우의 '적어도'는 그런 의미가 아니라구요. 아니, 그런 것보다도 애초에 상식이 풍부한 대학 교수께서, 학생이나 담당 편집자의 원고를 자기가 쓴 원고인 척하고 출판사에 가지고 갑니까? 대체 무슨 생각이십니까?"

"그야 판매량 때문이지."

시테가와라는 위축되지 않고 대답했다.

"무명 신인의 작품으로서 내는 것보다 이미 다수의 책을 펴낸 내 작품으로 간행하는 쪽이 당연히 많이 팔리지 않겠나."

"확실히 선생님은 책을 많이 내셨죠."

"그렇지. 알아준다면야……."

"그중에서 증쇄를 찍은 책이 몇 권이나 있었죠?"

"……."

시테가와라의 책은 출간하면 일정 부수는 확실히 팔렸다. 그래서 각 회사에서 집필 의뢰가 끊이지는 않았지만, 좀처럼 일반 독자들에게까지 퍼지지 않는다는 문제도 있었다.

"애초에 편집장이 자네의 원고를 본 것은 내 조언이 있었기 때문이잖아."

상황이 불리하게 돌아가자 교수는 화제를 돌렸다.

"그렇지도 않은 것 같던데요."

"일부러 숨기는 거지."

시테가와라는 말이 되지 않는 소리를 늘어놓으며 상황을 얼버무리려 하고 있다.

"애초에 자네의 원고가 책으로 나오는 건 내가 가지고 갔기 때문이라고. 그 중요하면서도 소중한 사실을 가벼이 취급하며 사소하고 무의미한 문제에만 눈길을 돌리다니, 좋지 않다고 생각하네만."

"말씀하시는 것이 거꾸로군요. 가장 중요한 문제는……."

"좋아, 그렇다면 이렇게 하지."

그는 마치 자기가 뜻을 굽혔다는 듯이 말했다.

"자네의 작품인 《심홍의 어둠》의 띠지에 내가 추천사를 써줌세."

"네에……?"

"나는 부탁을 받아도 좀처럼 남의 책은 추천하지 않지만 뭐, 괜찮겠지. 자네에게는 적지 않은 신세를 졌으니까."

"아, 아뇨, 괜찮습니다."

"사양할 것 없어."

정말로 싫어하고 있는 것이지만, 그게 전해질 상대는 아니다.

"띠지나 아니면 표지에 내 이름을 크게 실으면, 《심홍의 어둠》은 틀림없이 날개 돋친 듯 팔릴 거야."

"아, 그 전에……."

고이치는 그 문제를 떠올렸다.

"그 원고에 선생님이 멋대로 붙인 제목 말인데요, 덴잔텐운의 절필 원고 제목하고 똑같잖습니까."

"감사할 건 없어."

"감사하다고 한 적 없습니다."

"감사의 마음은 말이지, 솔직하게 드러내는 게 제일 좋다고."

"아무리 그래도 똑같은 건 좀 그렇지 않습니까."

"그런가? 신경 쓰지 마."

"저는 작가예요! 신경 쓰인단 말입니다."

"뭐하다면 공저로 내 이름을 올려도 괜찮네."

그 뒤로도 시테가와라의 어드바이스라는 이름의 딴지를 피하면서, 하야미 고이치의 데뷔작인 《심홍의 어둠》은 무사히 출간되었다. 타이틀은 편집자와 상담해서 변경하지 않기로 했다. 덴잔텐운의 절필에 대해서는 소설 내에서도 제대로 언급하고 있기에 문제될 것은 없다고 판단했다.

그 사실을 보고했을 때의 교수의 의기양양한 얼굴은, 마치 어린아이처럼 순진해 보였다. 그가 하고 있는 행동은 도저히 칭찬받을 만한 것이 아니었지만.

《심홍의 어둠》은 무슨 상을 받은 것도 아닌 신인의 데뷔작치고는 나쁘지 않은 판매고를 기록했다. 적어도 두 번째 집필 의뢰는 들어왔다. 거기서 고이치는 처음으로 '삼부작'의 구상을 짰다. 그것이 다음 해의 《선혈의 그림자》와 다음다음 해의 《주묵朱墨의 밤》으로 완결된 통칭 '적흑 시리즈'라고 불리는 세 작품이다.

참고로 《심홍의 어둠》의 인세는 전부 고이치가 받았다. 일단 시테가와라에게도 이야기는 했지만, "필요 없어"라는 대답이 돌아왔다. 하지만 출간 축하 파티를 하자며 고급 중화요리점에 끌고 갔고, 돈을 낸 사람은 물론 고이치였다.

다행히 신작을 낼 때마다 전작이 증쇄되어, 작가로서의 고이치의 인지도도 조금씩 올라갔다. 작년에는 《주묵의 피》뿐만 아니라, 다른 출판사에서 《살육시계》와 《저녁놀 언덕의 마물》이란 작품도 발간되었다. 그리고 이번 달 하순에는 《심홍의 어둠》의 문고판 간행이 예정되어 있었다.

치소샤는 2년 전, 아직 《선혈의 그림자》를 집필하던 중에 퇴사했다. 마침 사업 축소에 따른 인원 정리 이야기가 나와서, 스스로 손을 들었다. 데뷔하자마자 전업 작가가 되는 것에 전혀 불안이 없었던 것은 아니다. 다만 편집자와 작가를 겸업할 경우, 1년에 한 작품이 한도일 것이다. 이른바 일요작가다. 원래부터 취미였던 것을 생각하면 그것으로 충분했을 것이다.

하지만 자신의 힘을 시험해보고 싶다.

작가가 되고 싶다기보다는 자신이 작가로서 어디까지 통할지 시험해보고 싶은 기분이 끝없이 솟아났다. 돌아보니 30대 후반까지 너무나 평범한 인생을 걸어온 듯한 생각이 들었다. 전혀 고생을 하지 않은 것은 아니지만, 자신의 갈 길을 스스로 개척해나가는, 그런 크고 무게 있는 결단 같은 것은 그때까지 한 기억이 없다. 지금이 좋은 기회가 아닐까. 이것을 놓치면 후회하지 않을까. 여기가 하야미 고이치의 터닝 포인트일지도 모른다.

몹시 망설이며 고민한 끝에, 고이치는 샐러리맨에서 작가로 전직했다. 그의 등을 민 것은 '쓰고 싶다'라는 자신의 창작 의욕과 《심홍의 어둠》을 향한 수많은 비평과 감상 같은 평가들이었다.

나중에 시테가와라에게 그것을 보고하자, 그는 아주 화를 냈다.

"나하고 의논도 하지 않고 왜 그렇게 서두른 건가."

"죄송합니다."

"두 가지 일을 겸업하는 건 나도 하고 있으니 잘 알고 있는데 말이야."

"힘드시겠죠."

"당연하지. 하지만 휴가를 내든 땡땡이를 치든, 매달 제대로 급료가 지급된다는 것은 고마운 일이라고."

유급휴가를 얻는 것은 괜찮아도 땡땡이치는 것은 월급 도둑질이겠지. 평범한 회사라면 잘릴 것이다, 라고 생각하긴 했지만 고이치는 입을 다물었다.

"그것에 비해서 작가는 원고를 쓰든가 책을 내지 않는 이상, 돈은 들어오지 않아. 그것도 팔리지 않으면 집필 의뢰가 끊어져서 먹고 살 수 없게 된다고."

"각오는 하고 있습니다."

"돈은 안 빌려줘."

이야기의 흐름을 예상하고 일찌감치 돈을 빌릴 부탁을 차단해두는 부분은 과연 시테가와라다웠다.

"다만, 샐러리맨은 앞날이 빤히 보이지. 아무리 일해도 갑자기 급여가 두 배로 오르는 일은 없어. 그게 재미없지. 그렇지만 작가는 팔리는 책만 내면 두 배는 고사하고 몇 배라도 벌 수 있는 세상이야."

"그렇게 팔리는 책을 내는 것이 힘들죠. 다만 팔리는 책이 내용이 훌륭한 책이라고만 볼 수는 없으니……."

"거 답답한 친구일세, 작가도 장사라고. 안 팔리면 어떡하나."

"하지만 작품의 질을 생각하는 건 중요합니다."

"무슨 풋내 나는 소릴……."

교수는 크게 한숨을 내쉬었지만, 금방 쓴웃음을 지으며 말했다.

"뭐, 작가가 되기만 하면 돈을 벌 수 있다고 착각하는 녀석, 그런 주제에 아무런 노력도 준비도 하지 않고 입만 산 바보, 그런데도 자기는 작가가 될 수 있다고 믿고 있는 얼간이보다야 진지하게 창작에 대해 생각하는 사람이 낫다고 생각하네만."

"네."

"하지만 난처하게 됐군."

"뭐가 말입니까?"

"이제는 자네 회사의 경비로 술을 마실 수 없게 되지 않았는가."

시테가와라와의 만남은 그 뒤로도 이어졌다. 만날 때마다 밥이나 간식이나 술을 사게 되거나, 누가 쓴 것인지 알 수 없는 소설 원고를 고이치를 경유해서 출판하려고 하거나 하는 것은 여전했지만, 어째서인지 은근히 즐겁게 느껴졌다. 아마도 교수와의 대화가 좋은 휴식이 되었기 때문일 테다.

게다가 깨닫고 보니 고이치는 시테가와라의 이야기에서 소설 소재를 얻는 경우가 있었다. 특히 단편의 경우가 그랬다. 생각해보면 데뷔작인《심홍의 어둠》을 쓴 계기도 시테가와라 교수였다. 시테가와라는 고이치의 작품을 전부 보았을 것이다. 그런데도 그 사실을 아직 인지한 기척이 없다. 평소 같으면 '소재 값을 내!' 같은 소리를 해도 이상하지 않을 텐데. 정말이지 보통 사람은 이해하기 힘든 인물이다.

"오래간만에 만나러 가볼까."

그 월요일 아침, 컴퓨터 화면에 펼쳐진 하얀 공백을 바라보다가, 자기도 모르게 고이치는 중얼거렸다.

본래의 예정대로라면 여섯 권째가 되는 작품을 슬슬 탈고해야만 하는 시기다. 그러나 다른 소설 잡지에서 연속해서 단편 집필 의뢰를 받은 데다《심홍의 어둠》의 문고판 발간에 맞춰서 원고를 전면 개고한 탓에, 올해 전반기에는 신작 장편에 매달릴 시간이 거의 없었다. 간신히 작업에 착수할 수 있게 된 것은 6월에 접어든 뒤였다.

그런데 조금 일찍 장마가 찾아오고, 전례가 없을 정도로 푹푹 찌는 무더위가 이어졌다. 게다가 마구 집필 활동을 해왔던 피로가 거기서 단숨에 몰려오고 말았다. 조금 쉬는 편이 좋겠다고 느낀 고이치는 6월 내내 휴양했다.

그렇다고 해도 역시 신작에 대한 생각이 머릿속에서 떠나지 않고 항상 신경이 쓰였다. 이래서는 휴양이 되지 않는다고 생각하고, 제대로 구상을 시작하는 것은 7월 이후라고 정한 그는 일단 아무것도 하지 않기로 했다.

드디어 7월이 되자 고이치는 신작 집필에 전념하기 시작했다. 메인 테마와 전체의 골격은 전부터 막연하게 머릿속에 있었다. 그것을 소설로 쓰기 위해서는 구체적인 플롯을 짤 필요가 있다. 고이치의 경우에는 이야기의 처음부터 순서대로 짜기보다는, 생각난 장면째로 플롯을 짠다. 그것을 반복해서 조금씩 전체를 구축해간다. 이제까지도 같은 방식으로 플롯을 짜왔다. 그러니까 이번에도 괜찮을 거라고 생각했는데…….

이것이 의외로 속을 썩였다. 몇 가지 단편적인 것은 떠오르지만 좀처럼 하나의 장면으로까지 부풀어 오르지 않는다. 작업이 진척되지 않는 이유를 왠지 모르게 알 수 있을 것 같은 기분에 고이치는 초조해졌다.

신작은 그의 저서로서는 여섯 번째지만 연재 없이 출간하는 오리지널 단행본으로는 네 번째에 해당한다. 즉 완결을 낸 적흑 시리즈 다음에 처음으로 나오는 신작 장편 작품이 되는 것이다. 그랬기에 테마를 고를 때도 최대한 이미 나온 다섯 권과는 다른 것을 찾았다. 솔직히 이전의 작품을 읽은 독자에게 새로운 하야미 고이치를 보이고 싶다는 의식이 강했다. 그런 부담감이 아무래도 좋지 않게 작용하고 있는 듯했다.

그러면서 7월도 첫 주가 지나고 둘째 주가 지나서 이미 하순에 접어들어버렸을 무렵, 간신히 '일곱 명의 술래잡기'라는 타이틀만이 정해진 신작을 고이치는 일단 쓰기 시작했다.

이 이상 이것저것 생각해봤자 전혀 앞으로 나아갈 수 없다는 기분이 들었다. 게다가 작가들 중에는 메인 아이디어만이 머릿속에 있고, 이후는 집필하면서 생각하는 사람도 있다고 들었다. 새로운 테마에 도전하는 것만이 아니라 이번에는 집필 스타일도 바꿔보자.

그렇게 생각하고 집필에 착수했는데, 일단 시작하고 보자는 생각만 있었기 때문에 8월이 되자 금세 컴퓨터의 키보드를 두드리는 손가락이 무뎌지기 시작했다. 어떻게든 오봉(お盆, 양력 8월 15일에 지내는 일본의 명절. 정월과 함께 일본 최대의 명절이다_역주) 연휴가 지나서까지 노력하고 이번 주말도 쉬지 않고 썼는데, 월요일 아침이 되자 끝내 손가락이 멈추고 말았다.

"도깨비기와 교수와 이야기를 나누다 보면 조금은 기분 전환이 되려나."

실제로는 뭔가 돌파구가 보이지는 않을까 하고 남몰래 기대하고 있었다. 이제까지도 교수와의 대화 중에 소설의 소재뿐만 아니라 신기하게도 여러 가지 착상이 떠오르곤 했다. 교수와 이야기하는 내용은 너무나 시시껄렁한 이야기거나, 누군가의 맹렬한 험담이거나, 이맛살을 찌푸릴 정도의 음담패설 등 전혀 도움이 될 것 같지 않은 이야기들뿐인데도.

확실히 월요일에는 오후부터 연구실에 있을 것이다. 고이치가 사는 아파트는 미타카에 있고 덴코쿠대학은 간다에 있다. 따라서 점심을 마치고 고서점에 들렀다가 방문하면 딱 좋은 시간이 된다. 절대 미리 연락하지는 않는다. 밖에서 만나서 비싼 점심을 얻어먹으려고 하거나 유명한 제과점의 과자를 사 오라는 이야기를 듣기만 할 뿐, 변변한 일이 없기 때문이다.

오전을 '일곱 명의 술래잡기'의 참고자료 조사로 소비한 고이치는, 점심을 간단히 때우고 외출할 준비를 시작했다.

그런데 인터폰 소리가 났다. 택배가 왔나 하고 수화기를 들자, 마다테 경찰서의 형사라고 해서 깜짝 놀랐다.

"갑자기 찾아와서 죄송합니다. 다몬 에이스케 씨에 대해서 잠시 말씀을 듣고 싶습니다만……."

이어진 말에 고이치는 더욱 놀랐다. 에이스케로부터 지난주 금요일 심야에 어쩐지 뒷맛이 나쁜 전화를 받았기 때문이다.

설마…….

어쩌면 에이스케가 자살했을지도 모른다, 라고 생각한 고이치는 저도 모르게 신음했다.

그럴 수가…….

엄청난 후회의 마음이 단숨에 밀려 올라왔다.

전화를 한 번 다시 건 정도로 포기하지 말고, 역시 본가를 방문했어야 했다. 아무리 신작 집필이 정체되어 있어서 정신적 여유가 없었다고 해도, 오랜 친구를 죽게 내버려두다니…….

"여보세요? 하야미 씨?"

정신이 들자, 형사가 부르고 있었다.

"대체……."

고이치는 에이스케에게 무슨 일이 있었습니까, 라고 다시 물으려고 하다가 인터폰으로 나눌 이야기는 아니라고 생각하고 단념했다.

"자, 잠깐만 기다리세요."

다행히 평상복으로 갈아입은 상태라, 일단 황급히 주방의 테이블 위부터 정리했다. 거실에는 긴 소파 하나밖에 없다. 옆에 앉아서 이야기하는 것은 분명 저쪽도 불편해할 것이다.

"죄송합니다. 오래 기다리셨죠."

현관문을 열자 연배가 있는 형사와 젊은 형사 두 사람이 이 더운 날씨에도 양복 차림으로 서 있었다.

"아뇨, 이쪽이야말로 갑자기 찾아와서……."

"실례합니다."

연배가 있는 형사는 겸손한 태도에 어조도 부드러웠지만, 젊은 쪽은 사무적인 모습에 약간 차가운 인상이었다.

부엌에 가서 차가운 보리차를 꺼내 왔다. "편히 앉으시죠"라고 말하자 두 사람은 겉옷을 벗고 고이치에게 명함을 내밀었다. 나이 많은 형사가 '하세가와', 젊은 쪽은 '모리타'라는 걸 알 수 있었다.

고이치도 명함을 건넸다.

"호러 미스터리 작가이십니까."

직함을 본 하세가와가 감탄한 듯 물었다.

"네. 모순된 것인지도 모르겠습니다만……."

"어째서죠?"

"미스터리는 합리적인 이야기입니다만, 호러는 부조리한 것을 다루니까요."

"호오, 그런 차이가 있습니까. 부끄럽지만 저는 잘 구별이 가지 않는군요."

하세가와는 조금 미소 짓다가, 이어서 표정을 어둡게 하더니 말했다.

"일하시는 데 방해가 되지 않았다면 좋겠습니다만. 혹시 일어나신 지 얼마 안 되신 건 아니죠?"

"아뇨, 7시 반에는 일어나거든요."

"일찍 일어나시는군요. 보통 작가분들은 밤새 원고를 쓸 거라고 생각하고 있었습니다."

"그런 분도 계시죠. 저는 샐러리맨 생활을 오래 해온 터라 아침부터 밤까지 작업하는 스타일이 몸에 맞는 것 같습니다."

"그렇군요. 직장인에서 작가가 되셨군요. 참 대단하십니다."

"이제 막 시작한 신출내기 작가죠."

"아뇨, 활발히 활동하시는 것 같으니 참 다행스런 일 아닙니까."

의례적인 말인 것 같았지만, 어쩌면 그들은 작가 하야미 고이치에 대해 이미 조사를 마쳤는지도 모른다. 그렇게 생각하자마자 고이치는 다시 한번 형사들이 방문한 목적을 의식하게 되어 뭐라 말할 수 없는 이상한 기분이 들었다.

"……그 친구에게, 다몬 에이스케에게 안 좋은 일이라도 생긴 겁니까?"

자기도 모르게 직접적으로 묻고 말았다. 그때까지의 대화가 표면적인 것이었던 만큼, 아주 직접적인 질문이었다.

"설마 자살했다든가……."

"어째서 그렇게 생각하시죠?"

어디까지나 온화한 어조를 유지한 채 하세가와가 물었다.

"실은 며칠 전에 그 친구가 조금 낌새가 이상한 전화를 걸어왔거든요……."

"그렇군요. 그때의 이야기를 들려주실 수 없을까요?"

하세가와의 이야기에 고개를 끄덕이면서 고이치는 마음속으로 고개를 갸웃거렸다.

자살은 의심스러운 죽음 중 하나다. 그 이유를 알고, 명확하게 본인이 스스로 목숨을 끊었다고 판단되지 않는 한, 경찰의 수사가 이루어진다.

하지만 자살한 게 명백하다면 에이스케가 죽었다고 처음부터 전하지 않았을까.

그렇다는 이야기는 다몬 에이스케의 죽음에 뭔가 문제가 있는 것일까. 아니면 자살했다고 생각한 건 고이치의 성급한 판단이고, 뭔가 범죄에 말려들었는지도 모른다.

혹은…….

다른 가능성이 머리에 떠올라서 고이치는 경악했다.

서, 설마 누군가에게 살해당했다든가……?

기묘한 죽음

하야미 고이치는 친구가 어떻게 되었는지 신경이 쓰여 가만히 자리에 앉아 있을 수 없을 지경이었다.

"그건 그렇고."

그러나 연배가 있는 형사, 하세가와는 느긋한 어조로 본론에 들어갔다.

"우선 다몬 에이스케 씨와의 어떤 관계이신지."

"초등학교 동창입니다. 마다테 시 제3초등학교에서 3, 4학년 때에 같은 반이었죠."

"참 오래 알고 지내셨군요."

"중학교도 같은 학교를 다녔습니다만, 반은 달랐습니다."

"그러면 하야미 씨도 다몬 에이스케 씨와 마찬가지로 마다테 출신이십니까?"

질문처럼 보이지만, 단순한 사실 확인에 지나지 않는다는 느낌이 들었다.

"아뇨, 저는 교토에서 태어나서 아홉 살까지 그곳에서 자랐습니다. 아버지의 일 관계로 마다테 시로 이사 와서 중학교 2학년 1학기까지 있다가 다시 교토로 돌아갔죠. 고등학교는 교토에서 다녔습니다만 대학에 들어가면서 도쿄 쪽으로 나왔고, 이후로는 계속 이곳에서 살고 있습니다."

역시 자신에 관한 기본적인 조사는 해둔 것이 아닐까. 거기까지 사전에 조사했다면 뭔가 커다란 사건이 에이스케 주위에서 일어났다는 이야기가 된다. 고이치는 곧바로 그런 생각을 했다.

"다몬 씨와 마지막으로 만나신 것은 언제입니까?"

"딱 3년 전의 8월입니다. 제가 데뷔작을 출간했을 때에 에이스케하고 다른 친구가 축하 파티를 열어줘서……."

"그 뒤에는?"

"에이스케하고는 만나지 않았습니다. 다른 한 명의 친구라면 몇 번인가 같이 술을 마셨습니다만."

"연락도 취하지 않으셨다고요?"

"가끔씩 메일을 주고받기는 했을 겁니다. 하지만 전화는 거의……. 저는 핸드폰을 가지고 있지 않아서 사용하는 건 집 전화뿐입니다. 하지만 일하는 중이면 자동응답을 사용하는 경우도 많아서 최근 몇 년간은 친구들과 통화하는 일도 많이 줄었습니다."

"이런 이야기를 하는 것은 실례일지도 모르겠습니다만, 핸드폰이 없으면 불편하지는 않으십니까?"

수사상의 질문이라기보다는 개인적인 호기심인지, 하세가와가 그런 질문을 던졌다.

"전에는 편집 일을 했었는데, 편집자 시절에는 가지고 다녔죠. 핸드폰을 안 쓰게 된 건 작가로 살아가기로 마음먹고 난 뒤부터입니다. 저 같은 작가들의 일이라는 게 매일 책상 앞에 앉아서 꾸준하게 소설을 쓰는 게 다거든요. 거의 집에 틀어박혀 있으니 핸드폰은 필요 없다고 생각해서요."

"그렇군요. 큰 결심을 하셨군요."

"외출했을 때는 아주 가끔씩 핸드폰이 있었으면 좋겠다고 생각하는 경우가 있기는 있습니다. 그렇다고 다시 구입할 정도로 불편하지는 않습니다."

"그러면 다몬 씨가 전화를 했을 때 하야미씨에게 그것이 가벼운 안부전화 정도는 아니었겠네요."

"아마도……. 하지만 에이스케가 전화를 걸어오는 건 1년에 한 번 정도고, 다른 친구들과도 자주 전화를 주고받는 일은 거의 없으니까요."

"남자 친구들이란 그런 것일지도 모르죠."

하세가와는 납득한 듯한 눈치를 보이더니 말했다.

"그래서 다몬 에이스케 씨로부터 오래간만에 전화가 왔던 것은 언제입니까?"

"지난주 금요일 밤입니다. 11시 40분 무렵이었습니다. 잘 준비를 하고 있는데 전화벨이 울려서 잘 기억하고 있습니다."

"다몬 씨의 용건은?"

"특별한 용건은 없달까, 그냥 마음이 내켜서 전화했다는 느낌이었습니다."

"늦은 시간이었는데 친구 사이니까 특별히 신경 쓰지는 않았나 보군요."

"네. 저나 그 친구나 독신이니까요."

"무슨 이야기를 하셨습니까?"

"이쪽의 근황을 대충 이야기하고 그 친구가 자기 상황을 이야기하기 시작했는데……."

고이치는 말을 끊고, 조금 망설이듯 하세가와를 보면서 말했다.

"대체 그 친구에게 무슨 일이 있었는지 먼저 알려주실 수 없겠습니까?"

"이거 죄송합니다."

황급히 그는 고이치가 당황할 정도로 깊이 고개를 숙였다.

"이쪽이 알고 싶은 것만 계속 묻는 버릇이 있어서 말이죠."

"아뇨, 그게 일이실 테니……."

사실 다몬 에이스케에게 무슨 일이 있었는지 모르는 채로 계속 경찰의 질문에 대답하는 것은 정신적으로 상당히 부담이 된다. 그것을 참작해주기를 바란다고 고이치는 말을 잇고 싶었지만 하세가와에게 선수를 빼앗겼다.

"이야, 그렇게 말씀하시면 정말 감사하죠. 역시 미스터리를 쓰시는 작가님답습니다. 경찰 수사에 대해서 아주 잘 이해하고 계시군요."

"그렇지는……."

"아뇨, 일반인에 비하면 틀림없이 그렇겠죠."

"하아……."

"그래서 다몬 씨가 이야기한, 자신의 상황이란 건 뭡니까?"

고이치는 형사가 자신의 질문을 능숙하게 피해 갔다는 느낌을 받았다.

그렇다고 딱히 화가 나지는 않아서, 고이치는 일단 순순히 통화 내용을 이야기했다. 작년 말에 에이스케가 정리해고당한 것부터, 그가 아버지의 회사를 물려받은 뒤 빚 때문에 곤란을 겪고 있었던 것까지, 기억하고 있는 모든 것을 상세히 털어놓았다.

하지만 그렇게 이야기를 하는 내내 계속 묘한 느낌이 들었다. 에이스케가 했던 이야기의 내용을 이미 형사들이 알고 있다는 기분이 들었던 것이다.

"······ 그래서 그 친구가 난처한 상황에 처해 있다는 걸 알게 되었습니다."

"다몬 씨는 어때 보였습니까?"

"이상하게 밝아졌다 싶다가도 갑자기 어두워지기도 하고, 상당히 정서가 불안정한 느낌이었습니다. 자포자기하고 있는 느낌도 들었고요."

"앞서 말씀하신 대로, 자살할 듯한 분위기였다는 말씀입니까?"

"그 친구를 둘러싼 상황과 본인의 상태로 봐서, 솔직히 그럴지 모른다는 걱정은 들었습니다."

그렇게 설명하면서도 고이치는 역시 이것도 형사들이 미리 조사했던 일인 것 같다는 생각이 들었다.

"바보 같은 생각은 하지 말라고 얘기했습니다. 모든 것을 해결하기는 어렵더라도 분명히 뭔가 방법이 있을 거라고 말이죠."

"반응은 어땠습니까?"

"순순히 듣기는 했습니다만, 어쩐지 이야기가 제대로 전해지지 않고 있다고 할지······."

"다몬 씨가 당신의 충고나 조언에 진지하게 귀를 기울이지 않았다는 건가요?"

"그런 분위기였죠. 그래서 에이스케가 전화를 끊은 뒤에······."

"아, 전화는 그쪽에서 끊었군요."

"네. 일단 전부 이야기했으니 더 이상 아쉬운 것은 없다는 느낌으로······."

"그렇군요. 아, 죄송합니다. 이야기를 계속해주세요."

"역시 신경이 쓰여서 다시 전화를 걸었습니다. 하지만 '전원이 꺼져 있거나 전파가 닿지 않는 곳에 있다'라는 안내만 나오고······."

"그 뒤에는?"

"……부끄럽군요. 매정한 인간이라고 생각하실지도 모르겠습니다만, 실은 그 뒤로 연락하지 않았습니다."

"아니, 이런 경우에는……"

그렇게 입을 여는 하세가와를 막듯이 고이치는 말을 이었다.

"에이스케하고 이야기를 하는 중에, 요 근래 매일 밤 이곳저곳의 친구들에게 같은 전화를 했다는 걸 알았습니다. 실제로 그 이틀 전인 수요일 밤에, 둘 다 아는 어느 친구에게도 전화를 했었다는 것을 다음 날 오전 중에 알게 되었습니다. 핑계로 들릴지도 모르겠습니다만, 그렇다면 당장 자살할 걱정은 없어 보인다고 판단하고……"

"다몬 씨는 다른 친구분들께도 같은 전화를 했다는 거군요?"

"그런 것 같습니다. 그다음 날, 즉 토요일 오전 중에 어느 친구에게 전화가 왔습니다. 에이스케가 수요일 밤에 전화를 했던 사람입니다. 저에게도 전화가 걸려왔었느냐고 묻더군요. 그때 둘이서 이야기를 나누고서, 분명히 에이스케는 푸념할 상대가 필요했기 때문에 우리들에게 전화한 거라고 서로 그렇게 받아들였습니다."

"친구분에 대해서는 나중에 다시 듣기로 하죠. 다몬 씨가 그 밖에 뭔가 하신 말씀은 없었습니까?"

"그 밖에…… 말입니까?"

"그렇습니다."

고이치는 필사적으로 생각했지만, 더 이상 아무것도 없는 것 같았다. 고개를 저으며 부정하려고 하다가, 에이스케가 마지막에 흘렸던 말을 떠올렸다.

"그러고 보니 전화를 끊기 전에 자기는 말기 암일지도 모른다는 얘기를 하더군요."

"저희가 하야미 씨를 찾아왔을 때에 다몬 씨의 자살을 언급하신 것은 그 고백도 있었기 때문입니까?"

"하지만 건강진단을 받았냐고 물어보니 병원에는 가보지 않은 듯했습니다. 그러면 어떻게 알았냐고 하니까 그런 기분이 드는 것뿐이라고 해서, 저도 어디까지 믿어야 좋을지…… 솔직히 잘 알 수 없었습니다."

하세가와의 물음에 답하면서 고이치는 완전히 확신하고 있었다.

암에 대해서도 이미 경찰은 알고 있다.

그렇지만 어째서일까. 에이스케와 전화로 이야기한 내용, 말하자면 사적인 연락이 어째서 미리 경찰에 알려져 있는 걸까.

그런가. 이미 다츠요시도 조사를 했다고 한다면…….

고이치가 전화를 받은 금요일로부터 이틀 전, 수요일 밤에 에이스케가 전화를 걸었던 사람은 같은 초등학교 동창인 오오니타 다츠요시였다. 토요일 아침에 다츠요시가 전화를 걸어와서 고이치는 그 사실을 알게 되었다. 방금 형사에게 설명한 대로 오오니타 역시 에이스케와 비슷한 대화를 나누었다고 한다. 다츠요시를 먼저 조사했다면 경찰이 에이스케와 자신의 대화에 대해 이미 알고 있어도 딱히 이상할 것은 없다.

고이치가 그런 추리를 하고 있는 것도 모르고, 하세가와는 확인하듯이 말했다.

"그렇군요. 다몬 씨가 정말로 자살했는지, 그런 의미에서는 반신반의하는 부분이 있었던 거군요."

"……네, 그럴지도 모릅니다. 그래서 내버려둬도 괜찮겠다고 확신할 수는 없더라도, 당장 구하지 않으면 죽을지 모른다는 생각이 들지는 않았습니다. 적어도 금요일 밤에는 그런 느낌을 받았던 것 같습니다."

"잘 알았습니다."

"그런데, 형사님."

"뭡니까?"

"오오니타 다츠요시에게도 이미 이야기를 들으신 겁니까?"

하세가와는 아무 반응도 보이지 않은 채로 말했다.

"오오니타 씨는 어떤 분이고, 왜 그렇게 생각하셨는지 들려주실 수 있겠습니까?"

형사는 여전히 자신들이 알고 있는 것은 밝히지 않고, 이쪽의 정보만을 들으려고 하고 있다.

어쩔 수 없나.

경찰을 상대로 싸움을 해봤자 소용없다.

"오오니타 다츠요시는 다몬 에이스케와 같은 초등학교의 동창입니다. 지금은 즈이몬인대학에서 건축학부 준교수(한국의 부교수에 해당하는 직위_역주)를 하고 있습니다."

고이치는 다츠요시의 정체를 알려주고 나서 자신이 어째서 경찰이 그에게 연락을 취했다고 생각했는지 이야기했다.

"과연 작가시군요. 훌륭한 추리입니다."

생글생글 웃는 얼굴로 추켜올리고 나서, 하세가와는 그의 말을 단번에 부정했다.

"하지만 다몬 씨의 친구분에게 이야기를 듣는 것은 하야미 씨, 당신이 처음입니다."

"……."

"아뇨, 무리도 아닙니다. 아무리 하야미 씨가 뛰어난 추리력의 소유자라도, 데이터가 부족하면 올바른 답을 낼 수 없으니까요."

"그러면 대체 어째서……."

자기도 모르게 따지고 드는 고이치를, 달래는 듯한 표정으로 하세가와가 말했다.

"한 가지만 더 여쭙겠습니다."

"······알겠습니다."

한숨을 쉬면서 고개를 끄덕이자, 그가 진지한 얼굴로 물었다.

"다몬 씨와의 통화에서, 그 밖에 뭔가 특이한 점은 없었습니까?"

"네······?"

아직 잊고 있는 것이 있는 걸까?

고이치는 가만히 생각했다. 전화를 받았을 때부터 에이스케가 끊을 때까지, 그와 나눈 대화를 순서대로 떠올려갔다. 그랬더니 아직 이야기하지 않은 것이 확실히 있었다.

"별 관계는 없다고 생각합니다만······."

"네."

"전화를 받고 오래간만에 서로 인사를 한 뒤에, 그 친구가 말했습니다. 지금 어디에 있는지 알겠느냐고······."

"그래서요?"

"본가에라도 돌아갔냐고 묻자, 아깝게 틀렸다고 하더군요. 추억의 장소라고 힌트를 줘서, 어릴 적에 같이 놀았던 신사의 경내라는 것을 바로 맞혔습니다."

"그때······."

하세가와가 몸을 조금 앞으로 내밀며 물었다.

"뭔가 들리지 않았습니까?"

"네?"

"다몬 씨의 목소리 말고······."

"무슨 말씀이신지······. 아, 그 밖에 누가 있었던 건가요?"

"그건 알 수 없습니다만, 예를 들면 다몬 씨의 목소리 뒤편에 뭔가가 들렸다든가."

신중하게 생각했지만, 아무것도 떠오르는 것이 없었다.

"아뇨, 바람 소리 정도였습니다."

"그러면 하야미 씨가 전화를 받았을 때, 바로 다몬 씨의 목소리가 들렸습니까?"

"……네. '여보세요'라는 목소리를 듣고 곧바로 에이스케라는 걸 알 수 있었습니다."

"그렇군요. 협조에 정말 감사드립니다."

하세가와는 머리를 숙이고 나서 급히 떠오른 것이 있다는 눈치로 말했다.

"아, 그러고 보니 어젯밤에 말입니다, 어디에서 뭘 하고 계셨습니까? 밤 10시부터 11시 정도에 걸쳐서."

"이곳, 집에 있었습니다."

솔직히 대답하면서도 고이치는 적지 않은 충격을 받았다. 어떻게 봐도 이것은 알리바이를 묻고 있는 것이 아닌가.

"일을 하고 계셨습니까?"

"오후 7시경에 저녁을 먹은 뒤에 계속 책을 읽고 있었습니다. 다만 10시를 지났을 무렵에 편집자에게 전화가 왔습니다만……."

고이치는 저쪽에서 묻는 대로 그 편집자가 일하는 출판사와 부서명, 연락처까지 대답했다.

"몇 분 정도 이야기하셨습니까?"

"전화를 끊은 뒤에 시계를 보니까 40분 무렵이었습니다. 아마 30분 넘게 통화했을 겁니다."

즉 10시부터 10시 40분 무렵까지, 고이치에게는 알리바이가 있다. 편집자와의 통화는 그의 작업실에 설치된 전화로 했으니까. 물론 경찰은 그 편집자에게 확인하겠지만, 간단히 증명될 것이다.

"어젯밤 10시부터 11시 사이에 다몬 에이스케에 무슨 일이 있었던 겁니까?"

고이치는 단도직입적으로 물었다.

"수사상 이야기할 수 없는 것도 있겠죠. 가능한 범위에서만이라도 상관없으니 그 친구에게 무슨 일이 있었는지 알려주세요."

"그게……."

조금 곤혹스러워하는 얼굴로 하세가와가 천천히 입을 열었다.

"여기서만 하는 이야기입니다만, 실은 저희도 아직 잘 모르고 있습니다."

그때까지 묵묵히 고이치의 진술을 메모하고 있던 모리타가 문득 고개를 들더니, 나무라는 듯한 표정으로 하세가와를 보았다. 형사가 자신이 조사하고 있는 사람에게 할 만한 말이 아니었기 때문이겠지.

젊은 형사의 질책하는 시선을 알아챘는지 아닌지, 하세가와는 담담한 어조로 말했다.

"실은 지난주 토요일 오후 11시 45분경에, 다몬 에이스케 씨는 니시도쿄 생명의 전화 센터에 자신의 핸드폰으로 전화를 걸었습니다. 그런데 그 내용이……."

생명의 전화에 걸려온 에이스케의 전화에 대해 하세가와는 상당히 자세히 설명하기 시작했다. 형사의 이야기가 진행됨에 따라, 대부분 알고 있던 내용임에도 불구하고 고이치는 충격을 받았다. 특히 전화 게임에 대한 이야기에는 놀랄 수밖에 없었다.

역시 에이스케는 자살할 생각이었나. 그것도 친구들을 끌어들인 전화 게임 같은 것으로 자살할 날을 정하려 했다니…….

"결국……."

하세가와가 마무리하듯이 말했다.

"자살하겠다는 다몬 씨의 마음은 전화가 끊어질 때까지 변하지 않았던 것 같습니다."

"생명의 전화에 전화를 건 것은, 어디까지나 전화 게임의 여섯 번째 역할을 그곳에 맡겼기 때문일까요."

"자살 희망자의 심리는 상당히 복잡하다고 합니다. 상담원도 자신의 생각이 옳다는 확신은 없다고 말하고 있습니다. 그렇다고 해도 다몬 씨가 자살할 가능성은 충분히 있었습니다. 그날 밤은 괜찮아도 마지막인 일요일 밤은 특히 위험했습니다. 거기서 니시도쿄 생명의 전화 측에서는, 휴일이었지만 다음 날 오전 중에 마다테 시의 복지센터 책임자에게 연락을 취해서 사정을 설명하고 만일을 대비해서 상담자의 보호를 요청했던 겁니다."

"경찰에는 알리지 않았습니까?"

하세가와는 재미없다는 듯한 표정을 지으면서 말했다.

"이 정도로 특수한 케이스일 경우에는 저희가 섣불리 움직이는 것보다 그쪽 방면의 전문가에게 맡기는 편이 좋은 결과가 나오니까요."

이렇게 특이한 자살 예고라면 분명히 경찰도 움직이려야 움직일 수 없을 거라고 고이치는 호의적으로 해석했다.

"이런 경우, 생명의 전화의 상담원 쪽이 뭔가 불이익을 당하는 것은 아닙니까?"

"그곳은 어디까지나 전화를 걸어온 사람의 이야기를 듣고 상담을 해주는 곳이라고 합니다. 서로가 상대의 정체를 모르기에 누구라도 가벼운 마음으로 전화를 하고, 원래대로라면 입 밖에 내기 힘든 이야기도 할 수 있죠. 그러니까 결코 겉으로는 드러내지 않지요. 그런 자원봉사를 하고 있다는 것도, 남에게 이야기해서는 안 된다고 합니다. 이번 일로 저도 처음 알았습니다만, 정말 고개가 절로 숙여질 뿐이죠……."

"아주 힘들어 보이는 일이군요."

그렇게 생각한 것은 진심이었지만, 문득 커다란 의문이 들었다.

"생명의 전화에 건 사람은 자신의 신원을 밝힙니까?"

"아뇨, 익명입니다."

"그렇겠죠. 그러면 어떻게 상담자가 다몬 에이스케라고……."

"전화를 건 사람이 어디의 누구인지는 물론 알 수 없었습니다. 다만 요행히도 상담원 쪽에 마다테 시의 지리를 아는 사람이 있었습니다."

"즉 에이스케의 이야기를 듣는 동안, 에이스케가 자살을 생각하는 장소가 어디인지 그 상담원이 알아차렸다는 거군요."

"네. 그래서 복지센터의 담당자가 일요일 밤에 우선 그 사람과 접촉하기로 되었습니다."

"다몬 에이스케는 보호되었습니까?"

"아뇨."

하세가와는 힘없이 고개를 저었다.

"담당자 두 사람이 밤 11시 경에 그 신사로 향했습니다. 생명의 전화의 상담원이 한 이야기로는, 가장 위험한 건 오후 11시 반부터 오전 0시 사이라고 해서, 여유를 두고 당초에는 10시 반에 도착할 예정이었다고 합니다. 그런데 담당자 중 한 명의 차량 상태가 안 좋아서 약속보다 30분 정도 늦어버렸습니다."

"설마 에이스케는 이미……."

"그런데 신사의 경내에서는 그 사람의 모습을 찾아볼 수 없었습니다. 다몬 씨가 말했던 커다란 벚나무 옆에 가보니, 목을 매기 위한 로프가 늘어뜨려져 있는 것을 확인할 수 있었습니다. 하지만 아무도 없었습니다. 그때, 절벽 아래에서 소리가 났습니다. 이 신사라는 곳 말인데……."

"알고 있습니다. 조금 높은 산 위에 있고, 동쪽에 깎아지른 듯한 절벽이 있죠."

"기억하고 계시는군요. 그 절벽 아래에서 부스럭거리는 소리가 났다고 합니다. 수상하게 생각한 담당자가 절벽을 회중전등으로 비춰보는 동안에 경사면에 튀어나온 나무뿌리에 신발 한 짝이 걸려 있는 것을 발견했습니다. 어쩌면 다몬 씨가 실수로 떨어졌을지도 모른다고 생각해서 황급히 절벽 아래로 불러보았지만 전혀 대답이 없었다더군요."

어째서인지 고이치는 한순간 오싹해졌다.

"계속 부르고 있으니 부스럭거리는 소리가 점차 커졌습니다. 담당자 두 사람은 왠지 오싹해졌다고 합니다만, 만약 다몬 씨가 떨어진 거라면 큰일이니 올라왔던 돌계단을 다시 내려가서 산의 동쪽으로 돌아 들어갔다더군요. 다만 잘 모르는 장소라서 상당한 시간이 걸렸던 모양입니다."

"절벽 아래에는?"

"아무도 없었습니다. 남성용 파우치가 떨어져 있어서 확인해보니 다몬 씨의 운전면허증이 들어 있었다고 합니다. 이어서 주위를 조사하자, 절벽 아래에 튀어나와 있는 넓적한 바위 표면에서 다량의 혈흔이 발견되었습니다. 거기서 우선 경찰에 연락을 해서 사정을 설명했습니다. 그렇게 되니 저희로서도 범죄의 가능성을 고려하지 않을 수 없었죠."

간신히 하세가와의 이야기는 핵심에 다다랐다.

"어젯밤과 오늘 아침에 신사의 경내와 절벽 아래를 조사한 결과, 뭔가 커다란 것이 절벽에서 미끄러져 떨어진 흔적이 발견되었습니다. 그 아래에 있던 바위 위에 혈흔이 있었던 겁니다. 게다가 그곳에서 가까운 수풀 속에서 뭔가를 끌고 간 듯한 흔적이 발견되었습니다. 그것은 작은 산의 동쪽 부근에서 북쪽을 향해 신사 뒤편의 작은 길까지 이어져 있었고, 군데군데 혈흔이 발견되었습니다."

"……"

"참고로 다몬 씨의 자택을 방문했지만, 비어 있었습니다."

"즉……"

현장의 혈흔에서 추측할 수 있는 상황을, 고이치는 천천히 입 밖에 냈다.

"다몬 에이스케는 벚나무에 목을 매달지 않았고, 절벽에서 투신자살을 한 것도 아니며, 누군가에게 떠밀려서 떨어졌다. 게다가 범인은 절벽 아래에 쓰러져 있는 에이스케를 질질 끌고 어딘가로 사라져버렸다. 그런 말씀입니까?"

"현재 그럴 가능성도 염두에 두고 수사를 진행하고 있습니다."

하세가와는 직접적으로 대답하는 것을 피했지만, 경찰이 다몬 에이스케의 실종을 다소 심각하게 여기고 있는 것은 틀림없어 보였다.

"만약 바위에 묻어 있던 혈흔이 에이스케의 피라는 것이 밝혀진다면……"

"살해되었을 가능성이 어쩔 수 없이 높아지겠죠. 오늘이나 내일 중에는 분석 결과가 나올 거라고 생각합니다."

"하지만 어째서 그 친구를 죽였을까요?"

"파우치 안에는 지갑이나 집 열쇠도 그대로 들어 있었습니다. 금품을 노린 단순 강도일 가능성은 희박하다고 생각됩니다. 다만 자택의 뒷문에서 누군가가 문을 강제로 열고 침입한 흔적이 발견되었습니다."

"즉 범인은 에이스케를 절벽에서 떠밀기 전에 무슨 이유에서인지 그 친구의 집에 숨어들었다는 말씀입니까?"

"아직 단정은 할 수 없습니다만, 그렇게 보이는군요."

"범인의 목적은 에이스케가 가지고 있는 뭔가를 훔치기 위해서였다. 그래서 빈집에 침입하긴 했지만, 정작 중요한 물건이 없다.

하는 수 없이 본인에게서 빼앗으려고……."

"그 물건 말입니다, 짐작이 가십니까?"

"개인적으로 짐작 가는 것은 없습니다. 하지만 예를 들면……."

별로 생각할 새도 없이, 고이치는 우선 머릿속에 떠오른 가설을 말했다.

"아버지에게 물려받은 회사가 상당히 위태롭다고 들었습니다. 그것에 관계된 서류 같은 것은 아닐까요?"

"그럴 듯하군요."

"이런 말을 해도 괜찮을지 모르겠지만……."

망설이는 고이치를 하세가와가 온화한 시선으로 재촉했다.

"그 회사의 채무에 연대보증을 선 사원이 있었죠. 에이스케가 뭔가 트러블에 휘말렸다고 한다면 그 사람이……."

"수상하다는 말씀이군요."

"물론 이미 경찰도 조사하고 있겠습니다만."

하세가와는 부정도 긍정도 하지 않고, 급히 다른 화제로 돌렸다.

"생명의 전화 상담원의 말에 따르면, 다몬 씨는 지지난 주 월요일 무렵부터 도내의 이쪽저쪽을 방황하고 있었다고 합니다. 그리고 지난주 월요일 밤에 처음으로 그 신사에 갔습니다. 자살하려는 생각으로 말입니다."

채무자로부터 도망치고 있었던 걸까.

"나뭇가지에 로프를 걸었는데, 문득 옛날 친구들에게 전화를 해보자는 생각이 들었다고 합니다. 그때 목을 맬지 말지를 결정하는 전화 게임을 생각해냈습니다. 다행히 맨 처음의 친구는 전화를 받았습니다. 통화를 끝내고 나니 한밤중이어서 집에 돌아갔지만, 좀처럼 잠이 오지 않았습니다. 이른 아침이면 집을 나와서 다시 방황을 시작했습니다. 그리고 밤에는 신사에 가고……. 이것을 반복했던 것 같습니다."

"……."

아주 무거운 뭔가가 고이치의 가슴을 무겁게 짓눌렀다. 실제로 답답한 느낌이 들었다. 금요일 밤의 전화 통화에서 자신은 진지하게 다몬 에이스케와 대화했던가. 그런 후회와도 비슷한 감정이 질금질금 밀려 올라왔다.

"자택의 전화는 울려도 받지 않았고, 핸드폰의 전원도 꺼두고 있었습니다. 낮 동안에는 집에 가까이 가지 않았습니다. 가령 집에 있어도 자동응답 기능을 사용했죠. 그런 생활을 2주 정도 계속했던 모양입니다. 그리고 후반 일주일 동안 죽음의 전화 게임을 했다는 이야기가 됩니다."

거기까지 듣고, 고이치는 이 형사가 무슨 의도로 에이스케의 행동을 되돌아보고 있는 걸까 의아해졌다. 그것들은 자살을 했다는 사실의 뒷받침은 되지만 타살에 관해서는 딱히 유익한 정보가 되지는 못할 텐데…….

"앗! 설마……."

"왜 그러시죠?"

곧바로 하세가와가 물었다. 그러나 그는 이미 대답을 알고 있는 것이 틀림없다. 그렇기에 에이스케의 행동을 일부러 고이치에게 이야기한 것이다.

"일요일 밤에 그 신사의 경내에 다몬 에이스케가 있다는 사실을 알고 있던 것은 극히 한정된 몇 사람뿐이었습니다. 그렇죠?"

"과연 대단하시군요. 역시 눈치채셨습니까."

"형사님의 유도 덕분이죠."

"남이 오해할 소리는 삼가주세요."

하세가와는 웃었지만, 금방 표정을 굳히고 말했다.

"현재 다몬 씨의 회사 종업원뿐만 아니라 이웃 사람들에게도 탐문을 하고 있으니, 결과가 나오기를 기다릴 필요는 있습니다만……. 최근 2주 사이의 다몬 씨의 행동으로 보아, 언제 어디에서 그를 붙잡을 수 있을지 아무도 몰랐을 가능성이 높습니다."

"그런데 밤이 되면 어느 신사의 경내에 가서 친구들에게 전화를 걸고 있었다. 아마도 어젯밤에도 그럴 것이라는 사실을 알고 있었던 사람이 있다……."

"그 말씀대로입니다."

고이치의 지적에 고개를 끄덕이더니 형사는 뒤를 이어 말했다.

"거기서 관련자는 두 그룹으로 나뉩니다. 우선 니시도쿄 생명의 전화 쪽 세 사람, 상담원 두 명과 직원 한 명입니다. 그리고 마다테 시의 복지센터 담당자 두 사람까지 총 다섯 명. 다만 이 다섯 명은 전화 상담자가 다몬 에이스케 씨라는 것은 모릅니다. 당장이라도 자살할 것 같은 긴급 상황에는 경찰에 협력을 요청하고 신원을 밝혀내는 경우도 있다고 합니다. 하지만 이번에는 일요일 밤에 보호할 수도 있었습니다. 그래서 복지센터의 담당자가 직접 그 현장에 갔던 것입니다."

"다섯 명 모두 에이스케와는 만난 적조차 없으니 그 친구를 알 리가 없었다는 얘기군요……."

"네. 생명의 전화에 다몬 씨가 전화를 걸었기에 비로소 관계가 생겨난 사람들이라고 할 수 있습니다."

"요컨대 거의 관계가 없다는 이야기군요."

"그렇게 판단해도 되겠지요."

"두 번째 그룹은?"

물론 알고 있었지만, 일부러 고이치는 물었다.

"다몬 씨가 밤의 신사에서 전화를 걸었던 친구들입니다."

"누구에게 걸었는지는 이미 판명되어 있습니까?"

하세가와는 고개를 저었다.

"에이스케의 핸드폰을 보면……"

"현장에서 다몬 씨의 핸드폰은 발견되지 않았습니다."

"범인이 가지고 간 건가요?"

"그럴 가능성이 높아 보입니다."

"잠깐만요. 그렇다면 저를 찾아올 수 있었던 건…….."

형사와 이야기를 하는 동안, 고이치는 에이스케의 핸드폰 발신 이력으로 자신의 주소를 밝혀냈을 거라고 생각하고 있었다. 그렇지만 사건이 발생한 다음 날인 오늘 바로 알아내다니 아무리 경찰의 수사라고는 해도 너무 빠른 것 같기도 했다.

"당신의 이름은 다몬 씨가 직접 생명의 전화에 이야기했다고 합니다."

"뭐라고요…….."

"전화 게임을 한 친구 중에는 작가인 하야미 고이치가 있다고 말이죠. 상담원의 말에 의하면, 다몬 씨는 그때만큼은 조금 자랑하는 듯한 말투였다고 하더군요."

"……."

"하야미 씨의 이야기로, 새로 오오니타 다츠요시 씨가 확인되었습니다."

하세가와는 격식을 차린 말투로 돌아갔다.

"거기서 여쭙고 싶은 것은, 두 분 외에 다몬 씨가 전화를 건 상대가 누군지 짐작되는가 하는 점입니다."

고이치는 갑자기 갈증을 느꼈다. 목이 바짝 말라 있다. 그렇지만 지금은 형사들이 자신을 방문한 진짜 목적에 대해 제대로 확인할 필요가 있었다.

"요, 요컨대······."

목에서 쥐어 짜내듯이 고이치는 물었다.

"만약 다몬 에이스케가 살해되었다고 한다면, 그 친구가 전화를 건 사람 중에 범인이 있다고 생각할 수밖에 없다······란 얘깁니까?"

과거로의 여행

"표주박산의 다루마 신사라……."

긴 돌계단 아래에서 꼭대기를 올려다보며 하야미 고이치는 중얼 거렸다.

"대체 몇 년 만일까."

아직 마다테 시에서 살고 있던 중학교 때에 몇 번인가 왔던 기억 은 있다. 그러나 초등학교 시절처럼 산 위까지 올라가서 신사의 경 내에서 놀았던 기억은 없다.

두 형사의 방문을 받은 다음 날 오후, 고이치는 다몬 에이스케의 기묘한 사건이 일어난 현장으로 향했다. 물론 자신이 가봤자 에이 스케를 발견할 수 있으리라고는 생각하지 않는다. 그러나 좀처럼 진행되지 않는 '일곱 명의 술래잡기' 원고를 앞에 두고 있는 동안, 안절부절못하게 되었다. 일단 어디로든 몸을 움직이고 싶다. 그런 충동에 휩싸였다.

그래도 JR 주오 선의 미타카역에서 무사시사카이역까지 간 뒤에 세이부 다마가와 선으로 환승해서 시라이토다이역에서 내리고, 게

이오 선의 무사시노다이역까지 걷는 도중에 문득 후회가 되었다. 무더위는 한풀 꺾였다고 해도 아직 낮은 덥다. 그냥 걷기만 해도 땀이 줄줄 흐른다. 이런 시간대에 아무런 목적도 없이 일부러 마다테시의 다루마 신사까지 오다니, 엉뚱한 짓에도 정도가 있다.

그렇다고 해서 방 안에 틀어박혀 있어봤자 신경이 쓰여서 일 같은 것은 못 했겠지.

고이치는 망설이면서도 꾸준히 걸은 덕분에 겨우 역에 도착했다. 결국 그대로 게이오 선을 타고 가다 세 번째의 환승을 거쳐, 끝내 마다테역에 내려서고 말았다.

26년 만인가…….

역사도 역 앞의 로터리도 완전히 새롭게 바뀌어 있다. 큰길 건너편에 있는 마에나카 초의 상점가는 옛 가게와 새로 생긴 가게들이 뒤섞여 있어서 그리움 절반에 위화감 절반쯤일까. 그렇다고 해도 셔터가 내려진 빈 점포가 보이지 않는 것은 이 거리에 활기가 있다는 증거가 틀림없다. 옛날에 비하면 다니는 차들의 숫자도 상당히 많아졌다는 기분이 든다.

상점가를 빠져나와서 민가가 늘어선 마에카 초를 지나, 야미강의 후나키 다리를 건넌다. 강폭이 넓기 때문에 다리는 길다. 강은 다리의 10여 미터 아래에서 흐르고 있기 때문에, 자기도 모르게 멈춰서서 내려다보고 싶어진다. 여기는 오봉 연휴의 축제 때 공물을 실은 정령선이 흘러 내려가는 곳으로, 이 강에 놓인 모든 다리의 양쪽이 눈 깜짝할 사이에 사람으로 꽉 메워진다. 아마도 지금은 거기에 관광객까지 더해져서 엄청난 인파가 되겠지.

다리를 건너자, 드디어 시가 관광용으로 정비한 전통 건축물 보존지구로 들어서게 되었다. 그곳에 발을 들이자마자 고이치는 뭐라 말할 수 없는 기분이 되었다. 상점가에서 느낀 기묘한 감각이 더욱 강해진 느낌이라고 말해야 할까.

알고 있는데도 모르는 곳 같아…….

확실히 낯이 익긴 하지만, 완전히 낯선 동네처럼 느껴진다. 그런 거리의 모습이 그가 가는 길 앞에서 계속 나타났다.

왜 이런 기분이 드는 거지?

고이치는 자문하다가 간신히 깨달았다. 동네 전체는 이미 알고 있던 곳이지만 눈에 보이는 건물 하나하나는 모르는 것이다. 아마 보존지구로 정비된 결과 세부적인 인상이 변해버린 탓이겠지. 그곳은 어릴 적에 그가 알던 '낡고 오래된 마을'이 아니라 이미 '전통적인 가옥이 보존된 귀중한 마을'로 변모해 있었다.

어째서일까…….

이유를 알게 되자, 적잖은 상실감에 사로잡혔다. 초등학생에서 중학생 시절의 고이치는 이 동네의 어딘지 모르게 빛바랜 빛깔과 문득 떠도는 나무 냄새, 좁은 골목을 불어 나가는 바람, 띄엄띄엄 오가는 사람들, 그리고 조용하게 흐르는 시간…… 같은 것들을 몹시 좋아했다. 여기서 놀았던 적은 없고 그냥 지나다니기만 했을 뿐이지만 그사이에 느껴지는 다양한 것들이 사랑스러웠다. 물론 당시에는 그런 감정조차 깨닫지 못했을 거라고 생각한다. 이렇게 다시 방문해서야 간신히 실감할 수 있었던 감정이니까.

평일 오후인데도 여기저기 관광객으로 보이는 사람들이 걷고 있었다. 중년의 여성이 많은 탓인지 군데군데서 "참 정겨운 거리네", "어쩜, 집이 옛날 그대로야!" 하는 감탄 소리가 들린다.

그 환성에 등을 돌리듯이 고이치는 보존지구를 빠져나왔다. 한동안 쭉 나아가자 기억 속의 낯익은 주택지가 나왔지만, 여기도 새로운 것과 낡은 것이 섞여 있다. 아무래도 많은 집들이 리모델링된 듯했다. 그런 의미에서는 옛날 집보다 새로 지은 집 쪽이 눈에 띄었다.

이제 곧 학교다.

주택가를 지나면 여기저기 흩어져 있는 집들과 논밭, 공터가 있고, 그곳을 지나면 마다테 시 제3초등학교가 보이기 시작해야 한다. 하지만 아무리 시간이 지나도 집들이 끊어지지 않았다. 길을 잘못 들었나 하고 생각했지만, 여기까지의 풍경은 나름대로 기억하고 있다.

아, 논밭하고 공터가 사라졌구나!

논이 펼쳐지고 비닐하우스가 늘어서 있던 땅도, 아이들이 뛰어놀던 공간도 완전히 사라져 있었다. 그곳은 신흥 주택지가 되어 전혀 다른 모습이 되어 있었다. 역에서 보존지구까지의 풍경보다도 더욱 심한 변화였다. 거의 아무것도 없었던 토지에 빼곡하게 집들이 세워져 있어서, 그가 기억하던 옛 풍경은 이미 어디에도 없다.

하지만 그곳에서 고이치가 느낀 것은 '이야, 많이 변했네'라는 단순한 놀라움에 지나지 않는다. 왜냐하면 그의 놀이터는 오로지 초등학교 맞은편에 위치한 누노비키 초의 표주박산이었기 때문이다. 아니, 거기서 놀았던 것은 그뿐만이 아니다.

에이 군, 다몬 에이스케.

유준, 아리타 유지.

토시, 우치하라 사토시.

사야, 고야나기 사야카.

곧바로 몇 명의 별명이 떠올랐다. 고이치는 '고짱'이었다. 모두의 별명을 정한 것은 고야나기 사야카다. 어쩌면 그녀는 자신이 '사야'라고 불리고 싶었을 뿐인지도 모른다. 하지만 지금은 그렇게 하기를 잘했다는 생각이 든다. 처음에는 부끄러웠지만, 서로를 별명으로 부르는 것으로 모두의 인연이 깊어져갔으니까.

고이치는 초등학교 3학년 여름방학 기간이었던 아홉 살의 여름에 교토 시에서 마다테 시로 이사를 와서 마다테 시 제3초등학교로 전학했다. 방학 중이었기 때문에 학교에 다니게 된 것은 2학기 개학식부터였다. 그때까지 그는 낯선 지방에서 친구도 없는 채로 혼자서 여름방학을 보내야만 했다.

그때의 뭐라고 말할 수 없는 기분……

그 당시 자신의 심정이 기억나서 고이치는 가슴이 아파왔다.

그는 상당히 낯을 가리는 아이였다. 상대가 동급생이어도 마음을 터놓게 될 때까지 시간이 걸렸다. 그 점 때문에 교토의 초등학교에서도 친구가 생기는 데 거의 1년이 걸렸다. 다음 해인 2학년의 1년간은 우정이 더욱 깊어지게 될 시기였다. 그런데 3학년 2학기부터 다시 똑같은 일을 반복해야 했던 것이다. 게다가 전학생이라는 명백히 불리한 입장에서.

이사 간 집합주택은 가와조에 초에 있었다. 역에서 북동쪽 방향, 야미강 남쪽의 강변이었다. 그대로 북동쪽으로 선을 쭉 그어가면 마다테 시 제3초등학교에 이르게 된다. 도중에 오래된 동네가 있기 때문에 통학로는 지그재그로 복잡한 형태였다. 조금 돌아가야 할 필요가 있는 곳도 있어서, 학교까지 20분 이상 걸렸다.

남는 시간을 주체하지 못한 고이치는 그 여름 동안 자주 낡은 주택가 안을 걸어다녔다. 어린아이는 고사하고 어른의 모습도 거의 보이지 않는 항상 적적한 공간이, 마에나카 초의 떠들썩한 상점가보다 훨씬 호감 가는 모습으로 비친 탓이다. 조용한 것만으로 따지면 요미강과 상점가 사이에 있는 마에카 초도 있었다. 하지만 늘어서 있는 집들이 전혀 달랐다. 마에카 초도 오래되기는 했지만 어중간하게 증개축이 반복된 집이 많아서 조금도 정취가 느껴지지 않는다. 군이 특이한 부분을 들자면 고서점이 몇 군데 있다는 정도다.

오래된 거리에 갔다고 해서 특별히 뭔가를 하는 것도 아니다. 문득 나타난 골목에 들어갔다 나오거나 하며 무작정 동네 안을 방황했다. 날에 따라서 들어가는 골목을 바꾼다. 그러면 같은 길이라도 반대편부터 시작하게 되므로 동네의 다른 얼굴을 볼 수 있었다. 걷는 루트를 조금 변경하는 것만으로 어제와는 조금 다른 산책을 즐길 수 있었다.

어느 때인가 고이치가 마음에 들어 하는 골목에 들어가려고 하는데, 반대편에서 한 소년이 걸어왔다. 깜짝 놀라 멈춰 서려는 참에 저쪽도 이쪽을 깨닫고 앗, 하고 놀라는 것을 알았다.

소년은 뽀얀 피부에 홀쭉한 체형으로, 어딘지 모르게 병적인 분위기를 풍기고 있었다. 하지만 결코 어두운 느낌은 아니었다. 그의 경우에는 그런 용모나 인상이 일종의 기품이 되어 나타나 있었다. 교토의 초등학교에서는 볼 수 없던 느낌이었다. 나이는 비슷하지만, 연상 같기도 연하 같기도 했다. 어쩐지 신비한 이미지였다.

두 사람은 몇 초간 서로를 바라보았다. 그러다가 소년이 걷기 시작해서 고이치도 골목으로 들어갔다. 지나치기 한참 전부터 각자 좌우로 비켜나 있었다. 지나치는 순간, 가볍게 소년이 인사를 해서 고이치도 당황하며 인사했다. 어쩐지 부끄러운 듯, 간지러운 듯한 아주 이상한 기분이었다.

골목을 나가서 돌아보니 소년도 반대편에 멈춰 서서 이쪽을 보고 있었다. 아무래도 고이치가 골목을 빠져나갈 때까지 그렇게 기다리고 있었던 것 같다. 뒷모습을 보였다고 생각하니 다시 기묘한 기분에 사로잡혔다. 기분 나쁜 감각은 아니다. 당시의 고이치가 아는 어휘 속에는 없는, '낯간지러운'이라는 말이 딱 들어맞는 그런 기분이었다.

소년은 오른손을 들고, '바이바이' 하며 손을 흔들었다. 서둘러 고이치도 같은 동작을 하고 두 사람은 헤어졌다.

이 소년과는 이후로도 몇 번인가 만나게 되었다. 신기하게도 항상 두 사람은 서로를 지나쳐 갔다. 같은 방향으로 갔던 경우가 없다. 대화는 없고 서로에게 고개를 끄덕일 뿐, 거기서 더 진전되는 것은 없었다. 고이치는 뭔가 말을 걸고 싶었다. 하지만 실은 그 소년이 지닌 독특한 기품에 조금 두려움을 느끼고 있기도 했다. 나 같은 것이 가볍게 말을 걸어선 안 된다, 라는 생각이 들었던 것이다.

오래된 동네를 산책한 뒤에는 이따금씩 초등학교까지 가곤 했다. 그러나 빈터나 학교의 교정에서 노는 아이들을 보고도 가까이 간 적은 없었다. 오히려 자신의 존재를 들키기 전에 서둘러 그 자리를 벗어났을 뿐이다.

초등학교 너머까지 간 것은 이미 8월이 끝나가던 무렵이었다. 학교 건물의 북동쪽에는 다시 넓은 논밭이 펼쳐지고 군데군데 저택처럼 커다란 집이 있었다. 그런 풍경 속에서 특히 흥미를 끈 것이, 논의 한가운데에 있는 묘지와 작지만 깊어 보이는 숲, 그리고 종처럼 볼록 솟아오른 작은 산이었다.

다만 묘지에 들어가면 누군가에게 야단맞을 것 같고, 숲은 크고 넓어 보이지는 않지만 묘하게 무섭게 느껴졌다. 그래서 남은 작은 산을 목표로 했다. 가까이 다가감에 따라 산의 오른편에 더 낮은 산이 나타났다. 두 개의 작은 산이 나란히 있는 것이다. 그 모습은 마치 표주박을 눕혀서 땅바닥에 엎어놓은 듯했다. 나중에 알게 된 것이지만, 높은 쪽의 산은 정말로 '표주박산'이라고 불리고 있었다. 낮은 산이 포함되지 않은 것은 그 산 꼭대기에 아주 큰 저택이 있기 때문이었을 것이다.

고이치가 표주박산 기슭까지 가서 낡아빠진 나무 도리이 너머로 정상까지 이어지는 폭이 좁은 돌계단을 올려다보고 있는데, 가까운 풀숲이 갑자기 부스럭부스럭 흔들렸다.

우왓!

비명을 지르지는 않았지만, 고이치는 자기도 모르게 뒤로 돌아 도망치려고 했다. 그런데 그 오른편 풀숲에서 한 남자아이가 얼굴을 내밀었다.

조금 작고 통통한 체구에 피부가 하얀, 왠지 모르게 기가 약해 보이는 아이였다. 왼쪽 뺨이 검게 더러워져 있는 것처럼 보이는데, 아무래도 반점 같다. 흔히 애니메이션에서 푸른 하늘에 그려져 있을 법한, 슈크림처럼 말랑말랑한 구름 모양이었다. 본인도 그것에 신경 쓰고 있는지, 고이치가 있는 것을 알아차리고 깜짝 놀란 직후에 곧바로 왼손으로 반점을 가리는 시늉을 했다. 어쩌면 무의식적인 동작인지도 모른다.

한동안 두 사람은 서로 굳은 채로 가만히 상대를 바라보았다.

이윽고 어느 쪽이 먼저랄 것도 없이 고개를 끄덕였다. 그때의 그들에게는 그것이 '안녕'이자 '처음 뵙겠습니다'였다.

"며, 몇 학년이야?"

자연스러운 어조로, 그러나 실제로는 심장이 쿵쾅쿵쾅 뛰는 상태로 고이치가 과감하게 물어보았다. 낡은 주택가에서 만난 소년에 비하면 이 남자아이는 상당히 친해지기 쉬울 듯한 느낌이다. 그것 때문에 첫 대면임에도 불구하고 낯을 가리는 그도 말을 걸 수 있었던 것 같다.

"······3학년."

"아, 똑같네."

그렇게 대답하자 아래를 향하고 있던 남자아이가 문득 고개를 들었다. 그와 동시에 남자아이의 왼손이 뺨의 반점을 가렸다. 역시 무의식중에 하는 동작인 듯했다. 그러고 나서 조금 망설인 뒤, 그는 머뭇거리면서 말했다.

"······제3초등학교는 아니지? 저기 있는 초등학교."

"아직 아니야."

"아직? 아, 전학 왔구나······. 혹시 간사이 지방에서 왔어?"

"역시 아는구나."

"그런데 간사이 사투리를 안 쓰네······."

"교토 쪽이니까, 텔레비전에서 개그할 때 쓰는 말투하고는 달라."

"흐음."

몇 마디 안 되는 대화만으로 왠지 모르게 두 사람은 친해졌다.

"이 위에는 신사가 있어?"

고이치가 돌계단 위를 가리켰다.

"작은 사당이 있을 뿐이지, 그것 말고는 아무것도 없어."

"사당이라니?"

"다루마 사당이야. 다루마 신사라고 부르는 사람도 있지만······."

"우와, 다루마를 모시고 있는 거야?"

그렇게 부르고 있으니 분명 그렇겠지.

"글쎄, 잘 모르겠어."

그렇지만 아무래도 그는 흥미가 없는 듯했다.

"올라간 적은?"

"몇 번인가 있지만······ 다른 애들이 있으니까."

"이미 누가 자기들 놀이터로 점령했구나."

"아니, 그런 건 아니야······."

그는 힘없이 고개를 저으면서 말했다.

"아마 나랑 같은 학년 남자애가 둘에, 여자애 한 명이 있을 거야."

"친구들이야?"

그렇게 묻자 더욱 힘없이 고개를 젓는다.

"저기, 혹시 싫어하는 애들이야?"

고이치는 단도직입적으로 물었다.

"딱히 나쁜 애들은 아니라고 생각해. 다만 이야기해본 적이 없어서……."

같은 학교의 동급생이라도 전혀 교류가 없는 모양이다. 그 말을 듣자마자, 이 남자아이도 여름방학 동안 계속 혼자서 놀고 있었는지도 모른다고 고이치는 생각했다. 아니, 어쩌면 평소부터 그는 외톨이인 것이 아닐까.

"같이 올라가자."

"어……."

"나는 산 위를 모르니까, 같이 가줘."

"으, 응……."

내켜하지 않는 남자아이를 재촉해서 고이치는 돌계단을 올랐다. 그 아이와 만나지 않았더라도 작은 산 위에는 올라갔을 것이 틀림없다. 하지만 지금은 목적이 생긴 듯한 기분이다. 그것이 무엇인지는 너무 막연해서, 실은 고이치 자신도 잘 알 수 없었다.

돌계단 양쪽으로 이어지는 높은 나무들 덕분에 여름의 따가운 햇살은 약해져 있었다. 조금 급경사인 계단을 올라가고 있는 것치고는 그리 땀이 나지 않아서 다행이다. 그래도 고이치보다 몇 계단 아래를 걷고 있는 남자아이는 많이 힘든지 금방 숨을 헉헉 몰아쉬었다.

"괜찮아?"

돌아보며 말을 걸어보니 말없이 고개를 끄덕일 뿐, 그 뒤로 계속 돌계단 위로 걸음을 옮기는 데만 집중하고 있다. 이대로 올라가자는 이야기겠지.

고이치는 걸음을 늦췄지만, 남자아이는 올라가는 속도를 떨어뜨리지 않았다. 필사적으로 따라오려 하고 있다. 그 마음이 전해져와서 고이치는 들키지 않도록 살짝 속도를 늦췄다.

슬슬 고이치도 지치기 시작했을 무렵, 간신히 돌계단 위에 도착했다. 조금 늦게 올라온 남자아이는 지금이라도 주저앉을 것 같은 자세로 거칠게 숨을 쉬고 있다.

"경치가 좋네."

"…… 그래?"

주위의 풍경을 볼 여유가 없는지 아니면 너무 봐서 질린 풍경인지, 남자아이의 반응은 시큰둥했다. 그래도 고이치는 눈앞에 펼쳐진 시골 풍경에 아주 만족했다. 낡은 주택가에 이어서 이 표주박산을 좋아하게 될 것 같았다.

간신히 남자아이의 거친 숨이 진정된 덕분에 안으로 들어가보려고 한 순간, 고이치의 걸음이 갑자기 굼떠졌다.

저게 사당인가…….

바닥에 깔린 돌이 울퉁불퉁하게 흐트러진 참도 끝에, 낡아빠진 목조 건물이 있었다. 그것은 텔레비전 시대극에서 자주 보이는 사당과 확실히 비슷했다. 그러나 오랜 세월에 걸쳐 비바람을 맞고 제대로 손질도 되지 않은 겉모습은 거의 폐가나 다름없었다. 사당 앞 좌우에 서 있는 고마이누도 온몸이 이끼로 덮여 있어서 이제는 어떤 모습을 하고 있는지조차 알 수 없다. 어쩌면 고마이누가 아니라 다른 네발짐승인지도 모른다고 생각될 정도로, 참으로 음침한 모습이다.

"돌아가자."

남자아이의 말에 발길을 돌리려던 고이치는 문득 그 자리에 멈춰 섰다. 사당의 계단에 한 여자아이가 앉아서 열심히 책을 읽고 있었기 때문이다.

"저 애?"

조금 전에 말했던 여자애인지 확인하자, 남자아이가 떨떠름하게 고개를 끄덕였다.

"자, 잠깐……."

고이치가 사당을 향해 걷기 시작하자 남자아이가 그를 막듯이 말했다. 그렇지만 곧 그도 망설이는 듯한 발걸음으로 뒤를 따라왔다.

뭐라고 말을 걸까…….

점점 여자아이에게 다가가면서도 고이치의 마음속은 당황스러움으로 가득 차 있었다. 자기 혼자였다면 분명히 모르는 체하고 곧바로 산을 내려갔을 것이다. 그런데도 이 남자아이와 같이 있으니 어째서인지 대범한 기분이 들었다. 고이치와 마찬가지로 낯을 가리는 듯한 이 애의 몫만큼 좀 더 자신감 있게 행동해야 한다는 생각이 들어 묘하게 고무되는 것이다.

하지만 뭐라고 말을 걸어야 하지?

두 사람이 고마이누의 사이를 지나갈 때까지 여자아이는 전혀 알아차리지 못한 눈치였다. 열심히 책을 읽고 있다.

무슨 책일까? 그 정도로 재미있다니.

고이치가 그녀의 손으로 시선을 내렸을 때, 여자아이가 고개를 들었다. 여자아이는 한순간 움찔하고 겁을 먹은 표정을 지었지만 두 사람을 인식하자 그 표정은 바로 사라졌다. 아이는 고이치에게는 호기심에 가득 찬, 그리고 뒤에 있는 남자아이에게는 실망이 떠오른 전혀 다른 시선을 던져왔다.

뭐라고 말을 걸면 좋지?

"왜 그래?"

여자아이를 앞에 두고 다시 고이치가 망설이자, 여자아이 쪽에서 말을 걸었다. 다만 그 시선은 고이치만을 향하고 있었다.

"나한테 볼일이 있어?"

"……무, 뭘 읽고 있어?"

곧바로 고이치의 입에서 질문이 나왔다.

갑작스러운 질문이었지만, 여자아이는 특별히 수상히 여기지도 않고 자신이 가지고 있는 책의 표지를 보여주며 말했다.

"에도가와 란포의 《유령탑》이야."

"소년탐정 시리즈구나."

그 시리즈라면 고이치도 읽었다. 단숨에 친근감을 느꼈지만 여자아이는 간단히 부정했다.

"아니야. 이건 란포의 어른용 작품을 어린이용으로 다시 쓴 거야. 그래서 소년탐정 시리즈보다 훨씬 무서워."

여자아이의 말에는 조금 자랑스러운 듯한 기색이 느껴졌다.

"그런 무서운 책을 이런 곳에서 읽어도 괜찮아?"

깜짝 놀라서 묻자, 아무것도 아니라는 듯이 대답했다.

"분위기가 있어서 좋잖아. 게다가 여기는 시원한걸."

확실히 그렇긴 하지만, 고이치에게는 음침하고 기분 나쁘다는 느낌이 더 강해서 아무리 낮이라고 해도 이곳에서 혼자서 책을 읽고 싶다는 생각은 들지 않았다.

"여기엔 처음 온 거야?"

여자아이가 흥미롭다는 듯이 고이치를 올려다보았다.

"……응. 이, 이번에 제3초등학교로 전학 왔어."

"여름방학 중에?"

"그래. 학교에 가는 건 2학기부터지만."

"어디서 왔어?"

"교토."

"우와, 좋겠다."

곧바로 여자아이의 얼굴에 선망의 미소가 떠올랐다.

"나는 교토를 좋아해. 대학교는 도쿄가 아니라 꼭 교토에 갈 거야. 그리고 멋진 옛날 집에서 하숙할 거야."

그런 집이라면 마다테 시의 보존지구에도 있는데, 라고 고이치는 생각했지만 입을 다물고 있는 편이 좋겠다고 판단했다.

"교토는 대학생이 많으니까 분명히 좋은 하숙집이 있을 거야."

"역시 그렇겠지?"

재잘거리는 그녀를 보며 고이치는 간신히 눈앞의 여자아이와 대화를 하고 있다는 사실을 실감할 수 있었다. 자기도 모르게 마음속으로 안도했다.

"그런데, 뒤에 있는 쟤하고는 아는 사이야?"

그런데 이어진 그녀의 속삭이는 듯한 한마디에 분위기가 이상해졌다.

"조금 전에 이 산 아래에서 만났어."

"흐음, 친구는 아니구나."

"……어, 응, 그런 거겠지."

여자아이의 말투가 아무래도 이상했다. 당사자도 신경 쓰일 거라고 생각하고 뒤를 돌아보니, 남자아이는 여전히 왼쪽 손으로 얼굴의 반점을 가리면서 고마이누 옆에 서 있다. 거기까지 오기는 했지만 그 앞으로는 넘어올 수 없었던 모양이다.

"다몬은 아무도 상대해주지 않아."

"쟤 말하는 거지?"

본인에게는 보이지 않도록 뒤를 가리킨다.

"맞아. 다몬 에이스케. 같은 반이야."

"따돌림당하고 있어?"

여자아이는 조금 생각하는 시늉을 하더니 말했다.

"괴롭힘당한다든가 못된 짓을 당하지는 않아. 그냥 아무도 같이 놀고 싶어 하지 않는다고 할까…….”

“따돌림당하고 있구나.”

위해를 가하지는 않더라도 상대를 따돌리는 것은 엄연한 집단 괴롭힘이다.

“그 정도로까지 무시하는 건 아니지만, 뭐, 그런 것에 가까울지도 모르겠네…….”

“얼굴의 반점 때문이야?”

그녀는 고개를 젓더니 말했다.

“쟤는 그게 무지 마음에 걸리는 모양이지만, 사실 다른 사람들은 별로 신경 쓰지 않아. 결국은 저 애의 우유부단한 성격이 원인이야.”

“내가 저 애의 친구라고 알려지면 똑같이 따돌림당할까?”

“글쎄, 잘 모르겠어.”

여자아이는 난처한 표정을 지었다. 그렇지만 나하고는 아무런 관계도 없는 일이니까, 라고는 결코 말하지 않았다.

“전학생이라는 것만으로 괴롭힘당할지도 모르지. 그러다가 다몬하고 사이가 좋다는 이야기가 퍼지면…….”

“위험하다고?”

“그렇지만……”

여자아이는 가만히 고이치를 바라보면서 말했다.

“너라면 괜찮지 않을까? 오늘 처음 만난 다몬하고는 이미 친구가 되었잖아. 게다가 나한테도 아주 자연스럽게 말을 걸었고.”

“그건 먼저 네가 말을 걸어줬으니까 그렇지.”

“아, 그런가?”

여자아이는 부끄러운 듯 웃음을 지었지만 바로 진지한 얼굴을 하고 말했다.

"그래도 네가 가까이 오지 않았더라면 일부러 내 쪽에서 말을 걸지는 않았을 거야."

아무래도 적극적인 성격이라고 완전히 오해받은 듯했다.

"그러니까 네가 계속 친구를 만들면 분명 문제는 없어."

"힘들 것 같은데."

"어째서?"

"나는 사실 네가 생각하는 만큼 밝고 기운 넘치는 타입이 아니니까……."

"그런가?"

"오히려 낯을 가리는 편이야."

"정말로?"

"곧 알게 될 거야."

여자아이는 납득하지 못하는 것 같았지만, 두 사람은 금세 웃어 버렸다.

"그러면 나하고 똑같네."

"네가 먼저 말을 걸었는데도?"

"으음……. 그건 분명히 네가 말을 걸기 쉬웠기 때문일 거야. 나는 여름방학이 되고 나서부터 매일 이곳에서 책을 읽고 있어. 물론 혼자서."

"똑같네. 나는 동네 안을 어슬렁거리고 있어."

"그야 너는 이사 온 지 얼마 안 되었잖아. 아직 친구도 없으니 어쩔 수 없어."

"그러면 친구가 되자."

정말 대담한 말을 하는구나, 라고 고이치 스스로도 놀랐다.

"어?"

하지만 고이치보다도 깜짝 놀란 건 여자아이 쪽이었다.

"그건……."

"안 되나? 남자랑 친구 하는 건 좀 이상한가?"

일단 입 밖에 내버렸으니, 그 뒤로는 진지하게 말하는 수밖에 없었다.

"아니…… 괜찮지만……."

고이치와는 반대로, 딱 부러지는 느낌이던 여자아이가 오히려 머뭇거렸다. 그와 동시에 흘끗흘끗 고이치 뒤쪽에 눈길을 주기 시작했다.

그렇구나. 다몬을 신경 쓰고 있는 건가.

지금 상황에서 고이치와 친구가 되면, 그것은 다몬 에이스케와도 친구가 된다는 것을 의미한다. 다른 아이들에게 따돌림당하는 저 아이가 학교에서 대체 어떤 입장에 있을지, 그것은 알 수 없다. 다만 사이좋게 보이게 되면 똑같이 따돌림당할 우려가 있다. 분명히 여자아이는 바로 그렇게 생각한 것이겠지.

역시 무리인가…….

"다몬이 싫다든가 하는 게 아니야."

고이치가 포기하려고 하는데 그의 생각을 재빨리 알아차린 듯이 여자아이가 그렇게 말했다.

"친구가 되면 친구들이 나도 따돌릴지 모른다든가 하는, 그런 걱정을 하는 게 아니란 얘기야. 왜냐하면 나는 대개 혼자니까."

"흐음, 그렇구나."

"여자애들은 금방 무리를 만들잖아. 게다가 사이좋은 애들끼리 모인 그룹일 텐데도, 그 안에서도 누군가를 따돌리거나 다시 사이가 좋아지거나 그래. 그런데 그 이유가 아주 시시하기 짝이 없거든. 나는 그런 걸 좋아하지 않아서……."

그 말을 듣고 보니, 교토의 학교에서도 비슷했던 것 같다.

"수다 떠는 건 나도 무지 좋아해. 하지만 그게 남의 험담이나 다른 애들을 바보 취급하는 얘기가 되어버리면, 갑자기 견딜 수 없게 싫어져서⋯⋯."

일단 여자아이는 고개를 숙였지만, 바로 고개를 들고 작은 목소리로 말했다.

"그러니까 친구가 되는 건 괜찮아. 다만⋯⋯ 너하고 나하고 다몬하고 세 사람뿐이라는 것이 어쩐지, 좀 그렇다고⋯⋯ 생각해."

"으음."

고이치는 자기도 모르게 신음했다. 구체적으로 어떤 설명도 하지 않았지만, 여자아이가 하고 싶은 말이 뭔지 신기할 정도로 이해되었기 때문이다. 그렇다고 해도 어떡하면 좋을지, 아무 생각도 떠오르지 않았다.

난처한 마음에 주위를 둘러보는데, 사당 오른편에 우뚝 서 있는 커다란 나무 뒤편에서 이쪽을 엿보는 두 남자아이의 모습에 눈길이 멎었다. 그러고 보니 다몬 에이스케는 산 위에는 여자아이 하나와 남자아이 둘이 있다고 했었다.

"저 애들은 누구야?"

고이치의 시선을 따라 똑같이 눈길을 향한 여자아이가 말했다.

"아리타하고 우치하라야. 항상 둘이서만 놀고 있어."

"그럼 저 애들도 같이 놀자고 할까?"

고개를 갸웃거리고 조금 생각하던 여자아이가 미소를 지었다.

"그게 좋을지도 모르겠어."

그리고 급히 일어서더니, 이번에는 부끄러운 듯한 미소를 지으면서 말했다.

"나는 고야나기 사야카야."

"나, 나는 하야미 고이치."

당황하며 고이치도 이름을 말했다. 상대의 부끄러움이 옮았는지, 묘하게 멋쩍었다.

"가자."

눈앞의 사야카와 아직 고마이누 옆에 서 있는 다몬에게 말을 걸어서, 세 사람은 함께 안쪽의 나무를 향해 걸어갔다.

갑자기 다가오는 그들을 보고 아리타도 우치하라도 처음에는 경계하는 듯했다. 그렇지만 두 사람은 고이치의 제안을 듣고는 의외로 간단히 승낙했다.

"둘이서는 할 수 있는 놀이도 빤하니까."

아리타 유지의 말에서, 오히려 환영하고 있다는 것을 느끼고 고이치는 기뻤다.

그 두 사람에 대한 첫 인상은 아리타 유지와 우치하라 사토시가 마치 주종관계 같다는 것이었다. 실제로 고이치 일행과 친구가 되기로 정한 사람은 유지고, 사토시는 그것을 따르는 것에 지나지 않았다. 하지만 친구가 늘어나는 것을 두 사람 모두 환영하고 있는 것은 틀림없었다.

그 애들도 다몬 에이스케는 알고 있는 듯했다. 고이치와 고야나기 사야카의 뒤에서 그의 모습을 봤을 때, 흐릿하게나마 놀라는 표정이 떠올랐기 때문이다. 그러나 에이스케까지 낀다는 것을 알아도 딱히 문제 삼지는 않았다. 사야카처럼 같은 반이 아니기 때문일까.

"다섯 명이 있으면 여러 가지 놀이를 할 수 있지."

조심스럽게 이야기하는 우치하라 사토시의 목소리를 들으면서 고이치는 남몰래 생각했다.

아니, 여섯 명이야.

오래된 동네 안에서 이따금씩 보이는 그 소년과도 친구가 되고 싶다. 단, 이 아이들과 몰려가서 만날 생각은 없다. 그런 짓을 하면 분명히 그 소년은 부끄러워하며 어딘가로 떠나버릴 것이다.

　친구가 되자.

　그 말을 하는 것은 고이치 혼자서도 충분했다.

　"친구가 되자는 말이지……."

　27년, 어쩌면 28년 만에 표주박산의 돌계단을 오르면서, 하야미 고이치는 그때의 친구들과 만났을 무렵을 떠올리고 있었다.

　실은 그 그리운 기억 속에, 너무나도 끔찍한 나머지 봉인되어버린 무시무시한 사건이 존재하고 있다는 것은 조금도 깨닫지 못한 채로…….

어느 광경 2

"다~레마가 죽~였다!"

커다란 나무에 오른팔과 얼굴을 대고 그렇게 외치고 나서, 슬래가 왼쪽 어깨 너머로 돌아보았다.

그와 동시에 저녁 햇살을 받으며 새까맣게 된 사람들의 움직임이 딱 멈췄다. 모두가 슬래 쪽을 향해, 지금이라도 걷기 시작할 것 같은 자세를 한 채로.

한 사람, 두 사람, 세 사람, 네 사람, 다섯 사람······. 아무도 손가락 하나 까딱하지 않는다.

그러나 슬래가 다시 나무 쪽을 향하며 등을 보이자마자, 일제히 다섯 사람이 움직이기 시작했다.

"다~레마가 죽~였다!"

독특한 억양으로 또다시 슬래가 노래하듯 외쳤다.

그사이에 사람의 형체들은 조금씩 커다란 나무를 향해 다가간다. 단, 슬래가 돌아보면 움직임을 딱 멈춘다. 아무리 부자연스러운 모습을 하고 있어도, 그 자세 그대로 미동도 하지 않는다. 그저 슬래가 다시 나무 쪽을 돌아보기만을 기다리고 있다.

그런데 몇 번째인가 돌아보던 슬래가 좀처럼 앞을 보지 않았다. 커다란 나무에 얼굴을 묻지 않고 다른 사람들 쪽을 빤히 바라본다.

가
설
과
의
문

그 소년, 오오니타 다츠요시와 가장 먼저 친구가 된 것은 고이치였다.

처음에는 표주박산에 가자고 권해도 좀처럼 응하지 않았다. 아이들 중에서 특히 다츠요시는 또래와 무리를 짓는 것을 싫어했다. 그는 저학년 무렵 1년 정도를 병으로 요양하느라 휴학해서 고이치나 다른 친구들보다 한 살 연상이었다. 그것 때문에 자연히 반 친구들과는 거리를 두게 되었던 모양이다.

결국 처음에는 고이치가 거의 강제로 표주박산으로 끌고 갔다. 그 후에는 권하면 세 번에 한 번꼴로 응해주었지만, 그것이 두 번에 한 번이 되고 이윽고 매번이 되어서 정신이 들고 보니 어느새 그도 표주박산의 멤버가 되어 있었다.

고야나기 사야카는 오오니타 다츠요시에게는 별명을 붙이지 않았다. 싫어했기 때문도 친근함을 느끼지 않았기 때문도 아니다. 반대로 존경하는 마음이 있었기 때문이라고 생각한다. 그것은 고이치도 마찬가지였다. 한 살밖에 차이가 나지 않는데도 다츠요시는 아주 어른스러웠다. 그 무렵에는 1년 차이도 확실히 크기 마련이다. 하지만 그는 훨씬 더 연상으로 느껴졌다. 분명히 학교를 쉴 수밖에 없는 병을 앓은 경험이 그를 나이 이상으로 성장시켰던 것일 테다.

"오오니타 군."

사야카가 처음에 그렇게 부르고, 모두가 따라했다. '군'을 붙이기는 했지만, 거기에는 '씨'를 붙이는 것에 가까운 마음이 담겨 있었다. 다만 '군'을 붙여서 부르는 것이 원래 의도와는 달리 다츠요시가 다른 친구들과 가까워지는 것을 방해하고 있기도 했다.

고이치를 비롯한 다섯 아이들은 원래부터 낯을 가리거나 무리 짓는 것을 싫어하거나 따돌림받고 있던 사람들의 모임이었다. 한 사람 한 사람이 지닌 고독의 정도나 그것에 대한 생각에는 커다란 차이가 있었지만, 적어도 서로의 처지는 이해하고 있었다. 그렇기에 다른 아이들에게 익숙해질 때까지 많은 시간은 걸리지 않았다.

하지만 다츠요시만큼은 달랐다. 고독한 것이 아니라 고고했기 때문이다. 고이치와 아는 사이가 되는 정도는 괜찮아도 표주박산의 멤버가 되고 싶다는 생각은 아마 없었던 것이 아닐까. 그러던 다츠요시가 무슨 생각인지 점차 모두와 어울리게 되었다. 다만 고이치를 비롯한 다른 아이들과 다츠요시의 정신연령에는 초등학생과 중학생 정도의 차이가 있었다. 따라서 서로 아주 가까워질 수는 없었다. 이름에 '군'을 붙이는 것이 그 문제를 키우고 말았다.

당시에 고이치는 이미 어렴풋이 깨닫고 있었다. 무엇을 하고 놀더라도, 항상 다츠요시가 다른 아이들에게 맞춰주고 있었다는 것을. 반대의 경우는 드물었을 것이다. 있었다면 다츠요시에게 공부를 가르쳐줄 때 정도였을까.

"역시 그립네."

점차 머릿속에 떠오르는 어린 시절의 기억 앞에서 고이치는 흥분하고 있었다.

이곳을 방문할 때까지는 자신이 이 정도로 자세히 기억하고 있으리라고는 생각하지 않았다. 변했다고는 해도 그리움이 남아 있는 풍경을 보고 뇌가 자극을 받은 것인지도 모른다.

어릴 적에는 엄청나게 길고 높게 느껴졌던 돌계단도 지금 이렇게 보면 상당히 다르게 보인다. 그렇다고 해도 경사가 급하다는 점은 당시의 기억 그대로다. 덕분에 꼭대기에 도달했을 때에는 땀에 흠뻑 젖어서 숨을 거칠게 몰아쉬고 있었다.

"이래서는 그때의 에이스케하고 똑같잖아."

자기도 모르게 쓴웃음을 짓다가 문득 표정이 굳어졌다. 여기에 온 이유를 생각하니, 어쩐지 웃어서는 안 된다는 생각이 들었기 때문이다.

바닥돌이 깔려 있긴 하지만 여전히 울퉁불퉁하고 틈새에는 잡초가 멋대로 자라 있는 길을 나아가자 온몸이 이끼와 잡초로 뒤덮여 있는, 예전에는 고마이누였던 물체가 그를 맞이해주었다. 이제는 악한 기운을 쫓는 상이라는 것도 알 수 없을 정도로 단순한 돌덩어리처럼 변해 있었다.

"거의 요괴처럼 되어버렸구만."

그 두 물체의 사이를 지나자 완전히 허물어져가는 사당이 기다리고 있었다. 요괴가 된 고마이누가 지키기에 어울리는, 폐가 특유의 흉흉한 분위기를 발하고 있다. 이미 사당이라고 부를 수 없는, 하물며 신사란 이름을 붙이기도 죄스러울 정도의 황폐함에 보는 것만으로도 등줄기가 서늘해졌다.

"그 뒤로도 계속 방치되어 있었구나."

다루마 신사도 그것을 모시는 표주박산도 전부 다레마가의 소유지였다. 이 산의 동쪽에 위치한 조금 더 작은 산, 옆으로 눕힌 표주박의 낮은 쪽 봉우리에 해당하는 산 위에 세워진 커다란 저택이 다레마가다.

옛날에는 1년에 한 번씩 큰 제사를 지냈다고 하는데, 에이스케나 사야카가 태어나기 몇 년 전부터 점차 하지 않게 되었다고 한다. 그것 때문에 이 산과 사당도 점차 황폐해지기 시작했고, 고이치 일행이 놀고 있던 무렵에는 완전히 쇠락한 분위기가 떠돌고 있었다.

사실 다레마가도 비슷한 상황이라고 할 수 있었다. 훌륭하게 지어진 커다란 저택이었지만, 이미 그 당시부터 어딘가 폐가 같은 분위기가 느껴졌다. 건물의 외관이 낡은 탓도 있겠지만, 단지 그것 때문만은 아니었다고 생각한다. 아직 어린아이였기 때문에 구체적으로 상상할 수 있었던 것은 아니지만, 당시의 고이치에게는 한 시대를 쌓아 올리고 부귀영화를 자랑하던 지배자 계급의 일족이 어떠한 실패를 계기로 조금씩 몰락해가는 모습을 마치 그 저택 자체가 체현하고 있는 것처럼 보였다.

"그리고 지금은 이 사당도 무너지기 직전까지 와 있다는 건가."

표주박산에 올라오고 나서 혼잣말이 갑자기 늘었다. 목소리를 냄으로써 막연하게 느끼기 시작한 불안을 불식하고 싶었던 것인지도 모른다.

이미 저녁이라고 해도 주위가 어두워질 때까지는 아직 상당한 시간이 있었다. 다만 울창하게 우거진 나무에 뒤덮인 표주박산의 돌계단, 그리고 산꼭대기에 있는 경내에는 밤이 일찍 찾아온다. 낮 동안에는 그늘이 져서 시원하지만, 날이 저물기 시작하면 이곳에는 한발 앞서 어스름이 깔리기 시작한다.

어린 시절에 숨바꼭질이나 깡통 차기를 하며 놀다가 자기 혼자만 남게 되었을 때, 문득 무서워졌던 기억이 몇 번인가 있다. 나무 뒤편에서 얼굴을 내밀고 찾아보면, 술래가 된 친구의 모습이 보이기는 한다. 마찬가지로 도망치고 있는 다른 친구들도 어딘가에 분명히 숨어 있다. 그렇다고 머리로는 알고 있지만, 지금 자신이 외톨이라고 생각하면 견딜 수 없이 무서워진다. 이대로 가만히 숨어 있으면 아무리 시간이 지나도 술래가 찾지 못하고, 그러다가 자신의 존재를 잊어버리고 다들 집에 돌아가버리고, 정신이 들고 보니 날이 저물어 있어서 황급히 산에서 내려가려고 해도 도저히 신사 밖으로 빠져나갈 수 없다……. 그런 공포에 사로잡히는 것이다.

실제로 고이치는 일부러 술래에게 들키거나 붙잡힌 적이 있다. 자신의 공상을 견디지 못하게 되어서, 혼자 숨어 있을 수 없었던 것이다.

그때의 떨림이 표주박산으로 걸어 들어감에 따라 점차 되살아나기 시작했다. 물론 어린 시절 같은 공포를 느끼는 것은 아니다. 그렇지만 그 뒤로 30년이나 지났는데, 이미 나이도 먹을 만큼 먹은 어른인데, 그런데도 이 장소에서 떨게 되는 것은 어째서일까.

그 기분 나쁜 감각을 떨치려고 고이치는 혼잣말을 계속했다.

"그런 그렇다 쳐도, 용케 이런 곳에서 놀았네."

아마도 가장 큰 이유는 그들 외에 다른 아이가 아무도 오지 않았기 때문이겠지. 아이들의 집은 대부분 학교 서쪽에서 남쪽 방면에 걸쳐 흩어져 있었다. 방과 후에 들르거나 집에 한번 돌아갔다가 놀러 오려고 해도, 표주박산은 정반대 방향이다. 게다가 일부러 학교를 넘어서 가야만 한다. 그렇게까지 하지 않더라도 놀 만한 공터는 얼마든지 있고, 공원도 정비되어 있었다.

"잠깐만……"

그러고 보니 아이들뿐만 아니라 어른들도 이 산을 기피했던 것 같다. 다른 지방에서 온 고이치는 잘 알 수 없었지만, 모두가 이 산에 대한 이야기에는 민감했던 기분이 든다. 특히 어른들이 그랬다.

"기피하고 있었다고……?"

그때 갑자기 어떤 단어가 머릿속에 떠올랐다.

다루마가.

그게 뭐였더라 하고 생각하다가 왠지 모르게 기억이 났다.

"……다레마가를 빗대서 그렇게 말한 게 아닐까?"

하지만 어째서일까? 뭔가 계기가 있었을 것이다. 게다가 지금, 어째서 갑자기 다루마가라는 말이 뇌리에 떠오른 걸까.

"아, 그런가."

눈앞에 있는 사당 탓이라고 고이치는 생각했다. 이곳이 다루마 사당, 혹은 다루마 신사라고 불리고 있던 것은 사당 내부에 다루마가 모셔져 있기 때문이라고 들은 기억이 있다. 게다가 딱 한 번, 조심조심 안을 들여다본 적이 있었다.

"그때……."

확실히 사당 안의 격자 너머로 새빨간 다루마 하나가 보였다. 상당히 어두웠음에도 붉은색이 눈에 들어왔다. 다만 선명한 붉은색이 아니라 칙칙한 붉은색이었다. 게다가 눈은 양쪽 다 짙게 칠해져 있어서…….

"……아니야, 구멍이 뚫려 있었던 것 같은데……."

그런 기분이 든다. 두 개의 구멍이 뻥 뚫려 있지 않았던가.

"검은 것……."

문득 시커먼 뭔가의 이미지가 떠오른다. 상당히 의외의 물체였다는 기분이 든다. 대체 무엇이었을까.

얼떨결에 사당 안을 들여다보려고 하다가, 당황하며 고이치는 사당 앞을 벗어났다.

만약 문제의 다루마가 기억보다도 짙은 선혈 같은 붉은색을 하고 눈을 크게 뜬 상태로 정체 모를 검은 것을 두르고서 이쪽을 보고 있다면…… 하는 상상을 했더니 나잇값도 못 하고 무서워지고 말았다.

"호러 미스터리 작가인 주제에, 한심하긴."

자조적으로 쓴웃음을 지어보았지만, 정작 목소리와 웃음에 기운이 없었던 탓에 전혀 효과가 없었다. 오히려 나무 그늘에 들어가 있는데도 줄줄 땀이 흘러나왔다. 식은땀일까.

"어떻게 된 거 아냐?"

일부러 의식해서 목소리를 내고, 고이치는 크게 숨을 내쉬었다.

너무나 섬뜩하고 기분 나쁜 장소에서 어린 시절의 묘한 기억이 단편적으로 떠오른 것이다. 그 탓에 아무래도 지나치게 빠져들어버린 것 같다.

"사당도 다레마가도 상관없어. 여기에 온 건 에이스케를 위해서야."

고이치는 빠른 걸음으로 고마이누 옆을 지나고 돌이 깔린 길을 벗어나 경내의 동쪽으로 향했다. 돌이 깔린 길 외에는 전부 흙이 노출된 땅바닥이다. 신발 밑에서 느껴지는 감촉이 부드럽다. 원래대로라면 편안하게 느껴져야 할 텐데, 어째서인지 이상하게 기분이 나빴다.

마치 살아 있는 거대한 다루마의 머리 위를 걷고 있는 듯한…….

도저히 있을 수 없는 상상을 했을 때였다. 갑자기 향 냄새가 코를 찔렀다.

여긴 신사인데, 향이라니?

수상하게 생각하면서 나아가자 커다란 나무가 보이기 시작했다. 크고 훌륭한 벚나무다. 그러고 보니 항상 이 주위에서 놀곤 했다.

거목의 옆에 서서 오른손으로 나무의 표면을 쓰다듬는다. 그러다가 별 생각 없이 아래를 보니, 나무 밑동 부근에 다 타고 남은 향의 재가 보였다. 마치 묘비 앞에 바치는 것처럼 땅바닥의 부드러운 부분에 꽂아놓았던 것인지, 작은 구멍과 재가 남아 있다.

에이스케의 명복을 비는 건가…….

그렇지만 대체 누가? 아직 그의 시신은 발견되지 않았다. 그런데 어째서 향을 피웠을까.

게다가 완전히 타버렸는데 어째서 향의 냄새를 맡을 수 있었던 걸까.

…………였다.

그때, 또다시 문득 고이치의 뇌리에 뭔가가 되살아나려고 했다.

어?

한순간이지만, 기분 나쁜 노랫소리 같은 것이 귓가에 울리는 것과 동시에, 갑자기 등 뒤가 무서워졌다. 재빨리 돌아본 순간, 뭔가가 보였다. 아니, 누군가라고 말해야 할까.

여자아이……?

곧바로 그렇게 느꼈다. 고야나기 사야카는 아니다. 자기들보다 연하 같은 느낌이 든다. 하지만 그런 아이는 모른다. 같이 놀았던 아이들 중에서 여자아이는 사야카뿐이다. 사야카 이외의 여자아이는 전혀 짚이는 것이 없다.

지금 느껴진 것은 뭐였지?

직전에 본 것은 경내의 동쪽에 우뚝 선 벚나무와 나무 밑동에 재가 되어 있던 향뿐이다.

이 나무와 향 중 어느 한쪽이 자신의 기억을 자극한 것일까.

하지만 아무리 생각해봐도 짚이는 것이 없다. 혹시 다루마 사당인가 하고 다시 돌아보았지만, 아무래도 아닌 것 같다. 정확히 말하면, 아닌지 어떤지도 모르겠다. 다만 지금은 사당으로부터 떨어져 있었다. 이 거목 앞까지 왔을 때에 기묘한 감각에 사로잡혔던 것이다. 그렇다는 이야기는 역시 나무나 향 때문인 것일까.

"으음……."

고이치는 신음하면서 팔짱을 끼고 눈앞의 굵은 벚나무 기둥을 바라본 뒤, 이어서 향의 재를 내려다보았다.

설마 에이스케의 사건과 되살아나려고 했던 지금의 기억이 관계가 있는 건가?

물론 아무런 근거도 없다. 그러나 여기에 온 것은 다몬 에이스케가 아주 이상한 방법으로 실종되었기 때문이다. 그 현장에 서자마자 갑자기 어떤 기억이 자극을 받았다. 애초에 표주박산이라는 지역은 에이스케와 고이치가 추억을 공유하는 장소다.

역시 뭔가 있는 건가…….

이 경우에는 관계가 있다고 보는 편이 자연스러울지도 모른다. 그러나 유감스럽게도 아주 흐릿하게 느꼈던 기묘한 플래시백은 이미 완전히 사라져 있었다. 흐릿한 단편조차도 남아 있지 않다.

나무 앞에서 떠나기 힘든 마음을 품은 채로, 고이치는 나무 뒤편으로 돌아갔다. 주위에는 땅속에서 튀어나온 거대한 나무의 뿌리가 지면을 몸부림치듯이 구불구불 뻗어 있다. 그곳을 우회해서 경내의 동쪽 가장자리로 나아가다가 앗, 하고 그는 발길을 멈췄다.

경찰이 사건 현장을 봉쇄할 때에 사용하는 '진입금지'와 'KEEP OUT'이라고 적힌 노란색 띠가 조금 앞쪽에 둘러쳐져 있었다.

그 광경을 보자마자 고이치는 한순간에 깨달았다.

"여기다……."

에이스케가 스스로 목을 매려고 했던 장소가 어디인지 고이치는 깨달았다.

거목 주위의 지면은 어디나 비슷하게 나무뿌리로 덮여 있었다. 군데군데 뿌리와 뿌리 사이에서 바위가 얼굴을 보이고 있다. 그중 한 바위만이 밥그릇을 엎어놓은 것 같은 형태인데, 딱 어른이 앉는 의자 정도의 높이에 꼭대기도 평평했다. 그 바로 위에는 굵지도 가늘지도 않은, 딱 적당한 나뭇가지 하나가 남동쪽 방향으로 뻗어 있다.

저 바위 위에 올라가서 저 나뭇가지에 로프를 맸구나.

아마도 에이스케는 달빛 속에서 자신의 목을 매기 위한 준비를 마치고 난 뒤에 문득 전화기를 꺼내 누군가에게 전화를 했을 것이다. 처음부터 전화 게임이 머릿속에 있었는지, 첫 번째 사람에게 전화를 하고 나서 떠올랐는지는 알 수 없다. 확실한 것은 이 바위 위에 앉아서 매일 밤 한 명씩 누군가에게 전화를 걸었다는 사실이다.

조금 망설였지만, 진입금지선 너머로는 들어가지 않기로 했다. 이미 현장 검증은 끝나 있는 듯했지만 수사를 방해하게 될 우려가 있는 이상, 경솔한 행동은 할 수 없다. 게다가 동쪽 가장자리에서 아래를 내려다보지 않더라도 깎아지른 듯한 벼랑의 무시무시한 낙차가 생생히 머릿속에 떠올라 있었다. 물론 어린 시절이었기에 더 높게 느꼈을 것이다. 그러나 이번에 이렇게 표주박산에 올라와 보고 그 높이를 충분히 실감했다. 작은 산이라고 해도 거의 수직인 절벽에서 떨어지면 살아날 수 없을 것이다. 그것은 절벽 밑을 확인할 것도 없이 알 수 있다.

"에이스케······."

그때 고이치는 처음으로 다몬 에이스케의 죽음을 실감했다. 본인의 자살을 시사하는 전화로도, 그가 사건에 말려들었을 가능성이 있다고 전한 형사의 말로도 에이스케의 죽음을 현실로 받아들일 수 없었는데.

"마치 나는 그 녀석이 죽은 것을 인정하기 위해서 여기까지 온 것 같네."

자연스럽게 두 눈을 감고 두 손을 모은다. 다만 염불을 외는 것도 옛 친구의 명복을 비는 것도 아니라, 그저 본인에게 묻고 있었다.

대체 무슨 일이 일어난 거야?

여기서 무슨 일이 벌어진 거야?

늦었지만 너의 힘이 될 수 없을까…… 라고 자문했을 때에, 문득 고이치는 어떤 사실이 떠올라서 눈을 떴다.

여기에 다른 친구들을 데려오면 어떨까?

조금 전에 자신과 비슷한 느낌을 그들도 받게 되지 않을까. 뭔가를 기억해내게 되는 사람이 생기지는 않을까. 그러면 그중의 한 명 정도는 완전히 기억이 되살아날지도 모른다. 그것이 에이스케의 죽음의 진상을 밝혀내는 중요한 단서가 되지는 않을까.

"아니, 안 되나……."

좋은 아이디어라고 기뻐했던 것도 잠시, 자기도 모르게 소리를 내서 자신의 생각을 기각했다. 어느새 고개까지 젓고 있다.

어제 하세가와 형사에게 질문을 받고서 에이스케가 전화를 할 만한 사람을 몇 명인가 이야기했다. 거기에는 초등학교 3학년 여름에 이 지역에서 고이치와 함께 친구가 되었던 사람도 당연히 포함되어 있었다. 그 밖에는 5, 6학년과 중학교 1, 2학년 때에 에이스케의 같은 반 친구였던 몇 명인가를 더한 정도다. 고등학교나 대학교 친구, 또 사회에 나간 뒤에 사귄 사람은 거의 모른다. 그렇기에 그가 이야기한 에이스케가 전화한 상대의 예상 리스트는 어디까지나 참고 의견 수준이라고 생각하고 있었다.

그러나 지금 이렇게 표주박산에 올라와보니, 에이스케가 전화를 걸었던 상대는 그 여름에 처음으로 친구가 되었던 아이들이 아니었을까 하는 생각이 강해지기 시작했다.

이유 중 하나는 에이스케가 전화를 걸었던 장소 때문이다. 이곳과 밀접하게 연결되어 있는 것은 역시 그때의 아이들일 것이다. 또하나의 이유는 단순한 상상에 지나지 않는다. 그러나 상당히 핵심을 찌르고 있는지도 모른다. 그것은 이후로도 에이스케에게 친구라고 부를 수 있는 사람이 결국 그 아이들 외에 없었기 때문은 아닐까하는 쓸쓸한 상상이다. 초등학교 고학년과 중학교 시절의 그를 회고해보면 반드시 근거가 없는 것도 아니다. 그 뒤로도 기회가 있을때마다 고이치뿐만 아니라 다른 아이들에게 연락을 하고 있었던사실을 돌아봐도 그럴 가능성은 충분히 있다.

하지만 그렇기에 불가능하다.

형사의 교묘한 유도에 의해서 고이치도 도달했던 그 가설이 있는 한, 다른 아이들의 협력을 얻을 수는 없다.

에이스케가 전화를 걸었던 상대 중에 그를 살해한 범인이 있다.

그 후보로서 예전의 동급생들이 떠오르기 시작했다. 이 상황에서당사자에게 연락을 하는 것은 역시 망설여진다.

"하지만……."

거기까지 생각을 진행시켰을 때, 곧바로 몇 가지 수수께끼가 고이치의 뇌리에 떠올랐다.

에이스케에게 전화가 왔다는 것만으로 왜 그를 죽여야만 하는가. 애초에 모두 에이스케와의 사이는 소원해져 있었을 것이나. 기껏해야 연하장을 주고받는 정도고, 그것 외에는 잊을 만하면 걸려오는전화 정도가 아니었을까. 그런데 어째서 이번에 전화를 받았다고해서 범인이 에이스케를 죽일 필요가 있었을까?

대체 에이스케는 전화로 무슨 이야기를 했던 것일까. 그건 모두에게 공통적으로 했던 이야기일까, 혹은 범인에게만 특별한 이야기를 했던 것일까. 그러나 가령 후자였을 경우, 거의 연락을 주고받지않았을 텐데 어떻게 에이스케는 살인의 동기가 될 만한 이야기를알고 있었던 걸까. 또한 왜 그것을 지난주의 그 전화로 이야기해야만 했던 것일까.

"설마……."

벚나무 뒤편에서 고이치는 계속 생각했다.

에이스케는 돈 문제로 곤란을 겪고 있었다. 그래서 범인을 협박했던 것은 아닐까. 그랬다가 역습을 당하고 말았다. 그렇다면 이 상황이 설명은 된다. 설명은 되지만, 다몬 에이스케와 협박이라는 행위가 이어지지 않는다.

"아니, 그건 아닐 거야."

심정적인 부분을 제외하더라도 역시 이상하다.

만약 에이스케가 협박을 생각했다면 곧바로 범인에게 전화를 했을 것이다. 거기서 범인이 요구에 응하는 척을 하면서 실제로는 그를 죽이려고 마음먹었다고 하자. 그렇게 되면 이번에는 협박이 성공했다고 믿고 있던 에이스케가 다른 멤버뿐만 아니라 생명의 전화에도 전화를 걸었다는 이야기가 된다. 그런 일은 있을 수 없을 것이다. 상대에게 뜯어낸 돈으로 금전 문제를 해결할 수 있다고 생각하던 에이스케가 생명의 전화를 필요로 할 리가 없다.

한편, 협박이 실패했을 경우는 어떨까. 비관하고, 모든 방법을 다했다고 포기하고서 여기저기에 전화를 해도 이상하지는 않다. 다만 그렇게 되었다면 범인은 협박에 굴하지 않기는 했지만 에이스케를 해로운 존재라고 판단하고 죽였다는 이야기가 된다. 이것은 모순되지 않을까? 협박에 응하지 않았던 것은 자신의 비밀을 폭로해도 괜찮다고 판단했던 것이 틀림없다. 그런데도 왜 에이스케를 살해할 필요가 있을까. 전혀 앞뒤가 맞지 않는다.

"있을 수 있다고 한다면……."

고이치는 가장 가능성이 높은 상황을 간신히 떠올렸다.

에이스케가 했던 이야기 중 어딘가에 상대를 자극하는 무언가, 예를 들면 범인이 감춰두고 싶어 했던 과거의 사건 같은 것이 있었을 경우다. 다만 에이스케 자신은 그것의 숨겨진 의미를 모르고 있었다. 그래서 단순한 추억거리로서 그 이야기를 꺼냈다. 그렇지만 범인으로서는 잊어버리고 싶은, 건드리지 않기를 바라던 이야기였다. 다행히 에이스케는 아무것도 깨닫지 못한 것 같다. 그렇지만 어느 날 갑자기 그 비밀을 깨달을 우려가 없다고 할 수는 없다. 여기서는 만일을 대비해서 에이스케를 처치해두자. 그렇게 생각하고서 실행했던 것은 아닐까.

"만약 그렇다면……."

고이치의 생각은 계속해서 진행된다.

범인이 신변의 위협을 느꼈던 그 이야기를 에이스케는 모두에게 똑같이 했을지도 모른다. 오오니타 다츠요시와 전화로 확인한 내용으로는, 서로가 들은 에이스케의 이야기에 거의 차이가 없었기 때문이다. 특히 고이치나 다츠요시에게만 통할 만한 화제는 나오지 않았다. 처음에 에이스케는 이쪽의 근황을 묻고, 이어서 자신이 처한 현재의 곤경을 이야기했다. 그 뒤에는 현실에서, 자신의 현재 상황에서 도피하는 것처럼 그저 어린 시절을 회고했다. 확인할 필요는 있지만, 아마도 다른 친구들에게도 같은 내용의 전화를 하지는 않았을까.

그러나 대체 그 이야기의 어디에 에이스케의 목숨을 노리게 만들 만한 비밀이 숨겨져 있었던 걸까. 그가 전화한 상대가 모두 표주박산에서 놀던 친구들이었을 경우, 어떻게 보더라도 이야기했을 법한 것은 당시의 추억밖에 없다. 그렇지만 대부분은 이 산 위에서 이루어진, 하잘것없는 애들 놀이에 대한 것뿐이다. 게다가 30년이나 된 옛날 일이다. 그런 의미에서는 전혀 해가 없는 내용이라고 할 수 있다. 그가 이야기한 자신의 힘겨운 현재 상황 쪽이 훨씬 다양한 문제를 품고 있지 않았을까.

"처음의 가설이 잘못되어 있었던 걸까……."

고이치는 벚나무 앞까지 돌아와서 이제까지의 추리를 돌아보았다. 신중하게 음미해보았다.

"아니, 그렇지는 않아."

의문점이 많긴 하지만 충분히 개연성이 있다고 나름대로 객관적인 판단을 내렸다.

"이대로 추리를 진행해보자."

고이치는 다시 자신을 고무하며 생각을 계속했다.

"그렇다고 해도……."

드디어 고이치는 가장 건드리고 싶지 않은 부분에 발을 들이려고 시도했다.

에이스케의 기억을 은폐해야만 한다고 결정하고, 그것을 정말로 실행해버린 것은 대체 누구일까. 그 무렵으로부터 이미 상당한 세월이 흘렀는데. 일부러 지금에 와서 에이스케를 죽이면서까지 자신을 지키려고 하는 인물은 누구인가.

다몬 에이스케를 죽인 범인은?

그런데 한 명씩 구체적으로 친구들을 떠올려감에 따라, 고이치는 금세 곤혹스러워졌다. 기억 속에 있는 그들 모두가, 범인일 수 없었기 때문이다. 어떤 이유가 있더라도 이 산의 절벽에서 에이스케를 밀어 떨어뜨릴 만한 사람이 있다는 생각이 도저히 들지 않았다.

"역시 아닌가……."

하지만 고려해야 할 문제가 하나 있었다. 오랜 세월이 흐르는 사이에 사람은 용모뿐만 아니라 성격까지 변해버리곤 한다. 사회에 나와서 다양한 경험을 쌓는 동안, 어린 시절에서는 상상도 할 수 없는 인물로 변모해버린다. 그런 일이 드물지는 않을 것이다. 즉 어른이 된 그때의 친구들 중에 그렇게 된 사람이 없으리라는 법은 없다.

"어쨌든 여기까지인가."

지금 있는 데이터로는 추리만으로 범인을 찾는 것이 불가능했다. 여기서부터는 친구들 전원에 대한 정보가 필요해진다.

"한 명씩 만나러 가볼까."

자기도 모르게 중얼거린 말에 고이치는 스스로도 놀랐다.

에이스케를 죽인 범인을 직접 찾아내고 싶은 걸까.

곧바로 자문하지만, 한동안 생각해도 답할 수 없었다. 무슨 일이 있었는지, 그 진상을 알고 싶다는 마음은 있다. 그렇다고 해서 탐정 흉내를 낼 생각은 없다. 당연한 이야기지만, 아무리 호러 미스터리 작가라고 해도 살인 사건 수사에 대해서는 아마추어다. 나름대로 추리를 진행해본 것은 어디까지나 상황에 휩쓸려서 그렇게 된 것이다.

"하지만 말이지……."

피해자도 범인도 자신의 옛 친구일 가능성이 높은 사건이다. 이대로 아무것도 하지 않고 있을 수 있을까, 하고 고이치가 걱정하고 있을 때였다.

"앗!"

고이치는 아주 중요한 사실을 까맣게 잊고 있었음을 깨달았다. 아니, 잊고 있던 것은 아니다. 그것과 사건을 결부시켜 생각하지 않았던 것이다.

다몬 에이스케는 자살할 위험이 있었다. 계속되는 세상의 험한 풍파에 시달리다가 그런 상황까지 내몰린 것이다. 그런 데다 그는 말기 암을 앓고 있었다. 암에 관해서는 사실인지 확인할 수 없지만, 적어도 본인은 그것을 믿고 있었고 전화로도 그렇게 말했다. 이것은 어떻게 봐도 자살을 더욱 재촉하는 요소가 되고 있었을 것이다.

그런 상황이었으니 조만간 에이스케는 자살했을지도 모른다. 만약 자살을 단념했다고 해도, 진짜로 말기 암이라면 살날이 얼마 남지 않았을 것이 틀림없다. 몇 달 못 가 세상을 떴을 가능성도 충분히 있다.

그럼에도 불구하고 범인은 그런 상태의 에이스케를 살해했다.

가만히 내버려두면 언젠가 죽게 될 사람을, 어째서 범인은 일부러 살해했는가.

이 커다란 수수께끼를 풀지 않는 한, 범인을 도저히 찾아낼 수 없다는 것을 뒤늦게나마 고이치는 깨달았던 것이다.

제
8
장

되
살
아
나
는
기
억

전화벨이 울리고 있다.

아리타 유지가 무거운 발걸음으로 나고야의 사카에 구에 자리한 아파트 '에이 프레스티지' 605호실 앞까지 돌아왔을 때였다. 집 안에서 울리는 벨 소리가 흐릿하게 들렸다.

"이런 시간에?"

손목시계를 보니 오후 11시 반을 지나고 있다.

"설마……."

곧바로 부인인 가나와 딸인 히나의 얼굴이 떠올랐다. 아내는 지난 주말부터 아이와 함께 친정으로 돌아가 있다. 조모의 제사 때문이었는데, 한동안 그쪽에서 쉬고 오기로 되어 있었다.

"히나에게 무슨 일이 생긴 것은 아니겠지."

유지는 당황하며 열쇠를 꺼내서 문을 열고, 신발을 벗는 둥 마는 둥 하면서 거실로 뛰어들었다.

긴급한 전화라면 핸드폰으로 걸었을 것이다. 그것을 머리로는 알고 있지만, 한밤중의 전화벨 소리에는 사람을 매우 불안하게 만드는 무언가가 있다.

끊어지지 마라!

그렇게 빌면서 무시무시한 기세로 수화기를 집어 들었다.

"여보세요!"

유지는 거의 외치듯이 말했다.

—…….

그런데 전혀 대답이 없었다.

"여보세요?"

목소리의 톤이 단숨에 낮아지며, 묻는 듯한 어조가 되었다.

—…….

그러나 여전히 아무런 대답도 없다.

뭐야 이런 밤중에, 잘못 걸려온 전화인가.

유지는 안도하면서도 자기도 모르게 마음속으로 투덜거렸다. 안 그래도 진이 빠진 채로 겨우 집에 온 상황에서 하필이면 잘못 걸린 전화라니.

"여보세요?"

게다가 이쪽에서 세 번이나 말하고 있는데 상대는 사과조차 하지 않는다.

"누구신가요?"

그래도 끊지 않고 다시 한번 물어본 것은 만일의 경우를 생각했기 때문이다.

—…….

그때 유지의 귀가 흐릿한 자동차 소리를 포착했다. 이것만큼은 직업상 잘못 들을 리 없다. 그렇다는 것은 야외에서 누군가가 핸드폰으로 걸고 있는 건가.

"잘못 거신 거라면 끊겠습니다."

양해를 구하듯 말하면서 유지는 스스로도 지나치게 친절한 게 아닌가 싶어 쓴웃음을 지었다. 아무래도 히나가 태어난 뒤로 타인을 대하는 태도가 부드러워진 것 같은 느낌이 든다.

"그러면……."

마지막으로 말하고 수화기를 내려놓으려고 했을 때였다.

—……가 죽~었다.

어린아이 같은 목소리가 흐릿하게 들렸다.

어……?

수화기를 든 손이 멈추고 곧바로 팔뚝에 소름이 쫙 돋았다. 다시 수화기를 귀에 대려고 했지만 도저히 그렇게 할 수 없었다.

지금 목소리는…….

마치 새까만 어둠 속에서 소곤소곤 속삭이는 듯한 목소리였다. 그것도 '뭔가가 죽었다'라는 섬뜩한 이야기를 천진난만하게 노래하는 것 같은…….

대체 뭐지?

심상치 않은 기운이 전화 너머에서 전해져온다.

"……여보세요?"

그럼에도 불구하고 유지가 다시 말을 건 것은 상대가 어린아이인 듯했기 때문이다. 다만 수화기는 귀에서 떼어 거의 눈앞에 둔 채였다.

그러자 이번에도 역시 어린아이 같은, 혹은 어른이 혀짤배기소리로 이야기하는 것 같기도 한 어쩐지 기분 나쁜 목소리가 또렷하게 귀에 전해졌다.

—다~레마가 죽~었다.

"……."

한순간, 적갈색으로 물든 어떤 풍경이 문득 유지의 망막에 되살아나려고 했다.

이건……?

아주 먼 옛날의 기억 일부가 아주 살짝 뇌리에 떠올랐다.

이 색은……?

그러나 그것은 금방 사라져버렸다. 일몰을 맞이하자마자 쓱 햇빛이 소멸하고 어둠이 찾아오는 것처럼, 어둠에 감싸인 기분이었다.

아주 좋지 않은 느낌이 든다…….

마치 자신을 둘러싼 어둠 속에서 눈에 보이지 않는 촉수가 뻗어와 머릿속을 뒤지는 것 같은 기분이다. 멀고 먼 옛날에 일어났던 어떤 일의 기억을 머릿속 깊은 곳에서 질질 끌어내는 것 같은 기분이라 유지는 온몸의 털이 곤두서는 걸 느꼈다.

"……이, 이봐."

곧바로 입을 연 것은 침묵이 두려웠기 때문이다. 이대로 고요한 정적이 이어지면 보이지 않는 촉수에 의해 끔찍한 과거의 기억이 정말로 눈앞으로 끌려 나와버릴 것만 같아서 도저히 견뎌낼 수가 없었다.

"……누, 누구야?"

—…….

"대체, 무, 무슨 용건이지."

—…….

"어디서 거는 거야?"

—…….

질문을 하는 동안에 점차 냉정함이 돌아왔다.

이 전화는 틀림없이 장난 전화일 것이다. 부모가 맞벌이하러 가버린 집의 어린아이일지도 모른다. 밤의 쓸쓸함을 달래기 위해 아무렇게나 번호를 누르고, 상대가 받으면 장난을 치는 것이 아닐까.

그렇게 생각하면 기묘한 말과 억양도 납득이 간다. 분명히 어린 아이들 사이에서 유행하는 노래거나, 아이가 텔레비전에서 들은 거겠지.

하지만……

뭔가 마음에 걸렸다. 그 섬뜩한 가사와 선율이 어째서인지 귀에 익었다. 그런 기분이 든다. 그야말로 자신이 어릴 적에 잘 알고 있었던 것 같은…….

말도 안 돼.

곧바로 부정하고 나서 유지는 수화기를 귀에 댔다. 그리고 될 수 있는 한 자상한 목소리를 내려고 노력하며 말했다.

"전화로 장난치면 안 돼요. 그리고 지금은 다들 자고 있을 시간이야."

—…….

"됐니? 이제 끊는다."

—…….

"그럼 안녕. 바이바이."

—……바이바이.

흐릿하게 대답하는 어린 목소리를 듣고, 간신히 유지가 안도했을 때였다.

—……유준.

몇십 년 동안이나 불린 적 없는 어린 시절의 애칭이 수화기에서 들려왔다.

그 순간, 오싹하는 오한이 유지의 등줄기를 타고 흘렀다. 열대야가 이어지는 나고야에서, 집에 돌아와 아직 에어컨도 틀지 않은 아파트의 방 안의 후끈하게 들어차 있는 열기에 감싸인 채인데도 몸이 떨리고 있다.

유지는 자기도 모르게 반사적으로, 내리치듯이 전화를 끊었다. 얼굴에서는 땀이 솟아나고 있지만 등줄기의 오한은 가시지 않았다.

확실히 유준……이라고 불렀지?

그 별명으로 불렸던 것은 초등학교 때뿐이다. 중학교부터는 계속 성씨인 '아리타'라고 불렸고, 친한 친구들은 모두 '유지'라고 이름으로 불렀다. 부모님이나 친척들도 그가 10살 정도일 때까지만 '유짱'이라고 불렀을 뿐이다. 게다가 지금의 전화에서는 분명 '유준'이라고 했다.

대체 누가……?

마흔 살이 된 지금의 그에게, 일부러 밤중에 전화를 걸어서 까마득한 옛날의 애칭으로 부르다니.

앗!

거기까지 생각했을 때, 유지는 상대가 누군지 알 것 같은 기분이 들었다.

에이 군, 다몬 에이스케구나!

지난주 월요일 밤에도 에이스케는 11시 반경에 전화를 해왔다. 오늘 밤도 마찬가지로 전화를 걸었는데 받지 않아서 몇 번씩 계속 전화를 걸고 있었는지도 모른다. 그러던 중에 간신히 유지가 집에 돌아온 것은 아닐까.

그 녀석이 말했었지. 이제부터 매일 밤 옛 친구들에게 전화를 할 거라고…….

그게 한 바퀴 돈 것은 아닐까. 나도 친구가 많은 편은 아니지만, 다몬 에이스케에게 친구가 많을 거라 생각되지는 않는다. 딱 일주일 만에 전화를 할 상대가 없어져서 월요일에 걸었던 아리타 유지에게 돌아온 것이라고 생각할 수는 없을까.

"이거 참……."

유지는 혀를 차고서 거실에 있는 에어컨 스위치를 켠 다음 욕실에서 재빨리 옷을 벗고 샤워를 했다. 오늘의 일과 부업의 피로, 거기에 에이스케의 전화를 받고 난 찜찜한 기분을 씻어버리기 위해서 잠시 온몸에 더운 물을 뒤집어썼다.

간신히 한숨 돌린 기분이 된 것은 욕실에서 나와 거실 소파에 앉아서 350밀리리터짜리 발포주를 반쯤 꿀꺽꿀꺽 단숨에 비운 뒤였다.

"후우."

크게 숨을 내쉬고 나서 유지는 혼자서 중얼거렸다.

"그건 그렇다고 해도 그 녀석, 대체 무슨 생각이지?"

월요일에는 상당히 오래간만에 에이스케가 전화를 했다. 벌써 20년 가까이 만나지 않은 사이지만, 1년에 한 번 정도 이쪽이 잊어갈 무렵에 전화를 해오곤 한다.

뭔가 특별히 용무가 있는 것은 아니다. 대개 어릴 적의 이야기를 하다 끝나는 하잘것없는 전화. 유지도 가끔씩 오는 전화라 상대해왔던 것에 지나지 않는다. 자신이 전화를 걸면서까지 할 이야기는 없지만, 걸려온 전화로 이야기하는 것이라면 옛 추억 이야기도 나쁘지 않으니까.

그런데 월요일에는 달랐다. 처음에 이쪽의 근황을 묻는 것은 평소와 같았지만, 그것이 이상하게 집요할 만큼 이것저것 캐묻는 것으로 느껴졌다. 유지는 좀 불쾌해져서 자신의 진짜 상황을 말하지는 않았다. 어디까지나 순조롭게 지내고 있다고, 아무런 문제도 없이 지내고 있다고 일부러 태평스럽게 대답했다.

그러자 에이스케가 갑자기 자신이 처한 곤경에 대해 이야기하기 시작해서 깜짝 놀랐다. 이쪽의 상황을 살폈던 것은 그 때문이었던 것이다.

분명히 그는 같은 곤경에 처한 친구가 있다면 터놓고 이야기하고 싶었던 것이겠지. 그러나 이제 와서 '실은 나도 일이 힘들어서 말이야, 생활도 어렵고……' 하는 식으로 말할 수는 없다.

　애초에 에이스케는 어릴 적부터 뭐든지 남을 부러워하는 경향이 있었다. 공부를 잘한다, 얼굴이 잘생겼다, 운동을 잘한다, 유머가 있다 등등 개인이 지닌 특징부터 부모님이 마을의 명사다, 집이 크다, 믿음직스러운 형과 누나나 귀여운 남동생과 여동생이 있다 같은 가족에 관해서까지. 그는 항상 동급생들을 부러움 섞인 시선으로 보고 있었다. 유지나 다른 친구에게도 비슷한 태도를 취한 적이 있었다. 그런 과거의 성향을 기억하고 있기 때문에 솔직히 밝히기가 더욱 어려웠다.

　게다가 에이스케가 은근히 자살을 암시하는 기색을 보이고 말기 암일지도 모른다는 이야기까지 입 밖에 내기에 이르자 더더욱 아무 말도 할 수 없게 되었다.

　마다테 시에서 고등학교까지 다닌 유지는 공과대학을 나온 뒤 도내에 있는 기계설계회사에 취직했다. 업무는 그의 적성에 맞아서 착실히 커리어를 쌓을 수 있었다. 인생의 전성기가 찾아온 것은 나고야에서 사는 조부모의 지인을 통해서 한 여성과 만난 서른한 살 때였다.

　처음에는 결혼하라며 시끄럽게 재촉하는 부모 때문에 어쩔 수 없이 보게 된 맞선이었다. 그랬는데 한눈에 상대 여성, 가나가 마음에 들었다.

　다행히 저쪽도 마찬가지였는지 두 사람은 바로 사귀기 시작했다. 그러나 도쿄와 나고야다 보니 아무래도 좀처럼 만날 수가 없었다. 그래도 두 사람은 장거리 연애의 고난을 극복하고 점점 깊은 사이가 되어갔다.

사귀게 된 지 1년이 지났을 무렵, 유지가 프러포즈했다. 기쁘게도 가나는 승낙해주었다. 그래서 정식으로 그녀의 부모에게 인사하러 갈 날짜를 정하려고 했는데, 이제 와서 가나의 아버지가 다른 현에 딸을 보낼 생각은 없다는 말도 안 되는 소리를 했다.

난처해진 두 사람은 몇 번이나 상의한 끝에, 유지가 나고야에 있는 같은 업종의 회사로 전직하고 나고야에서 신혼살림을 시작하기로 했다. 당시에도 경제는 불황이었지만 주로 자동차 기계설계 일을 하던 그는 자동차 산업이 발달한 나고야 지역의 덕을 보게 되었다. 그래도 다음 회사가 결정될 때까지 우여곡절이 있어서 1년 정도 시간이 걸렸다.

유지가 나고야로 이주한 지 반년 후, 두 사람은 결혼했다. 신랑 측보다 신부 측 참석자가 훨씬 많은 결혼식이었지만 그는 아주 만족스러웠다.

그로부터 6년 정도, 아이가 생기지 않는다는 고민 외에 두 사람의 신혼 생활에는 아무런 문제도 없었고, 작년에는 어렵게 아이도 가질 수 있었다. 회사에서도 보다 책임 있는 자리를 맡았고 승진 가능성도 보이고 있던 무렵이었다.

그런데 서서히 자동차산업 전체에 실적 악화의 물결이 밀려들어오기 시작했다. 그 영향으로 말미암아 작년을 전후로 회사의 수주가 점차 떨어져갔고, 승진은 고사하고 월급이 10만 엔 정도나 깎였다. 그러다가 잔업 수당도 나오지 않게 되어서 수입이 상당히 감소하고 말았다.

그래서 유지는 올해 4월부터 회사에는 비밀로 하고 대리운전 회사에 등록해서 부업을 시작했다. 본업인 회사에서는 정시인 오후 6시에 퇴근하고 일단 집에 돌아와 저녁을 먹는다. 그리고 7시 반에는 부업인 대리운전 회사로 출근한다. 그 뒤로는 선술집이나 스낵

바에서 술을 마시는 단골손님들의 전화를 기다리고, 연락이 들어오면 가게로 찾아가서 손님의 차 조수석이나 뒷좌석에 본인을 태워서 그 집까지 바래다준다. 손님들은 대개 취해 있기 때문에 때로는 트러블에 휘말리는 일도 있다. 그렇지만 그것도 다 일이라고 생각하고 있다.

손님에게서 연락이 없으면 대리운전회사의 영업 전단지를 가지고 선술집들을 돈다. 영업 경험이 거의 없는 유지에게는 전단지를 돌리는 일이 부업인 대리운전보다 힘들었다. 특히 가게 문을 열고 용건을 전한 순간, 그곳의 점장이 '뭐야, 손님이 아닌가?', '전단지 놓기 전에 우선 손님이나 데리고 오라고' 하는 얼굴을 할 때가 가장 싫었다. 이것만큼은 아무리 시간이 지나도 익숙해지지 않았다.

유지는 이 대리운전 부업을 목요일부터 토요일까지 일주일에 3일 동안 하고 있다. 처음에는 월요일부터 6일간 했다. 덕분에 깎인 월급보다도 많은 소득이 있었다. 그러나 집에 돌아오면 새벽 2, 3시가 되는데, 아침 8시 반에는 집을 나서야 한다. 어쩔 수 없이 잠이 부족해진다. 손님을 기다리는 사이사이에 수면을 취하고는 있었지만, 본업에 지장이 생기기 시작했다. 그래서 근무 일수를 절반으로 줄였다.

한데 그렇게 되면 부업으로 보충하고 있던 수입이 줄어들게 된다. 그래서 유지는 올해 7월부터 가정교사 파견회사에 등록했다. 지금은 월요일부터 수요일 밤에는 초등학교 6학년생 두 명과 중학생 한 명에게 산수와 수학을 가르치고 있다. 시급도 짭짤한 데다 근무 시간도 적기 때문에, 언젠가는 대리운전에서 파견 가정교사 쪽으로 부업을 완전히 옮길까 하는 생각도 하고 있었다.

다만 가정교사는 완전히 학생 측에서 지명하는 시스템이다. 등록만 해두면 일이 있는 대리운전과는 달리, 이쪽은 실적을 내지 못하면 일감을 얻지 못한다. 학생의 성적이 떨어지거나 지망 학교에 낙방하거나 하면, 더 이상 지명은 없을지도 모른다. 주된 부업으로 삼기 위해서는 가정교사로서의 커리어를 더 많이 쌓을 필요가 있다. 따라서 당분간은 두 가지 부업을 번갈아 하지 않을 수 없었다.

회사에 비밀로 하고 부업을 시작한 지 벌써 넉 달 가까이 되었다. 역시 피로가 쌓이기 시작하고 있다. 거기에 6월의 무더위와 7월의 폭염이 밀어닥쳤다. 만성적으로 몸이 나른하고, 좀처럼 피로가 풀리지 않았다. 그렇지만 간신히 얻은 딸의 얼굴을 보면 신기하게도 기운이 생겼다. 부업에 힘을 쏟는 것도 전부 내 아이를 위해서다.

여자애니까 말이야.

유지는 발포주를 마저 비우고서 텔레비전 스탠드 위에 놓인 하나의 사진을 바라보았다. 태어날 때부터 지난 주말에 찍은 것까지, 여섯 개의 사진 액자가 늘어서 있다.

예쁜 옷도 입히고 싶고 학원에도 보내고 싶다.

그것을 위해서 지금부터 저축을 해야만 한다. 만약 유명한 보육원이나 사립 유치원에 보내게 된다면 상당한 돈이 들어가겠지. 아무리 저축해놓아도 결코 안심할 수는 없다.

"후우."

유지는 크게 숨을 내쉬었다. 내 아이를 위해서 노력한다는 의지가 그곳에 담겨 있었다. 그러나 그것은 동시에 몸에 쌓인 피로 때문에 나오는 한숨이기도 했다.

어라? 왜 이런 생각을 하고 있지?

한순간 머릿속이 물음표로 가득 찼다. 이어서 바로 다몬 에이스케의 우울한 전화가 떠올랐다.

지난주 월요일의 전화 때문에 그 녀석은 나를 원망했을지도 모른다.

어쩌면 유지뿐만이 아니라 다른 친구들로부터도 순탄하게 살고 있다는 이야기를 들었는지도 모른다. 하지만 사실 요즘 같은 시기에 힘들지 않은 사람은 없을 것이다. 조금만 생각해보면 알 수 있는 일이지만, 궁지에 몰려 마음의 여유를 잃은 에이스케에게는 무리한 일이다. 전부 액면 그대로 받아들여버렸을 것이다.

한편 전화를 받은 다른 상대 역시 에이스케의 어려운 상황을 동정하면서도 어떻게 대응해야 좋을지 고민했겠지. 사실은 자신도 힘들다. 아무리 동창이라고 해도 누군가를 도울 여유는 없다. 하물며 이제 에이스케하고는 연하장을 주고받거나 전화로 1년에 한 번 정도 이야기를 나눌 뿐이다. 진심으로 자기 일처럼 생각하며 그의 이야기를 들었으리라고는 생각할 수 없다.

물론 유지는 다몬 에이스케가 누구에게 전화를 걸었는지 전혀 모른다. 다만 자신의 상상이 크게 빗나가지는 않았으리라는 자신감이 있었다. 에이스케가 전화를 했을 일곱 명 중에서, 적어도 다섯 명 정도에게는 지금 한 자신의 생각이 들어맞는 것이 아닐까.

즉 오늘 밤 같은 전화를 받은 사람은 나뿐만이 아니라는 얘긴가.

딱히 화는 나지 않았다. 상대가 다몬 에이스케임을 알자마자 분노보다도 슬픔의 감정이 솟아올랐다. 그리고 그곳에는 연민의 마음도 있었다.

어린 시절부터 영 시원찮은 녀석이긴 했지만…….

그건 어른이 되어도 변하지 않았나 하고 생각하니, 뭐라 말할 수 없는 답답한 기분이 들었다. 업신여기는 기분 같은 건 전혀 없지만, 나는 그렇지 않아서 다행이라고 안도하는 생각이 마음속 어딘가에 있었음은 부정할 수 없다.

"아니, 남의 일이 아니라고."

천천히 유지는 고개를 저었다. 에이스케는 독신이지만 유지에게는 처자식이 있다. 만일 본업인 직장에서 해고당하기라도 한다면 생계가 막막해진다. 히나에게 예쁜 옷을 사주기는커녕, 아파트의 집세조차 낼 수 없게 되고 만다.

"어쨌든 지금은 벌 수 있는 만큼 벌어둘 수밖에 없어."

유지는 소파에서 일어서서 빈 발포주 캔을 정리하고 잘 준비를 했다.

오늘 밤의 부업은 가정교사였기에 대리운전을 하는 날보다는 일찍 잘 수 있다. 그렇지만 예상치 못한 전화를 받고, 그 뒤로 이런저런 생각을 했기 때문에 시간이 늦어져버렸다.

그건 그렇다고 해도…….

세면실에서 양치질을 하면서 유지는 고개를 갸웃거렸다.

한순간이었지만 뇌리에 떠올랐던 그 적갈색 풍경은 대체 무엇이었을까. 아마도 어릴 적에 봤던 풍경일 텐데, 어째서 무섭다고 느낀걸까.

무서웠다고 한다면…….

다~레마가 죽~였다……. 이 동요 같은 기분 나쁜 멜로디에는 대체 어떤 의미가 있는 걸까.

양쪽 다 다몬 에이스케와 관계된 것이라면 그것들은 마다테 시에서 보냈던 초등학교 시절과 이어질 것이다.

그 녀석, 표주박산에서 전화를 하고 있다고 말했었지.

인적 없는 산…….

길게 뻗어 있는 돌계단…….

음산하고 기분 나쁜 사당…….

우뚝 서 있는 거대한 나무…….

정지했다가 다시 꿈틀거리는 사람의 형체…….

"어……?"

칫솔을 문 입에서 자기도 모르게 소리가 흘러나왔다.

지금의 이미지는 뭐지……?

사람의 형체는 하나만이 아니었다. 몇 명이나 되는 사람의 형체가 멈춰 서 있었다. 그것도 기묘한 자세를 한 채로. 그 자리에서 굳어 있는 것이다. 그러다가 갑자기 모두 일제히 움직이기 시작한다.

이건…….

유지 자신이 경험했던 무언가일 거라고 생각하기는 했지만, 그 정체가 전혀 떠오르지 않는다. 조금 더 생각하면 떠오를 것 같으면서도 이대로 계속 잊어버린 상태로 있을 것 같다는 기분도 든다.

한동안 거울로 자신의 얼굴을 바라본다. 그러나 어른이 된 자신을 바라보면 바라볼수록, 어릴 적의 기억이 멀어져가는 것만 같은 기분이 들었다.

"……이제 그만 자자."

유지는 포기하고서 입을 헹구고 욕실의 불을 껐다. 그리고 침실로 향하려고 하다가 거울 위의 불을 끄는 것을 잊었다는 것을 깨닫고 발길을 돌렸을 때였다.

"아앗!"

뒤를 돌아본 순간, 완전히 봉인되어 있던 어린 시절의 흉측한 기억이 유지의 머릿속 깊고 깊은 곳에서 분류처럼 뿜어져 나왔다. 그것이 눈 깜짝하는 사이에 그를 초등학교 시절의 그때로 되돌려놓았다.

다~레마가 죽~였다…….

천진난만한 목소리가 메아리치고, 사람의 형체가 일제히 움직이다가 딱 멈춘다.

저 아이는 대체…….

저 그림자는 대체…….

거기서 무슨 일이 일어났는지, 실은 유지도 알 수 없었다. 그러나 무엇을 보았는가는 기억하고 있다. 지금까지 망각의 저편에 있던 기억이 갑자기 돌아왔다.

그것은, 두 번 다시 기억해내고 싶지 않은 흉측한 과거였다.

제
9
장

일곱 명째의 수수께끼

표주박산을 방문한 다음 날 오전, 하야미 고이치는 잠이 부족한 머리를 안고서 진도가 나가지 않는 '일곱 명의 술래잡기'를 붙들고 씨름하고 있었다. 진도가 나가지 않는 이유가 무엇이든 매일 꾸준하게 쓸 수밖에 없다. 그러고 있으면 자신도 모르게 돌파구가 보이기 시작한다. 그것은 경험으로 알고 있었다.

그런데 소설의 전개를 생각하려고 하다가 문득 정신이 들고 보면, 다몬 에이스케 사건에 대해서 이리저리 머리를 굴리고 있었다. 완전한 우연이지만, '일곱 명의 술래잡기'에 등장하는 과거의 기괴한 사건이 딱 표주박산의 경내 같은 곳에서 일어난다는 설정이었다. 제목에 나와 있는 것처럼, 어린 시절에 했던 술래잡기 놀이를 테마로 하는 작품이다. 그렇기 때문에 소설 작업을 진행하려고 하다 보면 자연스럽게 에이스케의 사건에 생각이 미치고 만다.

"그렇다고 이제 와서 다른 아이디어로 바꿀 수도 없고……."

그런 짓을 하면 다시 처음부터 시작해야만 한다. 그것으로 소설 집필이 순조로워진다면 물론 문제는 해결된다. 그렇지만 그럴 거라는 보증은 당연히 어디에도 없다.

어제는 마다테 시 마에나카 초의 상점가에서 저녁을 먹고서 8시 반쯤에 집에 돌아왔다. 표주박산에서 내려온 뒤에 누군가의 본가에 방문해볼까도 생각했지만 잠시 고민해보고 그만두었다. 그 지역에 남아 있는 사람이 한 사람도 없었기 때문이다. 가족에게 소식을 물어볼 수도 있겠지만, 개인정보에 민감한 요즘 세상에서는 괜히 경계를 받게 될 뿐일 것이다. 어쨌든 초등학교 동창이 갑자기 얼굴을 내민 것이니까.

귀가하는 전철 안에서는 말할 것도 없고, 집에 돌아가서 목욕을 하고 있을 때, 자기 전에 술을 한잔 마시는 중에, 그리고 잠자리에 들고 나서도 계속 고이치의 머릿속에는 하나의 가설과 하나의 의문이 뒤얽히고 있었다.

하나의 가설이란, 에이스케가 전화를 건 상대 중에 그를 살해한 범인이 있다는 것.

하나의 의문이란, 어째서 범인은 가만히 내버려두면 자살할 가능성이 높은 에이스케를 일부러 살해했는가 하는 것.

가설이 올바를 경우, 의문은 커다란 수수께끼가 되어 앞길을 가로막게 된다.

의문이 의문이 아닐 경우, 즉 범인이 에이스케가 자살하고자 하는 것을 몰랐다고 한다면 가설이 잘못되었다는 이야기가 된다. 그렇게 되면 그는 무차별 살인마에게 우연히 습격당했다고밖에 생각할 수 없게 된다.

경찰의 견해를 알 수 있으면 좋겠는데.

고이치가 자신의 가설을 이야기했을 때, 하세가와는 부정도 긍정도 하지 않았다. 에이스케가 전화를 걸었을 가능성이 있는 인물의 정체를 알고 싶어 했을 뿐이다.

그러나 일요일 밤에 다몬 에이스케가 처한 상황을 감안해보면 에이스케가 전화를 걸었던 상대 중에, 에이스케가 어디 있는지 알고 있던 사람 중에 범인이 있다. 그렇게밖에 생각할 수 없다.

가설과 의문이 뒤엉키며 머릿속이 엉망진창이 되는 기분을 느끼면서도 고이치는 어떻게든 추리를 진행하려고 했다. 덕분에 잠이 부족해지고 말았다. 게다가 창작에 전념하려고 해도 정신이 들고 보면 그 사건에 대해서 생각하고 있다. 안 그래도 느려진 소설 집필이 더욱 정체되는 꼴이었다.

"역시 오오니타 군을 만나러 가야겠어."

메밀국수로 가볍게 점심을 때운 뒤, 고이치는 오후의 일정을 정했다.

당시의 친구들 중에 도쿄에 있고 아직도 만나고 있는 사람은 오오니타 다츠요시 정도밖에 없다. 다만 그와 마지막으로 만난 것은 3년 전이다. 에이스케와 둘이서 작가 데뷔 축하 파티를 해줬을 때다. 그 뒤로는 가끔씩 메일을 주고받는 정도였고 전화라고는 해도 실제로 이야기를 나눈 것은 지난주 토요일 아침의 일로, 정말로 오래간만에 목소리를 듣는 것이었다.

다츠요시는 현재 즈이몬인대학의 건축학부에서 준교수로 일하고 있다. 전문 분야는 경관景観학이지만 그의 경우에는 시각이 좀 특이해서, '괴이를 감각적으로 느끼는 광경'에 대해 연구하고 있다. 그것 때문에 그의 저서에는 《괴기를 부르는 조망, 환상을 잣는 조감鳥瞰》이라든가 《앙화와 저주의 풍경》처럼 오컬트 분위기를 풍기는 책이 아주 많다.

출간되면 고이치도 바로 사서 읽고 있었다. 중후한 학술성 속에 수상쩍은 오컬트의 요소가 섞여 있는 것이 특징으로, 견해에 따라서는 단순히 흥미 위주의 책이라고 할 수도 있을 것이다. 그러나 자극적인 내용인 것치고는 저자의 관점이 확실히 잡혀 있기 때문인지 안심하고 읽을 수 있다. 그러면서 때때로 눈이 번쩍 뜨일 만한 통찰이 있다. 그의 저서에는 학술적 엔터테인먼트 서적이라고 부를 수 있는 독특한 재미가 가득 차 있었다.

편집자였던 고이치는 기회를 봐서 다츠요시에게 연락을 취했다. 그 무렵에 근무하고 있던 치소샤는 학술서 전문 출판사였지만 다츠요시의 책이라면 기획이 통과될 거라고 생각했기 때문이다.

고이치가 대학 연구실을 찾아가 거의 16년 만에 옛 친구를 만났다. 역시나 첫 인사는 서로에게 어색했다. 그러나 대화가 이어지던 중에 자연스럽게 서로를 "오오니타 군", "고짱"이라고 부르게 되었다. 어릴 적부터 알던 사이란 정말 신기한 것이다.

다츠요시는 거의 변하지 않았다. 굳이 달라진 점을 들자면 고이치와 알게 되었을 무렵의 다츠요시, 고고한 분위기를 빚어내고 있던 다츠요시로 조금 돌아가 있었다는 것 정도다. 학생을 상대로 강의를 하는 것보다 혼자서 연구에 몰두하는 쪽이 훨씬 적성에 맞는 듯 보였다.

재회한 그날, 두 사람은 곧바로 《괴이의 공산과 디자인》이라는 전 6권의 시리즈 기획을 구상했다. 곧바로 회사의 기획회의에 들고 갔지만 통과된 것은 절반인 3권까지뿐이었다. 한 권 한 권 볼륨이 있기 때문에 갑자기 여섯 권 전부를 진행하는 것은 부담이 된다. 나머지 세 권은 1권부터 3권까지의 매상을 보고 판단한다. 회의 결과를 정리하면 그랬다.

고이치는 난처해졌다. 6권 구성을 3권으로 압축하는 것 자체는 기획을 다시 짜면 불가능한 건 아니다. 하지만 이 경우에는 '3권으로 끝날 경우도 상정하면서도 순조롭게 팔리면 6권까지 낸다'라는 유동성을 처음부터 고려해야만 한다. 그런 무리한 조건은 반드시

책의 완성도에 영향을 미친다. 어쩔 수 없이 당초의 내용보다 수준이 떨어지게 되고 만다.

다츠요시는 냉정한 반응을 보였다.

"절반밖에 인정받지 못한 것은 기획이 통과하지 못한 것이나 마찬가지야."

그는 회의의 결과를 인정하고 깔끔히 포기하려 했다.

"아니, 이대로 6권 기획으로 가자."

그러나 고이치는 기획을 강행하자고 제안했다. 물론 사전 시장조사에서 '이것은 팔린다'라고 예상했기 때문이지만, 출판 시장은 예측할 수 없는 법이다. 예상이 크게 빗나갈 위험도 당연히 따라온다.

"팔리지 않아서 3권으로 끝났을 경우, 시리즈로서는 미완성으로 마치게 되잖아."

"그렇다고 3권으로 정리해버리면 잘 팔렸을 때에 후속권을 이어 나갈 수 없게 돼."

"즉, 취소할 수밖에 없다는 얘기지."

"하지만 절반이라곤 해도 3권까지는 승부를 걸어볼 수 있잖아."

한동안 다츠요시는 묵묵히 생각하다가 입을 열었다.

"너한테 피해가 가지 않을까?"

"서로 마찬가지야. 오오니타 군도 저자로서 어정쩡한 시리즈를 냈다고 비판받을지도 모르니까."

"그렇군. 하지만 난 평판은 별로 신경 안 써. 그렇다면 기획을 진행하자."

다행히 1권은 호평이었다. 중판까지는 가지 않았지만 나쁜 성적은 아니었다. 게다가 2권을 냈을 무렵에 적은 부수나마 1권이 중판되었다. 3권을 간행할 때에도 다시 중판되었다. 이렇게 두 사람은 1년에 한 권씩 《괴이의 공간과 디자인》 시리즈를 내놓으면서 무사히 여섯 권으로 완결시킬 수 있었다. 기획 입안으로부터 최종권 간행까지, 정신이 들고 보니 어느새 7년이나 지나 있었다.

그 뒤에 다츠요시는 대학 쪽 업무와 연구, 그리고 다른 출판사의 새로운 책이나 연재로 몹시 바빠졌기 때문에 두 사람은 언젠가부터 다시 소원해져버렸다. 이윽고 고이치가 작가로 데뷔하고 에이스케와 셋이 만난 것이 지금으로서는 마지막 만남이었다. 그 후로 이번에는 고이치 자신이 소설 집필에 매달린 탓에 사람과 거의 만나지 않게 되었다. 다츠요시와는 서로의 저서에 대한 감상을 메일로 주고받기만 하는 사이가 되어 있었다.

오오니타 군이라면 이 추리의 가설과 의문에 대해서 분명히 뭔가 생각이 있겠지.

고이치는 핸드폰으로 전화를 걸기 전에 우선 대학 연구실의 직통 전화로 걸어보았다. 소위 '필드워크'에 나가지 않았을 때라면 그는 대개 토요일이든 공휴일이든 연구실에 틀어박혀 있다.

한동안 신호음이 이어진 뒤, 간신히 수화기를 드는 소리가 났다.

"네, 오오니타입니다."

억양 없는 목소리가 들렸다.

"역시 있었나. 지금, 통화 괜찮아?"

"고짱인가. 어젯밤에 전화했었는데."

"미안. 실은 표주박산에 갔었어."

"그렇구나……. 그래서 뭔가 알아냈어? 어제 오전 중에 이쪽에도 형사가 왔었어. 네가 있는 곳에는 월요일에 갔던 모양이던데."

"응. 그래서 안절부절못하다가 별 생각도 없이 무작정 마다테 시를 찾아갔는데……."

"그 행동력은 본받고 싶은걸."

"움직인다고 뭐가 해결되는 것도 아닌데, 뭐. 다만 에이스케의 사건에 대해서 이것저것 생각하던 중에 어쩐지 이상한 수수께끼와 맞닥뜨렸거든."

"그래? 꼭 좀 이야기를 들려줬으면 좋겠어. 사실은 나도 그 사건이 굉장히 신경 쓰이는데, 계절학기 수업이 있어서 말이지. 친구의 생사가 달린 문제인데 정말 면목이 없지만."

다츠요시도 시간만 있다면 아마도 고이치와 같은 추리를 했을 것이다. 또한 친구에게 면목이 없는 것은 고이치도 마찬가지였다. 에이스케의 호소에 정면으로 마주한 사람은 생명의 전화에서 전화를 받은 상담원뿐이었던 것이 아닐까.

그렇게 말하자 한숨 섞인 대답이 돌아왔다.

"응, 그 말이 맞을지도 몰라. 요즘 같은 세상에는 어설프게 아는 사람에게 상담하는 것보다 전혀 모르는 자원봉사자에게 이야기하는 편이 본인도 위안을 얻을지 모르지. 애초에 고민을 털어놓을 수 있는 상대가 한 명도 없는 사람이 늘어난 게 아닐까 싶어."

"오오니타 선생님은 괜찮으십니까?"

이런 상황이긴 했지만 문득 농담처럼 고이치가 물었다.

"나나 고짱이나 자기 문제는 스스로 생각하잖아. 물론 타인의 의견을 듣지 않는 게 아니야. 하지만 들었다고 해도 참고를 하는 정도지. 어디까지나 분명히 자신의 의사로 문제의 해결을 꾀할 거야."

"아니, 오오니타 군은 그럴 거라고 생각하지만, 나는 그 정도로 강하지 않으니까……."

고이치가 부정하자, 상당히 진지한 어조로 다츠요시가 대답했다.

"그렇다면 만일의 경우에는 나한테 전화해."

"그리고 따끔한 설교를 듣고 뼈도 못 추릴 정도로 박살이 나서 재기불능이 되는 거구만."

"정신이 번쩍 들 테니 좋잖아."

어디까지가 진심인지 모를 다츠요시의 말에 쓴웃음을 짓고 있는데, 인터폰이 울렸다.

"잠깐 기다려. 택배가 왔을지도 몰라."

고이치는 우선 수화기를 내려두고 서재를 나와서 복도에 설치된 인터폰 수화기를 들었다.

"하야미 씨 되십니까. 경찰입니다."

그런 목소리가 들려와서 화들짝 놀랐다. 그저께 오지 않았던가? 게다가 그때의 형사와는 확실히 다른 목소리다.

전화 중이니까 잠시 기다려달라고 전한 고이치는 바로 다츠요시에게 사정을 설명하고서 일단 전화를 끊었다. 현관까지 급히 달려가서 문을 열자, 온후한 이미지의 하세가와와는 대조적으로 어쩐지 차가운 신사 같은 느낌의 남자가 서 있었다. 하세가와보다는 어려 보이지만 요전에 같이 왔던 젊은 모리타 형사보다는 훨씬 나이가 많아 보인다. 고이치보다도 네댓 살은 위일까.

"마다테 경찰서에서 오신 분입니까?"

고이치가 그렇게 물었다.

"경시청에서 왔습니다."

다시 놀랄 만한 대답이 돌아왔다.

"드, 들어오시죠."

무슨 용무인지 묻고 싶었지만, 일단 참고 그저께와 마찬가지로 거실로 안내했다.

"일을 방해한 것은 아닌지요."

"아뇨. 마침 친구와 통화를 하던 참이었습니다."

"호오."

테이블 쪽에 선 남자가 흥미롭다는 눈치로 말했다.

"친구분이라면, 혹시 다몬 에이스케 씨를 아는 분입니까?"

"어…… 아, 네."

아무래도 남자는 에이스케에 관한 일로 찾아온 것 같다. 조금 생각해보면 알 만한 사실이었지만, 당황한 탓에 금방 생각이 미치지 않았다.

"실례가 아니라면 어떤 분이고, 무슨 이야기를 하셨는지 들려주실 수 있겠습니까?"

"상대는 오오니타 다츠요시라고 하는데……."

"알고 있습니다."

역시 남자는 이미 고이치의 조사 기록을 본 듯하다.

"실은 오늘이라도 그 친구를 만나러 갈까 하고……. 다몬 에이스케의 사건에 대해서 서로 이야기를 해두는 편이 좋을 것 같다는 생각이 들어서요."

"그렇습니까. 그래서 오오니타 씨는 뭐라고 하시던가요?"

"몇 시에 만날지 결정하려던 참에 형사님이 오셔서 일단 전화는 끊었습니다."

"그건 참 죄송하게 되었습니다."

하는 말과는 달리, 남자의 눈빛은 날카로웠다.

"그런데 오오니타 씨께서 뭔가 말씀하신 것은 없습니까?"

"……뭔가 이야기한 게 없느냐고 해도, 구체적인 이야기를 하기 전에 전화를 끊었으니까요."

"그렇군요."

거기서 남자는 간신히 정신을 차린 듯 말했다.

"실례했습니다. 저는 경시청의 엔카쿠라고 합니다."

웃음기는 조금도 없는 얼굴로 명함을 내밀어왔다. 명함을 보니 '엔카쿠 다카아키'라고 적혀 있고, 직함은 '경부'라고 되어 있다.

"성 때문에 본가가 절이 아니냐는 이야기를 자주 듣습니다만(일본의 국보 중에 엔카쿠지圓覺寺라는 이름의 고찰이 있다_역주), 실제로는 기독교 계열 병원입니다."

그것이 첫 인사 대신 건네는 농담인 듯했지만, 본인이 조금도 웃지 않으니 고이치도 뭐라고 반응하기가 난감했다.

"하야미 고이치입니다."

어쩔 수 없이 일단 자기소개를 했다.

"호러나 미스터리 같은 장르소설을 쓰고 있습니다."

그렇게 말을 잇고 나서 고이치는 왜 엔카쿠가 찾아왔는지, 그 목적을 생각해보다가 앗, 하고 소리를 낼 뻔했다.

일부러 경시청의 형사가 찾아온 것은 에이스케의 시신이 발견되어서 타살임이 확실해졌기 때문이 아닐까. 그 이외의 일을 생각할 수 있을까.

그렇다고 해도 직접적으로 묻는 것은 망설여졌다.

"수사에 뭔가 진전이 있었습니까?"

다급한 마음을 억누르고 의자를 권하면서 에둘러 물어보았다.

"우선 여쭙고 싶은 게 있습니다만……."

고이치의 질문을, 엔카쿠는 당연하다는 듯이 피하면서 말했다.

"어제, 화요일 밤에는 어디에 계셨습니까? 11시경입니다."

"여기, 집입니다. 밤이 되어서 산책을 나갔습니다만 8시 반경에는 돌아왔습니다."

곧바로 표주박산에 갔던 사실을 감춘 고이치는, 곧바로 불안감에 가슴이 가득 찼다.

"늘 하는 산책입니다."

"평소에는 오후에 점심을 먹고 나서 한 시간 정도 걷고 있습니다. 하지만 요즘에는 날이 무척 더우니까요."

"그래서 밤으로 시간을 바꾸신 거군요."

"네. 낮에는 집에 돌아온 뒤에도 좀처럼 땀이 마르지 않습니다. 바로 일을 할 수 없다는 단점도 있고 해서……."

여기까지 한 말에 큰 거짓말은 없다. 다만 어디에 갔는지를 말하지 않았을 뿐이다.

"집에 돌아오시고 나서는?"

"……저녁을 만들어 먹고, 그 뒤에는 책을 읽었습니다."

"요리도 하십니까."

"혼자서 산 지 오래되었으니까요. 그렇지만 대단한 솜씨는 아닙니다."

"아니, 훌륭하십니다."

의례적인 칭찬을 하는 엔카쿠에게, 고이치는 직접적으로 물었다.

"이건 알리바이 조사입니까? 그렇다면 저에게 알리바이는 없습니다만."

"어젯밤에 전화나 방문자는 없었습니까?"

"……아, 신문 대금을 받으러 온 사람이 있었습니다. 마침 집에 제가 왔을 때였죠."

"아주 늦군요. 게다가 평일 밤에."

"제가 집에서 일을 하고 있다는 것은 그쪽도 알고 있습니다. 하지만 낮에 찾아오면 일에 지장이 있으니 저녁이나 밤 시간으로 부탁해 뒀죠."

"어느 신문입니까?"

고이치가 구독 계약서를 찾아서 건네자, 엔카쿠가 담당자의 이름을 메모했다.

"감사합니다. 바로 조사할 수 있겠지요."

"하지만 대금을 납부한 건 8시 반입니다."

고이치가 다시 한 번 말하자 엔카쿠는 고개를 끄덕이면서 말했다.

"실은 어젯밤 오후 11시가 지난 시각에, 나고야 시 사카에 구의 노상에서 아리타 유지 씨가 차에 치여 돌아가셨습니다."

"무, 뭐라고요!"

엔카쿠가 어젯밤의 알리바이를 확인했을 때는 혹시 새로운 사건이 일어났는지도 모른다고 고이치도 예상했다. 그렇지만 어디까지나 다몬 에이스케에 관련된 일이라고 생각하고 있었다. 그런데 이번에는 아리타 유지가 죽다니.

"사고입니까?"

"아직 알 수 없습니다."

엔카쿠는 완전히 포커페이스였다.

"길은 오른편으로 꺾어지는 좁은 일방통행 도로고, 진행 방향 왼편에 보도가 있는 상황이었습니다. 차를 운전하던 회사원의 이야기로는, 그 길 중간에 세워진 간판 뒤편에서 갑자기 뭔가에 떠밀린 것처럼 남자가 차도로 굴러 나왔다고 증언하고 있습니다."

"……."

"급브레이크를 밟았다고 합니다만, 자동차는 아리타 씨를 들이받고 말았습니다. 아리타 씨는 지면에 머리를 강하게 부딪혀서 사망했습니다. 즉사였습니다."

"……."

"가해자인 운전자의 증언이니 의심해볼 필요는 있습니다. 다행히 사고 당시, 차와 같은 방향으로 걷던 목격자가 있었습니다. 근처의 회사에 근무하는 여성입니다. 그 여성의 말로는 사고가 난 뒤 간판 뒤편에 사람의 모습이 있었다고 합니다."

"또 한 사람이 있었다고요?"

"그 여성이 본 것은 사람의 형체일 뿐, 어떤 인물인지까지는 알 수 없습니다. 공교롭게도 가로등이 없는 곳이라 어두웠던 모양입니다. 그리고 그 인물은 현장에서 도망치듯이 떠났다고 그 여성은 증언하고 있습니다."

"……."

"물론 우연히 사고 현장과 맞닥뜨린 놀라움과 두려움 때문에 곧바로 도망쳤을 뿐이고, 아리타 씨와는 관계없는 행인일 가능성도 있습니다."

엔카쿠의 표정이 변하지 않았기 때문에 그가 무슨 생각을 하고 있는지 전혀 읽을 수 없다.

"유지는 술에 취해 있었습니까?"

"아직 부검 결과는 나오지 않았습니다만, 부인의 말로는 밖에서 술을 마시고 돌아오는 일은 없었다고 합니다. 다만 아리타 씨는 4월부터 밤에 아르바이트를 하고 있었습니다. 그것 때문에 피로가 많이 쌓여 있었죠. 8월에 들어서면서 부인은 남편의 건강을 몹시 걱정하고 있었다고 합니다."

"즉 과로 때문에 비틀거리는 바람에 차도로 나가버렸을지도 모른다는 겁니까?"

"그럴 가능성도 고려해야겠지요."

정말로 그렇게 생각하고 있는 걸까. 엔카쿠의 표정으로는 여전히 알 수 없다.

"그렇다고 하기엔 사고 자동차 운전자의 증언과는 일치하지 않는 것 같은데요……."

"가해자의 말을 완전히 믿을 수는 없죠."

"게다가 한편으로 수상한 인물도 목격된 상황이고……."

"현재 수색 중입니다만 본인이 자수하지 않는 한, 찾아내기 힘들겠죠."

거기서 고이치는 뒤늦게나마 자신이 처한 상황을 깨달았다.

"저도 용의자 중 한 명이라는 얘깁니까?"

"어디까지나 만일을 위해서입니다."

엔카쿠는 사무적인 어조로 대답했지만, 바로 이어서 말했다.

"8시 반경에 여기 계셨다면 11시 무렵에 나고야의 사고 현장에 가는 것은 일단 불가능합니다. 그냥 가는 것뿐이라면 아슬아슬하게 도착할 수 있을지도 모르죠. 다만 그래서는 현장의 길가를 걸어가던 아리타 씨와 완전히 우연히 만난 게 됩니다."

"그렇군요."

"사전에 아리타 씨와 연락을 해서 어젯밤 11시경에 현장의 길가에 있는 간판 앞에서 만나자고 약속이라도 해두지 않은 한, 그런 일은 불가능하겠죠."

"저에 대한 용의는 풀린 겁니까?"

"다몬 에이스케 씨 사건 때도 하야미 씨에게는 알리바이가 있었습니다."

"……역시 에이스케와 이어지는 겁니까."

"역시, 라는 말씀은?"

엔카쿠는 빤히 시선을 보냈지만, 고이치는 그 시선을 무시했다.

"알려주세요. 다몬 에이스케는 아리타 유지에게도 그 전화를 했습니까?"

"……."

"경부님, 부탁드립니다."

엔카쿠는 잠깐 생각하는 표정을 지은 뒤에 입을 열었다.

"그 일에 대해서는 조만간 이야기할 생각이었습니다. 실은 같은 전화가 지난주 월요일에 아리타 씨에게도 왔다고 합니다. 아리타 씨가 부인에게 이야기한 건 다음 날 밤이었다는 모양입니다만."

"전화 내용은?"

"정식으로 부인에게 상세한 내용을 물어볼 필요는 있습니다만, 지금으로서는 거의 같은 내용이었다고 봐도 되겠지요."

"……잠깐만요."

갑자기 심장이 두근두근 시끄럽게 고동치기 시작했다. 그것을 진정시키듯이 고이치는 몇 번이나 심호흡을 반복하면서 천천히 이야기를 시작했다.

"우선은 다몬 에이스케가, 그 '전화 게임'이라는 것을 했습니다. 참가자는 일곱 명이었지만, 생명의 전화 상담원을 제외하면 전화를 건 친구들은 여섯 명입니다. 에이스케가 전화를 하는 장소가 마다테 시의 표주박산이라는 것을 알고 있던 사람은 이 여섯 명뿐이었습니다. 그리고 그 산에서 그 친구는 절벽에서 밀려 떨어졌습니다. 즉 에이스케가 전화를 했던 여섯 명의 친구 중에 에이스케에게 살의를 품은 범인이 있다는 얘기가 되죠."

엔카쿠는 묵묵히 고이치의 말에 귀를 기울이고 있다.

"이 가설은 경찰도 생각했던 것이 아닙니까? 그래서 에이스케가 전화를 건 사람 중에서 유일하게 이름을 알 수 있었던 저를 찾아온 거죠. 아니, 가설에 입각한 결과, 어떤 의문이 생긴다는 것도 이미 알고 계시지 않습니까?"

"어떤 의문입니까?"

엔카쿠가 부정도 긍정도 하지 않고 직접적으로 물어봐서, 고이치도 순순히 대답했다.

"어째서 범인은 곧 자살할지도 모를 에이스케를 일부러 살해할 필요가 있었는가 하는 의문이죠."

"그렇군요."

"에이스케에게 살의를 느낀 것과는 별개로, 지금 바로 그 친구를 죽여야만 했던 또 하나의 중요한 동기가 범인에게 있었다는 이야기가 됩니다."

"용의자를 좁힐 수 있겠군요."

"그런데 이번에는 여섯 명 중 한 명이 사고인지 타살인지 알 수 없는 상황에서 죽었습니다."

고이치는 엔카쿠의 얼굴을 빤히 바라보면서 말했다.

"이건 대체 어떻게 된 일일까요?"

"……."

엔카쿠는 아무 말도 하지 않았다.

"설마 경찰은 이걸 연쇄살인 사건이라고 판단하고……."

"그렇게 생각하십니까?"

반대로 질문을 받았다.

"……물론 근거는 없습니다. 다만 두 사람의 연결 고리를 생각하면 오히려 관계없는 사건이라고 생각하는 쪽이 부자연스럽지는 않을까요."

"제가 하야미 씨를 찾아뵌 이유는 그 부분에 있습니다."

아무래도 엔카쿠의 본론은 여기서부터인 듯했다.

"당신의 가설은 경찰에서도 조금은 고려하고 있었습니다. 그렇지만 다몬 에이스케 씨가 고액의 채무를 안고 있는 점을 바탕으로 더욱 가능성이 높은 가설을 세웠습니다."

"가능성 높은 가설이라뇨?"

"빚입니다. 다몬 씨는 2주일 정도 전부터 거주지를 알 수 없는 상태였습니다. 아마도 사채업자들에게 들키지 않도록 도피하고 있었던 거겠죠."

과연 경찰은 더욱 현실적으로 생각한 듯했다.

"다몬 씨의 자택 뒷문을 억지로 열고 누군가가 침입했던 흔적도 있습니다."

"그 얘기는 하세가와 형사님에게 들었습니다만, 뭔가 도둑맞은 것이라도 있습니까?"

"확인할 사람이 없어서 확실한 것은 알 수 없습니다. 다만 침입자는 책상이나 옷장 서랍을 중점적으로 뒤진 듯합니다."

"뭔가를 찾고 있었다는 겁니까?"

"참고로 현금, 통장, 도장 같은 물건은 일절 발견되지 않았습니다. 다몬 씨 본인이 가지고 나갔을 가능성은 있습니다만, 절벽에 떨어져 있던 파우치에는 그중 어느 것도 들어 있지 않았습니다."

"전부 범인이 가져갔다는 이야기입니까."

"사채업자들만큼 집요한 놈들은 또 없습니다. 우선은 자택이나 회사에 밀고 들어갔겠습니다만 그 방법으로 붙잡지 못하더라도 결코 포기하지 않죠. 어디에 몸을 숨기더라도 반드시 찾아내니까요."

"그래서 에이스케는 일요일 밤에 끝내 표주박산 위에서 그쪽 녀석들 중 한 명에게 붙잡히고 말았다고요?"

"다루마 사당 뒤편 같은 곳에 숨어 있다가 붙잡혀 끌려 나왔을지도 모르죠. 그리고 다툰 끝에 절벽에서 밀려 떨어졌다. 살인범이 되고 싶지 않았던 사채업자는 다몬 씨의 시신을 회수해서 어딘가에 감췄다……."

"저의 가설과 의문보다 훨씬 설득력이 있군요."

고이치가 의기소침해지자 형사가 말했다.

"아뇨, 과연 작가는 다르다고 저는 감탄했습니다."

엔카쿠는 의외로 칭찬을 했지만, 여전히 무표정한 얼굴이었다. 어디까지가 진심이라고 봐야 좋을지 알 수 없었다.

"게다가 지금으로서는 그쪽 인간들 중에서 아직 용의자가 나오지 않았습니다."

"살인을 범할 정도의 악덕 사채업자가 없다는 겁니까?"

"아직 단언할 수 있을 정도로 수사가 진행되지 않았습니다. 다만 그 대상이 사채업자로 좁혀져 있는 것은 확실합니다."

자신의 가설과 의문 따위는 어차피 아마추어의 생각이었을까. 고이치가 그렇게 생각하고 있는데 마치 그의 생각을 읽었다는 듯이 엔카쿠가 놀라운 말을 했다.

"여기서만 하는 이야기입니다만 그저께 관할서에서 하야미 씨께 들은 다몬 에이스케 씨의 친구들에 대해서는, 실은 사채업자의 수사와는 완전히 별개로 일단 조사를 진행하고 있었습니다."

"네?"

"그 덕분에 아리타 유지 씨가 사고로 사망했다는 정보도 상당히 빨리 알 수 있었던 거죠."

"어, 어째서 경부님은……."

전부 말하지 않아도 알아들었는지, 엔카쿠는 바로 대답했다.

"물론 저는 당신의 가설을 검토할 필요가 있다고 생각했기 때문입니다."

"즉 경찰 내부에서는 아직 연쇄살인이라는 판단은 내리지 않았다. 경부님이 찾아오신 것도 어디까지나 비공식이란 얘기입니까?"

엔카쿠는 무겁게 고개를 끄덕이고서 말했다.

"그렇다고 해도 만일 사채업자 중에서 다몬 씨 사건의 용의자가 아무도 나오지 않고, 거기에 아리타 씨가 살해된 것으로 판명된 경우에는 당신의 가설을 염두에 둘 수밖에 없습니다."

"그래서 저를 찾아오신 겁니까?"

"다몬 씨의 전화를 받았고 아리타 씨와도 접점이 있으며 두 사람의 사건에 대해 알리바이를 갖고 있는 사람은 하야미 씨뿐입니다. 아니, 그 밖에도 해당하는 분이 계시겠죠. 다만 지금, 우리 쪽에서 확인할 수 있는 것은 당신뿐입니다."

오오니타 다츠요시는…… 이라고 말하려다가 본인에게 물어봐야 한다고 고이치는 생각을 고쳤다.

"제 쪽에서도 어느 정도는 솔직히 터놓고 이야기하고 있다고 생각합니다."

"수사 상황에 대해서 말입니까?"

"원래는 사건 관계자에게 여기까지 이야기하지는 않습니다. 다만 우리는 하야미 씨가 아주 중요한 수사 협력자가 될 거라고 생각하고 있습니다. 그렇기에 전부 감추지 않고 이야기하고 있습니다."

"감사합니다."

"거기서 다시 부탁드리고 싶은 게 있습니다만."

엔카쿠의 부탁이 무엇인지 예상하고 있었지만, 고이치는 일단 형식적으로 되물었다.

"뭡니까?"

"다몬 씨가 전화를 걸었던 사람들에 대해서 다시 한번 잘 생각해주셨으면 합니다. 이번에는 거기에 아리타 유지 씨도 더해서, 이 두 사람과 특별히 관계가 있을 듯한 친구를 새로 꼽아주셨으면 합니다."

그런 말을 들을 것도 없이, 고이치의 머릿속에는 하나의 그룹이 떠올라 있었다.

표주박산에서 놀았던 여섯 명의 친구들…….

역시 그들밖에 없는 것이 아닐까. 아리타 유지가 죽은 탓에 그 개연성이 증가한 것은 참으로 얄궂은 일이지만.

"저번에도 이야기한 이름입니다만……."

마다테 시를 방문했던 일은 감추면서, 고이치는 그 생각을 이야기했다.

"즉……."

그것을 엔카쿠가 정리했다.

"다몬 씨가 전화 게임의 상대를 어떠한 규칙 안에서 골랐다고 한다면, 당신이 마다테 시 제3초등학교에 전학 왔을 때, 그 여름방학 동안 친구가 된 동급생일 가능성이 크다는 이야기로군요."

"네. 월요일이 아리타 유지였고 수요일이 오오니타 다츠요시, 그리고 금요일이 저였습니다. 화요일과 목요일에는 고야나기 사야카와 우치하라 사토시가 아닐까요. 월요일부터 금요일까지, 모두에게 전화를 다 해버렸기 때문에 토요일에는 생명의 전화에 전화를 한 것이 아닐지……."

거기까지 설명했을 때, 고이치는 요일과 인원수가 맞지 않는 것을 깨달았다.

"……하지만, 그렇게 되면 일요일에 해당하는 사람이 없군요. 여섯 명 중에는 다몬 에이스케도 포함되어 있습니다. 그 친구가 전화할 수 있는 상대는 다섯 명입니다. 생명의 전화를 한 명으로 세어도 월요일부터 토요일까지 그 여섯 명에게는 이미 전화를 다 걸어버렸다는 얘기가 되지요."

"남은 한 명이 누구일지 짐작이 가십니까?"

고이치는 신중하게 생각해보았지만, 그런 생각을 하기 전부터 답은 알고 있었다. 표주박산에서 놀았던 친구들은 자신까지 포함해서 여섯 명이었다. 어쩌면 몇 번인가 다른 친구가 끼었던 날이 있을지도 모른다. 그러나 그것은 정말로 가끔이었고, 새 친구가 생겼던 기억은 전혀 없다.

그렇게 이야기하자 엔카쿠도 잠시 고민한 뒤에 말했다.

"우연히 놀게 된 친구들 중에 다몬 씨만 친해진 사람은 없었습니까?"

"새로 긴 친구가 있다고 해도 에이스케만은 마지막까지 친해지지 못했을 거라고 생각합니다. 여섯 명의 친구들 중에도 에이스케와 가볍게 이야기를 나눌 수 있었던 사람은 저뿐이었고, 그 밖에는 오오니타 정도였으니까요."

"초등학생 시절 다몬 씨에게 친구는 표주박산에서 놀았던 하야미 씨와 다른 아이들뿐이었다는 겁니까?"

"네. 중학생이 되고 나서도 크게 달라지지 않았던 것 같습니다."

"그렇다면 다몬 씨에게는 일요일에 전화할 상대가 없었다는 이야기가 되는군요."

"생명의 전화 쪽에서는 뭐라고 하던가요?"

고이치의 질문에 엔카쿠는 가방에서 수사 자료를 꺼내더니 그것을 보면서 대답했다.

"다몬 씨는 초중학교 시절의 친구 다섯 명에게 전화를 걸었다, 라고 말했다고 합니다. 자신을 포함해서 여섯 명이라서 6일째인 토요일에는 전화를 걸 수 없어 난처해져서 생명의 전화에 걸었다고. 하야미 씨의 추리는 정확히 들어맞고 있습니다."

"에이스케가 그렇게 말했다면 전화를 한 상대가 표주박산의 친구들이었을 가능성이 더욱 높아지는군요."

고이치는 자신의 생각을 이야기하면서도, 생명의 전화에 에이스케가 이야기한 내용을 경찰이 사전에 알려주었더라면 좀 더 빨리 표주박산의 친구들에 대해서 이야기할 수 있었을 텐데, 라는 불만을 느꼈다.

아니면 일부러 감췄던 걸까.

하야미 고이치가 사건과 관계없다고 확신할 수 있을 때까지, 혹은 쓸데없는 예비지식 없이 수사에 협력하게 만들기 위해서 정보는 조금씩 주고 있는지도 모른다.

혹은 하세가와 형사에게 그럴 권한까지는 없었던 걸까.

여전히 포커페이스인 엔카쿠를 슬쩍 보고 나서, 분명히 이 경부라서 여기까지 이야기할 수 있었을 거라고 생각하고 고이치는 말을 이었다.

"다만, 그럴 경우에는 아무리 생각해도 일곱 명째의 인물이 떠오르지 않습니다."

"말씀을 듣고 있으니, 표주박산의 아이들을 한데 모은 사람은 하야미 씨 같군요. 당신의 존재가 없었다면 아마도 다른 다섯 사람은 친구가 되지 못했을 겁니다. 그렇지 않습니까?"

"저도 그런 기분이 듭니다."

"특히 다몬 씨에게는 당신이 유일한 '친구'였습니다."

"구체적으로 서로 간에 깊은 관계가 있었다는 기억은 없습니다. 다만 그 당시의 그 친구가 그렇게 느끼고 있었다고 해도 이상하지는 않겠죠."

"그렇다는 이야기는……."

엔카쿠가 문제를 정리했다.

"하야미 씨가 보기에 다몬 씨가 선택한 일곱 명째의 인물이 짐작 가지 않는다는 기죠? 그 상황으로 생각하면 전화를 건 상대를 표주박산의 친구들만으로 좁히는 것은 상당히 위험하다는 것을 알 수 있습니다. 다몬 씨가 초등학교 중학교 친구들이라고 이야기했으니 지금까지처럼 대상을 중학교 시절까지 넓힐 필요가 있겠죠."

"그렇군요."

맞장구를 치긴 했지만, 고이치는 납득이 가지 않았다.

"다만……."

거기서 엔카쿠가 변죽을 울리듯, 다시 수사 자료를 보면서 말했다.

"생명의 전화 상담원의 말에 의하면, 다몬 씨는 '친구들은 나를 포함해서 여섯 명이었다'라고 말했습니다. 그러니까 '처음부터 일주일이나 이어질 리가 없었다'라고 확실히 이야기했다고 합니다."

"그, 그렇다면 역시 에이스케가 전화를 한 것은 표주박산의 여섯 친구였다는 이야기가……."

"그랬을 경우, 여전히 일곱 명째 인물에 대한 문제가 해결되지 않습니다."

물론 본인에게 그럴 생각은 없겠지만, 마치 엔카쿠에게 휘둘리고 있는 것 같은 느낌에 고이치는 조금 정색하는 어조로 물었다.

"일요일에 누구에게 전화를 할 건지, 에이스케는 아무 말도 하지 않았습니까?"

"상담원도 그것이 신경 쓰였던 것 같습니다."

어디까지나 엔카쿠는 냉정한 태도로 말했다.

"어떤 인물인지 알 수 있다면 밤에 전화를 받을 확률이 높은지 낮은지, 어느 정도 예측은 할 수 있으니까요. 그래서 다몬 씨를 자극하지 않도록 넌지시 물어봤는데……."

"에이스케는 뭐라고 했습니까?"

어느샌가 고이치는 몸을 앞으로 내밀고 있었다.

"처음에는 '전화할 상대가 없다'라고 난처해하고 있었다는 모양입니다만, 그러다가 갑자기 기억났다는 듯이 '앗' 하고 외치는가 싶더니 '아, 그 녀석이 있었지'라고 중얼거렸다고 합니다."

"그 녀석이 있었다?"

어째서인지 고이치는 그 대사에 오싹해졌다.

"짚이는 것은 없으십니까?"

"그 녀석이라……."

자기도 모르게 머리를 숙이고서, 고이치는 다시 신중하게, 차분히 생각해보았다. 하지만 아무리 당시의 동급생들의 얼굴과 이름을 떠올려봐도 표주박산의 여섯 명에 이어서 일곱 명째에 해당할 만한 인물이 도무지 떠오르지 않았다.

"아니, 역시 아무도……."

"그렇습니까."

의기소침해하지도 않고 엔카쿠는 담담한 어조로 말했다.

"지금 단계에서는 다몬 씨의 초등학교 시절 교우관계를 전부 밝힐 필요가 있을 것 같습니다. 그중에서 다몬 씨에게 전화를 받은 사람을 찾아내고 아리타 유지 씨와의 관계를 조사하는 거죠. 시간이 걸리더라도 현재 상황으로는 이게 나은 방법일 겁니다."

경부의 판단에 묵묵히 귀를 기울이고 있던 고이치가 거기서 갑자기 얼굴을 들었다.

"어쩌면……."

"뭡니까?"

곧바로 엔카쿠가 반응했다.

"다몬 에이스케는 일요일 밤에 다른 요일보다 더 이른 시각에 그 일곱 명째의 인물에게 전화를 했을지도 모릅니다."

"어째서입니까?"

"명확한 이유는 모르겠습니다. 상대의 상황에 맞추려던 것인지, 마지막 날이 되어서 견딜 수 없어진 것인지……."

"그렇군요. 사정은 여러 가지로 생각할 수 있겠죠. 하지만 어째서 다몬 씨가 일요일 밤에만 전화를 거는 시간을 앞당겼을 거라고 생각하십니까?"

"전화를 받은 일곱 명째의 인물이 그대로 곧바로 표주박산으로 향했다고 한다면……."

"……."

처음으로 엔카쿠의 표정에 변화가 나타났다.

"그리고 에이스케를 절벽에서 떠밀었다고 한다면……."

"……."

"즉 수수께끼의 일곱 명째 인물이야말로 다몬 에이스케를 살해한 범인이라고 한다면……."

어느 광경 3

"다~레마가 죽~였다!"

커다란 나무에 오른팔과 얼굴을 대고 그렇게 외치고 나서, 슬래가 왼쪽 어깨 너머로 돌아보았다.

그와 동시에 저녁 햇살을 받으며 새까맣게 된 사람들의 움직임이 딱 멈췄다. 모두가 슬래 쪽을 향해, 지금이라도 걷기 시작할 것 같은 자세를 한 채로.

한 사람, 두 사람, 세 사람, 네 사람, 다섯 사람⋯⋯. 아무도 손가락 하나 까딱하지 않는다.

그러나 슬래가 다시 나무 쪽을 향하며 등을 보이자마자, 다섯 사람이 일제히 움직이기 시작했다.

"다~레마가 죽~였다!"

독특한 억양으로 또다시 슬래가 노래하듯 외쳤다.

그사이에 사람의 형체들은 조금씩 커다란 나무를 향해 다가간다. 단, 슬래가 돌아보면 움직임을 딱 멈춘다. 아무리 부자연스러운 모습을 하고 있어도, 그 자세 그대로 미동도 하지 않는다. 그저 슬래가 다시 나무 쪽을 돌아보기만을 기다리고 있다.

그런데 몇 번째인가 돌아보던 슐래가 좀처럼 앞을 보지 않았다. 커다란 나무에 얼굴을 묻지 않고 다른 사람들 쪽을 빤히 바라보고 있다.

"그러는 법이 어디 있어! 너무 길잖아!"

정지해 있는 사람들로부터 항의의 목소리가 일었다. 물론 입만 움직이고 있다.

그러나 슐래는 그저 사람들을 계속 바라볼 뿐이고, 그만두려고 하지 않는다.

"야, 이젠됐잖아!"

계속해서 비난의 목소리가 들린다. 그러나 슐래에게는 들리지 않았다. 왜냐하면 슐래는 열심히 세고 있었기 때문이다.

한 명, 두 명, 세 명, 네 명, 다섯 명, 여섯 명…… . 한 명이 많다.

슐래가 진을 치고 있는 커다란 나무를 향해서 다가오는 사람의 숫자가, 어느샌가 다섯 명에서 여섯 명으로 늘어 있었다.

일곱 명째가 있다…… .

제
10
장

벚나무 아래의 시체

전화가 울리고 있다.

반사적으로 벽시계를 바라보니, 오후 11시 33분이었다.

이런 시간에, 대체 누가?

오다기리 사야카는 수상한 느낌이 들었다. 그래도 키친타월로 손을 닦고 서둘러 거실의 소파에 있는 전화기로 향했다.

남편인 요시유키뿐만 아니라 그녀와 친한 사람들도 보통은 모두 핸드폰으로 연락한다. 남편과 그녀가 전화를 사용할 때도 대개는 핸드폰을 쓴다. 그것 때문에 집의 유선전화는 최근 몇 년간 완전히 잊힌 존재였다. 가끔씩 팩스로 사용하는 정도다.

따라서 집 전화로 전화를 거는 사람은 개인적으로 잘 모르는 사람뿐이다. 다만 그런 전화는 늦어도 밤 9시까지나 오기 마련이다. 이렇게까지 핸드폰이 널리 보급되었는데, 아니 오히려 다들 핸드폰을 갖고 있기 때문에 더더욱 집으로 전화를 걸어도 괜찮은 시간을 의식하게 되는지도 모른다.

그래서 이따금씩 밤 10시 무렵에 전화가 울리기라도 하면, 사야카는 뭔가 나쁜 소식이 아닐까 하고 몹시 겁을 먹곤 한다. 지금도 전화 스탠드 앞까지 가면서, 수화기에 손을 뻗는 것을 조금 주저했을 정도다. 그렇다고 해서 마냥 내버려둘 수도 없다. 요시유키의 공부에 방해가 될까 신경 쓰이기 때문이다.

"네, 오다기리입니다."

남편의 본가인 화과자가게 '오다기리 과자점'의 단골 고객 중에는 어쩌다 가끔씩 이런 시간에 연락을 하는 사람도 있다. 그래서 유선전화를 받을 때는 말투에도 신경을 쓰게 된다.

─…….

그런데 아무런 응답도 없다.

"오다기리입니다만?"

상대가 노인이라서 귀가 어두운지도 모른다. 사야카는 조금 큰 목소리로 천천히 말을 걸어보았다.

─…….

그러나 아무런 대답도 없다. 잘못 걸려온 전화인가 하고 생각했지만, 그렇다면 상대편에서 끊을 것이다. 가령 귀가 어둡다고 하더라도, 전화를 할 수 있는 정도이니 전혀 안 들리는 것도 아닐 텐데.

혼선이라도 된 걸까?

요즘 같은 시대에 유선전화에 혼선이 생길까 하며 그녀는 고개를 갸웃거렸다.

아니면 고장인가?

어쩌면 벨이 울렸을 뿐이고, 실제로 전화가 온 것은 아니었는지도 모른다. 그쪽이 가능성이 높지는 않을까.

그렇게 생각하며 수화기를 돌려놓으려고 하다가, 문득 사야카의 손이 멈췄다.

흐릿한 숨소리가 들려온다…….

수화기 너머에 누군가가 있었다. 가만히 숨을 죽이고 이쪽의 눈치를 엿보고 있다. 그렇지만 아무리 소리를 죽이려고 해도 숨이 새어 나오는 거겠지. 정말로 흐릿하지만, 명백히 사람의 기척이 났다.

—하아…… 하아…… 하아…….

곧바로 사야카의 목덜미 털이 곤두섰다.

이게 뭐람! 벼, 변태인가?

아무렇게나 전화번호를 누르고, 여자가 받으면 외설적인 말을 던진다. 음담패설을 들려주려고 한다. 그런 변태는 아닐까 하고 곧바로 그녀는 바짝 긴장했다.

그런데 아무리 시간이 지나도 상대는 입을 열지 않았다. 성희롱 전화라면 슬슬 뭔가 움직임을 보일 것이다. 그런데도 여전히 침묵하고 있다.

싫어……. 기분 나빠…….

물론 변태에게는 혐오감을 느끼지만, 상대해주지 않으면 그걸로 끝이다. 그런 놈들은 여자의 반응을 즐기므로, 이쪽이 동요하지 않으면 되는 것이다. 10대 시절이면 몰라도, 지금의 사야카에게 어려운 일은 아니다.

하지만 이 전화는 이상해…….

전혀 목적을 알 수 없다. 때문에 변태와 마주하는 듯한 혐오감이 아니라 정체를 알 수 없는 것에 대한 공포감이 솟아났다.

얼른 끊어버리는 편이 좋다.

사야카의 이성이 고하고 있다. 그러나 한편으로 수화기 너머로 귀를 기울이고 있는 그녀가 있었다.

무슨 바보 같은 짓이람…….

당황하며 전화를 끊으려고 했을 때였다. 수화기에서 기묘한 억양의 목소리가 들려왔다.

제10장 벗나무 아래의 시체　　　　　　　　　　　　　　191

─다~레마가 죽~었다…….

칠흑같이 어두운 장소에서 아이가 노래하고 있다. 그런 광경이 떠오른 순간, 목덜미에 냉수를 끼얹은 듯 오싹한 전율이 사야카의 등줄기를 타고 흘렀다.

무, 무, 뭐지?

영문을 알 수 없는 공포를 다시 한번 느꼈다. 그것뿐만이 아니다. 신기하게도, 전혀 의미를 알아들을 수 없음에도 불구하고 아주 약간이지만 옛 기억을 자극받은 듯한 감각이 느껴진 것이다.

어, 어째서?

그 이유가 짐작되지 않는 만큼, 더욱더 두려움이 커졌다.

아, 혹시 요시노리의 친구인가?

요시유키와의 사이에는 열 살 난 외아들인 요시노리가 있다. 사야카는 곧바로 아들의 친구가 건 장난전화인가 하고 생각했다. 분명히 요시노리가 이 이상한 노래를 들려준 적이 있을 것이다. 그래서 자신이 이상한 기시감을 느꼈는지도 모른다.

아니, 그게 아니다…….

그러나 사야카는 그 해석을 바로 부정했다.

더 예전에, 훨씬 더 옛날에…….

아들을 낳고 키워온 최근 10년보다 더 오래된, 까마득한 옛날의 어떤 것…… 같은 기분이 든다. 아직 요시유키와도 만나지 않은, 말 그대로 어린아이일 적까지 거슬러 올라가는 무엇인가.

어린아이?

'전화를 걸어온 것은 어린아이인가?' 하고 생각했을 때, 사야카는 고개를 갸웃했다. 지금 것은 어린아이인 척을 하는 어른의 음색이 아니었나?

기분 나쁘다…….

그 기괴함에 다시 오싹해졌다. 그러나 상대가 어른일지도 모른다는 것을 깨닫자마자, 갑자기 부글부글 분노가 치밀어 올랐다.

"누, 누구세요?"

의연하게 누구냐고 따져 물을 생각이었지만 어색한 목소리가 나오고 말았다.

"대체, 무, 뭐 하는 짓인가요."

수화기 너머에서는 쏴아쏴아 흐릿한 바람 소리가 들려온다. 아무래도 야외에서 핸드폰으로 걸고 있는 듯하다.

"장난하고 있는 거라면, 기분 나쁘니까 그만하세요."

이번에도 대답이 없다면 정말로 끊으려고 생각하고 있는데.

—다~레마가 죽~었다…….

다시 기분 나쁜 목소리가 귓가에서 속삭이듯이 울렸다. 이번에는 또렷하게, 어른이 일부러 어린아이 목소리를 내고 있다는 것을 알 수 있었다.

"뭐, 뭔가요?"

화를 내고 있을 텐데도, 분노보다 두려움이 앞섰다.

"무슨 말을 하는지, 의, 의미를 전혀 모르겠네요."

상대에게 말을 걸고 있다기보다, 무슨 말이라도 하지 않고서는 무서워서 견딜 수 없었다.

"여보세요?"

—…….

"이제 끊겠습니다."

—…….

"끊겠습니다."

—……바이바이.

"어?"

설마 대답이 있을 거라고는 생각하지 않았다. 게다가 "바이바이"하고 인사를 하다니 상당히 의외였다.

"……네, 바이바이."

거부감은 있었지만, 상대가 머리가 이상한 사람일 가능성도 있다. 여기서는 원만하게 넘어가는 것이 좋다. 사야카는 일단 그렇게 판단했지만, 다음 순간에 자기도 모르게 비명을 지를 뻔했다.

─……바이바이, 사야.

그것은 초등학교 시절 사야카의 별명이었다. 몇 명의 친구들 사이에서만 쓰이던 호칭으로, 그들 말고 그렇게 부르는 사람은 아무도 없었다. 자신의 것도 포함해서, 애초에 모두의 애칭을 지은 사람은 그녀 자신이다.

"에이 군……이야?"

곧바로 물었지만, 이미 전화는 끊어져 있었다. 저쪽에서 끊은 듯하다.

지금 전화는 다몬 에이스케인가?

지난주 화요일 밤, 조금 더 늦은 시간에 에이스케에게서 전화가 걸려왔다. 그때까지도 1년에 한 번꼴로 가끔씩 그가 연락을 해왔다. 솔직히 반가운 전화는 아니었지만, 매달이나 매주 걸어오는 것은 아니라서 시간이 있으면 상대를 해주려고 생각하고 있었다.

다몬 에이스케와는 사야카가 마다테 시에 살고 있었을 무렵인 초등학교 3학년 여름방학에 알게 되었다. 아니, 처음에 친구가 된 것은 고짱, 하야미 고이치다. 고이치가 있었기 때문에 그녀는 표주박산의 아이들과 같이 놀았던 것이다.

오오니타 군의 존재도 컸지.

처음에는 하야미 고이치(고짱), 다몬 에이스케(에이 군), 아리타 유지(유준), 우치하라 사토시(토시), 그리고 고야나기 사야카(사야)까지

다섯 명이었지만, 나중에 오오니타 다츠요시가 더해져서 여섯 명이
되었다.

　모두를 한데 모은 사람은 틀림없이 고이치였다. 본인도 말했듯이
결코 사교적인 성격은 아니었지만, 그 여름에는 신기하게도 리더
같은 역량을 발휘했다는 이야기가 된다. 다만 그 뒤에도 모두가 모
여서 뿔뿔이 흩어지지 않고 놀았던 것은 다츠요시가 있었기 때문
은 아닐까. 사야카는 그렇게 생각하고 있었다. 같은 학년인데도 나
이는 한 살 위고, 게다가 실제로는 더욱 어른스러웠던 그가 모두의
윤활유가 되었다는 기분이 든다.

　고짱과 오오니타 군인가…….

　그때 사야카는 두 사람을 사랑하고 있었는지도 모른다. 고이치는
눈앞에 있는 현실적인 남자아이로서. 다츠요시는 소설 속에 있는
듯한 비현실적인 인물로서.

　어머, 무슨 생각을 하고 있는 거람.

　사야카는 정신을 차렸다. 이상한 전화 덕분에 30년이나 된 옛날
일을 떠올리고 있었다.

　하지만 지금 전화는…….

　다몬 에이스케가 아니었을까. 자신을 사야라는 애칭으로 부른 인
물 중에 이런 시간에 전화를 걸 사람은 에이스케밖에 떠오르지 않는
다. 그러나 에이스케라고 하기에는 통화의 내용이 너무 이상하다.

　하긴 이상하다고 하면…….

　지난주의 전화도 충분히 이상했다. 에이스케는 평소보다 더욱 끈
질기게 이쪽의 근황을 물어보았다. 그래서 남편 요시유키가 옛 꿈
을 접지 않고 변호사가 되려고 열심히 노력하고 있는 중이라고 알
려주고 말았다.

　그러자 에이스케는 몹시 감탄했다. 요시유키는 사야카보다 두 살

연상이다. 그는 그 나이에 다시 공부를 시작하고, 그것도 변호사가 되려고 하고 있다.

"사야의 남편은 굉장하네. 참 훌륭해."

칭찬받는 것은 기분 나쁜 일이 아니다. 그럴 생각이 없었는데, 어느샌가 남편 자랑을 하고 있었다. 그러나 실은 잘 풀리지 않는 현실에 대한 반동이었는지도 모른다.

요시유키와는 학생 시절 교토에서 다니던 대학의 미스터리 서클에서 만났다. 그는 법률 계통 미스터리를 좋아했고 그녀는 판타지를 좋아해서 독서 취향은 각각 달랐지만, 두 사람은 이내 사귀게 되었다. 이윽고 취업을 해야 할 시기를 맞이했을 때, 경제학과를 다니던 요시유키는 본래의 꿈을 밝혔다.

"사실 나는 법학과에 가고 싶었어."

다만 본가가 교토에서 대대로 화과자가게를 운영하고 있으며 자신이 대를 이어야 했기 때문에 변호사가 되려는 꿈을 포기했다고 했다.

"가업을 이어야만 하다니, 요즘 같은 시대에 어떻게 그런 일이 있을 수가……."

요시유키에게 끌린 것은 그가 어딘가 자신과 같은 고고한 그림자를 두르고 있었기 때문이다. 그런 사람이 부모가 시키는 길을 걷다니, 그녀는 믿을 수 없었다. 역시 자신의 꿈을 좇아야 하지 않느냐며 사야카는 열변을 토했다.

대대로 이어져온 화과자가게의 사정이나 그의 가족에 대해 아무것도 모르면서. 하물며 몇 년 뒤에 그 오다기리가에 시집가게 되어서 그와 함께 오다기리 과자점을 운영하게 되리라고는 생각하지도 못하고.

지금까지의 삶을 돌아보면 고생의 연속이었다. 옆에서 보면 남편을 잘 만나서 팔자가 핀 것으로 보였을지도 모른다. 하지만 낯가림이 심한 그녀가 전통 있는 화과자가게의 여주인을 맡는다는 것은 상상 이상으로 힘든 일이었다.

다행히 시아버지와 시어머니는 좋은 사람이라서 이것저것 사야카를 배려해주었다. 시부모랑 같이 살면 힘들 거라며 일부러 별채를 개축해서 신혼집을 만들어줄 정도였다. 그러나 장사에 관해서는 달랐다. 아주 엄했다. 하지만 그 덕분에 젊은 주인과 안주인은 겨우 가게를 꾸려갈 수 있었던 것이다.

요시유키도 노력했다. 오랫동안 이어져온 라이벌 화과자가게인 '이리노 만주'를 추월하는 수익을 올리게 된 것도 그의 다양한 상품 아이디어와 부단한 영업의 결실일 것이다. 이것에는 시부모도 눈물을 흘릴 정도로 기뻐했다. 이런 상태가 별일 없이 이어지면 곧 시부모는 은퇴하고 순조롭게 세대 교체가 이루어질 것이 틀림없다.

그런데 지금으로부터 6년 전이었다. 이른바 공부만 잘하는 입시 수재가 아니라 다양한 사회 경험을 쌓은 일반인도 법조인이 될 수 있도록 정부가 새로운 법조인 양성 제도를 발표했다. 그 발표가 있기 3년 전의 사법제도 개혁심사회 의견서에서, 매년 사법시험의 합격자를 500명에서 3,000명으로 늘린다는 목표가 세워졌기 때문이다. 지금까지의 사법시험은 너무 합격률이 낮았기 때문에 법과대학원을 수료한 사람의 7할에서 8할은 합격할 수 있는 새로운 제도를 만든 것이다.

"법학대학원에 들어갈까 해."

5년 전에 요시유키가 그렇게 말했을 때, 사야카는 아직 한참 남은 요시노리의 대학 진학 이야기를 하는 것으로 착각했다. 그러나 이내 남편 본인의 이야기라는 것을 알고 깜짝 놀랐다.

"가게는 어떡할 거예요?"

놀란 그녀가 묻자 남편은 대답했다.

"히라미네 씨하고 당신에게 맡기고 싶어."

히라미네는 시아버지의 오른팔이자 오랫동안 주방에서 일해왔던 지배인 격인 화과자 장인이다. 그런 고집이 통할 리가 없다고 타이르려고 했지만 그만두었다. 그것은 남편이 가장 잘 알고 있을 것이다.

"나도 최대한 가게 일은 도울 생각이야."

아니나 다를까, 그럴 각오가 남편에게는 있었다.

"부모님은 내가 설득하겠어."

그렇게까지 말하니 그녀도 승낙할 수밖에 없었다.

법과대학원에 입학한 뒤 첫 1년간, 요시유키는 매일 거의 새벽 2, 3시까지 공부하고 아침에는 6시에 일어났다. 집과 가게의 양쪽 일을 하는 사야카를 대신해서 유치원으로 요시노리를 바래다주는 역할은 요시유키가 맡았다. 그녀는 운전면허가 없었기 때문에 아들을 바래다줄 때는 늘 자전거를 사용하고 있었다. 그것이 승용차로 바뀌자 아들은 그저 기뻐했다.

다만 요시노리의 말에 의하면 남편은 핸들 뒤편에 교과서를 펼쳐두고, 신호를 기다릴 때나 정체 중에 차가 멈추면 그것을 읽고 있는 듯했다. 사고가 날지도 모르니 그러지 말라고 주의를 주었지만, 그래도 남편은 그만두지 않았던 모양이다.

그러나 요시유키의 그 노력은 첫 번째 사법시험에서 보답받지 못했다. 충분히 준비를 마친 두 번째 시험도 불합격 통지가 날아왔을 뿐이다. 사법시험은 5년 이내에 세 번까지만 치를 수 있다. 즉 요시유키에게 남겨진 찬스는 앞으로 한 번뿐이었다.

법과대학원을 수료할 때까지 학비와 참고서 등 교재값이 500만 엔 이상 들었다. 어쩌면 600만 엔 가까이 될지도 모른다. 법조인을 목표로 하는 사회인 중에는 그때까지 일하던 회사를 그만두고 저축을 털어서 공부하는 사람도 많다. 그렇게 해서 5년 이내에 사법 시험에 붙으면 다행이지만, 세 번의 시험에서 전부 낙방하게 되면 대부분의 사람은 재취업해야 했다. 그러나 이런 불황 중에 다시 일자리를 찾는 것은 어렵다. 게다가 합격했다고 해서 변호사가 될 수 있으리란 보장은 어디에도 없다.

당초의 계획대로 확실히 변호사의 숫자는 늘고 있는 듯했다. 그러나 얄궂게도 그것이 오히려 취업난이나 일거리의 감소로 이어지고 있다고 한다. 모처럼 변호사가 되어도 이른바 '처마 변호사'로밖에 살아갈 수 없는 현상도 나타나고 있다. 처마 변호사란 선배 변호사 사무소의 처마를 빌리고 있다는 의미로, 그곳에서 책상과 전화만을 빌려 쓰는 변호사를 말한다. 그야말로 셋방살이를 하는 상태로, 물론 급료는 나오지 않는다. 아무리 사회 경험이 있다고 해도 신참 변호사에게는 일이 돌아오지 않는 것이다.

"전혀, 아무런 의뢰도 없는 거예요?"

변호사가 되면 바로 바빠질 거라고 생각하고 있던 사야카는 솔직히 상당히 놀랐다.

"국선 변호인 일은 있어. 하지만 그 밖에도 명단에 등록되어 있는 변호사가 있으니까, 일거리가 돌아오는 건 반년에 한 번 정도일까."

"보수는요?"

"10만에서 15만 정도라는 모양이야."

"……."

"바빠서 국선 변호인까지 하기 힘든 사람이, 자기에게 할당된 일을 신참에게 양보하는 경우도 많으니까 그런 일을 잡을 수도 있어. 그렇지만 당연히 빠른 사람이 임자지."

"그래서는……."

고생해서 변호사가 된 의미가 없잖아요, 라는 말을 사야카는 간신히 삼켰다.

사회에 나가서 귀중한 체험을 쌓은 사람에게 법조계의 문호를 개방해서, 학력만이 아니라 풍부한 교양과 지식을 가진 변호사를 늘린다……. 정부의 이런 이념에 진심으로 공감해서 노력해왔던 많은 사람들이 생각지도 못한 곤경에 내몰리고 있었다.

그런 의미에서 요시유키는 오히려 상당히 복 받은 환경이었다. 저축이 줄었다고 해도 가계에 영향을 줄 정도는 아니다. 가령 세 번째 시험에서 낙방하더라도 원래의 가업으로 돌아올 수 있다. 좀처럼 재취업이 되지 않아서 가족이 길바닥에 나앉게 될 우려도 없다. 사야카가 남편의 도전을 방해하지 않았던 것은 그런 부분도 충분히 고려했기 때문이었다.

그런데 지난달이 되어서 갑자기 상황이 변하기 시작했다. 가게의 상품에 이물질이 들어갔다고 손님이 클레임을 제기한 것이 시작이었다. 바로 사야카의 귀에 들어갔으면 문제가 없었겠지만, 그것을 받은 사람은 히라미네였고 그는 자신이 처리하려고 했다. 그 결과, 고객에게 제대로 대응하지 못했고 그것에 군살이 붙어 나쁜 소문이 퍼지는 바람에 가게 매상이 급격히 떨어지고 말았다. 그것도 히라미네가 "불만이 들어왔을 때에 제대로 안주인께 이야기했습니다"라고 거짓말을 했기 때문에 더 큰 문제가 되었다.

공교롭게도 시아버지는 자신의 오른팔이었던 히라미네를 신용했다. 그렇게 되자 사야카가 아무리 듣지 못했다고 주장해도 아무 소용이 없었다. 오히려 시아버지의 화를 부채질할 뿐이었다. 마침 거기서 최악의 시기를 고르기라도 한 듯이 요시유키의 두 번째 불합격 통지가 도달했다.

"지금 당장 가게로 돌아와!"

"아직 시험을 칠 자격이 남아 있는데 그렇게는 못 해요!"

호통을 치는 시아버지와 버티는 남편 사이에 격렬한 싸움이 일어났다. 서로 한 걸음도 물러서지 않았다.

애초에 요시유키는 부모의 희망에 따라서 자신의 지망을 포기하고 대학의 경제학과를 선택한 과거가 있다. 즉 원래 그는 강하게 자기주장을 하는 성격이 아니다. 하지만 이때만큼은 남편도 절대 굽히지 않았다.

시어머니가 중재에 들어갔지만, 굳이 말하자면 아들보다는 남편의 편을 들었다. 자기가 참견하면 괜히 문제만 생길 거라고 생각한 사야카는 입을 다물 수밖에 없었다.

결국, 부자간의 싸움은 결렬로 끝났다. 다만 그때 시아버지가 이런 말을 남겼다.

"이 상태가 계속 이어진다면, 나중에 네가 가게로 돌아오고 싶다고 말해도 그때는 이미 가게가 남의 손에 넘어가 있을지도 모른다."

히라미네에게 가게를 넘길 가능성을 은근히 내비친 것이다.

그러나 요시유키는 아무 말도 하지 않았다. 지금은 세 번째의 시험에 전력을 다하는 것 외에는 생각하지 않으려는 듯 보였다.

그 뒤로 약 한 달이 지났다. 가게는 다시 시아버지가 운영하기 시작했고 매상도 조금씩 늘어갔다. 그러나 요시유키와 사야카 두 사람이 운영하던 때와 비교하면 그 숫자는 너무나도 적었다.

사야카는 그런 일련의 소동에 대해서 에이스케에게는 한마디도 이야기하지 않았다. 그 정도로까지 친한 사이가 아니기 때문도 있었지만, 생각하면 옛날부터 에이스케에게는 약점을 보이고 싶지 않다는 마음이 있었던 탓인지도 모른다.

하지만 말하지 않기를 잘했다.

지난주의 전화를 돌이켜보고 사야카는 새삼 그렇게 생각했다. 그

때 그녀가 요시유키의 자랑을 늘어놓은 뒤, 에이스케가 몹시 힘겨운 자신의 처지를 이야기했기 때문이다.

아니면 내가 밝은 이야기만 했기 때문에 에이스케는 반대로 자신의 곤경을 이야기할 생각이 들었던 걸까…….

사야카는 고개를 갸웃거렸다.

대체 그는 무슨 생각으로 그런 전화를 걸었던 걸까…….

가만히 생각해보니 아무래도 이상하다. 그전까지의 전화와는 명백히 달랐다.

처음에는 사야카도 진심으로 동정하고 조금이라도 에이스케의 힘이 되려 했다. 그 마음은 결코 거짓이 아니었다. 그런데 그가 자살하고 싶다는 마음을 내비치기 시작하고, 거기에 암이라는 말을 꺼냈을 때는 솔직히 더 이상 상대하는 것은 무리라는 생각이 들었다. 자신에게는 짐이 너무 무거워 뒤로 빠지고 싶은 마음이었다.

설마 정말로 작별의 전화였던 걸까……?

지금에 와서야 사야카는 그 가능성을 깨달았다.

싫다…….

이미 에이스케는 자신의 목숨을 끊은 것이 아닐까. 상상한 것만으로도 입안이 바짝바짝 타들어가고 있었다.

어? 조금 전의 전화…….

이미 죽었을 에이스케가 걸었던 것일지도…… 하고 생각하자 곧바로 몸이 떨렸다.

그런 바보 같은 일이 있을 리 없어…….

이성은 부정하고 있지만, 본능은 반대로 받아들이는 듯한 느낌이었다.

확인해봐야 할까?

그러나 만약 사실이라면 본인에게 전화를 걸어봤자 소용없다. 그렇다고 해서 그의 본가에 거는 것은 망설여진다.

고짱이나 오오니타 군에게 물어보는 수밖에 없다.

다만 두 사람에게는 벌써 몇 년이나 연락을 하지 않았다. 그들의 소식은 항상 1년에 한 번 있을까 말까 한 에이스케의 전화를 통해서 듣곤 했다.

어떡하지…….

지난주의 전화도 평소처럼 에이스케가 어릴 적의 추억을 띄엄띄엄 즐겁게 이야기하는 것뿐이었다면 얼마나 좋았을까. 아니, 그는 옛날 이야기도 했었다. 애초에 전화를 건 장소가 마다테 시의 표주 박산이었으니까.

어라…….

그 순간, 사야카의 머릿속에서 두 가지 사건이 갑자기 이어지게 되었다. 조금 전까지 걸려왔던 기분 나쁜 전화와 어린 시절의 뭔가가, 어째서인지는 모르겠지만 서로 이어져 있는 듯한 기분이 들었다.

하지만 대체 초등학교 시절의 무엇하고?

조금 전의 전화와 다몬 에이스케는 아마도 관계가 없겠지. 다몬 에이스케를 떠올린 것은 전화라는 공통의 매체가 관계되어 있던 탓에 지나지 않는다. 한편으로 그로부터 어린 시절 일을 연상한 것도 사실이다. 그리고 쌍방에 어떠한 접점을 느꼈다.

다~레마가 죽~였다…….

그 기분 나쁜 목소리가 갑자기 귓가에서 되살아난다. 반복되며 귓구멍 속에서 사라지지 않고 계속 울려 퍼지고 있다. 아무리 시간이 지나도 그치지 않고 웅웅 메아리치고 있다.

도리질 치듯이 사야카가 고개를 저었을 때였다.

다~루마가 굴~렀다…….

천진한 아이의 목소리가 기억 속 깊은 곳에서 들려왔다. 그것은 그녀도 잘 아는 남자아이의 목소리였다. 그러나 누구인지는 곧바로 떠오르지 않는다.

어…….

아니, 잠깐! 그녀는 당황했다.

'다레마가 죽었다'와 '다루마가 굴렀다'는 어쩐지 비슷하지 않은가. 글자 수뿐만 아니라 발음도 엇비슷하다. '다루마가 굴렀다' 놀이라면 그 무렵에 매일같이 했다.

아, 표주박산의 벚나무…….

어린 시절 다루마 신사의 경내 외곽에 서 있는 커다란 나무에서 그 놀이를 하곤 했다. 거기서 에이스케는 전화를 걸어왔다. 그리고 조금 전의 전화에서는 '다루마가 굴렀다'와 흡사한 이상한 노랫소리가 들렸다.

즉 에이스케의 전화와 관계가 있다는 건가?

이제는 뭐가 뭔지 모르겠다. 그럼에도 불구하고 아주 무서운 기억이 문득 지금이라도 되살아날 것 같은 예감이 든다. 절대 기억해내고 싶지 않은데도 흔들흔들 흔들리며 과거의 체험에서 떠오르기 시작하는 기분이 든다.

표주박산의 커다란 벚나무…….

주위에 울려 퍼지는 기묘한 동요…….

그림자가 멈춘 정적의 세계…….

세피아로 물든 정겨운 풍경이 차츰 사야카의 뇌리에 떠오른다.

다루마가 굴렀다…….

……다루마.

……다루마 신사.

조금 더 있으면 무언가 흉측한 것이 머릿속에서 기어 나온다…… 라고 느껴질 즈음에, 갑자기 거실 문이 열리며 요시유키가 들어왔다.

"어라, 아직 안 자고 있었어?"

"……네."

마치 얕은 잠에서 깨어난 것처럼, 퍼뜩 사야카의 의식이 선명해졌다.

"조금 전에 전화 소리가 났는데, 누구한테 온 전화야?"

"……잘못 걸려온 전화예요."

"별일이네. 다들 핸드폰 가지고 다니게 된 뒤로는 전화가 잘못 오는 일도 거의 없는데."

"장난이겠죠. 보리차라도 줄까요?"

더 이상 전화에 대한 것은 떠올리고 싶지 않다. 에이스케의 전화도 포함해서, 어쨌든 잊어버리자고 사야카는 결심했다.

그러나 부엌에서 식은 보리차를 가지고 와서 요시유키에게 건네며, 사야카는 무슨 이야기를 해야 좋을지 망설였다.

오다기리 과자점에 관한 이야기는 스트레스만 줄 뿐이다. 사법시험에 대해서는 이러쿵저러쿵 말해봤자 소용없다. 뒤에서 조용히 응원하는 것이 아내인 자신의 역할일 터다. 요시노리의 1학기 성적표를 보여주고 아들을 학원에 보내야 할지 상의하고 싶었지만, 그것도 그만두었다.

내일 하자.

요시노리는 내일부터 오봉 연휴 전까지 마다테 시에 있는 사야카의 본가에서 지낼 예정이다. 재작년까지는 그녀가 데리고 갔지만 작년부터는 혼자 보내게 되었다. 아직 어린아이라고 생각했는데 벌써 번듯한 소년으로 성장해서 깜짝 놀랐다. 기쁜 반면에 어쩐지 쓸쓸하기도 한, 뭐라 말하기 힘든 복잡한 심경이었다.

저 아이가 없는 동안 시간을 내서 차분히 이야기를 하면 될 거야.

다만 나중으로 미루기로 한 것은 무엇보다 사야카 자신이 지쳐 있던 탓이다. 자기도 모르는 사이에 엄청나게 체력을 소모한 듯한 나른함이 느껴진다. 조금 전의 전화를 받은 뒤로 거의 움직이지도 않았는데, 마치 전력질주를 하고 난 듯한 기분이 든다.

봉인했으니까…….

평소에는 거의 하지 않는 생각이 떠올라서 그녀는 스스로도 깜짝 놀랐다.

과거의 끔찍한 기억을 봉인했다?

지금의 기분을 굳이 표현하자면 그렇게 될 것이다. 한순간 그 기억이란 뭐지…… 하는 생각을 하다가 몹시 당황했다. 애써 봉인했던 것을 일부러 스스로 뜯어내다니 어리석은 짓도 이만 한 게 없지 않은가.

어릴 적의 내가 아니니까.

지금은 자신의 호기심을 채우는 것보다 더욱 소중한 것이 많이 있다.

"왜 그래?"

그런데 요시유키가 그렇게 묻자마자 자연스럽게 조금 전의 전화에 대한 이야기가 입에서 흘러나오고 있었다. 아무래도 그녀가 골똘히 생각하는 듯 보였던 모양이다. 또한 그녀 자신도 사실은 남편에게 물어보고 싶었던 거겠지.

"그건 그 다몬 씨라는 소꿉친구가 아닐까? 바로 지난주에 전화가 왔었잖아."

요시유키는 간단히 다몬 에이스케의 장난이라고 단정했다.

"하지만 그 사람이라고 하기에는…….."

"요전의 전화에서 상당히 자포자기하고 있었다고 말했잖아. 분명히 정신적으로 궁지에 몰려 있는 거겠지."

“네……..”

“빚 독촉이라도 당하고 있었다면 모르지만, 그런 것도 아니라면 사야카가 할 수 있는 건 거의 아무것도 없잖아.”

남편은 단둘이 이야기를 나눌 때에는 그녀를 항상 이름으로 부른다.

“전부터 생각했는데 그 다몬이라는 남자 말이야, 조금 이상하지 않아?”

“어디가요?”

“아무리 어린 시절에 사이가 좋았다고 해도 초등학교 졸업하고 난 뒤로는 거의 만나지 않았는데 지금까지 연락을 해오는 것은 역시 이상하잖아.”

“……..”

요시유키의 지적은 옳았다. 사야카도 예전부터 계속 같은 생각을 하고 있었다. 이따금씩 에이스케의 전화를 받기 싫었던 것이 무엇보다 강한 증거였다.

다만 한편으로 초등학교 시절에 표주박산에서 같이 놀았던 친구들은 특별했다는 의식도 강했다. 다행히 그녀는 중학교와 고등학교, 대학교로 진학함에 따라 자신의 껍데기를 깨고 밖으로 나갈 수 있었다. 그러나 다몬 에이스케는 그럴 수 없었던 것이다. 그래서 아무리 시간이 지나도 당시의 친구들과의 관계에 의존하게 되고 말았다. 1년에 한 번의 전화와 연하장 정도로 억제하고 있는 것은 역시나 본인도 그것이 위험하다고 생각하고 있기 때문은 아닐까.

그런 에이스케의 마음을 대변하려고 하다가 사야카는 포기했다. 요시유키는 젊을 적에 고고한 체하기도 했었지만, 친구는 결코 적지 않았다. 사귀기 시작하고서 그것이 일종의 허세였음을 알게 되었다. 그런 사람에게 그때의 표주박산 친구들의 관계에 대해 설명하는 것은 상당히 어렵다.

오히려 그것보다…….

정말 상담이 필요한 문제는 자신의 기억 깊은 곳에 가라앉아 있는 정체불명의 공포일지도 모른다. 30년이나 지난 일일 텐데도, 그것이 되살아나면 지금의 생활까지 위협할 것 같은 기분이 든다. 자기도 모르는 사이에 그녀는 그런 위기감에 사로잡혀 있었다.

"저기, 실은……."

마음속의 답답함을 어떻게든 남편에게 전하려고 했다. 그러나 본인도 떠올리지 못하는 정체 모를 뭔가의 이야기다. 말로 표현하기가 몹시 힘들었다.

"사야카, 설마 어릴 적에 그 친구들하고 살인이라도 저지르고 시체를 표주박산 나무 밑에 묻었다…… 같은 소릴 하려는 건 아니겠지?"

아니나 다를까, 요시유키는 진지하게 받아들이지 않았다. 그녀의 이야기가 너무 막연했기 때문에, 그런 반응도 무리는 아니었다.

"벚나무 아래의 시체……. 미스터리로서는 더할 나위 없는 설정이네. 그러고 보니 미스터리를 읽지 않은 지 벌써 몇 년이나 됐네."

한술 더 떠 그런 태평스러운 말까지 했다.

"그게 진짜라면 '슬리핑 머더'라는 이야기가 돼요."

사야카가 남편에게 동조해서 농담을 한 것은, 이유는 모르겠지만 갑자기 아주 무서워졌기 때문이다. 어릴 적에 살인을 저질렀을지도 모르겠다고 걱정한 것은 당연히 아니다. 그런데도 어째서인지 엄청난 공포가 느껴졌다.

잠자는 살인이 아니라, 잠자는 괴물을 깨울지도 모른다…….

그런 감각이 강하게 느껴졌다. 이렇게 요시유키에게 말을 하는 행위조차, 괴물의 각성을 재촉하고 있는 것 같다는 기분이 들었다.

"여러 가지로 일이 많았으니까."

"네?"

어느샌가 요시유키는 걱정스러운 듯한 눈빛으로 가만히 사야카를 보고 있었다.

"내가 법과대학원에 입학하고 두 번이나 사법시험에서 낙방했지. 그리고 가게 쪽 문제들까지 연달아 터졌고."

"……."

"거기에 옛 친구가 건 우울한 내용의 전화에 오늘 밤의 장난전화까지 겹쳐졌으니, 신경이 예민해질 만도 해."

즉 남편은 정신적인 스트레스가 그녀가 느끼는 공포의 원인이라고 말하고 싶은 듯했다. 아니, 아마도 그녀가 느끼는 것이 공포라는 것조차 파악하지 못하고 있다. 기껏해야 아내가 조금 무거운 불안에 시달리고 있다고 해석하고 있겠지.

"그러네요."

일부러 사야카도 이의를 제기하지 않고 아무 일도 아닌 척했다. 그녀가 신경을 쓰지 않으면 과거의 괴물이라고 해도, 그리 간단히 되살아나지는 못할 것이다. 가령 그녀의 무의식이 기억의 바닥에 봉인해놓았다면, 그대로 조용히 잠들어 있게 하자. 두 번 다시 눈뜨지 않도록 완전히 잊어버리면 되는 것이다.

"오늘 밤도 늦게 잘 거예요?"

사야카는 기분을 전환하며 요시유키에게 물었다.

"응, 조금만 더 하면 돼."

"야식은?"

"괜찮아. 먹으면 졸리거든. 그것보다 사야카는 이만 자는 편이 좋을 거야. 내일 아침은 요시노리를 교토역까지 바래다줘야 하잖아?"

아들은 그럴 필요 없다고 하지만, 그 정도는 하게 해줬으면 좋겠다는 것이 그녀의 바람이었다.

사야카는 요시유키에게 "잘 자요"라고 인사를 하고 요시노리의 짐을 다시 한번 체크한 뒤에 씻고 나서 잠자리에 들었다.

다음 날 아침은 쾌청했다. 오늘도 더울 것 같다. 사야카는 남편과 아들의 아침을 챙기고, 뒷정리는 귀가한 뒤에 하기로 하고 집을 나섰다. 친정 부모님에게 보내는 선물은 시아버지가 평소처럼 오다기리 과자점의 고급 화과자 세트를 챙겨주었다. 응어리는 풀리지 않았지만, 그것과 이것은 별개라는 얘기인 듯하다. 사야카도 순순히 고개를 숙이고 감사를 표했다.

지하철의 고조역으로 향하고 있는데 핸드폰이 울렸다. 받아보니 가게 종업원의 연락이었는데, 경찰한테 전화가 왔다고 이야기해서 깜짝 놀랐다. 무슨 용무였냐고 묻자, 곧 사야카가 돌아올 거라고 전하니 다시 전화하겠다고 말하고 끊었다고 했다. 다만 귀가한 뒤라도 괜찮으니 가능하다면 이쪽으로 전화를 해주었으면 한다고 부탁했다고 한다.

대체 경찰이 무슨 용무일까?

흘끗 어젯밤의 기분 나쁜 전화가 머리를 스쳤지만 설마, 하고 고개를 저었다. 그런 전화가 왔다는 것을 경찰이 알 리가 없다. 가령 사야카가 경찰에게 이야기를 했다고 해도 이상한 전화 한 통 정도로는 제대로 상대해주지 않을 것이다.

우선 집에 돌아간 뒤에 전화해보자.

사야카는 핸드폰을 집어넣고 요시노리를 재촉해서 걸음을 서둘렀다.

지하철 승강장은 아주 번잡했다. 아이들에게는 여름방학이었지만 대부분의 어른들에게는 평소대로의 통근시간대일 것이다. 사야카는 서로 떨어지지 않도록 요시노리의 손을 잡고 싶었지만, 분명히 부끄러워할 것 같아 참았다.

안내방송 뒤에 열차가 승강장으로 들어온다. 뒤에서 밀리듯이 앞으로 나아갔지만, 아무리 봐도 차 안은 만원이었다. 다음 차를 기다리려고 서 있는데, 중년 남자 한 명이 두 사람을 제치며 차에 올라탔다.

한 대 정도 기다리면 될 텐데.

요시유키와 비슷한 나이로 보이는 남자를 보며 사야카는 이맛살을 찌푸렸다. 그러나 분명히 급한 사정이 있을 거라고 생각하고 바로 시선을 돌렸다.

눈앞의 열차가 출발하고, 얼마 기다리지 않아서 다음 안내방송이 울려 퍼졌다. 이윽고 열차가 가까이 오는 소리가 지하 승강장에 메아리쳤다.

다음 순간, 텅 하고 등을 강하게 떠밀렸다.

"앗?"

반사적으로 돌아보려고 하다가 몸을 비튼 모습 그대로, 사야카는 선로로 떨어졌다.

마지막으로 그녀의 눈에 보인 것은, 온몸이 굳은 채로 멈춰 서 있는 요시노리의 모습이었다.

그런 아들과, 갑자기 한 명의 여자아이의 모습이 겹쳐지고…….

왼편에서 무시무시한 충격을 받고 절명하기 직전, 그녀는 떠올리고 있었다. 흉측한 과거의 어느 광경을…….

등
뒤
가
무
섭
다
……

"사야가 죽은 모양이야."

수요일 저녁, 미타카의 아파트에서 엔카쿠 경부가 돌아간 뒤에 하야미 고이치는 오모테산도에 있는 즈이몬인대학 건축학부에 있는 오오니타 다츠요시의 연구실을 찾았다.

그런데 노크를 하고 'Tatsuyoshi Oonita'라고 적힌 문을 열자마자 다츠요시가 충격적인 말을 던졌다.

고이치는 곧바로 현기증을 느꼈다. 30년 전의 옛 친구들이 차례차례 휘말리고 있다고밖에 할 수 없는, 이 영문 모를 재앙의 정체는 대체 무엇인가.

"……저, 정말이야?"

"방금 전에 경시청의 엔카쿠라는 경부에게 연락이 왔었어. 고짱에게도 전화를 하긴 했는데 자리를 비운 것 같다고 하더라고. 나를 만나러 간다고 말했던 걸 떠올리고 이쪽에 연락한 모양이야."

"……."

"네가 대학으로 오고 있을 거라고 하니까 그대로 둘이 함께 기다리고 있으라고 하던데. 많이 늦겠지만 꼭 이쪽으로 오겠다면서. 아마도 교토에서 바로 오는 거겠지. 고짱, 시간은 어때?"

"으응…… 괜찮아."

고이치는 고개를 끄덕이고 나서 바로 질문을 했다.

"그래서 사야카는 언제, 대체 무슨 일을 당한 거야?"

"오늘 아침이야. 출근하는 사람들 때문에 북적이는 지하철 승강장에서 선로로 떨어졌다나 봐."

"뭐……."

자기도 모르게 그 뒤의 상황을 상상하게 된 고이치는 당황했다.

"떠, 떠밀렸던 거야?"

"아직 알 수 없다고 하더군. 다만 우리가 단독행동을 하는 것을 경계하는 것이 사고로 보지 않고 있다는 증거일지도 모르지."

"아리타 유지가 죽었을 때하고 비슷하잖아."

"그렇지. 유준하고 사야, 양쪽 다 살인이었을 경우, 동일한 수법이라고 말할 수 있어. 에이 군도 절벽에서 밀려 떨어진 거라면 세 사람 모두 같은 수법에 당했다는 얘기가 되지."

"연쇄살인……."

"경찰이 어떻게 판단할까가 문제군."

다츠요시는 아직 그 자리에 서 있는 고이치에게 앉기를 권하면서 커피를 끓일 준비를 했다.

"귀한 원두를 입수했거든."

"그래……."

맞장구는 쳤지만, 고이치는 오로지 사건에 대한 것밖에 생각할 수 없었다.

"다몬 에이스케가 전화를 건 상대는 역시 초등학교 시절의 우리들, 표주박산의 친구들이었던 게 아닐까?"

"에이 군, 유준, 사야 순으로 죽었으니까?"

주전자에 물을 채우고 전열기 위에 올려놓으면서 다츠요시가 되물었다. 전기포트를 사용하지 않는 것은 고전적인 것을 좋아하는 다츠요시답다.

"응. 거기에는 오오니타 군과 나도 포함되어 있어. 그렇기 때문에 엔카쿠 경부는 단독행동을 하지 말라고 경고한 거고. 분명히 우치하라 사토시에게도 연락을 취하려 하고 있을 거야."

"그렇지. 이 정도로까지 표주박산의 친구들이 엮였는데 토시가 끼지 않는다면 그게 오히려 이상할지도 모르지."

"여러 가지 일 때문에 궁지에 몰려 있던 에이스케가 마지막 순간에 우리에게 전화를 건 이유는 왠지 이해할 수 있을 것 같아."

"무슨 소리야?"

"에이스케에게는 그 시절이 이제까지의 40년 남짓한 인생 중에서 가장 즐겁고 충실한 나날이었을지도 모른다…… 라는 생각이 들었어."

"그 얘긴가."

"다만 알 수 없는 것은, 마치 에이스케의 전화가 계기라도 된 것처럼 동창들이 차례차례 목숨을 잃고 있는 이유가 무엇인가 하는 점이야."

"게다가 전화를 걸었던 에이 군 본인이, 맨 먼저 일요일 밤에 표주박산의 절벽에서 떨어져서 행방불명이 되었지."

"이런 표현은 너무하지만 그 친구 한 명뿐이라면 아직 해석의 여지가 있지만……. 아니, 그게 아니군. 그 의문이 나오게 돼."

"머지않아 죽게 될 사람을 어째서 자기 손으로 죽일 필요가 있었는가?"

커피밀의 핸들을 돌려 드륵드륵 원두를 갈면서 다츠요시가 문제의 핵심을 말했다.

"그거야. 그 커다란 의문이 가로막게 되지. 에이스케가 누군가의 비밀을 쥐고 있다가, 의도적인지 우연인지는 알 수 없지만 어쨌든 전화로 발설해버렸어. 그래서 입막음을 위해 살해당했다. 이 가설은 성립한다고 봐."

"그런데 에이 군에게 자살 징후를 느끼고 암이 있다는 고백까지 들었을 범인이, 일부러 그 친구를 살해했다고 생각하는 건 아무리 생각해도 무리가 있어. 모순이라고 느껴져."

"응……."

힘없이 고개를 끄덕이는 고이치를 보고 다츠요시가 말했다.

"범인은 기다릴 수 없었던 게 아닐까?"

"에이스케가 죽는 것을?"

"에이 군의 목숨이 다하기 전에 비밀을 이야기해버릴 우려가 있다고 범인이 생각했다면……."

"그럴 가능성은 낮은 느낌이 드는데."

"어째서?"

"비밀이 뭔지는 알 수 없지만 에이스케하고 우리의 관계와 이제까지의 상황으로 미루어 보아 어른이 된 뒤의 사건이라고는 좀처럼 생각하기 어려우니까."

"그건 그러네. 다들 그 친구하고는 1년에 한 번 정도 통화하고 연하장만 주고받는 사이였으니."

"즉 중요한 비밀이란 어린 시절에 있었던 일일 가능성이 높아."

"지난주에 받은 에이 군과의 통화 내용은 이쪽의 근황을 물어본 뒤에 자신의 곤경을 이야기하고, 그런 뒤에 어릴 적의 추억을 이야기하면서 자살을 암시하는 말이나 암에 걸렸다는 고백을 한다…… 뭐, 이런 흐름이었지. 고짱도 나도 마찬가지였어. 이 안에서 본인과 전화를 받은 상대가 공유하는 것은 초등학교 시절의 사건밖에 없어."

"그렇게 되면 에이스케는 30년 동안이나 아무에게도 그 이야기를 하지 않았다는 게 돼. 그렇다면 앞으로 며칠이나 몇 주간, 혹은 몇 달 정도 기다리는 것 정도야 아무 문제도 없지 않았을까?"

"에이 군이 의도적으로 이야기했을 경우는 다르겠지."

"협박인가?"

다츠요시도 같은 추리를 한 듯했지만, 그다음이 고이치와 달랐다.

"그렇다고 해도 에이스케의 성격으로 그런 일을 할 수 있을 거라 생각해?"

"아니, 무리겠지. 하지만 그때까지의 에이 군하고는 다르지 않았을까."

"응?"

"최후가 가까이 다가와 있다는 건 본인도 알고 있었을 거야. 보통 그럴 때는 빚을 깨끗하게 정리하자는 생각 같은 건 하지 않지. 그렇지만 에이 군의 아버지가 구하고 싶다고 부탁했던 연대보증인 사원이 있었잖아. 그 친구는 그 사람을 돕고 싶었던 게 아닐까?"

"……신빙성은 있군."

한순간 고이치는 커다란 의문에 대한 답이 나왔다고 느꼈다. 하지만 그렇다면 협박할 상대에게만 전화를 했을 것이라는 자신의 추리를 떠올렸다.

그 생각을 다츠요시에게 전하자 그는 고개를 끄덕이면서 커피 가루를 꺼내더니 커피메이커에 종이 필터를 넣으면서 말했다.

"그런데 화요일 밤에 유준이 나고야의 찻길에서 차에 치이고, 오늘 아침에는 사야가 교토의 지하철에서 열차에 치여서 둘 다 죽어 버렸어. 아직 사고인지 타살인지는 확실치 않지만 이 정도까지 겹

216

치면 우연이라고 볼 수는 없겠지."

"역시 그렇지."

"세 사람 모두 살해당했다고 할 경우에는, 상대를 떠미는 수법이 비슷한 점으로 보아 에이 군을 죽인 인물과 동일범일 가능성이 생겨. 사건은 단숨에 연쇄살인의 양상을 띠게 되는 거지."

"에이스케 한 명의 문제가 아니게 되는 것과 동시에 그 친구가 누군가를 협박했을 가능성은 사라지는 거군."

"근본적인 부분은 마찬가지일지도 몰라."

다츠요시는 주전자의 물을 커피메이커에 살짝 부어 커피 가루를 적시면서 말을 이었다.

"에이 군이 전화로 이야기한 어릴 적의 이야기 중에 범인이 절대 세상에 알려지기를 원치 않던 뭔가가 포함되어 있었다, 이 이상 그 이야기가 퍼지지 않도록 범인은 우선 에이 군을 살해했다, 하지만 그것으로는 안심할 수 없었다, 그 친구가 다른 사람에게도 같은 이야기를 하고 있을지도 모르기 때문이다, 그래서 범인은 전화를 받았던 사람 전원을 저세상 사람으로 만들기로 결심했다⋯⋯."

"나도 그것하고 비슷한 생각을 했었어."

"고짱이라면 분명히 그럴 거라고 생각했지."

천천히 커피메이커에 물을 부으면서 다츠요시가 가볍게 미소 지었다.

"하지만 말이야, 살인의 동기가 될 만한 일이 그 무렵에 있었다고 생각해?"

"⋯⋯글쎄, 어떨지."

"가령 있었다고 해도, 이런 사태가 일어나도 기억해낼 수 없는 걸 보면 그리 대단한 일은 아니었다는 증거 아니야? 그런 것이 살인의 동기가 될 리가⋯⋯."

다츠요시가 커피를 컵에 따르는 것을 보면서 계속해서 고이치는 말했다.

"게다가 문제의 사건을 전화에서 직접 언급한 에이스케만이 아니라, 그 이야기를 듣고 기억이 돌아올지도 모른다는 이유만으로 다른 친구들까지 죽이려고 하겠어?"

"……."

"게다가 말이야. 애초에 범인은 에이스케가 다른 사람에게 전화를 했는지 알 방법이 없잖아. 막연히 표주박산의 친구들일지도 모른다고 생각할 수는 있겠지만, 그런 근거 없는 상상만으로 옛 친구들을 차례차례 죽이겠어?"

따지고 드는 고이치 앞에 김이 피어오르는 커피가 놓였다.

"자, 좀 마셔."

"……아, 고마워."

"설탕은 그쪽 선반 안에, 우유는 냉장고에 있어."

들은 대로 설탕과 우유를 찾아서 넣고 한 모금 마셨을 때, 아주 자연스럽게 고이치는 중얼거렸다.

"맛있네."

"그렇지? 고짱의 마음에 들 맛이라고 생각했어."

다츠요시는 아무것도 넣지 않고 블랙으로 마시고 있다.

"쉽게 구할 수 없다는 점이 아쉽지만 말이야."

잠시 두 사람은 무심히 커피의 향기와 맛을 즐겼다.

"그건 그렇고."

간신히 만족했는지, 다츠요시가 사건 이야기를 재개했다.

"동기가 될 만한 어린 시절의 일이 무엇인지 짐작되지 않는다는 이야기 말인데, 반대로 그 정도로 뭔가 중요한 사건이 실제로 일어났던 거라고 생각할 수도 있어."

"기억을 봉인해버렸을 정도로 커다란 사건이 있었다, 라는 의미로?"

"그래. 그리고 범인만이 그걸 기억하고 있었다고 하면 어떨까?"

"……"

"왜냐하면 그것에 가장 깊숙이 관련되어 있었던 것이, 그 범인이었기 때문에."

"……"

"에이 군이 전화를 건 상대가 표주박산의 친구들이라고 단정한 것은, 그 흉측한 기억이 우리의 머릿속에 있다는 것을 범인이 알고 있었기 때문이 아닐까?"

충분히 가능성 있는 생각이었지만, 그런 발상은 미처 하지 못했던 고이치는 흥분했다.

"그때의 친구들 전원이 그 사건을 체험했다는 건가."

"범인에게는 에이 군이 전화한 상대가 누군지 따윈 사실 아무 상관없었을지도 몰라. 거기에 당시의 친구가 한 명이라도 포함되어 있었을 경우, 그 남자 혹은 그 여자가 문제의 사건을 기억해내고 다른 사람에게 연락을 취해서 확인하는 것을 범인은 무엇보다 두려워했던 거야. 그래서 잇따라 예전의 친구들을 없애고……"

"잠깐 기다려봐."

고이치는 한 손을 들어서 다츠요시의 말을 막았다.

"앞뒤는 잘 맞는다고 생각해. 하지만 말이야, 가령 문제의 사건이 살인이었다고 해도 이미 공소시효가 지났을 거 아냐. 그렇게까지 해서 감출 필요가 있겠어?"

"어쩔 수 없는 사정이 있었을지도 몰라."

"그리고 또 하나. 옛날 친구들을 차례차례 살해하는 행위 때문에 범인이 오히려 주목을 받게 될지도 모르잖아."

"하지만 일단 세 사람 모두 사고로 위장하고 있어."

"그렇지만 여기까지 오면 연쇄살인이라고 간주될 거 아냐. 오오니타 군도 조금 전에 우연으로 취급되지는 않을 거라고 말했잖아."

"고짱, 말하는 내용이 뒤섞이고 있어."

"아, 미안."

자신도 어렴풋이 깨닫고 있었던 일이라 고이치는 조금 부끄러워졌다.

"문제를 정리하자."

다츠요시는 어디까지나 냉정하게 말했다.

"이제까지를 추리를 정리하면,

첫 번째로, 살인의 동기는 우리의 어린 시절에 있었던 무언가에 있다.

두 번째, 그 무언가의 기억을 가지고 있는 것은 표주박산의 친구들이다.

세 번째, 범인은 그 뭔가에 대한 비밀을, 살인을 저질러서라도 감추고 싶어 하고 있다.

네 번째, 친구들을 살해한 범인은 그때의 친구들 중에 있다.

……이 정도인가. 추가할 건 없어?"

고이치는 고개를 저었다.

"지금 가만히 들으면서 생각해본 건데, 범인의 동기는 자기 자신의 보호가 아닐까?"

"현재의 사회적 신분이나 입장을 지키려고?"

"살인을 범하면서까지 감출 일이란 건, 아무리 생각해봐도 어떤 범죄일 거라고 생각해. 하지만 그것이 가령 사람의 생명에 관계된 사건이었다고 해도 이미 공소시효는 지났을 거야. 그런데도 감추려고 한다는 것은 윤리적인 문제가 있기 때문일 거야. 사회적으로 말살되는 것을 두려워했기 때문에."

"일리 있군."

거기서 다츠요시는 급히 장난스러운 웃음을 짓더니 말했다.

"예를 들면 잘나가는 호러 미스터리 작가가 자신의 흉측한 과거의 비밀을 봉인하기 위해서 무시무시한 살인귀가 되었다든가?"

"이봐."

농담인걸 알고 있었지만 고이치는 웬지 가슴이 철렁했다. 그러나 금방 반격했다.

"하지만 그럴 필요는 없어."

"호오, 어째서?"

"눈물을 짜내는 감동적인 소설을 쓰고 있었다면 그야 이미지에 손상을 입겠지만, 내가 쓰는 작품은 호러 미스터리니까. 실제로 작가 자신이 어떠한 범죄에 관여하고 있었고 심지어 그게 어린 시절의 사건이었다는 것이 폭로되면 오히려 내 졸작의 매상이 증가할 뿐이겠지."

"지당한 말씀이네. 이야, 참으로 씩씩하시구만."

다츠요시는 감탄하는 한편으로 어이없어하는 듯했다.

"호러 미스터리 작가보다 좀 더 사회적인 지위가 있는 인물이 있잖아."

"응?"

"예를 들면 대학의 준교수라든가. 그런 입장에 있는 사람 쪽이 자신의 사회적 지위를 지키기 위해서 이런 일을 저지르기 쉽지 않을까?"

"이거 참 멋진 반격인걸. 확실히 이 바닥에는 대학에서 쫓겨나면 일반 사회에서 도저히 살아갈 수 없을 것 같은 사람이 많지."

"오오니타 군은 아니겠지만."

"그렇다면 범인 후보는 되지 않겠는걸."

다츠요시는 잠시 쓴웃음을 짓고 있었지만, 곧바로 진지한 얼굴로 돌아왔다.

"아니, 사실 이렇게 경솔한 농담이나 하고 있을 상황은 아니지."

"어쩔 수 없어. 그야 물론 사람이 죽었다는 얘길 들으면 슬픈 기분이 들기는 하지. 그렇지만 그 이상으로 친분이 있던 사이는 아니었으니까……."

"에이 군이 없었다면 다른 사람들과의 관계는 완전히 끊어져 있었겠지."

"하지만 그 에이스케와의 연결 때문에 이 연쇄살인이 일어나고 말았어."

"별거 아닌 연결 고리가 세 사람의 목숨을 앗아 간 건가."

참으로 얄궂은 사건의 구도에 잠시 두 사람은 말을 잃었다.

"그런데, 조금 전에 한 정리 말인데."

이윽고 고이치가 사건을 다시 검토하기 시작했다.

"첫 번째부터 세 번째까지는 좋다고 쳐도 문제는 네 번째야."

"우리 중에 범인이 있다는 가설이군."

"이제까지의 상황에 입각해서 생각하면 아무래도 그렇게 해석할 수밖에 없어."

"즉 연쇄살인범은 하야미 고이치, 우치하라 사토시, 오오니타 다츠요시 중의 누군가란 얘기군."

"미안하지만 나에게는 에이스케와 유지의 사건에 관해서는 알리바이가 있어."

"미스터리 작가의 알리바이를 믿으란 얘기야?"

"본격 미스터리 작가라면 어떨지 몰라도 나는 호러 미스터리 작가야."

"능구렁이처럼 도망치네. 난 알리바이 따위 없어. 토시도 지금쯤이면 경찰의 조사를 받고 있을지도 몰라."

"그건 틀림없겠지. 하지만 정말로 우리 세 사람만이 용의자일까?"

"네 번째 추리가 의심스럽다고?"

다츠요시의 물음에 고이치는 직접적인 답변은 하지 않았다.

"지난주에 걸려온 에이스케의 전화 말인데, 월요일에 아리타 유지, 수요일에 오오니타 군, 금요일에는 나, 토요일에는 생명의 전화……에 걸었다는 건 알고 있어. 사야카가 살해당했다면 화요일이나 목요일은 사야카였고, 남은 요일이 우치하라 사토시였을 가능성이 높아."

"그러네. 조금 전에 통화한 엔카쿠라는 경부도 같은 생각이었어."

"여기서 문제가 되는 것이 일요일은 누구였는가, 라는 수수께끼야. 표주박산의 멤버는 에이스케 본인을 포함해서 여섯 명이잖아."

"월요일부터 금요일까지는 채워지지만 그 뒤가 이어지지 않아. 난처해진 에이스케 군은 생명의 전화에 전화를 걸었다는 건가."

"본인도 그렇게 말했다는 모양이야. 그때 생명의 전화 상담원이 일요일은 누구에게 걸 생각이냐고 그 친구에게 물어봤다나 봐."

"에이 군은 뭐라고 했대?"

"처음에는 '전화를 걸 상대가 없다'라고 말했어. 그러다가 갑자기 떠올랐다는 듯이 '그 녀석이 있었지'라고 말했다고 해."

"그 녀석?"

다츠요시가 고개를 갸웃거렸다. 고이치도 같은 반응이었다.

"짚이는 거 있어?"

"……아니. 적어도 지금 당장은 아무도 떠오르지 않아."

"엔카쿠 경부에게는 이미 한 이야기지만……"

일곱 번째의 전화를 받은 상대가 범인이 아닐까, 라는 가설을 고이치는 이야기했다.

"마지막 전화이기도 했으니, 에이스케는 그때까지 누구에게 걸어서 어떤 이야기를 했는지

자세히 이야기했을지도 몰라. 그 일곱 번째 인물에게."

"그것이 사실이었을 경우, 처치해야 할 인물의 면면을 일곱 번째의 누군가는 사전에 알고 있었다는 얘기가 되겠군."

"범인의 조건에 가장 들어맞을 것 같지?"

"하지만 말이지……."

다츠요시가 다시 고개를 갸웃거리면서 말했다.

"피해자 후보라고도 말할 수 있는 우리들에게, 동기가 될 만한 과거의 기억이 하나도 없는 것도 모자라서 범인조차 전혀 짐작되지 않는다니……. 아니, 추리의 과정은 틀리지 않았다고 생각해. 다만 이 영문 모를 상황이 너무 섬뜩하고 기분 나빠……."

"어쩌면……."

고이치는 어떤 가능성을 깨닫고 조금 흥분했다.

"이렇게 망연자실하고 있는 것은 사실 우리 둘뿐일지도 몰라. 살해당한 세 사람에게는 뭔가 짚이는 것이 있었다고 한다면…….

"그런가……. 앗!"

다츠요시도 발견한 게 있었는지, 작게 외쳤다.

"연쇄살인의 순서가 이것하고 관련이 있지 않을까? 즉, 범인은 기억을 되찾을 것 같은 순서대로 친구들을 죽였다고 생각할 수는 없을까?"

"그럴싸한걸."

날카로운 고찰에 감탄하면서도, 고이치는 왠지 납득이 가지 않는다는 느낌을 받았다.

"왜 그래? 납득 못 하는 것처럼 보이는데."

"다몬 에이스케가 맨 처음이라는 건 이해할 수 있어. 고야나기, 아니 결혼했으니 오다기리 사야카가 세 번째라는 것도 납득할 수 있어. 학교의 성적은 어떨지 몰라도 그 애는 머리가 좋았으니까. 하지만 아리타 유지가 두 번째라는 것은 좀 이상하지 않아? 여기에 들어갈 건 오오니타 군이잖아."

"나는 두 번째로 죽었어야 했다……라고 말하고 싶은 거야?"

어이없다는 그의 얼굴에, 고이치는 진지하게 고개를 끄덕였다.

"높이 사주는 것은 고맙지만 이 경우에는 누가 누구보다 머리가 잘 돌아간다든가, 기억력이 좋았다든가 하는 건 전혀 상관없을지도 몰라."

"어째서?"

"문제가 되는 과거의 일에 대해 모두가 균등한 관계를 가지고 있다고 볼 수만은 없기 때문이야. 개인차가 있었다고 해도 이상하지 않아. 실제로 고짱하고 나는 좀처럼 기억해낼 수가 없잖아?"

"……듣고 보니 그러네. 그렇다면 일곱 번째의 인물도 우리보다 에이스케하고 친했던 누군가란 얘기가 되나?"

"추리를 진행하면 그런 결론이 나지."

다츠요시는 일단 긍정한 뒤에 말을 이었다.

"하지만 에이 군에게 그런 친구가 있었다는 얘기는 고짱도 뭔가 조금 걸리지?"

"조금이 아니야, 많이 걸려."

"역시 그렇군."

"만약 우리 말고 또 다른 친구가 있었다면 분명히 에이스케는 자랑했을 거야. 아니, 그 전에 표주박산으로 데려와서 끼워달라고 말했을 거야."

"그러지 않았던 것은 누구에게도 알리고 싶지 않은 비밀 친구였기 때문에…… 라든가?"

"있을 수 없는 얘기야. 항상 에이스케는 우리하고 놀고 있었어. 다른 누군가가 빠지는 일은 있어도 그 애의 모습이 보이지 않은 날은 없었어. 안 그래?"

"…… 그건 그러네."

먼 곳을 보는 눈을 하며 다츠요시가 대답했다.

"게다가 말이야. 만약 에이스케에게 그런 친구가 있었다면 그 애와 노는 데 몰두했을 거라고 봐. 틀림없이 자기만의 친구가 생겼다며 기뻐했을 거야."

"중학생 때도 상황은 비슷했겠지."

"응. 일단 경찰에는 에이스케와의 교류가 있었던 것으로 보이는 중학교 동창생의 이름도 알려줬지만, 거기에 일곱 번째 인물이 있으리라고는 생각되지 않아."

"있을 리 없어. 왜냐하면 에이 군의 중학교 시절 친구들은, 어떻게 해본들 초등학교 시절의 우리들과는 접점이 없기 때문이야. 그리고 잊었어? 사야하고 나는 다른 아이들과는 다른 중학교에 진학했잖아."

"앗, 그랬던가……."

"특히 신경 쓰이는 것은, 우리는 범인이 누구인지 전혀 짐작하지 못하고 있음에도 불구하고 어째서인지 그쪽은 표주박산의 여섯 친구들의 현재 상황을 알고 있는 것 같다는 사실이야."

"에이스케가 사는 곳은 둘째치더라도, 범인은 나고야의 아리타 유지와 교토의 오다기리 사야카가 사는 집을 알고 있었기 때문에?"

"아마도 나머지 세 사람인 고짱, 토시, 내가 사는 집의 주소도 파악하고 있겠지."

이쪽에게는 완전히 미지의 존재인데 저쪽은 고이치와 친구들에 대해 알고 있다. 그 어긋남이 아주 섬뜩하게 느껴졌다.

"에이스케한테서 알아냈을지도 몰라."

"절벽에서 밀려 떨어지기 전에?"

"……무리인가."

"한두 사람이라면 가능하겠지. 하지만 다섯 사람이나 되면……. 애초에 에이 군이 다른 친구들의 주소를 일일이 기억하고 있었을지……."

"1년에 한 번 연하장을 보내는 정도로는 어려우려나."

"이 이상의 추리는 힘들겠네."

천장을 올려다보듯 다츠요시가 의자에 기댔다.

"어?"

"재료가 부족해. 에이 군밖에 모르는 사건, 혹은 기억하는 인물. 그에 대한 새로운 정보를 입수하지 않는 한, 여기서부터는 앞으로 나아갈 수 없어."

냉정한 다츠요시의 판단에 고이치는 순순히 고개를 끄덕였다.

"그렇다면 어떡하지? 우치하라 사토시에게 연락을 취할까? 하지만 나는 걔 연락처 모르는데."

"나도 마찬가지야. 토시에게는 어차피 경찰이 접촉할 테니까, 우리는 관여하지 않는 편이 좋을 거야. 게다가 그 친구가 어디까지 무엇을 기억하고 있을지, 완전히 미지수니까."

"그렇다고 해서 그 밖에……. 아, 맞다! 부모님은 어떨까?"

"나는 누군가의 집에 놀러 갔던 기억이 거의 없는데."

"…… 그러고 보니 항상 표주박산에서만 놀았었지. 그럼 부모님뿐만 아니라 형제자매도 소용없나. 그렇다고 해서 다른 동급생들하고는 학교 밖에서는 거의 만나지 않았는데. 선생님도 그렇고. 그렇게 되면 더 이상 아무도 없어."

"우리 주변을 찾아볼 경우에는 말이지……."

"우리 주변 말고 어디를 찾아본다는 거야?"

자기도 모르게 고이치가 두 손을 들며 항복하는 시늉을 하자, 흐릿한 미소를 지으면서 다츠요시가 말했다.

"표주박산 주변이지."

"뭐라고?"

"우리가 모여서 논 것은 그 산이었어. 그 모습을 가장 많이 본 것은 산 주변에 있었던 사람들이 되겠지."

"논이나 밭에서 일하고 있던 그 지역 사람들인가!"

"산에 갈 때에는 매번 논밭에서 일하는 어른과 만났잖아."

"응. 말을 걸어오기도 했고……."

그렇게 말하다가 고이치는 "앗!" 하고 작게 외쳤다.

"뭔가 기억난 거라도 있어?"

"어느 할머니에게 몇 번인가, 저 산에서 놀지 않는 게 좋다는 말을 들은 기억이 있어. 어느 때는 타이르는 듯이, 또 어느 때는 위협하는 듯한 말투였지."

"아아, 그러고 보니 나도 있어. 같은 사람이었는지도 몰라. 그리고 내 경우에는 항상 같은 할아버지에게 눈총을 받았던 기억이 있어."

"표주박산에 갔기 때문일까?"

"아마도 그렇겠지. 다만 그 지역의 아이가 아니라 그랬는지 주의를 주는 것 이상의 행동은 안 하더라고."

"당시 마다테 시 제3초등학교에 다니던 아이들이 그 근방에도 있었지?"

"그래. 얼마 되지는 않지만 있었을 거야. 하지만 누구도 그 산에서는 놀지 않았어. 가까이에 작은 숲이 있었는데, 그곳에 들어가는 아이의 모습을 본 기억은 없어. 애들이 놀기에 딱 좋은 곳이었는데 말이야."

"그런가……. 당시에는 다른 아이들은 아무도 오지 않는 우리들만의 이상적인 환경이라고 좋아했었는데, 사실은 다들 피하고 있었던 건가."

"적어도 그 지역 아이들은 자기 할아버지 할머니나 부모님에게 그곳에 가면 안 된다는 말을 듣고 있었을지도 몰라. 남은 건 시내 쪽에 사는 아이들이니, 애초에 일부러 집과 정반대 방향으로 놀러 갈 이유가 없었고."

"우리들처럼 어울리지 못하고 밀려 나온 아이들은 예외였던 건가."

자기도 모르게 두 사람은 쓴웃음을 지었다.

"그러니까 분명히 우리는 눈에 띄었을 거야."

"그것도 그러네."

"그 산의 주변에서 매일 일을 하고 있던 사람들의 기억에는 남아 있을 공산이 커. 그렇다는 이야기는 우리 주변에 만약 일곱 명째의 인물이 나타났을 경우, 그 인물도 기억하고 있을 가능성이 높다는 이야기지."

"표주박산 주변하고 누노비키 마을에서 탐문을 하는 건가?"

"잘 부탁해."

다츠요시가 가볍게 고개를 숙여서 고이치는 당황했다.

"이봐, 혼자서 하라는 소리야?"

"나는 계절학기 수업이 있어."

"이쪽도 일이 있다고. 지금은 좀 정체 상태지만……."

"그러면 기분 전환 겸해서 해보는 게 어때? 애초에 본인도 말려

든 사건이라고. 미스터리 작가로서 호기심이 꿈틀거리지 않아?"

"호러 미스터리 작가라고."

"이 판국에 장르가 뭐든 상관없잖아. 작가인 이상, 이 상황을 가만히 내버려둘 수는 없을 거야."

"네, 알았습니다요. 오오니타 군은 두뇌 노동, 저는 육체 노동 담당이죠."

또다시 장난스럽게 대답하고 있는데, 그제야 엔카쿠 경부가 그 자리에 도착했다.

"두 분이 같이 계셨군요."

연구실에 들어온 엔카쿠는 여전히 포커페이스였다.

"이 친구가 오오니타 다츠요시입니다."

고이치가 소개하고 두 사람은 서로 인사를 나눴다. 고이치가 다츠요시 쪽으로 이동하고, 고이치가 있던 곳에 엔카쿠가 앉았다.

"바로 질문을 좀 드리겠습니다만……."

고이치와 다츠요시를 번갈아 바라보면서 엔카쿠가 직접적으로 질문했다.

"두 분은 오늘 아침에 어디에 계셨습니까?"

"저는 미타카의 아파트에……."

"저는 여기 있었습니다."

고이치의 뒤를 이어서 다츠요시가 지금 있는 방을 가리켰다.

"제가 하야미 씨를 찾아뵌 것이 오후 1시경이었습니다. 그때 오오니타 씨에게 전화를 했다고 하셨는데, 이 연구실의 전화로 거신 겁니까?"

"네, 직통 전화로 걸었습니다."

"몇 시쯤입니까?"

"1시 10분 전 정도였을까요. 경부님이 오실 때까지 그리 오랫동안 이야기를 하지는 않았으니까요."

"오다기리 사야카는 오늘 아침 언제 죽은 겁니까?"

두 사람의 대화에 다츠요시가 끼어들었다.

"8시 44분경에 지하철 고조역에서 45분에 발차하는 교토행 열차에 치였습니다."

"아무래도 이번에도 저는 알리바이가 없을 것 같군요. 현장에서 대학까지 세 시간 반 정도면 이동할 수 있습니다. 그 시간이면 고짱…… 하야미 씨와 통화하기 전에 여유롭게 연구소로 돌아올 수 있으니까요."

"내가 전화를 걸 거라는 걸 오오니타 군이 예측할 수 있을 리 없잖아."

"그래. 그래서 네가 3, 40분 정도 빨리 전화를 걸었다면 나는 받을 수 없었을지도 몰라."

"애초에 알리바이 자체가 성립하지 않는데, 무슨 영문 모를 소리를……"

"그런 부분에 대해서는 저희 쪽에서 검토하겠습니다."

엔카쿠가 타이르자, 다츠요시는 간신히 중요한 부분에 대해 질문했다.

"그래서 사야카의 죽음이 타살로 밝혀진 겁니까?"

"아마도 누군가에게 등을 떠밀렸다고 생각됩니다."

"……"

"다만 확실히 목격한 사람이 없는 듯해서……"

"아침의 지하철 승강장인데도요?"

자기도 모르게 고이치가 끼어들었다.

"아주 혼잡했던 것은 사실입니다만, 다들 핸드폰을 보거나 신문이나 책을 읽고 있어서 범행 순간을 목격한 사람은 없었습니다."

"군중 속의 고독······ 이군요."

다츠요시가 가만히 중얼거렸다.

"오다기리 씨가 선로에 떨어진 직후, 승강장은 아수라장이 되었습니다. 구하려는 사람이나 그와 반대로 도망치려는 사람이 뒤엉켜 매우 혼잡했죠."

"그 틈에 범인은 얼마든지 도주할 수 있었던 거군요."

"현장에는 오다기리 씨의 아들인 요시노리 군이 있었습니다."

"뭐라고요······."

고이치와 다츠요시가 거의 동시에 말을 잃었다.

"어머니를 구하려고 하는 요시노리 군을 필사적으로 붙잡는 사람도 있어서, 현장은 몹시 소란스러웠다고 합니다."

"······ 그 애는 몇 살입니까."

짜내는 듯한 목소리로 묻는 고이치와는 대조적으로, 엔카쿠는 간단히 대답했다.

"열 살입니다."

그러나 경부의 차가운 태도에 화를 내고 있을 여유는 없었다. 열 살이라는 나이를 고이치 자신에 대입해보면, 마다테 시에 이사 온 다음 해가 된다. 만약 그 무렵에 어머니가 같은 상황에서 죽었다면······. 생각만으로 고이치는 뭐라 말할 수 없는 기분이 되었다.

"그 애는 잘 있습니까?"

다츠요시가 물었다.

"경찰 소년과에서 사람을 붙이는 것과 동시에 전문 의사에게도 협력을 얻고 있습니다. 그렇다고 해도 아직 제대로 말을 할 수 있는 상황은 아닙니다."

"무리도 아니죠."

"가엾게도······."

고이치는 자기도 모르게 고개를 숙이고 말았다.

"조금 전에 목격자가 없다고 말씀드렸습니다만……."

그러나 엔카쿠는 어디까지나 사무적으로 이야기를 진행했다.

"범인을 봤다고 증언한 사람은 확실히 몇 사람이나 있습니다."

"어, 하지만……."

고이치가 고개를 들자, 엔카쿠는 고개를 저으면서 말했다.

"이 목격증언으로 만들어진 범인상이라는 것이, 무직자 같아 보이는 20대 전후의 젊은이, 주부로 보이는 나이 많은 여성, 양복을 입은 중년 남성, 화려하게 화장한 젊은 여자 등등…… 완전히 따로 노는 것들이라 신용할 수가 없습니다. 이들의 공통점은 그 자리를 도망치듯이 떠났다는 것뿐입니다."

어떤 의미에서 가장 자연스러운 행위인 만큼 아무런 단서도 되지 않는다. 범인 말고도 그 자리에서 도망친 사람이 분명 수십 명은 될 것이다.

"오늘 아침에 오다기리 사야카 씨는 아들인 요시노리를 교토역까지 바래다주던 도중이었습니다. 여름방학이 끝나기 전에 마다테시에 있는 사야카 씨의 본가에 놀러 갈 예정이었기 때문입니다."

"……."

"그것 때문에 자살일 가능성은 낮다고 생각되고……."

"당연하잖습니까."

엔카쿠가 무신경하게 말을 이어나가자, 고이치는 자기도 모르게 꼬투리를 잡았다.

"어느 어머니가 자기 아들 앞에서 전철을 향해 뛰어들겠습니까."

"그런데……."

그러나 엔카쿠는 기분이 상한 눈치도 없이 바로 그 가능성에 대해서 설명했다.

"실은 최근에 오다기리 씨 부부와 시부모 사이에 적잖은 다툼이 있었다더군요. 그렇다고 해서 사야카 씨가 자살할 정도로 심각한 사태였던 것은 아닌 듯합니다만……. 어쨌든 충동적인 자살일 가능성은 남습니다."

"그렇다면……."

반론하려는 다츠요시를 제지하듯 엔카쿠가 말했다.

"물론 저는 살인 사건으로 보고 있습니다."

"…… 그렇다면 다행입니다만."

맞장구를 치면서도 다츠요시는 경부의 말투가 마음에 걸리는 듯했다. 그것은 고이치도 마찬가지였다.

저는, 이라는 말투가 마치 경찰조직에서는 아직 연쇄살인 사건이라고 인정하지 않는다는 것을 에둘러 표현한 것처럼 들렸기 때문이다.

그러나 이어지는 엔카쿠의 말은 그 이상의 의미를 담고 있었다.

"제가 이 일에 사건성이 있다고 보는 것은, 사야카 씨가 문제의 친구들 중 한 명이라는 점입니다. 지난주 화요일에 다몬 에이스케 씨에게 전화를 받았다는 것. 그 다몬 씨와 아리타 유지 씨, 두 사람과 죽은 상황이 아주 비슷하다는 것. 그리고……."

뭔가를 암시하듯이 엔카쿠는 말을 잠깐 끊었다가 이야기했다.

"어젯밤에 사야카 씨가 기묘한 전화를 받았다는 것."

"네?"

"무슨 전화였습니까?"

놀라며 되물은 고이치에 이어서, 다츠요시가 바로 다시 물었다.

"상대가 누구인지는 알 수 없었다고 합니다. 거의 말이 없었고, 어쨌든 기분 나쁜 전화였다더군요."

"유준…… 아니, 아리타 유지 씨도 같은 전화를 받았습니까?"

"그건 유감스럽게도 알 수 없습니다. 다만 아리타 씨가 돌아가신 날 아침, 전화로 들은 부인의 말에 의하면 왠지 모르게 눈치가 이상했다더군요."

"전날 밤에 사야카와 같은 기분 나쁜 전화가 유지에게도 걸려왔기 때문일까요?"

"부인이 '왜 그래요?'라고 묻자, 조금 우물거린 뒤에 아리타 씨는 '아주 기분 나쁜 일이 기억났어'라고 말했다고 합니다."

"……."

다츠요시가 천천히 고이치 쪽으로 고개를 돌렸다.

"그, 그 기분 나쁜 일이란 건 대체 뭡니까?"

고이치의 질문에 엔카쿠는 쌀쌀맞게 고개를 저었다.

"아리타 씨는 내용까지는 이야기하지 않았습니다. 부인도 제대로 듣지 못했던 것 같더군요. 왠지 모르게 물어봐서는 안 될 것 같은 느낌이 들었다고, 나중에 부인이 증언했습니다."

"……."

이번에는 고이치가 가만히 다츠요시 쪽을 바라보았다.

"실은 사야카 씨도 아리타 씨와 비슷한…… 이라고 표현해도 좋을 불안을 남편에게 호소했다고 합니다."

"뭐, 뭐라고요?"

"정말입니까?"

흥분하는 고이치와 다츠요시에 비해서, 엔카쿠는 담담히 오다기리 요시유키의 참고인 조사 내용 중 일부를 이야기했다.

"벚나무 아래의 시체……."

사야카의 기묘한 표현이 고이치의 마음을 흔들었다.

"그렇지만 사야카는 아무것도 기억해내지 못했던 거군요."

다츠요시가 확인했다.

"네, 떠올린 것은 막연한 두려움뿐입니다. 그래서 남편은 그 전화가 다몬 씨에게서 온 거라고 생각했다고 합니다. 부인의 두려움은 자신의 사법시험이나 가게 쪽 문제 때문이라고 생각했다더군요."

"지극히 합리적인 해석입니다."

납득하는 다츠요시와는 반대로, 고이치는 더욱 자세한 이야기를 해달라고 요청했다.

"부부간에 오간 대화는 지금 말씀드린 대로입니다. 다만 요시유키 씨도 지금은 정서가 불안한 상태이니, 부인과 한 이야기를 완벽하게 기억해내서 진술했다고는 말할 수 없겠지요."

"그건…… 어쩔 수 없겠죠."

"네. 그 외에 남편이 증언한 것은 부인이 동요 같은 것을 중얼거리고 있었다는 것 정도입니다."

"……동요?"

고이치는 묘하게 뭔가 마음에 걸리는 것을 느꼈다.

"아이들의 놀이와 연관된 노래 같다고 하더군요."

"놀이와 연관된 노래?"

"그렇습니다. 뭔가 짚이는 것은 없으십니까?"

가만히 바라보는 엔카쿠의 시선에, 어째서인지 고이치는 가슴이 두근거렸다. 마치 과거에 저지른 범죄를 이 경부에게 들킬까 봐 두려워하는 것처럼.

하지만 아무것도 기억나지 않는다…….

정확히 말하면 흐릿하게 떠오르려고 하는 기억이 있었다. 그것은 느껴지고 있었다. 그러나 어디까지나 감각이었을 뿐, 정작 중요한 내용은 전혀 떠오르지 않았다.

"오오니타 씨는 어떠십니까?"

생각에 잠긴 고이치에게서, 마찬가지로 생각에 잠겨 있는 오오니타에게로 엔카쿠가 화살을 돌렸다.

"동요라고 하면……."

다츠요시는 뭔가 떠오른 듯 했다.

"에이 군, 그러니까 다몬 에이스케 씨와의 통화할 때, 자기가 지금 어디에 있는지 아느냐고 물어서 모르겠다고 대답했더니 힌트라고 이야기해준 것이 '다루마가 굴렀다'…… 였습니다.

"호오. 어째서 그것이 힌트가 됩니까?"

"'다루마가 굴렀다'는 표주박산 위의 벚나무에서 다 같이 자주 했던 놀이였기 때문입니다. 특히 3, 4학년 무렵에는 거의 매일같이 하지 않았던가?"

마지막 질문은 고이치를 향한 것이었다. 고이치는 동의의 표시로 고개를 끄덕이면서도 갑작스럽게 가슴속에서 솟아오르는 흐릿한 감각에 뭐라 말할 수 없는 불안을 느꼈다.

"다루마가 굴렀다…… 입니까."

주문처럼 엔카쿠가 반복했다.

"하야미 씨에게 걸려온 전화에서도 다몬 씨는 같은 힌트를?"

"……아뇨. 그 친구가 그리운 장소에 있다고 말해서 바로 표주박산이 떠올랐습니다. 거기서 생각이 벚나무에 도달하는 것은 아주 쉬웠죠."

그렇게 대답하면서도 어딘지 모르게 고이치의 생각은 딴 데 가 있었다.

"그렇군요."

엔카쿠는 납득한 듯했지만 고이치의 모습이 신경 쓰였는지 계속해서 빤히 바라보았다.

"왜 그러시죠?"

"……."

"다루마가 굴렀다…… 에서 뭔가 짚이는 거라도?"

"……."

"하야미 씨?"

……였다.

또다시 그 이상한 노랫소리가 되살아날 듯했다.

여자아이?

그리고 낯선 아이의 모습이 문득 떠오르려고 한다.

"하야미 씨?"

"……등 뒤가."

갑자기 튀어나온 것은 고이치 스스로에게도 의외의 말이었다.

"네?"

그러나 그 뒤가 이어지지 않는다.

"등 뒤라뇨?"

자신도 무슨 말을 한 건지 전혀 설명할 수 없었다.

"하야미 씨?"

갑자기 덮쳐오는 압도적인 어떤 감정의 파도가, 순간적으로 고이치의 온몸을 감쌌다. 그것은 머리 꼭대기에서 발끝까지 그의 모든 것을 덮어버렸다. 그럼에도 불구하고, 그중 가장 민감하게 반응한 부분이 있었다.

등 뒤가 무섭다…….

하야미 고이치는 무방비한 어린아이로 돌아간 것처럼, 자신의 등 뒤에 있는 뭔가에 그저 떨고 있었다.

제
12
장

다
레
마
의

귀
신
들
린
아
이

어젯밤, 엔카쿠 경부가 즈이몬인대학에 있는 오오니타 다츠요시의 연구실을 떠난 뒤, 하야미 고이치는 다츠요시와 늦은 저녁 식사를 함께했다.

"우치하라 사토시 씨는 장기 출장 중이어서 좀처럼 연락이 되지 않고 있습니다. 본가와 회사에 메시지를 남겨두었습니다만, 아직 응답이 없는 상태입니다."

마지막으로 엔카쿠가 이후의 수사 방향에 대해서 이야기했는데, 무엇보다 우치하라 사토시를 조사할 수 없는 것 때문에 난처한 상황인 듯했다.

"핸드폰은 가지고 있습니다만, 회사로 연락할 때는 호텔의 전화를 쓰고 있습니다. 두 부모님도 여동생도 사토시 씨의 핸드폰 번호는 모릅니다. 핸드폰은 자신만의, 정말 개인적인 용도로 쓰고 있는 듯해서 가족에게도 번호를 알려주지 않았다고 합니다."

사토시의 핸드폰 번호를 모르냐는 질문을 받았지만, 고이치와 다츠요시 모두 고개를 저었다. 다만 고이치에게는 연하장에 번호가 적혀 있던 기억이 있었다. 사토시는 본인이 친구로 인정한 사람들에게만 알렸을지도 모른다. 그것을 찾아보겠다고 경부에게 약속했다. 한편 다츠요시는 이미 연하장 같은 것은 처분해버린 듯했다.

"하야미 씨, 꼭 찾아주세요."

웬일로 엔카쿠가 감정을 드러냈다.

"실은 말이죠……."

오다기리 사야카에게는 오늘 아침 8시 반에 연락을 했음에도 불구하고, 한발 늦은 탓에 사건을 막지 못했다. 그것이 분해서 견딜 수 없다. 엔카쿠는 그렇게 말을 이었다.

"그리고 두 분은……."

엔카쿠는 가능하면 당분간 외출을 삼가준다면 경찰로서도 고맙겠다, 라는 의미의 말을 에둘러서 했다.

다츠요시에게는 계절학기 수업이 있고, 고이치는 '일곱 명의 술래잡기'를 써야만 한다. 양쪽 다 대학의 연구실과 아파트의 방 안에 틀어박혀 있어야 할 것이다. 그렇게 전하자 엔카쿠는 안심한 듯이 보였다.

그러나 다츠요시는 어떨지 몰라도 고이치에게는 얌전히 있을 생각이 없었다. 경찰이 오기 전에 이야기했던 그 일곱 명째의 인물을 찾기 위한 탐문을 곧바로 시작할 생각이었다.

가볍게 술을 마시고 다츠요시와 헤어졌다. 단서가 부족한 상태에서는 두 사람이 머리를 맞대고 추리해봤자 뾰족한 수가 없다.

아리타 유지와 오다기리 사야카의 장례식은 각각 나고야와 교토에서 치러진다고 엔카쿠가 알려주었다. 서로 상의한 결과, 고이치와 다츠요시는 마다테 시 제3초등학교의 동창으로서 연락망을 통해 조전만 보내기로 했다.

집에 돌아오니 이미 심야에 가까운 시간이었다. 그래도 고이치는 곧바로 연하장을 찾기 시작했다. 올해 것들은 어렵지 않게 찾았지만, 우치하라 사토시의 연하장에는 핸드폰 번호가 적혀 있지 않았다. 그렇다면 아마 작년이나 더 오래전의 연하장에 적혀 있을 것이다.

확실히 본 기억이 있었다. 그러나 다른 해의 연하장들을 찾을 수가 없다. 아무리 찾아도 나오지 않았다. 몇 년에 한 번씩 정리해서 처분하기 때문에, 어쩌면 버렸을 가능성도 있다. 포기하고 샤워를 하고 자기로 했다

목요일 아침, 평소보다 일찍 일어난 고이치는 재빨리 아침 식사를 마치고 다시 마다테 시로 향했다.

표주박산 주변에서 농사일을 하는 사람들은 분명히 이른 아침부터 밭에 나갈 것이다. 그들의 일이 일단락되었을 무렵에 그쪽에 도착할 생각이었다. 시간이 잘 맞아서 적절한 시간에 도착할 수 있었다. 다만 큰 오산이 있었다. 말을 걸어도 아무도 상대해주지 않는 것이다.

어떤 식으로 접근해야 할까, 고이치도 이리저리 고민했다. 이상하게 얼버무리는 것보다, 직접적으로 묻는 편이 좋을 것 같았다. 그래서 일단 이렇게 말을 걸어보았다.

"저는 초등학교 시절에 가와조에 초에 살던 사람입니다. 지금은 작가가 되어서 다음 작품에서 어릴 적의 이야기를 쓰려고 합니다. 그래서 예전의 동급생들을 취재하고 있습니다만, 기억이 모호한 아이 한 명이 있습니다. 그 애하고는 저 표주박산에서 자주 놀았습니다만, 도무지 생각이 나지 않아서⋯⋯."

이렇게 서두를 꺼낸 뒤에 당시에 고이치와 친구들의 모습을 설명하고서, 그 밖에 다른 애가 없었는가를 묻는 것이다. 만약 일곱 번째 아이가 있었다고 증언하는 사람이 있으면 어디의 누구였는가

를 거듭 묻는다. 금방 찾을 수 있다고 낙관하지는 않았지만 질문하는 사람을 늘려가다 보면, 머지않아 찾을 수 있을 거라는 바람을 가지고 있었다.

그런데 정작 대화조차 할 수가 없었다. 아무리 말을 걸어도 무시당한다. 처음에는 우연히 낯을 가리는 사람을 만났거나, 혹은 인정머리 없는 사람이 걸린 거라고 생각했다. 그러나 몇 명에게 물어봐도 거의 같은 반응이 돌아왔다. 그래도 끈기 있게 계속했더니 이내 영문을 모를 비난만 받았다.

"거 참 끈질기네. 돌아가슈, 돌아가!"

"모자란 사람 같으니, 두 번이나 같은 수법을 쓰다니."

"시끄러워! 안 판다면 안 파는 줄 알아!"

아무래도 뭔가 오해를 받고 있는 것 같다. 도중에 그것을 깨달았지만, 오해를 풀려고 해도 대화를 해주지 않으니 어쩔 방법이 없다.

그러다가 겨우 고이치의 설명에 귀를 기울여주는 사람이 나오기도 했다. 그가 어릴 적에 마다테 시에서 살았다는 것을 알고 나서 미소를 보이는 사람도 있었다. 다만 표주박산의 이름만 나오면 하나같이 표정을 굳혔다. 그런 뒤에는 한마디도 하려고 하지 않고, 그를 무시한 채로 계속 입을 다무는 것이었다. 고이치는 그저 망연자실할 뿐이었다.

결국 땀범벅이 되며 오전 내내 돌아다녔지만 수확은 전혀 없었다. 이 지역 사람들을 적으로 돌린 듯하다는 사실을 생각하면 오히려 마이너스일지도 모른다.

고이치는 마에나카 초의 상점가까지 돌아와서 점심을 먹고, 마에카 초의 고서점을 몇 군데 둘러보고 난 뒤에는 찻집에서 쉬면서 독서를 했다.

이런 곳까지 와서 대체 뭘 하고 있는 걸까……

스스로도 한심하다는 생각이 들었다. 오전 중에 받은 정신적 충격과 육체적인 피로가 한때나마 그를 무력감에 빠뜨렸다. 간신히 자리에서 일어난 것은 조금 햇살이 약해지기 시작한 저녁 무렵이 되었기 때문이다.

표주박산에 가자.

이대로 빈손으로 돌아갈 수는 없다. 다만 그 산에 올라간다고 이제 와서 단서를 발견할 수는 없을 것이다. 그렇지만 그 밖에 갈 만한 장소도 없다. 참으로 소극적인 이유이긴 했지만, 어쨌든 다시 표주박산으로 향했다.

해는 기울고 있지만 햇살은 여전히 따가웠다. 몇 미터를 걷는 것만으로 금세 땀이 솟아났다. 애초에 탐문에 어울리지 않는 계절이다. 그런 식으로 생각해봐도 물론 아무런 위안도 되지 않았다.

표주박산의 돌계단에 도착해서야 고이치는 한숨 돌릴 수 있었다. 계단 양쪽으로 서 있는 나무들이 그늘을 만들고 있어서 참으로 시원했다. 양 옆의 나무들이, 산을 비추는 남쪽 하늘의 태양으로부터 돌계단을 가려서 돌이 싸늘히 식어 있었기 때문에 더욱 서늘하게 느껴지는 듯했다.

그렇지만 그 덕을 본 것은 처음뿐이었다. 돌계단을 올라감에 따라, 또다시 땀이 흐르기 시작한다. 다리를 천천히 움직여도 크게 달라지지 않는다. 정상에 도착할 무렵에는 완전히 땀으로 범벅이 되어 있었다.

그런데도 바닥에 돌이 깔린 참도를 통해 사당으로, 이어서 경내의 동쪽에 우뚝 선 거대한 벚나무를 향해 가는 동안에 끈적거리던 옷이 싸늘히 식기 시작했다. 산 정상에도 나무 그늘이 많아서 산 아래에 비하면 견딜 만하다. 그렇다고는 해도 계속 돌아다니는 이상 더워서 땀이 흐르기 마련이다.

그런데도 묘하게 공기가 싸늘했다. 결코 기분 좋은 서늘함은 아니다. 예를 들자면 마치 영안실에 떠도는 냉기 속에 있는 듯한, 그런 기운이 주변에 가득 차 있는 것이다.

어쩐지 전에 왔을 때보다도 공기가 무겁네…….

경내를 대충 둘러보다가, 문득 고이치는 지금이라도 뭔가에 습격당할지 모른다는 공포에 사로잡혔다.

그곳에는 에이스케뿐만이 아니라, 마치 유지와 사야카 두 사람까지 이 산 어딘가에서 목숨을 잃기라도 한 것 같은 아주 답답한 분위기가 짙게 끼어 있다. 지금 여기서 자신이 네 번째 희생자가 된다고 해도 전혀 이상할 것 없는 기묘한 분위기다.

돌아가는 게 좋겠다.

온 지 얼마 되지도 않았지만, 당장이라도 산을 내려가고 싶었다. 실제로 그것을 느끼지 못했다면 쏜살같이 돌계단을 향해 뛰었을지도 모른다.

이건…….

또다시 향냄새가 났다. 거목의 밑동 쪽에 눈길을 주자, 역시 향의 재 같은 것이 있다. 상식적으로 요전의 재가 지금까지 남아 있을 리는 없다. 즉 새로운 향을 피운 것이다. 어쩌면 누군가가 매일처럼 피우고 있을지도 모른다.

에이스케의 명복을 비는 건가.

장소와 시기를 생각하면, 그런 것이겠지.

그렇지만 대체 누가?

문득 떠오른 인물은 에이스케의 아버지 회사에서 일했고 연대보증을 섰다는 직원이었다. 에이스케 주변에서 그를 생각해줄 만한 사람이라면 유감스럽게도 그 사람 정도밖에 떠오르지 않는다.

하지만 향이라니, 좀 이상하지 않은가.

당연히 그 사람도 경찰에서 조사를 받았을 것이다. 그러니까 에이스케가 어떠한 사건에 휘말린 것 같다는 사실 정도는 알고 있을 것이 틀림없다. 그렇다고 해도 에이스케의 시신은 아직 발견되지 않았다. 그런데도 향을 피울까? 원래는 죽은 자에게 바치는 것을, 한 번도 아닌 몇 번이나 피우러 올까.

설마…….

여기서 향을 피우고 있는 인물은 다몬 에이스케의 죽음을 확신하고 있는 건가? 이미 에이스케가 사망했다는 사실을 알고 있는 것인가?

왜냐하면 본인이 그 범인이니까…….

이 상상에 고이치는 흥분했다. 그러나 금방 몇 가지 의문점을 깨달았다.

우선 다몬 에이스케의 명복을 빌며 향을 피운다면 나무 밑동이 아니라 절벽 위나 아래쪽에 피울 것이다. 그리고 머지않아 자살할지도 모르는 남자를 일부러 살해하고 나서, 명복을 비는 것은 앞뒤가 맞지 않는다. 그것도 한 번이 아니고, 적어도 두 번은 걸음을 했다. 또한 아리타 유지와 오다기리 사야카는 어떻게 되는가. 설마 범인은 나고야의 도로와 교토의 지하철 승강장에도 향을 피우러 가고 있는 걸까. 아니면 에이스케만이 예외일까. 그렇다면 이유는 무엇인가.

역시 아니겠지.

범인의 짓이라고 생각하기에는 아무래도 위화감이 든다. 오히려 반대는 아닐까. 이것은 에이스케 쪽에 속한 인물의 행위가 아닐까.

"하지만 말이지…….."

고이치는 자기도 모르게 중얼거렸다.

그렇게 되면 에이스케에게는 일곱 명째 인물 외에도 관계를 맺은 여덟 명째의 인물이 있었다는 이야기가 된다. 그가 죽은 것 같다고 생각하고 일부러 향을 피우러 올 사람이……

에이스케의 여자친구일까.

가장 가능성이 높은 것은 그가 사귀고 있던 여성이겠지. 하지만 그렇게까지 친한 존재가 있으면 틀림없이 전화로 고이치나 다츠요시에게 자랑했을 것이다. 가령 과거의 사람이었다고 해도 전혀 입 밖에 내지 않았을 거라고 생각할 수는 없다.

쓸쓸하기 그지없는 얘기지만, 그런 여성은 없었다고 보는 편이 합당해 보인다.

누가 향을 피워주는 것일까.

사건을 둘러싼 수많은 수수께끼에 비하면 너무나도 작은 의문이다. 그러나 고이치는 이것이 단서가 될 것 같은 기분이 들었다. 여기를 돌파구로 해서 사건의 핵심으로 다가갈 수 있지 않을까 하는 생각이 들었다. 아니, 그렇게 바라고 있었는지도 모른다.

그렇다고는 하지만……

주변 주민들에게 탐문조사를 할 수 없는 이상, 향을 피운 인물 밝혀내기 위해서는 여기서 감시하는 수밖에 없을 것 같았다.

"이 나무의 뒤편에라도 숨을까."

벚나무의 표면을 만지면서 농담처럼 중얼거린다. 이런 장소에서 어쩌면 하루 종일 망을 보게 될지도 모른다고 생각하니 상당히 불안했다.

거목을 앞에 두고 그런 생각을 하면서 서 있는데, 문득 섬뜩한 감각에 사로잡혔다.

등 뒤가 무섭다……

등 뒤에서 기이한 기척을 느낀다. 아니, 지금 이때는 아니다. 더 옛날, 말 그대로 어릴 적의 체험 같은 기분이 든다.

"다루마가 굴렀다……."

자연스럽게 흥얼거리고 있었다.

고이치는 나무 기둥에 오른팔을 대고 그 위에 얼굴을 갖다 댔다. 딱 이마가 팔뚝에 닿는 느낌으로 붙이고 눈은 감지 않는다. 그 자세를 그대로 유지하고, 이번에는 독특한 억양을 붙여서 거의 노래하듯이 외쳤다.

"다~루마가 굴~렀다……."

원래 이렇게 외친 뒤에는 뒤를 돌아봐야만 한다. 그렇지만 할 수가 없다. 뒤를 보는 것이 두렵다. 등 뒤를 확인하는 것이 싫어서 견딜 수 없다.

등 뒤가 무섭다…….

그렇지만 언제까지나 이대로 있을 수는 없다. 용기를 짜내서 천천히 조심조심, 가만히 나무에서 돌아보았다.

그러자마자, 산꼭대기의 서쪽에 우거진 나무들 틈새로 살짝살짝 흘러나오는 따가운 저녁 햇살이 고이치의 두 눈에 비쳤다.

눈부시다…… 라고 생각한 순간, 뇌리에 어떤 광경이 떠올랐다. 기억의 깊은 바닥에 가라앉아 있던 봉인되었던 광경이 이것인가. 고이치는 흥분했다.

석양 속에서 정지해 있는, 몇 개나 되는 검은 그림자…….

어릴 적 당시의 멤버들과 '다루마가 굴렀다'를 하며 놀던 때의 그리운 풍경이다. 그것은 틀림없다.

그렇지만 어째서인지 이 광경은 아니다. 그것과는 다른 장면이라는 것을 순식간에 깨달았다.

어떻게 된 일이지?

지금 되살아난 기억은 고이치가 술래였을 때의 기억이다. 하지만 그것하고 다르다는 것은 고이치는 술래가 아니었다는 얘기다. 술래는 다른 누군가가 하고 있었고, 그는 모두와 함께 그 술래의 뒤쪽을 향해서 나아가고 있었다는 얘기가 된다.

하지만…….

그래서는 등 뒤가 무섭다는 자신의 느낌을 설명할 수 없다. 등 뒤의 뭔가에 전율을 느끼는 것은 고이치가 술래였기 때문이 아니었나? 하지만 그 술래의 시점에서 보이는 광경이, 떠오르지 않는 기억하고는 아무래도 다르다는 느낌이 든다.

이 모순은 대체 무엇을 의미하는 것일까.

고이치는 벚나무 앞에서 돌아본 채로 가만히 생각에 잠겼다. 나뭇잎 사이로 비쳐 드는 햇살이라고 부르기에는 너무나도 강렬하게 번쩍이는 탁한 황색 석양에 눈을 게슴츠레하게 뜨면서, 그저 끊어질 듯 말 듯한 가느다란 기억의 실을 더듬어나간다. 그러나 도무지 잘되지 않았다.

그래도 해 질 무렵의 요사스러운 햇살은 자꾸만 그의 뇌를 자극했다. 완전히 닫혀 있던 마음의 문을 억지로 열려고 한다.

이렇게 어스름이 깔리는 시간에 너는 그것을 보지 않았는가……
같은 속삭임을 몇 번이나 귓가에 반복하면서 집요하게 다그친다. 고이치의 기억이 되살아날 때까지 계속 괴롭히려고 한다.

"대체 어릴 적에 무슨 일이 있었던 거야……."

그렇게 중얼거리는데, 또다시 무서워졌다. 필사적으로 기억해내려 하는 자신과 그것을 방해하는 자신이 있다. 그 사실을 깨달았기 때문이다.

자기방어 본능일지도 모른다.

하야미 고이치라는 인간이, 과거에 일어난 흉측한 사건으로부터 자신을 지키려고 하고 있는 것은 아닐까. 그런 경험을 한 기억 따윈 그대로 기억의 창고 속 깊고 깊은 저 구석에 집어넣어 버리고 영원히 봉인해버리려는 것은 아닐까.

"그러다가 내가 죽으면 이도 저도 안 되잖아."

자조적인 생각에 자기도 모르게 쓴웃음이 흘렀다. 그렇다고 해서 공포는 사라지지 않는다. 오히려 점점 강해지고 있다.

고이치는 거목의 옆을 벗어나서 조금 급한 걸음으로 돌계단으로 향했다. 어쨌든 이제 곧 해가 진다. 아직 날은 밝지만 이 산 위에는 한발 빨리 밤이 찾아온다. 돌아갈 거라면 지금이다. 어둠 속에서 가파른 돌계단을 내려가는 것은 되도록 피하고 싶다.

신중하게 돌계단을 더듬어 내려가면서 언젠가부터 고이치는 전혀 진전이 없는 '일곱 명의 술래잡기'의 원고에 대해서 생각하고 있었다. 작가인 이상 그것은 당연하지만, 그가 신경 쓰고 있는 것은 작품의 완성보다도 그 내용에 대해서였다.

이번 사건하고 어딘가 비슷하지 않나……

술래잡기와 다루마가 굴렀다의 차이는 있지만 어느 쪽이나 아이들이 하는 놀이다. 관련되어 있는 아이는 양쪽 다 전부 일곱 명씩이다. 게다가 둘 다 옛날 어릴 적의 기억이 열쇠가 되고 있다.

하지만 이 소설을 구상하기 시작한 것은 에이스케에게 전화를 받기 전이었다…….

즉 단순한 우연에 지나지 않는 건가, 라고 생각하다가 고이치는 고개를 저었다.

정말로 그럴까? 이것은 의미 있는 우연의 일치라고 생각해야 하지 않을까.

지금 고이치 주위에서 일어나는 친구들의 연속된 죽음은, 말하자면 일곱 명 중의 술래가 나머지 여섯 명을 한 명씩 잡아가고 있기 때문에…… 는 아닐까. 문자 그대로 일곱 명의 술래잡기다, 그런 기분이 들었다.

표주박산의 기슭부터 무거운 발걸음으로 고이치는 논밭을 가로질러 갔다. 주위에 사람의 모습은 한 명도 보이지 않는다. 다만 이 부근은 옛날부터 그랬다. 원래대로라면 일하는 어른의 모습은 어떨지 몰라도, 아직 놀고 있는 아이들 몇 명은 있을 시간대다. 슬슬 집에 돌아가야 한다고 생각하면서도 조금만 더 조금만 더 하며 계속 놀게 되어버린다. 그런 어린아이들의 그림자가 햇살을 받으며 길게 늘어져 있는 것이 자연스러웠다.

그러나 당시에 이 지역에 드나들고 있던 것은 고이치와 친구들뿐이었다. 아무래도 그것은 지금도 별반 다르지 않은 듯하다. 아니면 요즘 애들은 근처의 산이나 숲에서 놀지 않는 걸까. 혹은 이것도 어린아이들이 줄어든 영향일까.

두서없는 생각을 계속하면서 작은 묘지 옆을 지나가려고 하다가, 고이치는 흠칫했다.

묘지 안에 누군가 있다…….

남북으로 길게 펼쳐진 묘지의 북쪽 돌담 근처에 자라 있는 나무 아래에, 꼼짝 않고 있는 사람의 모습이 그의 시야 구석에 들어오고 있었다.

살짝 멈춰 서서 훔쳐보니, 몹시 낡은 벤치에 노파가 앉아 있었다. 노부인도 나이 든 여성도 아니라 말 그대로 노파라는 표현이 딱 맞는 모습으로, 지팡이 대신 낡은 유모차에 두 손을 짚고 고개를 숙이고 있다.

안도하기는 했지만, 혼자서 해 질 녘의 묘지에 앉아 있는 모습은 조금 음산했다. 경우에 따라서는 슬프게 보일지도 모르지만, 지금의 고이치에게는 아무리 봐도 불길하게 느껴졌다.

고이치가 떠나려고 할 때, 천천히 노파가 고개를 들었다. 자기도 모르게 눈길이 맞았다. 아니, 초점이 맞지 않는 그 시선은 고이치를 그대로 지나 아득히 먼 곳을 바라보고 있었다. 그렇다, 딱 표주박산 쪽을…….

실례라고 생각했지만, 왠지 모르게 무서운 기분이 들었다. 고개를 돌리고 빠른 걸음으로 지나가려고 하는데.

"……안녕하세요."

의외로 차분한 목소리가 들려와서, 아주 놀랐다. 망설이면서 시선을 돌리자 미소를 띤 이성적인 시선이 가만히 고이치를 향하고 있었다.

"아, 안녕하세요."

곧바로 인사하고 가볍게 고개를 숙였다. 그러자 노파가 깊이 고개를 숙여서, 자신도 자연스럽게 말을 걸었다.

"산책하시는 중인가요?"

"네. 낮에는 더우니 요즘은 저녁때 하고 있지요."

"해가 져도 많이 더우니까요."

"정말로요. 하지만 해님의 따가운 햇살이 없으니 어느 정도는 낫죠."

노파는 크게 한숨을 내쉬고서, 간신히 눈앞의 남자가 누구인가 하는 것에 흥미를 가진 듯했다.

"총각도 산책 중인가요?"

"그게, 저기…….'"

이제 총각이라고 불릴 나이는 아니지만 그녀가 보기에는 젊은이로 비칠지도 모른다.

"마을 분인가요?"

"지금 사는 곳은 미타카입니다. 태어난 곳은 교토구요."

"호오."

맞장구를 치는 듯한 어조였지만, 그 안에는 의문의 뉘앙스도 느꺼졌다. 교토 출신이고 미타카에 사는 한창 나이의 남자가 왜 평일 저녁에 이런 곳에 있는가, 라고 은근히 묻는 기분이 들었다.

"실은 어릴 적에 가와조에 초에서 살았습니다."

고이치가 그렇게 이야기한 것은 특별히 어떤 계산이 있어서는 아니었다.

"오호라."

하지만 노파의 맞장구에는 호기심이 섞이기 시작했다.

"초등학교 3학년 여름방학에 전학 와서, 중학교 2학년 여름방학에 교토로 돌아갈 때까지 이 근방에서 살았었죠."

"지금은 미타카에 살고 계신 걸 보니, 또 이사했나요?"

"대학교가 도쿄였기 때문에, 졸업한 뒤에 그대로 취직하고 그 이후로 계속 그쪽에 있습니다. 할머니께서는 마다테에 사시는 분인가요?"

그 질문이 계기가 되어, 다마에서 태어났다는 노파의 출생부터 전쟁 중의 이야기까지를 고이치는 묘지의 낮은 돌담 너머로 듣게 되었다. 딱히 싫진 않았지만 이야기의 내용이 시집을 가는 것부터 고부간의 갈등에 이르게 되자, 그녀의 인생 전부를 듣게 되지는 않을까 하는 공포를 느꼈다.

타이밍을 봐서 돌아가자.

그렇게 생각했는데, 전혀 이야기가 끊어질 기미가 없다. 오히려 더욱 수다스러워져갈 뿐이다. 이건 중간에 끊고 작별을 고하는 편이 좋아 보인다고 생각하고 있는데, 자식 교육 이야기가 나왔다.

"자제분들은 저 산이나 저쪽 숲에서 놀곤 하셨나요?"

최소한 뭔가 정보를 얻을 수는 없을까 하고 고이치가 표주박산과 작은 숲을 가리키자마자, 노파는 입을 굳게 다물었다.

"저기……."

"……."

"할머니?"

"……."

처음에 말을 했을 때와 마찬가지로 초점이 맞지 않은 공허한 시선을, 계속 그의 뒤쪽으로 향하고 있다.

"여보세요……."

"……저건 양쪽 다."

산과 숲에서 고이치 쪽으로 시선을 돌리고서 노파가 중얼거렸다.

"다레마 가문이 모시고 있었죠. 옛날에는 제례도 있어서 축제 때마다 노점이 세워지고 해서 참 흥겹고 즐거운 행사였죠. 그게 태평양 전쟁 후에 대륙에서 다루마 신을 가지고 돌아온 뒤로 점차 이상해지기 시작하고…… 차츰 쇠퇴해갔지요."

다루마 신?

다루마에 종교적인 개념이 있다는 건 처음 듣는다. 그때까지 다레마가가 믿던 민속종교에 도교의 사상을 도입한 것을 그런 비유로 표현한 것일까?

하지만 이 할머니의 말투로는…….

정말로 중국의 다루마 신을 이 누노비키 지방에 가지고 왔다는 말로 들린다. 아마도 다루마 상이나 그것이 그려진 족자를, 중국으로 나갔던 다레마가의 사람이 실제로 가지고 돌아온 것이겠지.

앗…….

그때, 문득 고이치의 뇌리에 되살아나는 광경이 있었다. 표주박 산의 사당 안에서 봤던 그 흉측한 광경이다.

시뻘겋다 못해 칙칙한 붉은색…… 구멍이 뻥 뚫린 두 눈…… 검은 뭔가를 두른…… 다루마의 모습이 더욱 선명하게 떠올랐다.

"처음에는 괜찮았는데……."

고이치의 변화를 깨닫지 못하고, 노파는 계속 이야기하고 있다.

"10년이 가고 20년이 가고 30년이 지나는 동안 다레마가는 이상해졌지요. 아니, 오히려 가문은 점점 번성했죠. 하지만……"

그 대신 뭔가 문제가 되었다고 말하려다가, 노파는 곧바로 말을 삼키듯 입을 다물었다.

"그래서 이 근방의 아이들은 더욱더 저곳에서는 놀지 않아요."

'더욱더'라는 부분에 다레마가가 산과 숲을 모시지 않게 된 이유가 숨겨져 있는 듯하다. 그것을 물어보고 싶었지만 노파가 싫어할 듯한 기분이 들었다. 지금도 그녀는 괜히 신나게 떠들다가 쓸데없는 얘기까지 늘어놓고 말았다는 얼굴을 하고 있다.

여기서는 잘 생각하고 이야기해야 한다.

귀중한 정보원이 될 만한 인물과 모처럼 사이가 가까워졌는데, 생각 없는 말로 기분을 상하게 만드는 것은 피해야 한다. 물어본다고 해도 좀 더 완곡하게 해야겠다고, 곧바로 고이치는 판단했다.

"그렇군요. 저희들은 아무것도 몰라서 자주 저 산에서 놀곤 했었죠."

물론 이것도 도박이었다. 어릴 적의 체험이라고 해도 이 지역에서 기피하는 곳에 들락거렸다는 것을 알면 노파가 과연 어떤 반응을 보일까. 전혀 추측이 되지 않았다. 그러나 어딘가에서 핵심을 건드리지 않으면 그다음으로 나아갈 수 없다.

"호오."

이 맞장구에도 호기심이 느껴졌다. 그러나 그 안에는 두려움의 감정도 적지 않게 섞여 있는 느낌이었다.

"숲으로 들어가지는 않았습니다만, 표주박산에는 매일같이 올라갔습니다."

"참으로 오래간만에 듣는 이름이군요."

"요즘에는 그렇게 안 부르나요?"

노파가 고개를 저은 것은 고이치의 말을 부정하기 때문이 아닐 것이다. 아마도 표주박산이라는 호칭 자체가 쓰이지 않게 될 정도로, 아무도 그 산에는 관여하지 않게 된 것이다.

"산 위에는 다루마 신사가 있었죠."

"……용케 알고 계시군요."

"정식 이름은 모르는 채로, 멋대로 다루마 사당이라든가 다루마 신사라고 불렀습니다."

"다레마 신사가 정식 이름이지요. 하지만 다루마 신사라는 이름도 포함해서 지금도 그곳을 기억하고 있는 사람은 노인들뿐이랍니다."

거기서 노파는 다시 고이치를 바라보더니 말했다.

"총각이 그 산에서 놀았던 것은 언제쯤이죠?"

"30년은 되었을 겁니다."

"……."

노파는 기억을 더듬는 듯한, 그런 표정을 짓다가 갑자기 핫, 하고 숨을 삼켰다.

"그때의 아이군요!"

깜짝 놀랄 정도로 큰 목소리였다.

"어? 그때라뇨?"

노파는 몸을 앞으로 내밀며, 깜짝 놀라는 고이치의 얼굴을 빤히 바라보면서 말했다.

"으음, 역시 총각이 맞는 것 같네요."

"네?"

"그 무렵에 누노비키에서는 표주박산에 오르는 애들이 있다는 소문이 퍼져 있었어요. 다만 다른 동네 아이들이니 그냥 내버려두

자는 집이 많아서……. 그래도 저는 몇 번인가 주의를 준 적이 있
었죠."

설마…….

고이치는 믿을 수가 없었다. 당시에 표주박산에서 놀면 안 된다
고, 어른들에게 몇 번인가 충고를 들었던 기억이 있다. 그중의 한
명이 눈앞의 노파였다니, 어찌 이런 요행이 있을 수가.

아니, 잠깐…….

그때 그에게 충고했던 것은 늘 어떤 할머니였다. 30년이나 지난
일이다. 나이가 맞지 않는 것이 아닐까.

아니면 어린아이에게 예순 살 전후는 죄다 할머니로 보였던 걸까.
아니면 그 밖에도 말을 건 사람이 있었던 것을 잊고 있을 뿐, 이 노
파는 그중 한 사람인 것인가.

다만 그런 의문은 입 밖에 내지 않고 충고해준 어른이 있었다는
걸 기억한다고만 대답하자, 노파는 마치 어린아이처럼 기뻐했다.

"그건 나일 거예요. 산에 오르는 아이들이 몇 명 있었는데, 그중
에서 가장 똑똑해 보이는 아이에게 몇 번인가 말을 걸었지요."

오오니타 다츠요시에게 주의를 준 할머니도 분명 이 사람이겠지.

"그, 그때 본 아이들을 지금도 기억하시나요?"

자기도 모르게 고이치가 긴장한 얼굴로 묻자, 노파가 이상하다는
듯이 쳐다보았다.

"……아, 저기, 실은 그 당시의 친구들을 찾고 있는 중이라서요."

"호오."

또다시 노파가 호기심을 자극받은 듯했다.

"우선, 이쪽으로 들어오세요."

손짓으로 부르는 노파를 보고, 그때서야 자신이 계속 묘지의 돌
담을 사이에 두고 이야기를 나누고 있던 것을 깨달았다.

"어디 보자……."

출입구가 어디인지 찾아보니, 돌담의 남쪽 가장자리에 작은 문이 있었다. 지금 있는 곳의 정반대쪽이다. 낮은 담을 뛰어 넘는 편이 빨라 보였지만 지역 주민의 눈앞에서 그런 짓을 할 수는 없다.

고이치는 종종 걸음으로 문까지 가서, 묘지 안을 가로지르듯 노파가 앉아 있는 나무 곁에 도착했다.

"자, 여기에 앉으세요."

노파가 말하는 대로, 지금이라도 무너질 것 같은 벤치에 앉았다. 묘지 안에 식물이 우거진 곳은 나무가 있는 그곳뿐이었다. 그래서 누군가가 여기에서 쉴 수 있도록 벤치를 만들어둔 것이리라. 다만 그것도 상당히 옛날 일인 듯했다.

"맞아, 맞아. 옛날 모습이 남아 있네."

잠시 고이치의 얼굴을 바라보면서 노파가 기쁜 듯이 말했다.

정말로 기억하고 있는 걸까?

문득 고이치는 의문을 느꼈다. 30년이나 전의 일이다. 게다가 다른 동네에서 온 아이의 얼굴을 알아볼 정도로 확실히 기억하고 있다는 것은 이상하지 않나?

그러나…….

노파에게는 거짓말을 할 이유가 없다. 어쩌면 기억에 남아 있을 정도로, 그 산에 드나드는 고이치와 아이들이 아주 눈에 띄었을지도 모른다. 어쨌든 지금은 의심하기보다 그녀에게 당시의 일에 대해 물어봐야 한다.

"피부가 뽀얀, 똑똑해 보이는 남자아이를 기억하시나요?"

"그건 총각이었겠죠."

"또 한 명 없었나요?"

그러자 노파는 조금 생각하고 말한다.

"아아······. 조금 어른스러워 보이던 애가 있었죠. 옛날이라면, 마치 결핵이라도 걸린 것처럼 보이는 그런 아이였죠."

오오니타 다츠요시가 틀림없다. 그 아이에게도 같은 충고를 했냐고 물으니, "그랬지요"라는 대답이 돌아왔다.

"다만 그 남자아이에게 주의를 준 것은 가장 나중이었을 거 같은데. 이미 다 같이 놀고 있었을 무렵이었고, 물론 그 안에 총각도 있었고 말이죠."

"그때까지 다들 따로따로였던 거군요?"

"그래서 별로 눈에 띄지 않았겠죠."

"그 따로따로일 때에 어떤 아이가 있었는지 기억하십니까?"

"두 사람, 항상 같이 다니던 남자애 둘이 있었죠. 한쪽은 조금 으스대고, 다른 한쪽은 그 뒤를 따라다니는 느낌으로······."

아리타 유지와 우치하라 사토시를 말하는 것 같다고 깨달았다. 사토시는 고이치 일행과 사이가 좋아진 뒤에도 항상 유지 옆에 있었기 때문이다. 두 사람은 유치원부터 같이 다녔다고 들었다. 다만 그 무렵의 사토시는 유지에게 너무 의존적인 구석이 있었다.

"항상 혼자였던 애는요?"

점차 기억이 선명해지기 시작했는지 노파가 이어서 대답했다.

"어린애인데도 영 어둡고 기운 없어 보이는, 얼굴에 반점이 있는 남자애가 있었죠. 주변으로부터 괴롭힘당하는 애였겠죠. 조심조심 숨어 다니듯이 걷고 있었어요."

다몬 에이스케가 틀림없다.

그렇다고 해도 노파의 정확한 시각에 고이치는 깜짝 놀랐다. 전혀 교류가 없었던 아이들에 대한 것인데도 용케 거기까지 알 수 있구나 하고 감탄했다.

솔직히 그렇게 말하자, 아무것도 아니라는 듯이 노파는 웃었다.

"애들을 넷이나 키웠으니 어떤 아이인지 정도는 보기만 해도 대강 알 수 있지요."

"그 밖에는요?"

"여자애도 한 명 있었죠. 그 애한테는 말을 걸지 않았지만."

"어째서인가요?"

"말해도 듣지 않을 거란 걸 알았기 때문이죠."

확실히 사야카에게는 완고한 구석이 있었다.

"여자아이는 책을 좋아했는지, 걸으면서 책을 읽는 모습을 자주 보았어요."

고이치가 처음으로 만났을 때에도 에도가와 란포의 《유령탑》을 읽던 중이었다.

"그러던 애들이 어느샌가 서로 사이가 좋아져서 놀게 되고…… 다만 대부분 그 산 위에서 놀고 있었으니 실제로 본 건 몇 번 안 되겠죠. 그건 전학 온 총각이 그 아이들을 한데 모은 건가요?"

"뭐, 어쩌다보니 그렇게 되어서……."

그 말을 겸손으로 받아들였는지, 한동안 노파는 감탄하다 말했다.

"또 한 명의 똑똑한 남자아이를 이 부근에서 발견하게 된 것이, 그로부터 조금 뒤였죠."

다츠요시가 멤버에 들어온 것은 확실히 맨 나중이다. 여기까지의 노파의 기억은 전부 옳다고 해도 좋을 것이다.

"제가 같이 놀던 친구들은 그걸로 전부였습니까?"

이상한 질문이었지만 노파는 특별히 수상하게 여기는 눈치도 없이, 그대로 생각에 잠기는 표정을 지었다.

"총각, 또 한 명의 똑똑한 애, 2인조, 괴롭힘당하던 애, 여자애……. 그렇게 하나, 둘, 셋, 넷, 다섯, 여섯…… 여섯 명이 되니 그렇겠죠. 그 산에 갈 때는 따로따로여도 돌아올 때에는 여섯 아이가 같이 걸어 나왔죠."

표주박산의 여섯 명은 역시 똑같나.

결국 문제가 되는 일곱 명째 인물은 없었던 건가.

고이치는 마음속으로 실망과 불안과 공포가 소용돌이치는 것을 느꼈다. 고이치와 다츠요시의 추리가 잘못된 거라면, 이후로는 사건에 어떻게 대처해야 좋을지 전혀 알 수가 없다.

"저를 포함해서 여섯 명이죠?"

"네, 그래요."

"혹시 일곱 명째 아이는 없었나요?"

소용없을 거라고 생각하면서도, 고이치는 자기도 모르게 물었다.

"허어, 일곱 명째라……."

노파는 난처하다는 듯이 고개를 기울이며 말했다.

"찾는 친구가, 지금 했던 이야기에는 나오지 않았나요?"

"그 다섯 명이라면 저도 기억하고 있습니다. 저도 포함해서 표주박산의 여섯 명에 대해서는 아직 기억하고 있어요. 다만 그 애들 말고 또 한 명, 일곱 명째 아이가 있었던 것은 아닌가 해서. 실은 그런 생각이 드는 일이 최근에 일어났거든요."

"뭔가 사정이 있나 보군요."

"네. 그래서 당시의 일을 아실지도 모르는, 이 부근의 분들께 물어보려고 했는데……."

"그게 총각이었나요?"

갑자기 노파가 혼자서 무언가 납득한 듯 말했다.

"무슨 말씀이시죠?"

"아뇨, 오늘 아침에 또 그 부동산업자가 나타났기에 다들 무시했다고, 지나가던 얘기로 들어서요."

"네?"

"올해 봄에 있었던 일이죠. 이 부근의 땅을 팔지 않겠느냐고 악질 부동산 업자가 찾아왔답니다. 아무도 그럴 생각이 없는데, 그 뒤로도 사람을 바꿔가며 몇 번이나 나타났다고 하더군요."

"즉, 다들 저를 그 부동산업자로 착각하신 거군요."

"그런 것 같네요."

노파는 불쌍하다는 듯한 말투로 이야기했다.

"미안하게 됐네요. 모두 착각해서……."

"……아, 아뇨. 어쩔 수 없죠."

그렇게 말하긴 했지만 정말 엉뚱한 불똥이 튀었다. 그 낙담이 얼굴에 드러났는지, 노파는 거의 위로하는 투로 말했다.

"하지만 이 부근 사람들 중 저 산에 관한 이야기를 해도 제대로 대답할 수 있는 사람은 없었을 거예요. 필요한 이야기를 듣지 못했을 거라는 점에서는 결국 마찬가지였겠지요."

"하지만 할머니께서는 저를 상대해주고 계시지 않습니까."

"이 나이가 되면, 이제 무서운 건 없으니까요."

그렇게 말하면 노파는 웃었지만, 바로 진지한 표정으로 돌아오더니 말했다.

"으음……. 일곱 명째라."

"매일은 아니더라도 저희들과 몇 번 놀았던 적이 있는, 그런 아이는 없었습니까?"

"총각들하고 가끔씩 놀았던 아이라……."

"네."

"가끔씩 놀았던 아이……"

먼 과거를 바라보는 듯한 시선으로 노파가 반복한다. 그러나 전혀 떠오르는 아이가 없는지, 그 중얼거림이 차차 작아졌다.

짐작이 빗나갔나…….

정신이 들고 보니 완전히 날이 저물어 있었다.

아무리 해가 긴 여름이라고 해도, 앞으로 10분 정도만 있으면 완전히 어두워지고 만다. 그 전에 노파를 집에 돌려보내는 편이 좋을 것이다.

고이치는 고개를 숙이고서 말했다.

"말씀해주셔서 감사합니다. 날도 저물었고 하니⋯⋯."

"⋯⋯아아, 그 애가 있었죠."

고이치의 말은 듣지 못한 듯이 노파가 갑자기 그런 말을 꺼냈다.

"네?"

"아니, 총각의 친구라고 하니까 총각이 다른 애들과 사이좋게 지내기 시작했던 무렵만 생각하고 있어서, 좀처럼 기억이 나지 않던 모양이네요."

"무, 무슨 말씀이시죠?"

갑자기 고이치의 심장 고동이 빨라졌다.

"총각이 그 산에서 아이들과 같이 놀기 시작했던 다음 해 여름이었죠. 총각보다 어린 여자애가 이따금씩 모습을 보이게 되었었죠."

"저희들보다 어린 아이요?"

"총각은 열 살 정도였을까요. 그렇다면 요시코는 대여섯 살 정도였을 거 같네요. 단발머리에 하얀 피부의 귀여운 아이였는데, 가을이 되어도 길이가 짧은 치마를 입고 있었죠."

"⋯⋯."

이름과 외모에 대한 묘사를 들은 순간, 몇 번인가 떠오를 듯했던 여자아이의 이미지가 다시 머릿속에 비칠 것만 같았다.

"다만, 조금 상태가 이상하다고 생각해서 언젠가 한 번 말을 걸었어요. 그러자 조금 장애가 있는 아이란 걸 알 수 있었죠."

노파의 말투로 보아, 요시코라는 아이에게는 뭔가 지적장애가 있었던 듯하다.

"그래서 저도 걱정스러워서 어디에서 왔느냐고 물었더니 '마에카초'라고 더듬더듬 대답하더군요. 이름이 뭐냐고 물었더니 더듬거리며 '사카야노요시코'라고 간신히 대답하더군요. 앞의 '사카야'는 아무래도 술을 파는 가게를 뜻하는 사카야酒屋인 것 같다고 생각했어요. 요컨대 술가게의 요시코라고 말하고 싶었던 거겠죠. 처음에는 마에카 초하고 술가게가 이어지지 않아서 무슨 말인가 하고 당황했지요. 하지만 아무래도 마에나카 초의, 즉 상점가에 있는 주류 판매점의 아이인 듯하다고 이내 짐작이 가더군요."

"술가게의 요시코……."

고이치의 머릿속 한구석이 지끈거렸다.

"그런 아이라서, 항상 이 부근에 왔던 건 아니었고, 문득 정신이 들고 보면 모습이 보였던 정도였죠……. 그래서 곧바로는 떠오르지 않았던 거겠죠."

"표주박산에는?"

"올라갔어요. 그래서 저는 총각들이 그 애하고 놀아주면 좋겠다고, 그렇게 생각했던 기억이 있어요. 그때만큼은 그 산에서 아이들이 논다는 것보다도, 요시코가 다른 애들하고 잘 놀 수 있을지가 더 신경이 쓰여서……."

"놀았던 것 같은…… 기분이 듭니다."

"그런가요."

노파가 안도한 듯이 기뻐하는 얼굴로 웃었다.

"요시코는 산에서 내려올 때에는 항상 혼자더군요. 그래서 총각들이 같이 놀아주었는지 잘 알 수 없어서……."

"다만…… 거의 기억이 나지 않는군요."

"그렇게 긴 시간은 아니었기 때문이겠죠."

"요시코란 애는 얼마 안 가서 모습을 보이지 않게 되었나요?"

"예……."

그렇게 이야기하고 있는데, 노파의 표정이 어두워졌다.

"…… 그랬지요."

"갑자기 어느 날부터 요시코는 오지 않게 된 겁니까?"

그렇다면 노파도 그 이유를 알지 못하는 것이 당연하겠지. 그런데 아무래도 뭔가 걸리는 것이 있다는 눈치였다. 가만히 뭔가를 생각하고 있다.

"어째서 요시코가 모습을 보이지 않게 되었는지, 짚이는 것이 있으십니까?"

"……."

"할머니?"

"……."

점차 노파의 얼굴이 아주 험악한 인상으로 변해갔다.

"다레마의……."

"……네?"

"……귀신 들린 아이."

"네?"

무슨 의미인가 하고 고이치가 되물으려고 했을 때였다.

"할머니!"

아주 가까이에서 외치는 소리가 들렸다. 소리가 난 쪽을 보니, 20대 후반 정도의 여성과 초등학교 저학년 정도의 남자아이가 돌담 밖에 서 있었다.

"이제 집에 가야죠. 슬슬 저녁 시간이에요."

노파의 손녀와 증손자일까. 주변이 어두워지기 시작하는데 아무리 기다려도 돌아오지 않는 할머니를 걱정해서 일부러 찾으러 왔는지도 모른다.

"죄송합니다. 잠깐 말씀을 듣던 중이라서……."

고이치는 일어나서 고개를 숙였지만, 이미 여성은 묘지의 문으로 발걸음을 향하고 있었다.

"지금 일에 대해서 나중에 다시 말씀을 여쭐 수 있을까요?"

"……으음."

노파가 긍정인지 부정인지 알 수 없는 신음 소리를 냈다.

"부탁드립니다."

지금 여기서 약속을 받지 않으면 어째서인지 늦어버릴 것 같은 기분이 든다.

"할머니, 돌아가요."

바로 뒤에서 목소리가 들렸다. 깜짝 놀라서 돌아보니 손녀인 듯한 여성이 벌써 벤치 옆까지 와 있다.

어째서 이렇게 빨리 온 거지?

이어서, 그녀 뒤에는 증손자로 보이는 남자아이가 이쪽을 향해 필사적으로 달려오는 모습이 보였다. 마치 조금이라도 빨리 노파를 이 자리에서 데려가고 싶어 하는 것 같았다.

"실은 지금 할머님께 이 부근의 옛날 이야기를 듣고 있어서……."

고이치는 변명을 하려고 했다. 그러나 그런 그를 무시한 채로, 여성은 노파의 손을 잡고 벤치에서 일으켜 세운 뒤에 유모차를 잡게 했다. 그리고 자상하게 할머니의 등을 밀듯이 하며 묘지의 문 쪽을 향해서 걷기 시작했다.

그사이에 그녀는 고이치에게는 일절 시선을 향하지 않았다. 반대로 늦게 온 남자아이 쪽은 호기심과 공포심이 뒤섞인 표정으로, 여성이 "애, 얼른 와!" 하고 재촉할 때까지 빤히 고이치를 바라보았다.

"저기……."

이름과 주소를 묻고 싶었지만 어쩔 수 없이 포기했다. 노파 혼자라면 문제없었겠지만, 저 여성이 같이 있으면 불가능할 것이다.

하지만 어째서?

자신이 외부인이기 때문일까. 그렇게 고개를 갸웃거리고 있다가, 어쩌면 저 여성이 자신과 노파와의 대화를 듣고 있었던 것은 아닐까 고이치는 생각했다. 고이치가 깨닫지 못했을 뿐이지, 얼마간 돌담 밖에 서 있었는지도 모른다.

가령 그렇다고 하면 그녀가 소리를 지른 타이밍, 그때 노파가 입밖에 낸 말이 무엇이었는지가 당연히 문제가 된다.

……다레마의 귀신 들린 아이.

확실히 노파는 그렇게 말했다. '다레마'는 표주박산 옆의 작은 산에 세워진 다레마 가문을 말하는 걸까. '귀신 들린 아이'는, 말 그대로 귀신 들린 듯 정상이 아닌 아이란 뜻일까.

즉 '다레마 가문의 귀신 들린 아이'란 뜻이다. 그렇게 불렸던 인물이 있었던 걸까. 그 녀석이 요시코와 관계가 있었던 걸까. 그리고 고이치와 친구들과도…….

어떻게 해서든 확인해야만 한다.

노파와 손주 두 사람의 뒷모습을 떠나보내면서 고이치는 생각했다. 이대로 미행해서 집이 어디인지 알아내는 것은 가능하다. 하지만 그러면 아마도 여성이 눈치채고 더욱 경계하겠지. 한번 그렇게 되면, 더 이상 노파에게 이야기를 들을 수 없게 된다. 그렇다고 해서 그 밖에 다른 협력자를 찾을 수 있느냐고 하면, 그것도 꽤 어려워 보인다.

그러면 이제 어떻게 할까.

어둠이 내리기 시작하는 묘지 안에서, 고이치는 혼자서 멍하니 그 자리에 못 박혀 있었다.

그때, 문 앞까지 가던 노파가 문득 뒤를 돌아보았다. 다음 순간 마치 어린아이를 타이르는 듯한 어조로, 그때까지와는 다른 생생한 목소리로 이렇게 말하는 것이 간신히 들렸다.

"아가, 착한 아이니까 저 산에는 들어가면 안 돼요."

어느 광경 4

"다~레마가 죽~였다!"

커다란 나무에 오른팔과 얼굴을 대고 그렇게 외치고 나서, 술래가 왼쪽 어깨 너머로 돌아보았다.

그와 동시에 저녁 햇살을 받으며 새까맣게 된 사람들의 움직임이 딱 멈췄다. 모두가 술래 쪽을 향해, 지금이라도 걷기 시작할 것 같은 자세를 한 채로.

한 사람, 두 사람, 세 사람, 네 사람, 다섯 사람…… 아무도 손가락 하나 까딱하지 않는다.

그러나 술래가 다시 나무 쪽을 향하며 등을 보이자마자, 다섯 사람이 일제히 움직이기 시작했다.

"다~레마가 죽~였다!"

독특한 억양으로 또다시 술래가 노래하듯 외쳤다.

그사이에 사람의 형체들은 조금씩 커다란 나무를 향해 다가간다. 단, 술래가 돌아보면 움직임을 딱 멈춘다. 아무리 부자연스러운 모습을 하고 있어도, 그 자세 그대로 미동도 하지 않는다. 그저 술래가 다시 나무 쪽을 돌아보기만을 기다리고 있다.

그런데 몇 번째인가 돌아보던 술래가 좀처럼 앞을 보지 않았다. 커다란 나무에 얼굴을 묻지 않고 다른 사람들 쪽을 빤히 바라보고 있다.

"그러는 법이 어디 있어! 너무 길잖아!"

멈춰 있는 사람들로부터 항의의 목소리가 일었다. 물론 입만 움직이고 있다.

그러나 술래는 그저 사람들을 계속 바라볼 뿐, 그만두려고 하지 않는다.

"야, 이젠됐잖아!"

계속해서 비난의 목소리가 들린다. 그러나 술래에게는 들리지 않았다. 왜냐하면 술래는 열심히 세고 있었기 때문이다.

한 명, 두 명, 세 명, 네 명, 다섯 명, 여섯 명……. 한 명이 많다.

술래가 진을 치고 있는 커다란 나무를 향해서 다가오는 사람의 숫자가, 어느샌가 다섯 명에서 여섯 명으로 늘어 있었다.

일곱 명째가 있다…….

어느 때부터인가 이 놀이는, 일곱 명이 하고 있었다.

"다~레마가 죽~였다!"

슐래가 왼쪽 어깨 너머로 돌아보자, 거의 동시에 사람들의 움직임이 멈춘다. 아무도 움직이지 않은 것을 확인한 뒤에, 슐래가 나무 쪽을 다시 향한다.

"다~레마가 죽~었다!"

다시 슐래가 노래하듯이 외치고, 그런 뒤에 돌아본다. 사람의 형체들도 모두 움직임을 멈춘다. 그 반복이 잠시 이어지다가, 갑자기 슐래가 뒤를 돌아본 채로 굳었다.

"이렇게 오래 있는 건 반칙이잖아!"

일곱 명째 아이를 세고 있을 때 이상으로, 강한 항의의 목소리가 들렸다. 그러나 슐래는 긴장된 표정을 지은 채로 완전히 굳어 있다.

석양을 받으며 서 있는 아이들의 뒤편에서 뭔가 검은 것이 섬뜩하게 꿈틀거리는 모습을, 그저 바라보면서······.

제
13
장

꿈틀거리는 그림자

전화벨이 울리고 있다.

뜨거운 물로 샤워를 하고 난 우치하라 사토시가, 방금 전에 체크인한 나가노의 타시로 시에 있는 '비즈니스호텔 타시로'의 욕실 겸 화장실의 좁은 공간에서 나왔을 때 핸드폰 벨 소리가 들렸다.

"어라, 누구한테 온 거지?"

주변에 다른 사람이 없으면 자기도 모르게 혼잣말을 한다. 이것은 이미 완전히 그의 버릇이 되어 있었다.

조금 두근거리는 마음과 왠지 모를 불안을 가슴에 품고, 사토시는 재빨리 머리와 몸을 수건으로 닦고 나서 작은 책상 위에 놓인 핸드폰을 집어 들었다.

이 전화번호는 아주 친한 친구에게밖에 알려주지 않았다. 다만 그 정도로 깊은 사이인 친구는 별로 없어서, 걸려오는 전화가 상당히 한정되어 있다. 게다가 앞으로 몇 분만 있으면 오후 11시 반이 된다. 이런 시간에 전화를 걸어올 사람은, 많지 않은 친구들 중에도 거의 없을 텐데……

그가 핸드폰으로 손에 뻗으면서 상반되는 마음을 품은 것은 그런 이유 때문이었다.

"공중전화?"

그런 마음이 발신자 표시를 보자마자 당혹으로 바뀌었다. 이제까지 공중전화에서 전화를 걸어온 사람은 한 사람도 없다. 물론 그럴 필요가 없기 때문이다.

"핸드폰을 잃어버렸나?"

그렇게밖에 생각할 수 없다. 그렇다면 집의 유선전화로 걸면 될 텐데. 분명히 밖에 있었던 거겠지. 구태여 공중전화로까지 건 것을 보니 중요한 일이 틀림없다.

"여보세요."

사토시는 당황하며 핸드폰을 받았다.

—…….

그렇지만 아무런 응답도 없다

"여보세요?"

—…….

받기 전에 끊어졌나 생각했지만, 그렇다면 "뚜우" 하는 발신음이 들릴 것이다. 아무것도 들리지는 않지만, 전화가 연결되어 있는 느낌은 확실히 있었다.

"누구시죠?"

—…….

여전히 대답이 없다. 그러나 사토시는 이때 아직 상대가 자신의 친구 중 누구일 거라고 생각하고 있었다. 이 핸드폰 번호를 아는 것은 그 한정된 몇 명뿐이었기 때문이다.

"이봐, 누구야?"

—…….

"장난이라면 성공했으니까, 이제 그만해."

—…….

그때서야 사토시도 조금 불쾌해지기 시작했다.

"여보세요?"

—…….

"이제 그만 좀……."

거기서 사토시는 이런 전화를 걸 만한 사람이 딱 한 명 있다는 것을 기억해냈다.

"……에이 군이야? 다몬 에이스케 아냐?"

지난주 목요일의 같은 시간대에 에이스케는 전화를 걸어왔다. 그 무렵에 사토시는 아직 군마에 있었고, 지금과 마찬가지로 비즈니스 호텔의 방에 있었다. 오늘 저녁에 군마에서의 마지막 업무를 마치고 나가노로 들어간 것이 10시 반 무렵이다. 여기에서 적어도 월말 전까지는 영업활동을 할 예정이다.

에이스케의 전화는 처음에는, 1년에 한 번꼴로 걸려오던 평소의 전화와 같은 내용이었다. 그런데 그것이 차츰 무겁고 어두운 이야기로 넘어가기 시작해서 사토시는 난처해졌다.

고생하는 건 너뿐만이 아니야.

그렇게 말하고 싶었지만 입 밖에 내지는 못했다. 에이스케의 이야기에 동정심이 든 것도, 그가 자살할까 봐 두려웠던 것도 아니다. 물론 조금은 그런 마음이 싹텄지만 그 때문은 아니었다.

사토시는 옛날부터 자신의 솔직한 마음을 표현한 적이 거의 없다. 그렇게 해버렸을 경우에 상대가 보일 반응과 결과를, 자기도 모르게 나쁜 쪽으로 상상하고는 금세 위축되기 때문이다. 부모님이나 형 같은 가족, 큰아버지나 작은 어머니나 사촌들, 이웃 사람들, 학교의 선생님이나 동급생…… 상대가 누구든 모두 마찬가지였다.

팔방미인八方美人(어느 모로 보나 아름다운 미인, 혹은 누구에게나 잘 보이려고 처세하는 사람의 두 가지 의미_역주)이라는 사자성어를 알았을 때, 사토시는 자신을 말하는 것 같아 놀랐다. 하지만 그런 것치고는 친구가 생기지 않았다. 초등학교 때의 아리타 유지를 시작으로, 중학교와 고등학교에서도 친해질 수 있었던 사람은 대개 한 명뿐이었다. 그 한 명이 사토시의 친한 친구라면 다행이겠지만, 유감스럽게도 그렇지는 않았다. 굳이 말하자면 사토시 쪽이 일방적으로 친구 관계를 요구하고, 그것을 상대가 받아들이는 그런 관계들뿐이었다.

어른이 된 뒤에도 그런 상황은 별로 달라지지 않았다. 먼저 연락을 하는 것은 항상 사토시다. 따라서 그의 핸드폰 번호를 알고 있어도, 실제로 전화를 걸어오는 상대는 한정되어 있었다. 그 많지 않은 사람 중에 이런 묘한 전화를 할 사람은 아무리 생각해도 다몬 에이스케밖에 없다.

"잘 있었어?"

에이스케에게 들었던 상황으로 미루어 보면 잘 있었을 리는 없다고 생각한다. 하지만 그 밖에 할 말도 떠오르지 않는다. 게다가 적어도 아직 그는 살아 있다. 자살한 것은 아니다.

"그 뒤로 상황은 좀 정리됐어?"

물어봤자 속상해질 뿐인가, 하고 말한 뒤에 생각했다. 그렇지만 다시 전화를 해왔다는 것은 뭔가 할 이야기가 있기 때문이겠지.

그렇구나. 핸드폰을 버렸구나.

사토시는 공중전화인 이유를 간신히 깨닫고 납득했다. 아마도 전화 요금을 낼 수 없게 된 것이다. 그 정도로 그는 돈에 쪼들리고 있는 것인가.

설마, 돈을 빌려달라고 하는 건 아니겠지.

납득하자마자 자신에게 닥칠 현실적인 문제를 깨닫고, 사토시는 자기도 모르게 얼굴을 찡그렸다.

보잘것없는 샐러리맨한테, 빌려줄 만한 돈이 어디 있겠어.

혼잣말 대신에 마음속으로 한숨을 쉬면서 중얼거린다. 그렇게 자신의 생각에만 사로잡혀 있었던 사토시는 전화 건너편에서 여전히 아무런 대답도 하지 않는다는 사실을 잠시 깨닫지 못했다.

"여보세요?"

—…….

전혀 반응이 없다.

"어이, 들려?"

—…….

멀리서 자동차가 다니는 소리가 나서 공중전화라는 것을 더 확실히 알 수 있었다.

"……에이 군이지?"

—…….

완전한 침묵을 듣고 있는 동안 다시 뭐라 말할 수 없는 섬뜩한 기분이 들기 시작했다.

잘못 걸려온 전화라면 이미 끊어졌을 것이다. 불특정 다수의 사람을 노린 장난 전화라면 무슨 반응이 있었을 것이다.

어떻게 된 일이지?

전화는 확실히 연결되어 있다. 누군가가 일부러 공중전화에서 전화를 건 것이다. 전화박스 바깥의 소리도, 흐릿하지만 전해져온다. 그 인물은 틀림없이 그곳에 있고, 그의 목소리에 귀를 기울이고 있다.

대체 누가……?

그렇게 생각하자마자, 아주 무서워졌다. 사토시는 당황하며 전화를 끊고 흉측한 물건을 손에서 놓는 것처럼 핸드폰을 서둘러 책상

위에 내려놓았다.

잇따라 재채기가 나왔다. 목욕수건 한 장을 손에 들었을 뿐, 아직 알몸이었다. 냉방이 잘되고 있기 때문인지, 여름인데도 몸이 금방 식어버린 듯했다. 다시 한번 따뜻한 물로 샤워를 할까 생각했지만 그대로 목욕가운을 걸쳤다. 냉장고에서 캔 맥주를 꺼내서 침대에 앉아 단숨에 반 정도를 비웠다.

"후우……."

한숨과 함께 자기도 모르게 침대에 드러누웠다.

전혀 깨닫지 못했지만, 자기도 모르는 사이에 목이 몹시 말라 있었다. 더운 물로 샤워를 하고 났기 때문이 아니라, 지금 받은 기분 나쁜 전화 때문이 틀림없다. 남은 맥주도 마저 비웠지만 도저히 한 캔으로는 갈증이 가실 것 같지 않다. 그러나 한 캔 더 꺼내기 위해서 움직이는 것도 귀찮았다. 아직 한 주의 중반인 수요일인데 빨리도 일의 피로가 쌓인 듯한 기분이 든다.

도쿄에서 대학을 나온 뒤에 어느 교육출판사에 취직한 우치하라 사토시는, 초등학생이 있는 가정을 대상으로 한 학습교재 영업직으로 오래 근무했다. 그 뒤에 회사를 옮기면서 교육출판으로부터 멀어지긴 했지만, 서적 영업과 관련된 일을 계속해왔다.

그리고 현재 그는 다양한 분야의 전문개설서를 취급하는 중견 종합출판사에서 영업과장직을 맡고 있었다. 다만 그것은 직함뿐이고 실제로 부하가 있는 것은 아니다. 사토시 자신이 거의 회사에 붙어 있지 않고, 말하자면 개인 사업에 가까운 일을 하고 있으므로 애초에 상사도 부하도 없다. 지금의 회사로 이직하고 나서 10년 정도 지났지만, 계속 자기 혼자 일해온 듯한 기분이다.

업무 방식은 옛날과 달라지지 않았다. 회사가 내어준 차에 상품의 견본인 각종 전문서적을 몇십 권씩 실은 채로 자신의 담당 지역을 몇 달 동안 돌아다닌다. 방문하는 곳은 취급하는 서적의 분야에 의해 달라진다. 의료나 간호 관련은 병원이나 관련시설, 건축이나 토목 관련은 설계사무소나 건축회사, 요리 관련은 호텔이나 점포, 무술 관련은 경찰서나 경비회사 같은 식으로, 기획 분야마다 영업처의 리스트가 회사에 있다. 거기에 각 분야의 전문학교와 공립 도서관이 추가로 더해진다.

20여 년 전에는 회사의 각 분야마다 영업부가 설치되어 있었다고 한다. 각 부서의 영업부원은 하나의 전문 분야에 대해서만 다루었다. 그래도 개설서는 한 시리즈의 권수가 많은 데다 그런 시리즈가 몇 가지나 있었기 때문에 책들에 대해 전부 공부하기 쉽지 않았다고 들었다. 그래도 영업부원이 공부해둔 전문지식이 이따금씩 현장에서 도움이 되곤 했다고 한다.

그런데 방문영업이라는 행태 자체를 세상이 점차 받아들여주지 않기 시작했다. 물론 일반 가정을 타깃으로 하는 방문판매와는 달리, 각 분야의 전문가를 상대로 하기 때문에 갑자기 영업이 곤란해지지는 않았다. 그러나 시장은 확실히 줄어들고 있었다. 게다가 개설서라는 서적의 형태 자체에 대한 수요도 줄어들기 시작했다. 말하자면 엎친 데 덮친 격이다.

회사는 영업부를 축소하는 것과 동시에 중형 상품 기획에도 힘을 기울이기 시작했다. 예를 들면 의료와 간호 관련은 멘탈 헬스 시리즈, 요리 관련으로는 창작 요리 시리즈 등, 그때까지 없었던 기획을 잇따라 발표했다. 그러나 매상은 계속 내려갔고 끝내 영업부는 하나로 통합되고 말았다. 또한 그 무렵에 일반서점 판매를 메인으로 하는 출판물 쪽으로 회사의 주력 상품이 옮겨 가기도 했던지라 직판영업부는 회사 내에서 더더욱 사양세에 접어들고 있었다.

사토시가 이직한 것은 딱 직판영업부의 겨울이 닥친 시기였다.

다만 그런 시기였기 때문에 회사가 사토시와 같은 경험자를 필요로 했다. 실제로 그는 거의 부탁받다시피 하며 지금의 회사에 들어왔다. 그랬기 때문에 사토시에 대한 대우도 좋았고 본인도 의욕에 차 있었다.

그러나 유감스럽게도, 회사도 영업부도 사토시 개인도 완전히 시대에 역행하고 있었다고 할 수밖에 없었다. 그가 입사한 후 한때 호전되었던 직판영업부의 매출은 다시 하락선을 그리기 시작했다. 그 뒤로도 매출은 조금 올라갔다가 더욱 떨어지는 꺾은선 그래프를 그리면서 오늘에 이르고 있다. 대형 상품인 개설서 시리즈는 이미 기획조차 되지 않게 되고, 중형 상품도 신상품의 숫자가 점차 줄어가면서, 정신이 들고 보니 재고 처리 상품만 남아 있는 현실이었다.

취급하는 상품이 점차 재고 상품들로 바뀌어가는 것에 반비례해서 매월 판매 할당량은 늘어갔다. 이윽고 과로로 쓰러지는 사람이 나오기 시작했다. 사토시보다 오래 회사에 머물러 있던 한 과장은 오차노미즈의 캡슐호텔 세면실에서 숨을 거둔 채로 발견되었다. 사인은 심장마비였다. 회사는 산재로 인정하지 않았지만, 그 과장이 지나친 노동을 강요받고 있었던 것은 틀림없다.

그래도 사토시가 이 일을 그만두지 않았던 것은 자신에게 잘 맞았기 때문이다. 어린 시절부터 사람을 대하는 데는 서툴렀다. 하지만 그 자리에서만의 관계라도 괜찮다면, 그래도 잘 헤쳐 나갈 자신이 있었다. 예전의 팔방미인다운 성격이 생각지도 못한 곳에서 도움이 된 것이다. 학급이나 회사의 직장에서 매일 같은 사람과 얼굴을 마주하는 것보다, 항상 다른 장소로 이동하면서 다른 사람과 만나는 편이 그에게 맞았던 것이다.

"그러고 보니……."

침대에 뒹굴면서 사토시는 문득 심장 마비로 죽은 과장에 관한 기묘한 소문을 떠올렸다.

"그 사람이 죽어 있던 곳은 거울이 있던 세면실이었다…… 라고
했지."

밤중에 세면대 거울 안을 들여다보면 무서운 것이 보인다…….
어릴 적에 할머니에게 그런 이야기를 들은 기억이 있다.

그러나 하필이면 지금, 왜 그런 기분 나쁜 소문과 괴담이 머리에
떠오른 걸까. 자기도 호텔의 방에 있기 때문일까? 다만 여기는 캡
슐호텔이 아니다. 과장은 분명히 숙박료를 아껴 줄어들기만 하는
급료에 보태고 싶었던 것이다. 그래서 싸구려 캡슐호텔에 묵었다.
그리고 거울이 있는 세면대에서…….

"내가 지금 무슨 생각하고 있는 거지?"

스스로도 알 수 없었다. 어째서인지는 모르겠지만, 자기도 모르
게 계속 불길한 상상을 하고 있다. 역시 맥주를 한 캔 더 마시자. 술
에 취해서 자버리자. 그렇게 생각했지만 전혀 몸을 움직일 기분이
들지 않았다.

그때, 핸드폰이 울렸다.

벌떡 몸을 일으키고 책상 위에 놓인 핸드폰을 본다. 확실히 램프
가 들어와 있다. 벨 소리도 들린다.

천천히 침대에서 일어나서 몇 걸음 만에 책상 앞까지 간다. 조심
조심 핸드폰을 집어 들고, 한순간 망설인 뒤에 본체를 열어 화면을
보았다.

공중전화…….

발신자가 조금 전과 똑같이 표시되어 있었다. 다른 사람이 걸었
다고는 생각할 수 없다. 틀림없이 같은 녀석이겠지. 무시하고 끊어
버리려고 했지만, 또다시 걸어올 것 같은 기분이 든다. 공중전화 착
신거부 설정을 하면 이 문제는 간단히 해결된다. 그러나 그 녀석은

사토시의 핸드폰 번호를 알고 있다. 어째서인지 그의 개인적인 정보를 파악하고 있는 것이다.

"누구지?"

지금 여기서 도망쳐도 다른 방법으로 쫓아오지는 않을까. 전화를 끊으면 간단하지만, 그래서는 아무런 해결도 되지 않는다. 그런 기분이 들었다.

"하지만……."

그렇다고 해서 어떻게 대처하면 좋을지는 물론 알 수 없다. 다만 그에게는 이대로 무시하고 있을 담력이 없었다.

삑…….

전화를 받았다.

―…….

상대는 아무 말도 하지 않는다.

"……."

사토시도 일절 입을 열지 않았다.

―…….

"……."

말하지 않고 참기 경쟁이라도 하는 것처럼 서로 침묵했다. 다만 사토시는 필사적으로 귀를 쫑긋 세우고 있었다. 전화박스 주변의 소리가 들리지 않을까, 하고 귀를 기울였다. 만약 특이한 소리라도 들린다면 그 장소를 추리해서 상대의 정체를 밝힐 수 있을지도 모른다.

조용하다…….

이따금씩 멀리서 자동차가 달리는 소리뿐, 그 외엔 아무런 소리도 없다.

아니…… 숨소리가 나고 있다!

흐릿하게, 아주 흐릿하게 숨을 내쉬고 들이쉬는 소리가 저쪽에서 들려온다. 억누르려 하고 있지만 억누르지 못하는 누군가의 숨소리가 확실히 들려온다.

기분 나빠…….

곧바로 사토시는 오싹해졌다. 침묵에는 견딜 수 있어도 이런 소리를 계속 듣는 것은 견디기 어려웠다.

이만 끊자.

아무 말도 없는 전화를 그가 끊으려고 할 때였다.

―다~레마가 죽~었다…….

나락의 바닥에서 노래하는 듯한, 어린아이의 목소리가 들렸다.

"어?"

자기도 모르게 되물으면서도 사토시는 마치 머릿속에서 아주 작은 폭발들이 일어난 것 같은 감각을 느끼고 있었다.

"뭐, 뭐라고?"

―…….

지금은 전화 상대가 누구인지보다 그 녀석이 정확히 뭐라고 말했는지, 그것을 알고 싶었다.

"뭐라고 말했지?"

―…….

그러나 그 녀석은 다시 입을 다물어버렸다.

"이봐, 나한테 볼일이 있어서 전화했을 거 아냐. 제대로 듣고 있으니까 다시 한번, 조금 전에 했던 말을 해봐."

―…….

"여보세요?"

―…….

상대는 여전히 입을 다문 채로, 아무 말도 하지 않는다. 그저 사토시의 눈치를 엿보고 있는 듯한 낌새만이 있었다. 그것이 뭐라 말할 수 없을 정도로 기분 나쁘게 느껴졌다.

"이봐? 여보세요? 들리지?"

—…….

"젠장! 끊는다!"

—…….

위협할 생각이었지만 상대는 역시 아무 말도 하지 않았다. 왠지 이대로 끊지 않으면 지는 듯한 기분이 들었다.

"이제 됐어."

이번에야말로 사토시가 전화를 끊으려고 한 순간이었다.

—다~레마가 죽~었다…….

곧바로 머릿속에 먼 옛날의 기억이, 탁한 오렌지빛으로 물든 어느 광경이 단숨에 되살아나며 어째서인지 팔뚝에 소름이 돋았다.

대체 지금 뭐가 떠오르려고 하는 거지?

사토시는 결코 봉인을 풀어서는 안 되는 기억의 문이 조금씩 열리려고 하는 듯한, 그런 감각에 사로잡혔다.

다레마가 죽었다…….

확실히 그렇게 들렸다. 그 노래하는 듯한 억양에서 '다루마가 굴렀다'라는 그 놀이가 연상된다.

다루마가 굴렀다…….

다레마가 죽었다…….

토시, 움직였어…….

"앗!"

과거의 흉측한 기억이 문득 얼굴을 보이려고 할 무렵…….

—……바이바이.

"이봐……."

—……바이바이, 토시.

그리고 전화는 그대로 끊어졌다.

"……뭐, 뭐지, 이건?"

오른손에 든 핸드폰을 바라보면서 사토시는 그 자리에 망연히 서 있었다. 그러나 이내 서 있기 힘들어지기 시작했다. 정신이 들고 보니 두 다리가 후들거리고 있다. 처음에는 미세하게 파르르 떨리다가 점차 비틀거릴 정도로 크게 흔들리기 시작했다.

책상이나 의자에 몸을 의지하면서 사토시는 침대까지 이동했다. 그리고 쓰러지듯이 옆으로 누웠다. 언젠가부터 다리의 떨림은 몸 전체로 퍼져 있었다. 그러나 그는 에어컨의 냉방을 끄지 않았다. 추워서 떠는 것이 아니었기 때문이다. 그 증거로 이마에는 끈적끈적한 식은땀이 흥건했다.

지금 전화를 건 녀석은 내 핸드폰 번호를 알고 있었어…….

나를 토시라는 어린 시절의 애칭으로 불렀어…….

애초에 핸드폰의 번호를 아는 사람도 적은 데다 거기에 토시라는 호칭이 더해지면, 숫자가 더욱 줄어든다. 양쪽 다 아는 사람은 극히 한정된 인물뿐이다.

오오니타 군, 오오니타 다츠요시.

고짱, 하야미 고이치.

유준, 아리타 유지

사야, 고야나기 사야카. 지금은 결혼해서 오다기리 사야카가 되었다.

에이 군, 다몬 에이스케.

이 다섯 명밖에 없다. 두 가지 정보를 모두 가지고 있는 건 그들 뿐이다. 그럼에도 불구하고 다섯 명 중 누구 하나 이런 전화를 걸어 올 것 같은 사람은 없었다.

"하지만…… 아마도 그중 누구겠지."

망설이면서도 사토시가 그렇게 생각한 것은 상대가 한 말 때문이다. 그 어쩐지 기분 나쁜 말에 때문에 그의 옛 기억이 자극을 받았다. 그때의 느낌으로 미루어 보면 초등학생 무렵, 문제의 다섯 명과 알게 되어서 놀았던 당시의 언젠가인 것은 틀림없다. 즉 전화를 한 사람은 역시 그 다섯 명 중 한 명이다.

"대체 누구지?"

처음에 들려온 목소리는 정말로 어린아이 같았다. 새까만 어둠 속에서 혼자 다~레마가 죽~였다…… 라고 계속 외치고 있는 쓸쓸하면서도 무시무시한 이미지가 문득 떠올랐다.

"하지만…… 그 뒤에는 달랐어."

어른이 억지로 어린아이 목소리를 내고 있는, 그런 섬뜩함이 느껴졌다. 다만 그 탓에 상대가 남자인지 여자인지는 좀처럼 판단하기 힘들었다.

"어느 쪽이라도 이상할 게 없다는 건가."

혼잣말을 계속하면서 사토시는 생각했다.

"그렇다고 해도, 대체 어째서 이런 전화를 한 거지?"

과거의 뭔가를 떠올리게 하고 싶은 걸까? 그렇다면 참으로 번거로운 방법이 아닌가. 상대가 말한 것은 '다레마가 죽였다'와 '바이바이, 토시'뿐이다. 단지 그것만으로 이쪽의 기억이 되살아나게 만들 자신이 있었던 걸까?

"너무 말을 많이 해서 자신의 정체가 탄로 날까 봐 경계했다거나 그런 건가?"

그 가능성도 생각할 수 있다. 그러나 그렇다고 해서 입을 다물고 있는 것은 오히려 주객전도가 될지도 모른다.

"아니…… 역시 이상해."

그 무렵의 사건이라고 하면, 벌써 30년이나 전의 일이다. 왜 지금 와서 그런 옛날 기억을 파낼 필요가 있을까.

"이상하지만……."

막상 떠오르려고 하는 기억에서 느껴지는 막연하지만 흉측한 이미지가 신경 쓰였다. 떠올릴 수 있을 것 같은데도 흐릿한 이미지밖에 떠오르지 않는 것은, 잊고 있는 편이 좋기 때문은 아닐까. 떠올릴 수 없는 것이 아니라, 떠올리고 싶지 않은 것이 아닐까.

"……잠깐 기다려봐. 그러고 보니 에이스케도 '다루마가 굴렀다' 이야기를 했었지."

역시 전화를 한 사람은 다몬 에이스케인가. 그렇다면 자기뿐만이 아니라 다른 친구들에게도 걸었을 가능성이 있다. 지난주의 전화처럼.

"일단 전화해서 확인해볼까."

침대에서 일어나서 핸드폰을 놓아둔 책상까지 가려다가 사토시는 움직임을 멈췄다.

"만약 에이스케가 아니라면……."

범인은 다른 친구 중 누군가이고, 자신이 그 녀석에게 지금 우연히 전화를 걸어버린다면…… 하고 생각하자 무서워져서 누구에게도 전화를 할 수 없게 되었다.

"젠장!"

거의 말라 있던 머리카락에 두 손을 찔러 넣는 듯한 모습으로 사토시는 머리를 끌어안았다. 잠시 그러고 있다가 천천히 일어서서 욕실에 들어가 다시 샤워를 하고, 냉장고에서 두 개째의 캔 맥주를 꺼내서 마셨다. 세 개째를 비웠을 무렵에 취기가 돌기 시작했다. 자신이 그리 술에 강하지 않다는 것을 이때만큼 감사하게 생각한 적은 없다.

침대에 들어가서 얼마 지나지도 않아 사토시는 잠이 들었다. 다만 그는 하룻밤 내내 악몽의 세상에서 계속 놀아야만 했다.

다~레마가 죽~였다…….

기분 나쁜 목소리가 울려 퍼지는 표주박산의, 핏빛 석양이 비추는 해 질 녘의 신사 경내에서, 항상 자신의 등 뒤에 공포를 느끼면서도 몇 번이고 몇 번이고 뒤를 돌아보는 광기의 놀이를 계속했던 것이다.

돌아보면, 사람의 형체가 보인다.

돌아보면, 다시 사람의 형체가 보인다.

돌아보면, 또다시 사람의 형체가 보인다.

그리고 등 뒤의 형체를 쫓는 가운데, 그것이 그리운 친구들의 모습이라는 것을 그도 점차 알 수 있게 되었다.

저건…… 오오니타 군.

이쪽은…… 에이 군.

저쪽은…… 유준.

그리고 저기는…… 사야.

저 너머에 있는 건 고짱.

모두가 같은 세상에서 놀고 있었다. 그걸 알고 사토시는 안도했다. 여전히 등 뒤가 신경 쓰여서 무서웠지만, 돌아보면 낯익은 친구들이 서 있다. 항상 같이 놀던 표주박산의 아이들이다. 그 사실을 확인함에 따라 이윽고 등 뒤에서 느껴지는 두려움이 옅어지기 시작했다.

그런데 몇 번째로 돌아보았을 때였을까, 그곳에 낯선 여자아이가 서 있었다.

누구지……?

하얀 피부에 귀여운 얼굴이다. 여자아이인데도 고이치나 다츠요시와 조금 비슷한 느낌이 든다. 다만 두 사람처럼 똑똑해 보이지는 않는다. 오히려 막연하고 어쩐지 종잡을 수 없는 느낌으로 보였다. 그러면서도 묘하게 친근감이 느껴지는 분위기가 있다. 이상한 표현이지만, 같은 어린아이로서 안심할 수 있다는 기분이 드는 것이다. 나이는 자신들보다 어린 듯하다.

하지만 저런 애가 있었던가?

다른 친구들에게 물어보려고 했지만, 돌아본 사토시가 다가가려고 하면 모두 도망쳐버린다. 이래서는 술래잡기나 다름없다.

아니야. 우린 다루마가 굴렀다를 하고 있잖아!

그렇게 호소했지만 한 사람도 귀를 기울여주지 않는다. 그와 눈이 맞자마자, "우왓!" 하고 도망쳐버린다.

정말 이게 뭐람! 게다가 지금 술래는 오오니타 군이잖아.

사토시가 화를 내고 있는데 그 낯선 아이가 부끄러운 듯이 빙그레 그에게 미소를 지었다.

어……?

그 순간, 그의 뇌리에 자연스럽게 어떤 단어가 떠올랐다.

사카야노요시코…….

그러나 무슨 의미인지 전혀 알 수 없다. 한동안 있다가 간신히 이름 같다고 깨달았다. 그러면 '사카야노'가 성이고 '요시코'가 이름일까. '사카야노 요시코'라고 쓰는 걸까?

그건 아니겠지.

곧바로 생각했다. 저 애의 이름이 '요시코'인 것은 틀림없지만, '사카야노'에는 성이 아니라 뭔가 다른 의미가 있을 것이다…….

사카야노?

이 무렵이 되자 어째서인지 등 뒤를 돌아봐도 요시코의 모습밖에 보이지 않는다. 사토시가 조금 부끄러워질 정도로 귀엽게 미소 짓고 있는 요시코 한 명이, 계속 그의 등 뒤에 서 있다.

아니, 그런 게 아니다. 요시코의 등 뒤에 뭔가가 보인다.

어느새 어디에서 나타났는지, 요시코의 바로 뒤에 시커먼 그림자가 꿈틀거리고 있다.

무, 무, 뭐지, 저건……?

그것이 지금이라도 크게 부풀어 오르고 눈 깜짝할 사이에 요시코를 집어삼킬 것 같아서, 사토시는 진심으로 공포에 떨었다.

도, 도망치라고 말해야 해…….

그렇게 생각했지만 목소리가 전혀 나오지 않았다. 목이 바짝 바짝 타들어가서 비명조차 지를 수 없었다. 정신이 들고 보니 눈앞에는 아무도 없고, 또다시 자신의 등 뒤가 무서워지기 시작했다. 조심조심 돌아보니, 요시코와 그 등 뒤에서 꿈틀거리는 그림자가 보인다. 그렇게 몇 번이고 몇 번이고 돌아보자, 완전히 같은 광경이 몇 번이고 몇 번이고 계속 보였다.

이젠 싫어……. 그만둬…….

돌아보고 싶지 않다. 하지만 뒤가 두렵다. 돌아본다. 요시코가 있다. 그 등 뒤에 그림자가 보인다. 꿈틀거리는 그림자가 요시코를 뒤덮으려고 한다. 도망치라고 말하고 싶은데 목소리가 나오지 않는다. 정신이 들고 보니 눈앞에는 아무도 없다. 그러자 등 뒤가 무서워진다. 돌아본다. 요시코가 있다. 그 등 뒤에 그림자가 보인다. 꿈틀거리는 그림자가 요시코를 뒤덮으려고 한다. 도망치라고 말하고 싶은데 목소리가 나오지 않는다.

눈을 뜨기 직전까지 이 악몽이 이어졌다.

다음 날 아침, 다행히 악몽의 기억은 거의 우치하라 사토시의 머릿속에서 사라져 있었다. 다만 아주 기분 나쁜 악몽을 꿨다는 느낌만이 남았다. 그리고 평소보다 늦게 일어나는 바람에 그는 낙심했다.

정시에 출근할 필요가 없기 때문에 그날의 업무에 지장만 없다면 언제 일어나도 상관없다. 그렇지만 혼자서 장기출장을 나온 이상, 평소부터 규칙적인 생활을 하려는 마음가짐을 갖지 않으면 반드시 업무 성과에 영향을 미친다.

오전 중에 사토시의 업무가 잘 풀리지 않았던 것은 그 탓이기도 했다. 수면 시간은 충분했는데도 충분히 잤다는 기분이 들지 않는다. 머리가 멍하고 몸도 나른하다. 일을 할 기력이 솟지 않는다. 어젯밤의 기분 나쁜 전화는 될 수 있는 한 생각하지 않기로 했다. 그것에 관련되는 꿈을 꾼 듯한 기분도 들지만 일부러 기억해낼 생각은 없다.

오늘은 어째 일이 잘 안 풀릴 것 같네.

점심 식사를 마친 사토시가 패밀리 레스토랑의 주차장에 세워둔 렌터카 안에서 그런 생각을 하고 있을 때였다.

그의 핸드폰이 울렸다.

그것은 범인에게서 걸려온 전화였다.

이 범인이란 물론 표주박산의 아이들을 차례차례 죽인 인물이다. 당연하지만 사토시는 전화 상대가 연쇄살인 사건의 범인이란 것을 모른다. 아직 그는 옛 친구들이 살해되고 있다는 사실조차 모르고 있으니까…….

그날 저녁에 사토시는 범인과 만날 약속을 했다. 상대의 말에 흥미를 느꼈기 때문이지만, 우연히 범인이 나가노에 있어서 바로 타시로 시까지 올 수 있다는 것을 알았던 점도 있다. 오히려 그 이유 쪽이 컸을지도 모른다.

약속 장소는 역 앞의 카페로 잡았다. 그곳에서 범인의 이야기를 듣고, 사토시도 충분히 이야기를 했다. 서로의 용무가 끝났을 때, 범인에게 저녁 식사를 함께 하자는 제안을 받았다. 조금 이상하다고 생각하긴 했지만, 딱히 거절할 이유도 없다. 둘이서 상의해서 적당한 술집에 갔다.

범인은 별로 마시지 않았지만 술은 잘 권했다. 어쩌다 보니 사토시는 술을 과하게 마시게 되었다. 그것은 자신도 인정하지만, 그렇다고 해도 취기가 빨리 돌았다. 어쩐지 졸려서 견딜 수가 없다. 사토시의 경우에는 일정량을 넘게 마시면 수마睡魔가 밀려온다. 어젯밤에는 그 습성을 이용해서 잤었는데, 오늘 밤은 그 이상으로 졸리다.

뭔가 이상하다…….

범인은 사토시의 눈치를 보더니, 술도 깰 겸 밖을 걷자고 제안했다. 바로 호텔로 돌아가서 침대에 눕고 싶었지만, 성격 탓에 거절하지 못하고 사토시는 순순히 따르기로 했다.

두 사람이 향한 곳은 번화가에서 조금 떨어진 지점을 흐르는 타시로강이었다. 이미 해는 저물고, 강바람도 불고 있었지만 여전히 무더웠다. 찝찝한 땀이 이마를 타고 흘러내렸다. 아니, 이건 식은땀일까. 기분이 나쁘다.

토할 것 같은 기분이 들어서 사토시가 다리의 난간에서 상반신을 내밀자, 곧바로 범인이 등을 두드려주었다. 괜찮으냐고 물어봐서, 조금 쉬면 괜찮을 거라고 힘없이 대답했다. 그러나 사실은 속이 안 좋아서 견딜 수 없었다.

사토시는 난간에 기댄 상태로 가만히 움직이지 않고 쉬었다. 현기증이 느껴져서 눈을 감는다. 머리가 아프다. 단순한 취기는 아닌 듯한 기분이 든다. 이미 구역질은 그쳤다. 두드려주지 않아도 괜찮습니다……라고 말하려고 하다가 이미 범인이 멈췄다는 것을 깨닫는다. 그 직후, 시선이 느껴졌다.

등 뒤가 무섭다…….

무시무시한 시선이다. 사토시의 뒤에는 범인밖에 없다. 하지만 어째서 자신을 이렇게 응시하고 있는 것일까. 걱정해서일까? 아니, 그런 수준은 아니다. 명백히 더욱 강한 의사가 담겨 있다. 그것이 등 너머임에도 불구하고 또렷하게 전해져왔다.

도, 도망쳐야 해⋯⋯.

사토시는 곧바로 위험을 느꼈다. 이성이 아니다. 본능이 고하고 있었다. 그 자리에서 한시라도 빨리 벗어나야 한다고, 그에게 경고를 보내고 있다.

사토시가 필사적으로 기력을 짜내서 난간에서 몸을 일으키려고 하던 그때였다.

"다~레마가 죽~였다⋯⋯."

그 목소리가 들렸다.

어젯밤의 전화와 같은 목소리가 그의 뒤에서 들렸다.

"어⋯⋯? 그럴 수가⋯⋯."

돌아보려고 한 순간, 그의 하반신이 지면에서 떠올랐다. 두 다리의 무릎 윗부분, 딱 넓적다리 부근을 붙잡혀 그대로 들려 올라간 듯하다. 그 때문에 난간 위에 있던 몸이 단숨에 가슴에서 배까지 밀려나갔다.

"우와아아악!"

사토시가 비명을 지르며 몸을 비트는 것과 거의 동시에, 범인도 붙잡고 있던 두 다리를 같은 방향으로 돌렸다.

몸을 돌린 사토시의 눈동자에 비친 범인의 얼굴과 30년 전의 어느 인물의 얼굴이 한순간 겹쳐졌다. 머릿속에 흉측한 과거가 떠올랐을 때, 그는 다리 아래로 떨어졌다.

추락하는 우치하라 사토시의 모습을, 범인은 안색 하나 바꾸지 않고 다리 위에서 응시하고 있었다. 최후의 순간까지 똑똑히 지켜보기 위해서.

다
레
마
가
의 이
십
년

목요일 밤, 우치하라 사토시가 나가노 현 타시로 시에 있는 타시로강의 다리 위에서 범인에게 떠밀려 떨어졌을 무렵, 하야미 고이치는 마다테 시 마에나카 초의 상점가에 있었다. 누노비키 초의 묘지에서 노파가 알려주고, 자신도 흐릿하게 기억하고 있는 요시코라는 아이의 본가인 술가게를 찾기 위해서였다.

마을에 술가게는 세 군데 있었지만, 어느 곳이나 낯설었다. 표주박산 친구들의 집에도 놀러 갔던 기억이 거의 없으니 당연한지도 모른다.

그러면 어떡하지?

상점가를 어슬렁어슬렁 걸으면서 열심히 고이치는 생각했다.

갑자기 찾아가서 '요시코 씨 계십니까?'라고 직접적으로 묻는 방법도 있다. 나이는 당시 다섯 살 정도였으니 지금은 서른다섯이나 여섯쯤일까. 그대로 본가에서 성장했다면 지금은 술가게의 일을 거들고 있을지도 모른다. 물론 결혼해서 집을 떠났을 가능성도 있다. 다만 요시코의 지적장애를 생각하면 그러기 힘들었을지도 모른다.

어쨌든 문제는 당사자인 요시코에 대해 어떻게 이야기할 것인가다.

요시코의 지적장애가 어느 정도였는지는 전혀 알 수 없다. 고이치 일행과 놀 수 있었다면 그리 중증은 아니었을 것이다. 그렇다고 해도 그간의 사건을 어떻게 설명해야 할까.

애초에 요시코에게 무엇을 물어보면 되는 거지?

아무래도 요시코라는 아이가 일곱 명째 인물인 듯하다. 다만 동시에 도저히 범인이 될 수 없다는 것도 알게 되지 않았는가.

희생자가 다몬 에이스케 한 명만이라면 요시코가 범인이라고 생각해도 이상하지 않다. 그녀는 무엇보다 이 근방의 지리를 알고 있다. 계속 마다테 시에서 살고 있다면, 에이스케에게 전화를 받은 뒤에 곧바로 표주박산으로 달려갈 수 있었을 것이다. 그러나 거기에 나고야의 아리타 유지, 이어서 교토의 오다기리 사야카의 순서로 연쇄살인을 저지르는 것이, 정말로 그녀에게 가능한 일일까. 이제까지 범행의 동기가 자신을 지키기 위한 것이라고 생각했는데, 그것과도 좀처럼 들어맞지 않는 기분이 든다.

요시코는 범인이 아니다…….

오히려 피해자일지도 모른다. 말하자면 어릴 적 표주박산에서 아이들이 조우한 흉측한 사건의 중심인물이었던 것은 아닐까. 아직 아무런 근거도 없지만 요시코야말로 사건의 수수께끼를 풀 열쇠는 아닐까. 고이치는 그런 생각이 들었다.

좋았어. 어쨌든 확인해보자.

일단 결심하고 나니 그다음의 진행은 빨랐다. 고이치는 가장 가까운 술가게부터 방문해보기로 했다. 쓸데없는 거짓말은 귀찮기만 하므로, 옛날 친구를 찾으러 왔으며 요시코를 기억해냈다는 것으로 한다. 같이 놀았던 것은 사실인 듯하니 딱히 문제는 없을 것이다. 그다음은 그쪽이 고이치와 친구들을 기억하는지에 달렸다. 그리고 가장 중요한 과거의 사건을 제대로 기억하고 있는지도.

첫 번째 집에는 일단 그 나이에 해당하는 여성이 없었다. 두 번째 집에는 있었지만 '요시코'라는 이름이 아니었고, 게다가 결혼해서 집을 떠나 있었다. 세 번째 가게에는 고이치와 친구들의 나이와 비슷한 두 자매가 있었고, 여동생의 이름은 '유코'라고 했다. 마침 가게에 나와 있어서 이야기를 나눠보았지만 지적장애가 있는 것으로는 보이지 않았고, 또한 어릴 적에 누노비키 초에 놀러 간 기억도 없으며 표주박산의 여섯 아이들에 대해서도 짚이는 것이 없다는 말을 들었다.

그렇구나. 가게가 없어졌을지도 모른다.

당시의 술가게가 지금도 있다고 단정할 수는 없다. 고이치는 조금 생각한 뒤에, 상점가에서 가장 오래되어 보이는 가게를 찾았다. 그리고 가게의 모습과 간판을 유심히 관찰하고 어느 칼가게를 점찍었다.

찾아가서 물어보니 태평양전쟁 전부터 하던 가게라고 한다. 다만 고이치를 맞이한 것이 마흔 중반의 주인이었기 때문에, '술가게의 요시코'라는 아이가 있던 기분은 들지만, 잘 기억나지 않는다는 말을 들었다. 다행히 친절한 사람이어서 이미 은퇴한 아버지에게 물어봐준다고 했다.

그런데 붙임성 있던 주인이, 집안에서 나오더니 갑자기 무뚝뚝해진 것이 아닌가.

"아버지도 그런 애는 모르겠다는데."

말투도 거칠게 변하고, 그런 아이가 있었을지도 모른다고 인정한 사실조차도 없다는 태도를 취하는 바람에 더 이상 뭐라 말을 붙여볼 수가 없었다.

이상하네……

너무나 급격한 변화에, 고이치는 놀라기보다도 어쩐지 무서워졌다. 그래도 감사 인사를 하고, 두 번째로 생각해두었던 두부가게에 들어갔다. 그러나 그곳에서도 완전히 똑같은 상황이 반복되었다. 고이치는 바닥 모를 공포를 느꼈다.

역시 뭔가 있구나⋯⋯.

30년 전을 기억하고 있는 노인들이 두 사람 연속으로 같은 반응을 보이다니, 고이치는 흥분을 느끼면서도 두려움에 떨었다. 그렇지만 냉정함은 잃지 않았다. 앞으로는 더욱 신중하게 움직일 필요가 있다. 적어도 상점가에서 직접 탐문 조사를 하는 것은 이제 그만두는 편이 좋겠다. 고이치는 곧바로 그렇게 판단했다.

이제부터는 어떡할까.

화요일 밤에 갔던 중화요리점에서 저녁을 먹으며 고이치는 생각했다. 조사해야 할 것이 세 가지 있다.

첫 번째, 술가게의 요시코란 아이의 정체.

두 번째, 다레마의 귀신 들린 아이의 정체.

세 번째, 어릴 적에 일어났던 사건의 상세한 내용.

모든 것에 대답을 해줄 만한 사람은, 지금으로서는 누노비키 초의 노파밖에 없다. 그녀와 이야기를 나누려면 집으로 찾아가는 것보다도 그 묘지에서 만나는 것이 나을 것이다. 더 이른 시간에 만나면 손주들이 데리러 올 때까지 충분히 이야기를 들을 수 있다. 다만 그러기 위해서는 내일 저녁까지 기다릴 필요가 있다.

그 전에 다레마가에 대해서라면 조사해볼 수 있을까.

표주박산의 옆 낮은 산 위에 세워진 저택만 봐도 상당히 오래된 집안이란 것을 알 수 있다. 묘지에서 만난 노파가 입을 다물었던 것도 다레마가에 대한 배려 때문이 아닐까. 아니, 두려움이라고 해야 할지도 모른다. 어쩌면 상점가의 칼가게나 두부가게의 은퇴한 주인들이 고이치를 쫓아낸 것도, 술가게의 요시코와 다레마가 사람이 관계되어 있기 때문은 아닐까.

그 다레마가 사람이 다레마의 귀신 들린 아이라고 한다면…….

마다테 시에서 다레마가의 세력이 상당히 강대했다는 이야기가 된다. 다만 모든 것은 과거의 영화라는 생각도 든다. 그야말로 '몰락'이라는 두 글자밖에는 떠오르지 않을 만큼 다레마가의 저택에는 퇴폐적인 기척이 떠돌고 있었기 때문이다. 그런 분위기는 고이치가 어릴 적부터 이미 저택에 감돌고 있었다.

그러나 지금도 영향력이 있다고 한다면…….

이럴 경우, 실제로 힘이 있고 없고는 크게 관계없다. 주변 사람이 어떤 반응을 보이는지가 문제다. 마음속으로는 몰락한 일족이라고 비웃고 있어도, 막상 자신이 다레마가와 얽히게 되면 자연스럽게 두려움을 느끼며 움츠리고 만다. 이 지역에는 그런 사람들이 아직 많을지도 모른다.

다음 날 오전 중에 하야미 고이치는 덴코쿠대학의 문학부를 찾았다. 교수인 시테가와라 노부오와 만나기 위해서다. 즈이몬인대학의 오오니타 다츠요시와는 달리, 시테가와라에게는 계절학기 강의 예정이 없다는 것, 그리고 그럼에도 불구하고 그가 연구실에 있다는 사실까지 사전에 조사해둔 상태였다.

활짝 열려 있는 문으로 교수의 연구실을 살짝 들여다보니 아니나 다를까, 한가롭게 소파에 누워서 태평양전쟁 후의 1950년대 오락 잡지를 팔락팔락 뒤적이고 있다. 아무리 여름방학 중이라 학생이 적다고 해도, 너무 무방비한 모습이다.

복도에서 들여다보는 채로 노크를 하자, 당황하며 일어난 시테가와라가 맹렬한 기세로 가까이 있던 노트에 뭔가를 적기 시작했다.

"실례합니다. 하야미입니다."

고이치가 방에 들어와도 시테가와라는 고개를 들지 않고 뭔가 적고 있다.

"선생님, 오래간만입니다. 하야미 고이치입니다."

"······."

"시테가와라 선생님?"

"······아아."

그제야 교수는 간신히 고개를 들고, 처음으로 고이치의 존재를 깨달았다는 듯이 말했다.

"뭐야, 자넨가? 언제 왔나."

"지금 막 왔습니다."

"너무 바빠서 말이야. 전혀 몰랐네."

"뭘 쓰고 계신건가요?"

교수가 빈둥대는 모습을 봤다는 것은 입 밖에 내지 않고 물어보니, 고이치가 엿볼 거라는 생각이라도 했는지 시테가와라는 급히 노트를 덮으면서 말했다.

"그, 뭐냐. 전후의 오락잡지 연구에 대해서 상당히 흥미로운 고찰을 떠올렸거든. 메모라도 할까 했는데, 나도 깨닫지 못하는 중에 언젠가부터 진짜로 쓰기 시작해서 말이야."

"정신없이 집필하고 계셨던 거군요."

"뭐, 그런 거지. 나처럼 천재적인 인간에게는 자주 있는 일이야."

"과연 시테가와라 교수님이십니다."

"칭찬해도 커피는 안 내준다고. 그런데 다과는 사 왔나?"

"커피가 나오지 않는데 왜 다과가 필요합니까?"

"멍청이, 그런 게 방문할 때의 예의지 않나."

시테가와라에게 예의에 대해서 가르침을 받다니.

"바쁘신 것 같군요."

"보면 알잖아. 너무 바빠서 정신이 없어."

"그러면 다시 오는 편이······."

"······뭐, 잠시 정도라면 상관없어."

"하지만 일을 방해하면 안 되잖습니까."

"······아, 그게, 슬슬 쉴까 하고 생각하고 있었네."

"그러십니까. 그러면 잠시 실례하겠습니다."

"그래."

무뚝뚝하게 대답하면서도, 재빨리 시테가와라는 커피 컵을 준비하기 시작했다.

"앗, 선생님, 상관하지 마시고······."

"무슨 소릴 하는 거야. 자네가 끓여 오는 거라고."

"네?"

"옆의 옆에 있는 스마 교수의 연구실에 커피메이커가 한 세트 있네. 물론 커피콩도 거기 있고. 근데 공교롭게도 컵이 좋은 게 없어서······."

좋지 않은 예감이 들었지만 고이치는 일단 물어보았다.

"스마 교수님은 계십니까?"

"있을 리 없잖나."

"불법 침입죄에다 절도죄까지 저지르란 말씀입니까?"

"뭘 그리 오버하고 그러나."

"게다가 연구실의 문은 잠겨 있을 텐데요."

"여벌 열쇠라면 여기 있을 걸세."

시테가와라가 책상 서랍을 뒤적이기 시작해서, 고이치는 당황하며 휴게실의 자동판매기까지 캔 커피를 사러 갔다.

"이거 참······."

고이치가 돌아와서 캔 커피를 컵에 따르고 있는데 시테가와라가 한숨을 쉬었다.

"자네에게 갓 끓인 맛있는 커피를 마시게 해주려는 나의 배려가 무색하게 되지 않았나."

고이치는 시테가와라의 그 말을 깔끔히 무시하기로 했다. 이 이상, 교수의 헛소리를 상대하고 있다가는 정작 중요한 이야기를 하기 전에 체력도 기력도 바닥나버린다.

잠시 말없이 커피를 마시고 나서, 고이치는 지난주 금요일에 걸려온 다몬 에이스케의 전화에서 시작된 일련의 사건에 대해 천천히 이야기하기 시작했다.

시테가와라는 그 동안 "호오"라든가 "음"이라든가 "으으으음" 하는 맞장구만을 치며 웬일로 딴죽을 걸지는 않았다. 교수 나름대로 여러 가지로 추리를 하고 있는지, 이따금씩 방의 엉뚱한 쪽으로 고개를 돌리고는 언짢은 표정을 지었다.

"…… 그리고 어젯밤에는 그대로 마다테 시에서 돌아왔죠."

"그렇군."

고이치의 이야기가 일단 끝났다고 판단한 듯한 시테가와라는 천천히 점잔 빼는 표정을 짓더니, 가만히 그를 바라보면서 말했다.

"그래서, 범인은 자넨가?"

"……네?"

"그러니까 표주박산 연쇄살인 사건의 진범은 하야미 고이치냐고 묻고 있는 걸세."

"그, 그럴 리 없잖습니까."

"정말로?"

"당연하죠!"

"뭐야, 아닌가."

갑자기 시테가와라가 흥미를 잃은 얼굴을 했다.

"서, 선생님은 제대로 제 이야기를 들으신 거 맞습니까?"

"무슨 소릴. 물론이지."

"그렇다면······."

"그래서 나는 진범의 고백인 줄로만 알았는데 말이야."

지금 한 이야기를 어떻게 받아들여야 그런 식으로 곡해할 수 있는 걸까. 게다가 멋대로 '표주박산 연쇄살인 사건'이라는 이름까지 붙이고 있다.

"만약에 말입니다, 어디까지나 가정입니다만 제가 진범이라고 하죠. 하지만 그런 경우에는 보통, 지금과 같은 방식으로 설명하지는 않습니다. 우선 가장 먼저 자신이 죄를 범한 것을 인정하지 않겠습니까."

"그건 그 왜, 역시 작가이기 때문이 아닐까. 일단 처음에는 사건의 전체상을 이야기해서 범인 맞히기의 재미를 느끼게 해주려는 것일지도 모르잖나."

그런 살인범이 대체 어느 세상에 있단 말인가.

"만일을 위해서 묻겠습니다만······"

"응?"

"이 일련의 사건의 범인이 정말로 저였을 경우, 선생님은 어떻게 하실 생각이셨죠?"

갑자기 시테가와라는 그 도깨비기와 같은 얼굴에 함박웃음을 짓더니 말했다.

"물론 명탐정으로서의 내 공적이 되지 않겠나."

누가 명탐정인가요! 라는 말을, 일부러 고이치는 하지 않았다.

"그렇지, 이 이야기를 소재로 책을 써도 되겠군. '표주박산의 참극, 시테가와라 노부오 최초의 사건'이란 제목으로."

"그래서는 픽션 미스터리 같지 않습니까."

"소설이라고 착각하게 만드는 편이 잘 팔리지 않겠나."

"책을 산 독자들이 화낼 겁니다."

"걱정하지 말게. 예전에 에가와 란코가 《서재의 주검》에 〈혈혼사血婚舍의 신부〉를, 히메노모리 묘겐이 《미궁초자》에 〈히메카미산의 참극〉을 연재해서 똑같은 짓을 했으니까."

"《표주박산의 참극》을 살 독자 중 몇 사람이나 그 두 사람의 책을 봤을 거라고 생각하시나요? 게다가 〈히메카미산의 참극〉이라는 작품이 존재하고 있다면 보통 '표주박산의 참극'이라는 타이틀은 피하지 않습니까?"

시테가와라는 고이치의 지적 따윈 전혀 들리지 않는다는 듯이 말을 이었다.

"실록 같은 형식의 구성이긴 하지만, 자네가 진범이라는 진상을 덮어두니까 범인 찾기의 재미는 있을 거라고."

"선생님의 책이 나오기 전에 이미 저는 경찰에 잡혀 있겠죠? 사건에 대해 널리 보도될 테니 범인을 감춰도 의미가 없다고 생각합니다만……."

"으음……."

시테가와라는 진지하게 고민하는 모습을 보이더니 말했다.

"내가 원고를 완성할 때까지 자네가 자수하지 않으면 돼."

"그랬다간 분명히 선생님도 범인 은닉죄로 잡혀갈 거예요."

"좋아, 알았어. 자네의 고백은 없었던 걸로 하지. 내가 추리해서 사건의 진범이 자네라고 밝혀내고, 그 과정을 원고로 쓰는 거야. 그 책을 읽은 자네가 '정말 감탄했습니다'라며 경찰에 자수하는 거지. 이걸로 문제는 해결되지 않나."

믿기지 않을 정도로 교수의 입맛에 맞춘 전개다.

"맞아, 자수할 때에는 내가 쓴 책을 가지고 가는 걸 잊지 말게나."

농담이 지나치다고 생각했지만, 장난기가 발동한 고이치는 슬쩍 물어보았다.

"경찰에 갈 때 지참하는 책은 교수님에게 받는 겁니까?"

"당연히 그건 자네가 발매일에 서점에서 돈 주고 사야 할 것 아닌가."

"……."

시테가와라의 대답에 말을 잃었지만, 고이치는 이내 좋은 반격을 떠올렸다.

"하지만 교수님, 명탐정이 그 책을 범인에게 보내서 넌지시 자수를 권했다…… 라는 편이 멋지지 않습니까?"

"……호오. 그거 좋군."

시테가와라는 기뻐하면서도 곧바로 못을 박았다.

"하지만 실제로는 제대로 자네가 서점에서 사는 거라고. 그걸 표면적으로는 내가 친절하게 보낸 것으로 하는 거지."

그런 소리까지 듣자, 아무리 농담이라고 해도 상대하는 것이 싫어지기 시작했다.

"그런데 선생님, 진지한 이야기로 돌아가겠습니다만."

"고백할 생각이 든 건가?"

"그 얘기는 이제 그만하자고요."

"역시 아니었나. 이상한 기대를 갖게 하기에 나는 그런 줄로만 알고……."

아무도 그런 기대는 갖게 하지 않았습니다, 라는 말은 일단 제쳐두고 고이치는 이야기를 계속했다.

"선생님께 여쭤보고 싶은 게 있습니다."

"표주박산 연쇄살인 사건의 범인이라면 나도 모른다고."

"다른 일이에요."

"뭐야, 사건 의뢰가 아니었나."

다시 명탐정 기분을 내려고 하고 있어서 고이치는 바로 본론으로 들어갔다.

"마다테 시의 다레마가를 아십니까?"

시테가와라는 조금 생각하는 시늉을 하더니 말했다.

"……아, 태평양 전쟁 후로 기묘한 신을 모시던 일족이군."

"다루마 말인가요?"

"뭐야, 알고 있지 않은가."

어린이처럼 토라진 말투로 툴툴대서 고이치는 당황하며 얼른 설명했다.

"아뇨, 초등학생 때에 사당 같은 것 안에서 기분 나쁘게 생긴 다루마 같은 걸 본 기억이 있을 뿐입니다."

"어떤 물건이었지?"

곧바로 시테가와라가 묻기에 고이치는 기억해낼 수 있는 한 묘사를 했다.

"으음, 그건 진짜 같군."

"어떻게 아시죠?"

"두 눈에 구멍이 있었다는 것하고 검은색을 띤 뭔가 이상한 물체를 봤다는 자네의 기억에는, 말하자면 신빙성이 있기 때문이야."

"그 검은 물체는 뭐죠?"

"머리카락이지."

"네에? 다루마에요?"

"정확히는 체모라고 말해야 할지도 모르지."

"……설마요. 다루마에 있는 털이라고 해봤자 끽해야 눈썹하고 수염 정도라구요. 그것도 결국은 그림으로 그린 거잖아요."

고이치가 의외라는 듯이 이야기하자, 시테가와라는 한심하다는 표정으로 말했다.

"자네는 작가라면서 어찌 그리 아무것도 모르나. 먹으로 그린 것이 아니라 실제로 눈썹이나 머리카락이 나 있는 다루마도 존재한다고. 나가노의 마츠모토 다루마나 가나가와 현 히라즈카의 소슈柳州 다루마 같은 것이 그렇지. 아니, 다른 현의 예를 들 것도 없어. 도쿄에는 다마 다루마가 있지 않은가."

"다마 지역에……."

마다테 시에서 멀지 않기 때문에 고이치는 다레마가의 다루마 신사와 관계가 있지 않을까 생각했다. 그러나 그런 그의 사고의 흐름을 읽은 건지, 교수가 바로 부정했다.

"그렇지만 다레마의 다루마하고는 관계없을지도 몰라."

"전혀요?"

"그래. 애초에 다루마란 것은 복을 부르는 물건이야. 군마의 다카자키 다루마는 눈썹이 학, 수염이 거북을 표현하고 있어. 수염과 눈 주위의 원과 콧구멍이 소나무와 대나무와 매화를 의미한다는 해석도 있고."

"학과 거북이에 소나무와 대나무에 매화까지……."

확실히 복을 부르는 것들뿐이다.

"그것에 비해서 다레마의 다루마는 처음부터 두 눈이 뻥 뚫려 있지. 보통 다루마하고 다르다는 증거야. 무엇보다 애초에 중국에서 가지고 돌아온 물건 아닌가."

"누노비키 초의 묘지에서 만난 노파는 그렇게 말했습니다. 참고로 선생님은 그 다루마를 보신 적이……."

"아니, 없어."

아주 아쉽다는 듯이 시테가와라는 고개를 저었다.

"난 말이야, 자네도 알다시피 일본 각지의 각종 괴담과 기담을 좋아하지. 그래서 다레마 가문의 다루마에 대해서도 꽤 옛날부터 몇 번이나 소문을 들었어. 일반적인 소문이 아니야. 주로 전국을 돌아다니며 행각行脚을 하고 있는 종교가들 사이에서 어느 시기에부터 돌던 특수한 소문이지."

"무슨 내용인가요?"

"전쟁이 끝나고 몇 년이 지난 뒤에, 만주에서 전사했다는 통보가 날아왔던 다레마가의 장남이 살아 돌아왔어. 그때 그 남자는 기묘한 다루마 상을 가지고 돌아왔다더군. 게다가 그걸 선조 대대에 걸쳐 모셔왔던 집안 신으로 합사合祀하고 싶다고 했던 거야."

"그런 일이 가능합니까?"

"문외한이 멋대로 할 수 있을 리 없잖나."

시테가와라가 어이없다는 듯 말했다.

"…… 그렇겠죠."

"다만 문제는 그 부분이 아니지만."

"무슨 의미죠? 뭔가 더 큰 문제가 있었나요?"

"당연히 다루마의 정체 아닌가."

"……정체?"

"종이를 여러 겹 발라 만든 다루마는 일본 특유의 물건이야. 빨간색은 고승이 입는 주홍색 옷을 나타낸 것으로, 옛날에는 천연두나 홍역 등을 쫓는 부적이었지. 다레마가의 다루마가 종이로 만든 것인지는 알 수 없지만, 겉모습만으로는 똑같은 것 같아. 그런 것이 왜 전쟁 중의 만주에 있었는가. 다레마가의 장남은 무엇을 위해서 일부러 가지고 돌아왔는가. 이 기괴하게 생긴 다루마에 대해서는 온통 수수께끼투성이야."

"비슷한 이야기가 그 밖에는 없나요?"

"내가 아는 한에는 없어."

교수는 단호히 잘라 말했다.

"그런데 그 다루마를 합사한 뒤로 다레마가의 가세가 갑자기 번창하기 시작했던 거야."

"네……?"

"다레마가로 말할 것 같으면 태평양 전쟁 전에는 마다테 지방에 광대한 토지를 소유한 지역 유지였는데, 전쟁 뒤의 농지개혁으로 많은 토지를 잃었지. 전후에 단숨에 세력이 약해진, 그 무렵에는 드물지 않은 몰락한 명가 중 하나라고 할 수 있지."

"그러던 가문이 기묘한 다루마를 모시게 된 뒤로 운세가 트였다고요?"

시테가와라는 고개를 끄덕이면서 말했다.

"손대는 사업마다 대성공을 거둬서 정말 위세가 대단했지. 전쟁 전부터 마다테 시 행정에 커다란 영향력을 가지고 있었는데, 그게 한때는 도쿄에까지 미칠 정도였어."

"그 퇴락한 저택의 가문이…… 말입니까."

어릴 적에 받았던 인상으로는 좀처럼 상상이 가지 않았다.

"다만 영화를 누린 것은 고작 20년 정도였지."

고이치와 친구들이 태어나기 몇 년 전부터 아무래도 상황이 바뀐 모양이다.

"이후에는 하는 일마다 전부 안 좋은 결과만 나오기 시작했어. 그것뿐만이 아니야. 일족 중에도 정신이상을 일으킨 사람, 갑자기 기행을 저지르는 사람, 끝내는 행방불명된 사람이 계속 생기게 되었지."

"그, 그중에 '다레마의 귀신 들린 아이'라고 불리는 인물은 없었나요?"

자기도 모르게 고이치는 몸을 앞으로 내밀었지만, 시테가와라는 고개를 저었다.

"아니, 모르겠는데."

"…… 그렇습니까."

"그렇지만 그렇게 불려도 이상하지 않은 놈이 대충 1970년대 중반에 다레마가에 나타난 것은 틀림없어."

"실제로 뭔가 사건이 일어나지는 않았던 건가요?"

"나도 자세히는 모르지만, 하루가 멀다 하고 사건이 일어났던 모양이야."

"그렇게나……."

"다만 다레마가에서 어떻게든 수습해서 경찰에 잡혀가거나 한 일이 한 번도 없었던 거겠지."

아주 기분 나쁜 예감이 든다.

"그렇다고 해도 다레마가에 얽힌 사건이 너무 많았기 때문인지 집안의 세력이 쇠하기 시작했어. 성공이 이어지던 사업도 모두 손실을 내게 되었지. 그 후로는 그저 몰락 일로를 걷는 20년이었다고 봐야지. 1990년대 전후까지 그렇지 않았을까."

"왜 그렇게 되었을까요?"

"글쎄?"

그렇게 말하면서도 교수는 자기 나름의 의견을 이야기했다.

"인간에게 재앙을 가져오는 물건은, 간혹 초반에 지나칠 정도의 행운을 가져오는 경우도 있지."

"일부러 말입니까?"

"그래. 아마도 그러는 편이 피해가 커질 테니까."

오싹…… 하고 고이치의 등줄기가 떨렸다.

"그 물건이란 것은 뭔가요?"

"당연히 다루마지."

"다루마의 정체는요?"

"그런 걸 낸들 어찌 알겠나."

시테가와라가 기분이 상한 듯해서 고이치는 다음 이야기로 넘어갔다.

"그리고 1990년대 이후의 20년은요?"

"딱히 아무런 변화도 없는 듯하더군."

뾰로통한 상태였지만 교수는 대답했다.

"다레마가가 멸문한 거 같지는 없고, 그렇다고 해서 왕년의 기세를 되찾은 것도 아니야. 그저 가만히 침묵을 지키는 상태가 아닐까. 그게 오히려 섬뜩하고 기분 나쁘다…… 라고 말하는 사람도 있지만."

"이제야 마다테 시 사람들의 반응을 왠지 모르게 이해할 것 같군요."

예전의 다레마가를 알고 있는 사람에게는 분명히 지금도 영향력이 있는 것이다. 구체적으로 뭔가가 있다기보다는 어디까지나 심리적인 작용일 뿐이지만, 다레마가의 힘은 살아 있는 거겠지.

"그래, 지금도 다레마가를 특별시하며 존경한다고 할까, 두려워하는 사람은 있겠지. 마다테 시뿐만 아니라 주변 도시나 마을에도 무슨 일이 있을 때마다 몰래 보고를 올리는 녀석이 틀림없이 존재하고 있을 거야."

"다만 외부인이었던 저희 집은 제쳐두더라도, 초등학교 시절 친구들의 집도 아무래도 다레마가하고는 관계가 없었던 것 같습니다만……."

"그야 무관계한 집이나 접점이 희박한 사람도 있었겠지. 하지만 그런 사람들의 경우에도 군자는 위험한 곳을 가까이하지 않는다, 라는 말처럼 그 집안과의 관계를 꺼리는 풍조가 있지 않았을까."

"그 지방에서 다레마가에 대해 조사하는 것은 아무래도 몹시 어려울 것 같군요."

"그렇겠지."

거기서 웬일로 시테가와라가 진지한 충고를 했다.

"다레마가에 대해서는 뭔가 방법을 생각하기로 하지. 그것하고는 별개로, 그 다몬 에이스케라는 친구가 통화했던 생명의 전화 상담원, 그리고 그 친구의 자살을 저지하기 위해 표주박산에 갔다는 복지센터 직원하고 만나서 한번 이야기를 해보는 게 어떤가?"

"이미 경찰이 참고인 조사를 했습니다만……."

"다몬 에이스케의 친구이기에 알아낼 수 있는 단서가 있을지도 모르잖아."

"…… 그렇군요. 다만 생명의 전화 상담원은 익명으로 일하는 것이 원칙인 모양이라, 만나는 것은 아주 어려울지도 모릅니다."

"그렇다면 복지센터 쪽에 가야겠지. 그쪽은 공무원이잖아."

"공무원인 만큼 이야기를 듣기 어렵지 않을까요."

"그런 건 만나보지 않으면 몰라."

지당한 지적이다. 자기도 모르는 사이에 왠지 위축되어 있었던 것 같다.

그 뒤에 시테가와라와 잡담을 하고 나서 고이치는 교수의 연구실을 뒤로 했다. 구체적인 단서를 잡은 것은 아니지만, 마다테 시에서 다레마가가 어떤 존재인지 판명된 것만으로도 커다란 수확이었다.

도중에 공중전화로 즈이몬인대학의 연구실에 전화를 걸었다. 오오니타 다츠요시에게 지금 가도 괜찮겠느냐고 묻자, 어쨌든 빨리 오라는 말을 들었다. 원래는 점심 식사를 같이할 생각이었는데 아무래도 그럴 상황이 아닌 듯해서 서둘러 달려가기로 했다.

"무슨 일이야?"

연구실 문을 노크하고 대답을 기다리지 않고 방 안에 들어갔더니 침통한 얼굴의 다츠요시가 맞이해주었다.

"토시가 죽었어……."

"뭐……."

"오전 중에 엔카쿠 경부가 왔어."

"……겨, 경부는…… 그 경부는 대체 뭘 하고 있는 거야!"

분노의 창끝이 자기도 모르게 엔카쿠에게 향했다.

"자세한 건 알 수 없지만 아마도 경찰 내부에서는 아직 이 사건을 연쇄살인으로 보지 않고 있는 게 아닐까?"

"네, 네 명이나 죽었다고."

"처음부터 타살로 인정된 사람이 없는 이상, 사건의 장소가 도쿄, 나고야, 교토, 나가노로 제각기 흩어져 있기 때문에 여러 가지로 문제가 있는지도 몰라."

"……사토시는 나가노에서?"

"응, 출장지에서……."

잠시 두 사람은 입을 다물었다가 고이치가 다시 입을 열었다.

"하지만 엔카쿠는 경시청의 경부잖아."

"요전에 여기에 왔을 때, 그 사람은 연쇄살인설을 이야기하고 있었지. 그럼에도 불구하고 수사가 후순위로 밀려 있는 것은 분명히 아직 정식으로는 인정되지 않았기 때문일 거야."

"그럴 수가……. 애초에 그 사람이 미타카의 아파트를 방문했을 때……."

"고짱, 진정해. 토시의 경우에는 경찰도 취할 방법이 없었을 거야."

"출장 중이었기 때문이겠지. 그렇지만……."

계속 분통을 터뜨리는 고이치에게, 다츠요시는 우선 소파에 앉으라고 권하면서 엔카쿠에게 들은 상황을 이야기하기 시작했다.

"얘기를 잘 들어보면, 출장이라기보다는 행상하고 다를 게 없더라구. 토시가 담당하던 지역은 도호쿠와 간토 지방이고, 그 구역 내에서의 행동은 전부 그 친구에게 일임하고 있었던 모양이야. 요컨대 각 지역을 도는 순서나 체류 날짜 등은 토시가 알아서 결정했던 거지."

"많이 힘들겠는걸."

자기도 모르게 현재형으로 말해버린 것을 깨닫고, 고이치는 뭐라 말할 수 없는 기분이 들었다.

"마침 타이밍 나쁘게도 토시는 어젯밤 늦게, 군마에서 나가노로 이동했어. 회사에서 들은 정보를 근거로 경부가 간신히 군마의 비즈니스호텔을 찾아내서 전화를 했을 때에는 이미 토시가 체크아웃한 뒤였대."

"사원이 있는 곳도 파악하지 못하다니, 그 회사도 참 너무하네."

"좋게 이야기하면 사원의 자기관리에 맡기고 있는 거지. 나쁘게 말하면 매상만 달성해주면 나머지는 신경 쓰지 않는 것이겠고."

다시 화가 나려고 했지만, 지금은 사토시에 대해서 이야기하는 중이다.

"…… 그래서 사토시는?"

"타시로 시 서쪽의 타시로강 다리 위에서 떨어졌다더군."

"익사인가."

"아니."

안타깝다는 표정으로, 다츠요시는 고개를 저었다.

"올해 여름이 아주 더웠던 데다 거의 비가 내리지 않았잖아. 그 때문에 타시로강은 수량이 예년보다 적어서, 토시는 강바닥의 돌에 머리를 강하게 부딪혔던 것 같아."

"밀려 떨어진 건가."

"엔카쿠 경부는 그렇게 보고 있어."

"그 말은 명백한 타살이라는 증거가 이번에도 없다는 얘기야?"

"다리 위에서는 아무것도 발견되지 않았어. 다만 토시의 두 팔에 긁힌 상처가 있었어. 팔뚝 부분이라는 점으로 보아, 밀려 떨어지기 전에 난간을 잡으려고 하다가 생긴 상처가 아닐까 한다고 경부가 말했어."

"사토시와는 오랫동안 만나지 않았지만, 몸집이 아주 작지는 않았을 텐데."

"응. 다리의 난간 높이로 볼 때, 범인이 성인 남성이라도 토시를 안아 올려서 떨어뜨리는 건 어려울 거라고 해. 다만 그 친구는 술을 마셨다더군. 엔카쿠 경부는 그 술에 수면제가 들어 있던 것은 아닐까 하는 것 같았어. 사법해부 결과가 나오면 그런 부분이 확실해지겠지."

"목격자는?"

"없어. 번화가에서 많이 떨어지진 않았지만 현장의 다리는 사람이 별로 다니지 않는 곳이래. 추정되는 범행 시각도 마침 해가 지는 어두운 시간이라 더욱 사람이 없었을 거라 보고 있나 봐."

"그 시간대라면 개를 산책시키는 사람이라도 있을 거 아냐."

"어딘가에 더 좋은 산책 코스가 있었겠지."

"기묘한 전화에 대해서는…… 알 수 없으려나."

고이치가 하고 싶은 말이 무언지 알아차렸는지, 바로 다츠요시가 응했다.

"유준하고 사야가 죽기 전날에 받았다는 그 기분 나쁜 전화가 토시에게도 걸려왔을지는 전혀 알 수 없어. 그 친구의 핸드폰 수신 이력은 조사해볼 수 있을 것 같지만 밝혀낼 수 있을지 어떨지……."

"집의 유선전화든 핸드폰, 범인이 신원을 추적당할 수 있는 방법으로 전화를 걸었으리라고는 생각할 수 없으니까."

"어떤 의미에서 그것을 뒷받침할 만한 수신 이력이 토시의 핸드폰에 남아 있긴 했던 것 같지만 말이야."

"……무슨 전환데?"

"공중전화에서 걸려온 전화야."

"그렇군. 숫자가 많이 줄었다고 해도, 역이나 길거리에는 아직 있으니까. 미리 알아놔두면 아무런 문제도 없었겠지. 쓰는 사람이 많아서 길게 줄을 서 있는 것도 아닐 테고."

고이치의 지적에 다츠요시는 고개를 끄덕이면서 말했다.

"범인 입장에서는 전화를 거는 것뿐만 아니라 전화를 받게 하는 것도 더 쉬웠을 거야."

"응?"

"발신자 표시가 없는 전화는 수신 거부하는 사람이 많겠지. 하지만 의외로 공중전화는 그렇지만은 않지 않을까? 전혀 공중전화와 인연이 없던 사람이 갑자기 그런 전화를 받을 경우, 대개는 곧바로 핸드폰을 잃어버린 가족이나 친구가 아닐까 하고 생각할 가능성이 높으니까."

"범인이 거기까지 예측하고 있었다고?"

"…… 그런 생각이 들지 않아?"

다츠요시가 되물었다. 고이치는 그 정체불명의 범인에게 정체 모를 섬뜩함을 느꼈다.

"그리고 경부가 알려줬어. 표주박산의 바위에 묻어 있던 혈흔은 에이 군의 것으로 확인되었다고……."

"…… 그런가."

다시 두 사람 사이에 한동안 침묵이 찾아왔다.

"그래서 이제부터는 엔카쿠 경부가 나타날 때까지 다시 둘이 기다리는 거야?"

고이치가 마음을 추스르고 물었다.

"아니. 어쨌든 외출하지 말고 신변을 주의하라고만 하던데."

"이봐. 그 경부 말인데, 연쇄살인의 증거를 원하는 척하면서 우리가 죽기를 기다리고 있는 건 아니겠지?"

고이치가 농담처럼, 그러나 일말의 불안을 품고 말하자 다츠요시가 진지한 얼굴로 묘한 대답을 했다.

"증거를 찾기 전에, 현행범으로 체포할 생각일지도 모르지."

"뭐라고?"

"아마도 우리는 형사에게 감시당하고 있다고 생각해."

"설마……."

"경부에게 외출하지 말라고 주의를 받았을 때 이런 말도 했어. 하야미 씨는 조금 활동적이신 것 같더군요, 라고."

마다테 시에서 한 일이 알려져 있다는 것을 알고 고이치는 쇼크를 받았다.

"미행당하고 있었던 거야?"

"아마도 반반 아닐까?"

"뭐가?"

"미행과 만일의 때를 위한 경호. 그리고 수상한 행동을 하는지 감시하는 거지."

"피해자 후보임과 동시에 용의자이기도 하다는 건가. 그렇다고 해도 엔카쿠 경부는 왜 오오니타 군에게 미행한다는 걸 넌지시 알린 걸까."

"작전을 바꾼 것인지도 몰라. 표주박산의 아이들은 이제 두 명밖에 안 남았으니까."

"아니, 아직 일곱 명째 인물이 있어."

고이치의 말에 뭔가 느꼈는지, 다츠요시가 웬일로 흥분한 투로 말했다.

"일곱 명째가 누군지 알아낸 거야?"

"응. 다만 범인은 아닐 거라고 생각해."

거기서 고이치는 어제의 수확과 그것에 근거한 자신의 추리를 대강 다츠요시에게 들려주었다.

"사카야노 요시코, 술가게의 요시코……."

"기억나? 내 기억에는 상당히 모호해."

"요시코라……."

"그 말을 듣고 보니, 같이 놀던 애가 또 한 명 있었는지도…… 하고 희미하게 기억은 나더라구. 여자아이의 모습이 얼핏 머릿속에 떠오르기도 하고. 하지만 어떤 아이였는지는 기억나지 않아."

"……."

"오오니타 군은 어때?"

다츠요시는 잠시 생각에 잠겼다가, 고이치에게 눈길을 주더니 물었다.

"지금 뭐라고 했지?"

"어……. 그러니까 기억하고 있느냐고."

"아니. 내가 '지금 뭐라고 했지?'라고 말하기 직전에."

"……'오오니타 군은 어때?'라고 말했을 뿐인데."

"오오니타 군……."

자신의 별명을 중얼거리다가, 갑자기 다츠요시는 입을 다물어버렸다. 그러나 다음 순간, 다츠요시치고는 드물게 크게 소리쳤다.

"오오타 군이다!"

"뭐라고?"

"요시코는 다른 애들처럼 나를 '오오니타 군'이라고 부르지 못했어. 아무리 가르쳐줘도 '오오타 군'이라고 말했어."

"오오타 군……."

또다시 기억을 자극하는 듯한, 몹시 신경 쓰이는 단어였다.

"요시코는 모두가 '요시코'라고 부르고 있지 않았을까?"

"사야카는 애칭을 붙이지 않은 거야?"

"아마도 연하였기 때문이겠지."

"그렇다면 더더욱 '요짱' 같은 식으로 별명을 붙이지 않을까?"

"아니. 연하라서 배려할 필요가 없었기 때문에 사야도 이름으로 불렀어. 우리 모두에게 사야카가 애칭을 붙인 건, 아직 어느 아이와도 크게 친해지지 않았을 무렵이었잖아. 사야카 나름대로는 우리가 서로를 친하다고 느낄 호칭이 필요하다고 생각했기 때문이 아닐까."

상당히 날카로운 분석이다.

"그러면 요시코에 대해서는?"

"……너하고 마찬가지로 상당히 흐릿해. 다만 '오오타 군'이라고 불린 기억이 되살아났으니, 조금씩 기억이 되돌아올지도 몰라."

"요시코는 다른 아이들을 어떻게 불렀지?"

"…… 그 기억은 없네. 하지만 그냥 고짱, 에이 군, 유준, 토시, 사야라고 불렀던 느낌이 들어. 내가 생각하기론 우리들의 별명은 상당히 어린애 같은 거라 요시코도 부르기 쉬웠을 거야."

"그게 오오니타 군과 나의, 요시코에 대한 기억 전부인가."

"아마도 지금은 그렇겠지."

다츠요시는 고개를 끄덕이면서도 답답하다는 투로 말했다.

"하지만 아직 단서가 부족해. 술가게의 요시코, 다레마의 귀신 들린 아이. 다레마 가문이 모시던 다루마. 당시의 기억을 불러일으키기 위한 재료가 모여 있어. 하지만 아마도 더욱 결정적인 의미를 가진 키워드가 필요한 거야."

"우리들의 기억의 봉인을 깰 만한……."

"그래."

그 핵이 되는 키워드를 다음 날에 하야미 고이치는 손에 넣게 되지만, 유감스럽게도 그것은 이미 조금 늦어버린 뒤였다.

과거로 돌아가는 주문

토요일이 되었다. 다몬 에이스케가 심야의 표주박산에서 생명의 전화에 전화를 건 지 일주일이 지났다. 그 주의 월요일에 이미 그의 전화 게임은 시작되어 있었던 것이지만, 이번 사건은 역시 일주일 전 생명의 전화에 걸려온 한 통의 전화로부터 시작되었을 것이라는 기분을 하야미 고이치는 떨칠 수 없었다.

다음 날인 일요일에 전화를 걸었던 다몬 에이스케, 화요일에 아리타 유지, 수요일에 오다기리 사야카, 목요일에 우치하라 사토시……. 이 순서로 차례차례 추락사했다. 사람의 목숨을 구하기 위해서 설립된 생명의 전화가 오히려 사람의 생명을 빼앗는 연쇄살인 사건의 계기가 되었다면, 그렇게 얄궂은 일은 없을 것이다. 물론 생명의 전화에는 아무 문제도 없지만, 그렇기에 더 무섭게 느껴지기도 한다.

하필이면 그런 날에 또다시 표주박산에 가다니…….

이 행동이 좋은 결과를 가져올 것인가, 아니면 나쁜 결과를 가져올 것인가. 다만 고이치가 사건의 수수께끼를 풀기 위해서 할 수 있는 일은 봉인된 자신의 기억을 되살리든가, 당시부터 존재해온 저산과 누노비키 초의 주민들로부터 단서를 찾아내든가 둘 중 하나밖에 없을 것이다. 전자가 힘들다면 후자에 걸 수밖에 없다.

어제는 결국 계속 오오니타 다츠요시의 연구실에서 머무르고 말았다. 다츠요시와 사건에 대해서 이야기를 나눈 탓도 있지만, 엔카쿠가 "늦을지도 모르지만 반드시 찾아갈 테니 기다려줬으면 한다"라고 연락해왔기 때문이다. 그런데도 그는 좀처럼 나타날 생각을 하지 않았고, 간신히 왔나 했더니 별다를 것 없는 참고인 조사만 했을 뿐이다. 표주박산의 절벽에서 발견된 혈흔이 DNA분석 결과 다몬 에이스케의 것이라고 증명되었다는 것을 두 사람에게 다시 전한 것이 전부였다.

우리에게 중요한 단서를 감추고 있는 것이 아닐까.

문득 고이치는 그런 의심을 했다. 다츠요시와는 달리, 고이치에게는 확실한 알리바이가 있다. 분명 그가 중요한 사건 관계자 중 한명임은 틀림없다. 하지만 경호하는 것뿐이라면 사전에 알려줘도 되지 않는가. 그런데도 아무 말 없이 미행을 한다는 것은 역시 다츠요시의 말처럼 감시하고 있다고 생각해야 할 것이다.

아마도 엔카쿠 경부는 고이치와 다츠요시가 어릴 적에 무슨 일이 있었는지 기억해내기를 바라고 있고, 그 정보를 얻고 싶을 것이다. 그렇지만 경찰 쪽에서 가지고 있는 정보를 전부 알려주는 것은 망설이고 있다. 경찰관이라면 당연한 일일지도 모르지만, 그것은 곧 두 사람을 용의자로 보고 있다는 증거가 아닐까.

그렇기에 고이치도 어제의 탐문으로 얻은 정보에 대해서는 일부러 말하지 않았다. 경찰에게 맡기는 편이 낫지 않을까 몹시 고민했지만, 조금만 더 진행해보면 뭔가에 도달할 수 있을 것 같다는 생각이 들었다. 자신의 기억이 되살아날 것 같은 기분도 든다. 그래서 때가 올 때까지는 둘이서 해보기로 결심했다.

다츠요시도 같은 생각이었는지, 둘이 논의한 내용에 대해서는 한 마디도 입 밖에 내지 않았다. 엔카쿠가 돌아간 뒤에 다시 서로의 의사를 확인했을 뿐이다.

토요일 아침, 고이치는 곧바로 표주박산으로 향했다. 향을 피운 사람이 나타나지 않을지 현장을 감시하기 위해서다. 벌레 쫓는 스프레이를 챙겨 가 책을 읽으며 두 시간 가까이 버텨보았지만 아무도 나타나지 않았다. 거기서 다음 계획으로 넘어가서, 다마 시에 있는 니시도쿄 정신보건 복지센터를 방문하기로 했다.

창구에서 명함을 내밀면서 코이치는 단도직입적으로 용건을 전했다.

"요전 일요일에 니시도쿄 생명의 전화로부터 의뢰를 받아 다몬 에이스케 씨의 일을 담당하셨던 분과 만나보고 싶습니다. 저는 다몬 씨의 친구로, 하야미 고이치라고 합니다."

그리고 잠시 기다리자 서른 살 중반 정도의 남성 직원이 나왔다. 건네받은 명함에 직함은 없었지만, 도키와 요시미츠라고 자기를 소개한 남자는 단정한 용모와 아름다운 목소리로 금세 동성인 고이치까지도 매료시켰다.

"작가이십니까!"

고이치가 응접실 소파에 앉자마자 요시미츠는 절로 미소 지어질 만큼 순수한 호기심을 내비치면서 이런저런 질문을 던졌다. 전부 작가라는 직업에 대한 질문이었다. 상대가 완전히 작가를 만난 독자처럼 행동하는 탓에 고이치도 일단 최대한 정중하게 대답했다.

"아……. 죄송합니다."

어느 정도 질문을 던져댄 끝에 겨우 만족했는지, 도키와 요시미츠는 공무원의 얼굴로 돌아왔다.

"관계없는 이야기를 너무 오래 물어보고 말았군요."

"아뇨, 괜찮습니다."

고이치의 미소에 요시미츠도 미소로 답한 뒤, 곧바로 진지한 표정이 되었다.

"다몬 에이스케 씨의 친구분이라고 하셨지요. 실례지만 일요일 밤의 일에 대해서는 어떻게 알게 되셨는지요?"

당연히 품을 수밖에 없는 의문이라 고이치는 경찰의 조사를 받았다고 정직하게 말했다. 다만 연쇄살인 사건에 대해서는 아직 감춰두었다.

"그래서 전화를 받은 사람 중 한 명으로서 에이스케의 최후가 어땠는지, 꼭 알아야겠다고 생각하고 이렇게 찾아왔습니다."

"사정은 잘 알았습니다."

고이치의 설명에 납득했는지, 요시미츠는 일요일 밤의 사건에 대해 이야기했다. 오전에 니시도쿄 생명의 전화 사무국장이 연락을 해온 것부터, 심야의 표주박산 절벽 아래에서 수풀 속에 숨은 누군가에게 겁을 먹었던 사실까지 자세히 알려주었다.

이쪽을 의심하는 눈치는 전혀 없다.

연쇄살인 사건에 대해서는 아무것도 모른다고 해도, 다몬 에이스케의 죽음을 둘러싼 상황은 도키와 요시미츠도 알고 있을 것이다. 즉 만일 요시미츠가 고이치와 같은 추리를 하고 있다면, 눈앞의 작가가 중요 용의자라는 사실을 깨달았을지도 모른다. 그러나 모든 것을 이야기한 것으로 보아 요시미츠는 이쪽을 완전히 신뢰하고 있는 것이 틀림없다. 고이치는 그의 순수함에 감사했다.

그의 이야기가 끝났을 때, 고이치는 직접적으로 물었다.

"절벽 아래의 수풀에 있던 것이 투신자살에 실패한 에이스케 혼자뿐이었다고 생각하십니까? 아니면 그 친구를 밀어서 떨어뜨린 범인이 에이스케의 시신을 끌고 가다가 그곳에 숨어 있었던 것일까요?"

"솔직히 잘 모르겠습니다."

요시미츠는 당황하면서도 대답했다.

"하지만 다몬 씨 혼자였을 경우에는 저희들에게 도움을 청했을 거라고 생각합니다. 자살하려다 실패한 게 부끄러워서 입을 다물었을 가능성도 생각할 수는 있겠습니다만, 그런 경우에도 우선 수치심보다 상처의 고통이 강하기 마련입니다. 따라서 대개는 도움을 청한다고 봅니다."

"그렇군요. 그렇겠죠."

요시미츠의 확고한 의견에 고이치는 감탄했다. 어쩌면 이 남자는 하야미 고이치가 용의자라는 사실을 인식하면서 상대하고 있는지도 모른다. 늦게나마 그런 생각이 들자마자 고이치의 지적 호기심이 자극을 받았다.

"그렇다는 이야기는, 범인이 에이스케의 시신과 함께 있었다고 생각하시는 겁니까?"

"단정은 할 수 없습니다만, 그럴 가능성이 높다고 생각합니다. 게다가……."

요시미츠가 말을 우물거려서 고이치는 고개를 갸웃거리며 다음을 재촉했다.

"이런 말을 하면 이상하게 생각하실지도 모르겠습니다만, 그때 그곳에 떠돌고 있던 기척이란 게 아주 기괴해서……."

"예사롭지 않았다고요?"

"……네. 뭐라 말해야 좋을까요. 그렇죠, 등줄기가 오싹해지는 악의가 느껴졌습니다."

"에이스케에 대한 살의인가요?"

"…… 그 이상일지도 모릅니다."

"살의를 넘은 악의……."

그것이 피부에 느껴질 정도로 그 자리의 분위기가 예사롭지 않았다는 이야기가 된다.

"실례가 될지도 모르겠습니다만, 도키와 씨는 이른바 영감(靈感)이라고 불리는 것을……."

"아, 그런 건 전혀 없습니다."

혹시나 싶어 묻자 요시미츠는 곧바로 부정했다.

"그런 것이 존재하는지 어떤지는 모르겠습니다만, 적어도 저하고는 상관없습니다."

그렇게 대답하면서도 요시미츠는 또다시 호기심을 드러내면서 말했다.

"하야미 선생님은, 역시 영감 같은 걸 갖고 계시는 건가요?"

"네? 아뇨, 전혀 없습니다."

"그러십니까. 호러소설을 쓰신다고 해서 그런 줄로만……."

의외라는 듯한 요시미츠의 표정을 보고 고이치는 쓴웃음을 지었다. 그러나 일반 독자란 의외로 그런 법이다. 애초에 부조리한 세상을 다루는 호러와 합리성을 추구하는 미스터리의 차이를 알고 있는 독자가 대체 얼마나 있을까. 그 수가 깜짝 놀랄 정도로 적다는 사실을 고이치는 과거의 다양한 경험으로 알고 있었다.

"옛날에 유명한 SF 작가가 UFO가 실존하느냐는 질문을 받고 일소에 부쳤다는 에피소드가 있습니다. 저희가 쓰는 것은 어디까지나 소설일 뿐이니……."

그렇게 이야기하면서도, 그 산에서는 자신도 오싹한 감각에 사로잡혔던 것을 고이치는 떠올렸다. 다만 그것을 도키와 요시미츠에게 전할 생각은 없었다. 괜히 사태를 성가시게 만들 뿐이다.

"그런데……."

고이치는 조금 전부터 신경 쓰이던 것에 대해 물었다.

"표주박산에는 도키와 씨와 상사인 과장님, 두 분이 가신 거죠. 그 마쿠마 과장님은 이번 일을 어떻게 보고 계십니까?"

"…… 그게 말입니다, 저희가 판단할 일이 아니라고 보고 있습니다. ……즉, 이 센터의 업무 범위를 넘어선 일이라고 보는 거죠. ……뭐, 일단 그렇게 인식하고 있는 모양입니다."

그때까지는 시원시원하던 요시미츠의 어조가 갑자기 이상해졌다.

"경찰에 연락하시기 전에는 어떻게 생각하셨습니까?"

"……마쿠마 과장님이 말입니까?"

"네. 에이스케의 일을 과장님이 어떻게 받아들이고 계신지, 참고로 알려주실 수 없을까요."

이때 고이치는 마쿠마 과장에 대한 도키와 요시미츠의 태도에 이미 위화감을 느끼고 있었다. 다만 그때까지의 대화로 미루어 보아, 문제는 요시미츠가 아니라 과장인 마쿠마 쪽에 있는 것이 아닐까 추측했다.

"…… 그게 말이죠."

그래서 요시미츠에게는 미안하다고 생각하면서도 고이치는 집요하게 물었다.

"네."

"무, 물론 말할 것도 없이 다몬 씨의 자살을 말려야 한다고 그렇게 과장님도 생각하고 있었습니다."

"제가 멋대로 착각하는 것일지도 모르겠습니다만, 조금 전의 말씀을 듣기로는 현장에서 주도권을 갖고 계셨던 것은 도키와 씨 같다는 기분이 드는데요."

"……."

324

"당연한 얘깁니다만 이곳의 업무에 참견할 생각은 털끝만치도 없습니다. 다만 저는 다몬 에이스케의 마지막에 대해 최대한 모든 것을 알고 싶습니다. 그것뿐입니다."

"마음은 잘 압니다."

요시미츠는 고개를 숙이더니 한동안 움직이지 않았다. 단순히 생각에 잠겨 있다기보다는 뭔가 고민하는 듯 보였다.

"실은……."

이윽고 고개를 든 요시미츠는 뭐라 말할 수 없는 복잡한 표정으로 말했다.

"아주 부끄러운 이야기입니다만……."

그렇게 운을 떼더니, 그는 과장인 마쿠마 호세이의 근무 태도와 자살대책 프로젝트 팀이 제대로 기능하지 않는다는 사실에 대해 상당히 노골적으로 이야기하기 시작했다.

고이치도 솔직히 깜짝 놀랐다. 외부인에게 거기까지 까발려도 괜찮을까 싶어 오히려 당황스러울 지경이었다. 그러나 그 정도로 과장에 대한 울분이 쌓여 있었다는 증거라고 생각하니 눈앞의 남자가 불쌍해졌다. 그가 여기까지 이야기할 생각이 든 것은 그만큼 이쪽을 신뢰하기 때문이라는 생각에 일단 진지하게 그 이야기에 귀를 기울였다.

"……이런 상황입니다. 정말로 부끄럽기 짝이 없습니다."

마쿠마 과장에 대한 요시미츠의 평가가 대강 끝났을 때, 고이치는 완전히 실망했다. 마쿠마에게는 무엇 하나 기대할 수 없다는 것을 알았기 때문이다. 다만 묘하게 걸리는 점이 있었다. 다몬 에이스케 사건에서 마쿠마가 보인 수상한 언동이었다.

고이치는 요시미츠에게 다시 한번 처음부터, 특히 마쿠마가 관계된 부분을 중심으로 사건 당일을 떠올려달라고 부탁했다.

"그날의 과장님은 확실히 좀 이상했죠."

차례대로 회고해보고 요시미츠도 같은 것을 느꼈는지, 마지막에 그렇게 말했다.

"평소에는 소극적이던 마쿠마 과장님이 다몬 씨 일에 대해서만큼은 어째서인지 흥미를 보였죠. 그렇지만 아는 사람은 아닌 듯했습니다. 우선은 그 부분이 걸립니다."

"하지만 다몬 씨 본인 때문이 아니라면 그 밖에 대체 뭐가……."

"장소일지도 모릅니다."

"네?"

의아하다는 표정의 요시미츠에게, 고이치는 확인했다.

"에이스케의 일을 보고했을 때, 어떤 순서로 설명하셨습니까?"

"처음에 생명의 전화 통화 내용하고, 그곳에서 알아낸 다몬 씨의 현재 상황을 전했습니다. 그리고 상담원이 추리한, 자살의 우려가 있는 장소를…… 앗!"

고이치가 한 질문의 의미를 이해했는지 요시미츠가 눈을 동그랗게 떴다.

"마다테 시의 표주박산이라는 장소에 과장님이 반응했다는 겁니까?"

"어쩌면 마쿠마 씨는 그 부근의 지리를 알고 있었는지도 모릅니다. 그렇게 생각하면 표주박산에 도착한 뒤의 언동도 납득되지 않습니까?"

"네, 그렇습니다. 그곳을 알고 있었기 때문에 과장님은 어둠 속에서도 어느 방향으로 가면 되는지 알고 있었던 거겠죠."

"마쿠마 씨는 마다테 시 출신입니까?"

"글쎄요, 저는 모릅니다만……. 조사해서 알려드릴까요?"

요시미츠의 제안에 고이치는 깜짝 놀랐다.

"그, 그러셔도 괜찮습니까?"

폐를 끼치는 것이 아닐까 하고 고이치가 걱정하고 있는데 갑자기 응접실의 문이 열렸다.

그쪽을 보니 40대 중반에서 후반 정도로 보이는, 불손한 표정의 남자가 문에서 얼굴만 내밀고서 사람을 감정하는 듯한 눈빛으로 빤히 고이치를 바라보고 있었다.

뭐, 뭐지……?

영문을 모르고 당황하는데, 남자는 마지막에 요시미츠를 흘끗 보고는 그대로 말 한마디 없이 나가버렸다.

"……죄송합니다."

곧바로 요시미츠가 고개를 숙였다.

"방금 전에 봤던 사람이 마쿠마 과장님입니다."

"뭐라고요……."

부하가 손님을 상대하고 있는데 과장이란 사람이 취할 만한 태도는 아니다. 아니, 애초에 정상적인 사회인으로서 있을 수 없는 행동이 아닌가.

"정말 부끄러울 뿐입니다."

계속 요시미츠가 사과하려고 해서, 고이치는 신경 쓰지 않는다고 말했다.

"혹시 하야미 선생님께서는 친구분의 사건을 독자적으로 조사하고 계신 게 아닌지요."

갑자기 그렇게 물어서, 고이치는 무심코 고개를 끄덕이고 말았다.

"역시……. 아니, 실례했습니다. 너무 열심이셔서 이건 뭔가 있는 것은 아닐까 하는 생각이 들었거든요. 그런 것이라면 저도 협력하겠습니다."

"……감사합니다. 큰 도움이 되었습니다."

이번에는 고이치가 고개를 숙였다.

이때 그의 머릿속에는 사실 '다레마가'라는 네 글자가 떠올라 있었다. 만약 마쿠마 호세이가 마다테 시 출신이라면 다레마가와 관계가 있을 가능성도 생긴다. 업무 능력이 떨어지는 데다 업무 자세역시 심각하게 나쁜데도 불구하고 마쿠마가 현재 지위에 이른 배경에는 다레마가의 존재가 있는 것은 아닐까. 그래서 마쿠마는 표주박산의 소동에 반응했는지도 모른다.

그렇다고 해도 여기서 다레마가의 이름을 꺼내는 것은 위험할것이다.

곧바로 고이치는 그렇게 판단했다. 도키와 요시미츠는 신뢰할 수있는 인물이라고 생각한다. 그러나 어딘가에서 다레마가와 연결되어 있지 않다고 단정할 수는 없다. 가령 본인은 관계가 없더라도, 여기서 다레마가의 이름을 꺼내면 요시미츠의 입을 통해 누군가에게 전해질 우려가 있다. 그렇게 되면 언젠가 이쪽의 움직임이 다레마가에게 알려지고 말 것이다. 그것은 피하고 싶다.

어쩌면, 이미 들켜버렸을지도…….

상점가의 칼가게나 두부가게의 사람들이 그 뒤에 보고를 했다면 그것으로 끝이다. 다레마가를 두려워한 나머지, 관계되는 것을 피하려고 연락하지 않았다면 다행이겠지만.

어쨌든 고이치는 다레마가를 일절 언급하지 않았다.

도키와 요시미츠에게 인사를 하고 니시도쿄 정신보건 복지센터를 나온 뒤에 점심 식사를 하고, 마다테 시로 돌아가서 다시 표주박산으로 향했다. 책을 읽으면서 벚나무 아래를 두 시간 정도 감시했지만, 향을 피운 사람은 나타나지 않았다. 이제까지는 자주 들른 것같으니 이제 슬슬 모습을 보일 만한 시기라고 생각했지만 아직 더기다릴 필요가 있을 것 같다.

거기서 계획했던 대로 마다테 시의 시립 도서관으로 이동했다. 다레마가는 과거에 다양한 사건을 일으켰다고 시테가와라가 말했다. 대부분 가문의 힘을 동원해서 수습한 모양이지만, 신문에 전혀 보도되지 않았으리라고 생각하기는 어렵다. 다레마란 이름은 적지 않더라도, 사건에 관한 기사는 실리지 않았을까. 고이치는 당시의 신문 기사에서 그것을 찾아낼 생각이었다.

시립 도서관은 멋진 3층 건물로, 신문의 축쇄판을 보기 위해서는 1층의 접수 카운터에 신청을 해야 했다. 마다테 시의 시민이 아니더라도 열람만이라면 할 수 있는 듯했다. 보고 싶은 신문의 이름과 날짜를 지정하는 용지를 적어서 내면, 직원이 서재에서 찾아다 준다. 거기서 고이치는 자신이 전학 오기 전해의 12개월 분량부터 우선 체크하기로 했다.

접수 카운터에서 12권의 두꺼운 축쇄판을 안고 열람용 책상까지 신중히 운반한 뒤, 그해 연초의 신문부터 열심히 페이지를 넘기기 시작했다. 1면은 대충 훑어보고 지방면은 꼼꼼히 확인한다. 그것을 매 신문마다 반복한다. 그러나 1월이 2월이 되고, 3월에서 4월로 나아가고, 5월 그리고 6월이 되어도 특별히 눈에 띄는 기사는 나오지 않았다. 못 보고 넘어간 것이 아닐까 불안해졌지만 일단 12월까지 훑어보기로 했다.

그러자 8월 하순 어느 날의 지방면에서 조금 신경 쓰이는 기사를 발견했다. 이웃 시에서 여섯 살 난 남자아이가 행방불명되었다고 한다. 마다테 시의 사건은 아니기 때문에 처음에는 별로 문제시하지 않았다. 그러나 9월분의 신문으로 넘어갔을 때, 고이치는 문득 8월로 돌아가서 해당 기사를 재확인했다. 어린아이가 관계된 사건이었기 때문이다.

……스즈모토 다케시 군(6)이 주택 조성지의 잡목림에 간다며

나간 채로…….

그 뒤로는 속보에도 신경 쓰며 작업을 진행했지만 아무 기사도 발견되지 않았다. 이윽고 12월까지 다 훑어보고 나서 반납하는 동시에 다음 해 12월분까지를 신청하고 다시 1월부터 똑같은 방법으로 체크를 계속했다. 스즈모토 다케시에 관한 조금 신경 쓰이는 기사가 있긴 했지만, 역시나 2년째가 되니 집중력이 떨어지기 시작했다. 조금 쉬는 편이 좋겠다고 생각하면서 건성으로 페이지를 넘기고 있을 때였다. 8월 하순 어느 날의 지방면에, 어린 남자아이의 행방불명을 알리는 기사가 눈에 띄었다. 작년과는 다른 지역이었지만 그곳도 마다테 시와 접한 이웃 시였다.

……가쿠타니 스구루 군(5)이 고후쿠산 공원에서 놀던 중…….

고이치는 접수 카운터까지 가서 그다음 해 8월분만 열람을 신청했다. 받아 들고 책상에 돌아오는 시간도 아까워서 걸어오면서 하순의 지방면을 집중적으로 체크했다. 딱 책상에 도착했을 무렵, 고이치는 끝내 마다테 시에서도 똑같은 남자아이 행방불명 사건이 일어났다는 것을 찾아냈다.

……이쿠라 요시히코 군(7)이 평소에 놀던 마다테 시 제3초등학교 인근에서…….

그전 해 가쿠타니 스구루, 그리고 2년 전 해의 스즈모토 다케시와는 달리 이쿠라 요시히코만은 행방을 알 수 없게 된 장소가 아주 모호하게 느껴졌다.

초등학교 인근이라면 설마 표주박산이 아닐까……?

다른 두 사람이 행방불명된 것은 잡목림과 산의 공원이다. 제3초등학교 인근에 해당될 만한 곳은 표주박산이나 검은 숲 정도겠지.

하지만 그렇다면 당시의 고이치와 친구들도 알지 않았을까.

여름방학 중에는 대부분의 시간 동안 표주박산에서 놀고 있었으니, 아무것도 몰랐을 리가 없다. 그렇게 되면 남는 것은 검은 숲이다.

분명히 요시히코 군은 자신이 어디서 놀고 있는지를 부모님에게 비밀로 했던 것이다.

요시히코의 부모님은 누노비키 초에 있는 산이나 숲에 가는 것을 금지하고 있었던 것이 아닐까. 이유는 물론 그곳이 다레마가의 영역이기 때문이다. 그래서 요시히코 군은 초등학교 근처에서 놀고 있다고 거짓말을 했다. 확대 해석을 하자면 표주박산도 검은 숲도 초등학교 근처라고 말할 수 없는 것은 아니다. 어린아이 나름대로, 아슬아슬하게 거짓말이 되지 않도록 궁리했던 거겠지.

고이치는 그해 8월분의 신문을 책상에 놓고, 접수 카운터로 돌아가서 다시 그다음 해 8월분 신문의 열람을 신청했다. 다행히 이제까지 접수를 받은 직원은 세 명 전부 다른 사람이었다. 같은 사람이었다면 역시 이상하게 생각했을지도 모른다.

이번에도 책상으로 돌아오면서 하순의 지방면만을 확인한다. 그러나 아무것도 눈에 띄지 않았다. 책상에 앉고 나서 만일을 위해 상순까지 거슬러 올라가며 훑어보았지만, 역시 어린아이의 행방불명을 전하는 기사는 존재하지 않았다.

고이치가 전학 왔던 해를 전후한 3년에 걸쳐 마다테 시와 인근 지역에서 1년에 한 명씩 8월 하순에 남자아이가 행방불명되는 사건이 발생했다.

이것은 다레마가의 귀신 들린 아이가 한 짓일까…….

그런 생각을 하다가 문득 어느 가능성을 떠올리고 고이치는 곧바로 흥분했다. 자신들이 찾고 있던 것을 간신히 발견한 기분이 들었다.

그 요시코라는 아이는 범인이 아니라 피해자가 아닐까.

즉 다른 세 명의 남자아이와 마찬가지로 다레마가의 귀신 들린

아이에게 납치되었던 것은 아닐까. 그것 때문에 요시코와 관계를 갖고 있던 고이치 일행도 어쩔 수 없이 말려들었다고 한다면 어떨까. 어쩌면 표주박산의 여섯 아이들과 논 뒤에 요시코는 다레마가의 귀신 들린 아이에게 납치되었을지도 모른다. 이때 고이치 일행이 뭔가를 목격했다고 한다면…….

다만 당시에는 그 '뭔가'의 의미를 이해할 수 없었다. 혹은 중요한 것이 아니라고 판단해버렸다. 어쨌든 그런 사건이 일어났다고는 생각도 하지 않았다. 그래서 아무것도 모르는 채로 요시코에 대해서 잊고 어른이 되었다. 그것이 30년 만에 다몬 에이스케의 전화가 계기가 되어 되살아나버렸다.

그런 건가!

하마터면 고이치는 소리를 지를 뻔했다.

에이스케가 일요일 밤에 전화를 건 일곱 명째의 인물은 다레마가의 귀신 들린 아이였던 거야!

전화로 옛날 이야기를 하던 중에 에이스케는 문제가 되는 뭔가를 언급하고 말았다. 게다가 같은 내용을 당시의 친구들에게 이야기했다는 것까지 전했다. 그것 때문에 그 인물이 요시코 이외의 나머지 여섯 명의 입도 봉하려고…….

아니, 이상하다.

기뻐한 것도 잠시, 바로 고이치는 고개를 갸웃거렸다.

우선, 에이스케가 전화를 걸 정도로 다레마가의 귀신 들린 아이라 불리던 인물과 친했을 리가 없다. 존재는 알고 있었다고 해도 전화 게임의 상대로 고를 정도의 관계가 있었다고는 도저히 생각할 수 없다.

다음으로 요시코가 정말로 납치당했다면 다른 세 명의 남자아이처럼 신문기사가 나왔을 것이다. 그러나 어디에도 그런 보도는 보이지 않는다.

미수로 끝난 것일까.

그렇다면 기사가 되지 않았을 수도 있다. 그런 사건이 있었던 것조차, 당사자들과 표주박산의 여섯 아이들 외에는 아무도 몰랐다고 생각할 수 있다.

하지만…….

행방불명된 세 사람은 전부 남자아이다. 어떤 동기로 납치했다고 해도, 네 명째에서 갑자기 여자아이를 선택할까?

이래서는 요시코와 귀신 들린 아이가 연결되지 않는다.

고이치는 책상 위에서 팔꿈치를 짚고 두 손으로 머리를 끌어안고 말았다.

핵심에 상당히 가까이 다가갔다고 생각했는데…….

옛 친구들의 연속된 죽음에 초등학교 시절의 과거가 연결되어 있고, 거기에 요시코와 귀신 들린 아이가 얽혀 있는 것까지는 일단 틀림없을 것이다. 그러나 수수께끼의 일곱 명째 인물은 어떻게 생각해도 들어맞지 않는다. 대체 이건 어떻게 된 일일까.

정신이 들고 보니 완전히 저녁이 되어 있었다. 당황하며 신문 축쇄판을 반납하고 고이치는 도서관을 뛰어나왔다.

누노비키 초의 묘지까지 뛰어가 보니 이미 그 노파가 벤치에 앉아 있었다. 눈앞에는 지팡이 대신으로 사용하는 유모차가 있고, 그 손잡이에 두 손을 짚고 고개를 숙이고 있다. 꾸벅꾸벅 졸고 있는 것일지도 모른다.

고이치는 묘지의 문으로 들어가 노파에게 다가가서 인사를 했다.

"안녕하세요. 또 뵙는군요."

"……."

고개를 든 노파는 잠시 어리둥절한 표정을 짓더니 말했다.

"아아, 요전의 그 총각!"

"오늘도 많이 덥죠?"

"정말로요. 나이든 사람에게는 참 힘든 계절이네요."

그렇게 말하면서도 노파도 자신의 옆에 앉도록 시간을 들여서 비켜주었다.

"감사합니다. 그러면 잠시 실례하겠습니다."

고이치는 벤치에 앉고서 잠시 더위에 대한 이야기를 하다가, 자연스럽게 옛날 이야기로 들어갔다. 그러자마자 노파는 이틀 전의 저녁처럼 말이 많아졌다.

다만 그녀가 이야기하는 것은 태어난 다마 지역의 추억부터 전쟁 중의 고생담, 시집 생활, 시어머니와의 갈등, 출산과 아이 키우기 등으로 요전과 거의 같은 내용이었다. 고이치는 싫어하는 내색 없이 처음 듣는다는 것처럼 그 이야기에 귀를 기울이며 맞장구를 쳤다. 그러면서도 그는 다레마가의 귀신 들린 아이에 대해 물을 타이밍을 노리고 있었다.

끈기 있게 기다리는 도중에 다레마가의 이름이 나오기 시작했다. 이 지역에서의 생활을 회고하다 보면, 역시 무시할 수 없는 존재였을 것이다.

잠시 다레마가의 이야기가 이어지고 있어서 은근슬쩍 고이치는 이야기를 꺼냈다.

"전에 말씀을 들을 때, 다레마의 귀신 들린 아이라는 말씀을 들었습니다만……."

노파의 말이 뚝 끊겼다.

"그건 당시 다레마가의 어느 분 이야기였습니까?"

"……."

노파는 입을 다문 채로 아무 대답도 하지 않았다.

"알려주실 수 없습니까?"

"……."

계속 입을 다물 생각인가 싶었지만, 뭔가 우물쭈물하고 있는 듯 보이기도 했다.

"부탁드립니다."

뭔가 있다고 판단한 고이치는, 그렇게 말하면서 깊이 고개를 숙였다.

"그건……."

망설이는 듯 하면서 노파가 입을 열었다.

"요전에 총각이 찾는다고 이야기한 친구와 관계가 있나요?"

"네."

여기서 고이치는 과감하게 속을 떠보기로 했다.

"어쩌면 그 친구는 다테마의 귀신 들린 아이에게 잡혀갔을지도 모릅니다."

"……."

노파가 숨을 삼켰다.

"그 무렵에 인근에서 어린아이가 행방불명되는 사건이 일어나지 않았습니까?"

"……."

이번에는 말을 잃은 듯이 보였다.

"폐를 끼치지는 않겠습니다."

"그런 건 아니에요……."

노파는 고개를 저으면서 얼마 전과 같은 말을 했다.

"사실 난 별 상관없어요. 이 나이가 되면 대개 무서운 것은 없어지니까요."

"……허어."

"언제적 이야기인가요?"

노파는 고이치가 사건에 대해서 정말로 알고 있는지 확인하는 듯 물었다.

"30년 정도 전입니다."

"아아…… 그렇다면 역시 그 일이겠군요."

노파는 깊은 한숨을 쉬었다.

"그 무렵에 해마다 한 명씩 어린애가 없어지는 사건이 3년 정도 이어졌던 적이 있었죠."

신문의 축쇄판에서 봤던 그 세 명의 남자아이가 틀림없다.

"불쌍하게도 결국 아이들을 찾지는 못했습니다……."

"경찰은요?"

"미아, 교통사고, 납치의 가능성을 전부 생각하고 조사한 것 같았는데, 무슨 일이 있었는지 알지 못한 채로 수사가 끝났지요."

"소문은 없었습니까? 그 일에 대해서 의미심장한 소문이 돌아 다녔다든가."

"……."

다시 입을 닫은 노파를 바라보면서 고이치는 그저 조용히 기다렸다.

이윽고 노파는 고개를 끄덕였다.

"다레마의 귀신 들린 아이가 한 일이 틀림없다……. 그런 소문이 있었죠."

"그건 저곳에 있는 다레마가의 누군가가, 라는 얘기겠죠?"

표주박산의 낮은 쪽을 가리키며, 고이치는 만일을 위해 확인했다.

"그렇죠."

"저 집의 누구입니까?"

"당시 그 사람은 이미 중학생이 되어 있었어요."

336

중학생?

봉인된 고이치의 기억이 흐릿하게 반응했다.

"어릴 적부터 잔혹한 짓을 좋아했던 아이로, 자주 벌레나 작은 새를 잡아 죽였다고 들었죠. 그러던 애가 초등학생이 되자 이제는 작은 동물이나 토끼, 고양이나 개까지 잡아 죽이게 되었고……."

작은 동물이란 모르모트나 햄스터일까.

"다만 어디까지나 소문이었지요. 실제로 본 사람은 제가 아는 한에는 없었어요."

"그래도 아니 땐 굴뚝에 연기 나겠습니까."

노파는 고이치의 말에 부정도 긍정도 하지 않고 그대로 말을 이었다.

"그런 아이라서 초등학교와 중학교는 모두 멀리 떨어진 사립학교에 보냈기 때문에, 그 부근에는 아는 사람이 거의 없었을 거라 생각해요."

그럼에도 불구하고 고이치는 어째서인지 기억이 흔들리는 듯한 느낌을 받았다.

"그래서 평소에는 거의 아무도 신경 쓰지 않았죠. 그런데 그 사람이 중학생이 되고 나서 이웃 시에서 한 명, 또 다른 시에서 한 명……. 그렇게 아이들이 사라지기 시작하다가 끝내 마다테에서도 행방불명된 아이가 나왔을 때, 누가 말할 것도 없이 다레마의 귀신 들린 아이가 한 짓이 아닐까…… 라는 소문이 돌았죠."

"경찰은 움직였습니까?"

"그냥 소문이니까요. 게다가 당시의 경찰서장은 다레마가하고 절친한 사이였습니다."

"……."

"다레마가의 대응도 참 빨랐죠."

"빨랐다뇨?"

"그 사람을 멀리 아는 집에 양자로 보냈습니다."

"어디의 무슨 가문입니까?"

고이치가 자기도 모르게 긴장하면서 묻자, 노파는 이상한 대답을 했다.

"저도 직접은 알지 못하지만, 다레마와 아주 인연이 깊어 보이는 그런 집안이었죠."

"무슨……."

말씀이시죠? 라고 물으려던 고이치는, 시야에 들어온 그것을 인식한 순간, 자기도 모르게 일어서 있었다.

"죄, 죄송합니다. 잠시 기다려주실 수 있을까요? 바로 돌아오겠습니다."

그렇게 말하기가 무섭게, 고이치는 벤치부터 뛰기 시작해서 묘지의 벽을 뛰어넘고 한달음에 표주박산 쪽을 향해서 달려갔다.

지금 막, 돌계단에서 내려오는 인물을 보았기 때문이다.

예순 살 전후 정도로 보이는 평범한 체격의 여성이었다. 겉으로 보이는 인상으로 봐서는 이 지역 사람이 아닌 듯했다.

향을 피운 사람인지도 모른다.

기대와 불안을 가슴에 안고 계속 달리다 보니 이내 따라잡을 수 있었다. 그렇지만 거기서 바로 곤란에 부딪혔다. 대체 뭐라고 말을 걸면 좋지?

"……죄송합니다."

일단 뒤에서 말을 걸자, 깜짝 놀란 듯이 그 여성이 돌아보았다.

"네?"

경계하는 느낌은 없었지만, 조금 당황한 듯했다.

"실례합니다만……."

그렇게 말하면서도 아직 적당한 말이 떠오르지 않는다.

"무슨 일이신가요?"

그 무렵이 되자 여성의 얼굴에 조금 호기심이 보이기 시작했다. 그 표정의 변화를 보자마자, 고이치는 지금은 그냥 직접적으로 묻기로 결심했다.

"제가 착각한 거라면 죄송합니다만, 혹시 다몬 에이스케 씨의 지인이 아니십니까?"

앗…… 하고 그녀가 숨을 삼키는 걸 알 수 있었다. 그것과 동시에 갑자기 고이치에게 경계심을 보이는 것이 그대로 전해져왔다.

거기서 그는 당황하며 우선 자기소개를 했다.

"저는 하야미 고이치라고 합니다."

"네……?"

여성은 몇 초 정도 굳었다가 빤히 고이치를 바라보면서 말했다.

"작가인 하야미 고이치 선생님이신가요?"

"……네."

나에 대해서 어떻게 알고 있는 거지. 고이치는 내심 놀랐다.

"아직 선생님이라고 불릴 정도로 대단한 작품을 내지는 못했습니다만……."

"아뇨, 그렇지는……."

여성은 한쪽 손을 저으며 부정하려다가 옷매무새를 고치면서 말했다.

"소개가 늦었습니다. 저는 니시도쿄 생명의 전화에서 다몬 에이스케 씨의 전화를 받았던 사람입니다."

"네에?"

이번에는 고이치가 딱 굳어버렸다.

향을 피운 사람의 정체가 생명의 전화 상담원이었다고는 상상도 하지 못했다. 그렇지만 이번 일의 관계자이며 에이스케의 명복을 빌 만한 인물이라면 가장 먼저 떠올렸어야 하는 존재가 아니었을까.

"향을 피워주셔서 감사합니다."

"주제 넘는 일이라고는 생각했습니다만……."

고이치가 고개를 숙이자, 누마타 야에라고 자기를 소개한 여성은 견딜 수 없이 괴로운 얼굴을 했다.

"저희들 상담원이 밖에서 상담자와 접촉하는 일은 없습니다. 그 건 금지되어 있거든요. 그런데도……."

자신은 위반하고 말았다, 라고 부끄러워하는 듯했다.

"다몬 에이스케 씨가 표주박산에서 자살했다는 걸 경찰에게 들 으셨습니까?"

"아뇨, 돌아가셨을 가능성이 있다는 말을 들었을 뿐이고 확실히 알려주지는 않았습니다."

"그래서 누마타 씨는 자살이라고 생각하시고……."

야에는 고개를 끄덕였다.

"어쨌든 다몬 씨와의 통화 내용에 대해서 상당히 열심히 질문을 하길래, 자살의 동기를 찾는 거구나 하고……."

"누마타 씨는 동기가 뭐라고 생각하십니까?"

갑자기 야에는 난처한 듯한 얼굴을 했다. 모르겠다는 것이 아니 라, 아마도 생명의 전화 상담원으로서의 의견을 말하는 것에 망설 임을 느꼈기 때문일 것이다.

"대답해주실 수 없을까요?"

"……저는 다몬 씨가 처해 있던 힘든 상황이 역시 가장 큰 이유 라고 생각합니다."

"그 밖에 또 다른 이유가 있었을까요?"

그녀의 말투에서 왠지 모르게 그런 느낌을 받았기 때문에, 고이치는 일부러 다시 물어보았다.

"……부러움일까요."

"네? 무엇에 대한?"

"옛 친구들이 지금 사는 모습에 대해서요."

당황하는 고이치의 얼굴을 보며 야에가 말을 이었다.

"어느 분께 전화를 해도, 모두 성공해서 아무런 문제도 없이 살고 있다. 한 명 정도라면 몰라도 전화하는 친구 모두가 인생을 즐기고 있다고……."

"그, 그럴 리가 없잖습니까."

자기도 모르게 항의한 고이치에게, 뭐라 말할 수 없는 표정으로 야에가 말했다.

"말씀하신 대로입니다. 하지만 다몬 씨는 그렇게밖에 생각할 수 없었던 거죠. 본인은 의식하지 못했을지도 모르지만, 자살을 말려 주기를 바라는 마음으로 건 전화였기에 더더욱 친구들의 성공한 삶이 강하게 와 닿았던 게 아닐까요."

자원봉사라고는 해도 상대는 전문가다. 그녀의 견해는 아마도 옳을 것이다. 그렇게 생각하자 고이치는 견딜 수 없이 가슴이 답답해졌다.

다몬 에이스케의 죽음은 자살이 아니라 타살이었다, 라고 되뇌어 보아도 전혀 마음이 개운해지지 않았다. 어쨌든 그가 죽은 것은 사실이니까…….

"저의 힘이 부족했던 탓입니다."

야에가 고개를 숙였다.

"하지만 자살이 아니라 타살이었습니다. 그건……."

"나중에 들었습니다."

일단 그녀는 고개를 끄덕였지만, 바로 고개를 저으면서 말했다.

"그렇지만 다몬 씨가 일요일 밤에 저 산에 갔다는 것은 저의 상담이 아무런 도움도 되지 않았다는 거겠죠."

"그렇지는……."

강하게 부정하고 싶었지만, 생명의 전화 상담원으로서 진지한 마음이 전해져오는 만큼, 가볍게 말할 수가 없었다.

"그래서 이렇게 향을 피우러 오신 겁니까."

"……네."

"매일 오신 겁니까?"

"아뇨. 게다가 지금은……."

야에가 말을 머뭇거리자, 고이치가 의아한 듯 바라보았다. 그때 그녀의 얼굴에 떠 있던 괴로운 표정이 갑자기 공포로 바뀌었다.

"지금은요?"

"다몬 씨뿐만이 아니라 친구분들의……."

"알고 계셨습니까?"

"마다테 경찰서의 형사 뒤에, 경시청의 엔카쿠 씨라는 경부님이 생명의 전화 사무국에 찾아오셔서……."

"에이스케가 전화를 걸었던 친구가 차례차례 죽기 시작했다는 이야기를 들으셨다고요?"

"……네."

"그래서는 지금은 모두를 위해서 향을?"

"제가 받은 다몬 씨의 전화에서 모든 것이 시작되었습니다. 그래서……."

야에는 사건을 그런 식으로 받아들인 모양이었다. 그래서 다몬 에이스케뿐만 아니라 잇따라 죽은 친구들의 명복까지 기원해주었던 것이다.

"감사합니다."

고이치는 깊이 고개를 숙였다.

"일부러 와주시다니, 큰 수고를……."

"무슨 말씀을요. 제가 할 수 있는 것은 이 정도밖에……. 게다가 차를 몰고 왔으니 그리 고생도 아닙니다……."

그렇게 말하다가 문득 야에는 무언가를 깨달은 듯이 말했다.

"하야미 선생님은 어째서 여기에?"

"앗!"

고이치는 당황하며 묘지 쪽을 보았다. 그러나 나무 옆의 벤치에 노파는 없었다. 주위를 둘러보니 요전과 마찬가지로 손녀와 증손자로 보이는 남자아이와 함께 논밭의 좁은 길을 걸어 집으로 돌아가는 그녀의 모습이 보였다.

또 중요한 이야기를 못 듣고 말았네…….

자기도 모르게 어깨의 힘이 빠졌지만 누마타 야에와 만난 것은 그 이상의 수확일지도 모른다. 우선 마음을 추스르고 야에에게 이야기를 듣기로 했다.

야에는 차를 역 앞의 주차장에 세워뒀다고 했다. 다몬 에이스케와 전화로 어떤 이야기를 했는지 자세히 알고 싶으니 마을 안까지 돌아가서 차라도 마시지 않겠느냐고 묻자, 조금 주저하는 눈치를 보였지만 결국 고개를 끄덕여주었다.

"예전에는 마다테 시에 살고 계셨습니까?"

마에나카 초까지 걸어오는 동안, 옛 추억 이야기라도 들을까 하는 생각에 고이치가 물었더니, 갑자기 야에의 입이 무거워졌다.

그 이유를 몰라 고개를 갸웃거리고 있는데 야에가 천천히 입을 열었다.

"제가 생명의 전화 상담원이 되기로 결심한 이유는 이 지역에 살고 있을 때에 남편이 자살했기 때문입니다."

엄청난 고백이 튀어나왔다. 게다가 남편이 자살한 원인이 외동아들을 잃은 충격 때문이란 것을 듣고, 고이치는 안이하게 옛날 이야기를 들려달라고 것을 진심으로 후회했다.

"……죄송합니다."

"아뇨, 선생님이 사과하실 일은 아니에요."

야에는 이미 옛날 일이니까 괜찮다고 말했지만, 고이치는 다몬 에이스케에 관한 것만으로 화제를 좁혀야겠다고 생각했다.

그러나 그녀의 남편이 마다테 시 마에나카 초에서 4대에 걸쳐 생선가게 '사케토미'를 운영하고 있었다는 것을 알게 된 순간, 그 생각이 금세 사라졌다.

그렇다면 술가게의 요시코에 대해 기억하고 있을지도 모른다.

그러나 같은 상점가의 아이인 요시코에 대해서 물어보는 것이 야에에게 괴로운 과거를 떠올리게 만들지 않을까. 친구들을 위해 향을 피워준 사람을 괴롭게 만들고 싶지는 않다. 그렇게 생각하면서도 한편으로 단서를 알고 싶어 초조해하는 마음도 강했다.

물어보려면 지금이다.

찻집에 들어간 뒤에 하면 마치 도망칠 곳을 막아놓고 질문하는 것 같으니, 아무래도 뒷맛이 나쁘다.

고이치가 고민하는 사이, 야에는 옛날과는 달라져버린 마다테 시의 이것저것에 대해서 감개 깊다는 듯이 이야기하고 있었다.

"그런데……."

이야기가 끊기는 것을 기다려서 고이치가 입을 열었다.

"마에나카 초의 상점가에 있는 술가게에, 요시코라는 여자아이는 없었습니까?"

"……."

야에가 갑자기 멈춰 섰다.

"알고 계시는군요."

"어, 어떻게 그 아이에 대해서……?"

그녀는 눈에 보일 정도로 당황하고 있었다.

"실은……."

묘지의 노파나 시테가와라 교수에 대해서는 이야기하지 않고, 고이치는 당시 다레마가에 관계된 소문과 도서관에서 조사한 아이의 행방불명 사건에 대해서 간추려서 설명했다.

"……."

그 이야기를 묵묵히 듣고 있는 야에의 안색이 점차 나빠져서 고이치는 걱정이 되기 시작했다.

"괜찮으십니까?"

"……네."

"찻집까지는 조금만 더 가면 됩니다."

그 뒤로는 그녀를 배려하면서 그저 말없이 계속 걸었다.

전에 고이치가 들어갔던 찻집에 도착해서 비밀스러운 이야기를 하기에 적당한 구석 자리에 앉고, 물을 한 잔 가득 마신 뒤에야 간신히 야에의 혈색이 돌아왔다.

"죄송합니다. 흐트러진 모습을 보이고 말아서……."

"아뇨. 저야말로 이런 사건에 말려들게 해서 아주 죄송하다고 생각하고 있습니다."

사과하면서도 고이치는 도저히 호기심을 억누를 수 없었다. 각자 커피와 홍차를 주문하고 양쪽이 모두 진정되었을 무렵, 고이치는 자기도 모르게 묻고 있었다.

"뭔가 마음에 걸리는 일이라도 있으십니까?"

야에는 잠시 고개를 숙이고 있었지만, 천천히 고개를 들고서 물었다.

"다몬 씨나 그 친구분들이 차례차례 돌아가신 사건 뒤에는 다레마가가 존재하고 있는 건가요?"

"저는 그렇지 않을까 짐작하고 있습니다."

"옛날에 있었던 아이들의 행방불명 사건도⋯⋯."

"네, 관계가 있을 겁니다."

"그 소문은 진짜였군요."

"그렇다면 요시코도?"

야에는 괴롭다는 듯이 고개를 끄덕였다.

"잘 아는 아이였습니까?"

"늘 귀여워하던 아이였습니다. 조금 지적장애가 있어서 실제 나이보다는 어리게 보였지만, 그만큼 순수한 아이였고⋯⋯."

아주 흐릿하게나마 요시코의 얼굴이 고이치의 머릿속에 떠오를 뻔하다가 그대로 안개처럼 흩어져버렸다.

"그렇지만 당시 신문에 그 아이의 기사는 보이지 않던데요."

"그에 대해서는 저도 잘 모르지만⋯⋯."

그렇게 말하면서도 짚이는 것이 있는 듯한 야에의 눈치를 보고 곧바로 고이치도 무엇을 이야기하고 싶은지 깨달았다.

"다레마가에서 손을 쓴 거군요."

"그때까지의 두 아이는 이웃 도시라 그나마 나았지만, 아무래도 세 명째가 되면⋯⋯. 그런데다 이 지방에서 일어난 일이라 소문이 퍼지기 시작했습니다. 그래서 어쩌면⋯⋯."

"다만, 아무리 신문을 막아봤자 경찰은 움직이죠."

"네. 하지만 요시코는 찾을 수 없었습니다."

다시 야에의 안색이 나빠지기 시작했다.

"경찰은 다레마가를 조사하지 않았습니까?"

"그건 그냥 소문이었고, 정말로 쉬쉬하는 소문이어서⋯⋯. 그리고 지역 사람들도 다레마가에 대한 인상이 다 달랐고…….”

“예전에 번영했던 것이나 몰락하고 나서도 권력을 계속 가지고 있다는 일 같은 걸 모두가 알고 있던 것은 아니었을 테니까요.”

“네. 하지만 저희 시부모님은 명백히 두려워하고 있었습니다. 그 집안이 관계되어 있다는 것을 알자마자, 어쨌든 발을 빼려 한다는 느낌을 받았죠. 하지만 같은 세대라도 몇 년 전에 이사 온 사람들은 그 정도는 아니었고……. 다만 막연하긴 했지만 일단 모두들 그 집안하고는 관련되지 않는 편이 좋다는 것만은 알고 있었던 것 같아서…….”

거기서 야에는 갑자기 그때까지의 약한 말투와는 달리 또렷한 어조로 물었다.

“30년 전에 벌어진 아이들의 행방불명과 다몬 씨와 친구분들이 목숨을 잃은 이번 사건에는 대체 어떤 연결 고리가 있나요?”

고이치의 얼굴을 똑바로 쳐다보면서 야에는 거침없이 질문을 던져왔다.

“아직은 알 수 없습니다. 하지만 저희들은 아무래도 어릴 적에 요시코와 같이 놀았던 것 같습니다. 그 당시에 인근 지역에서는 어린 아이가 행방불명되는 사건이 이어지고 있었고, 그것이 다레마가의 귀신 들린 아이라고 불리던 인물과 관계되어 있다는 소문이 있었습니다. 그러던 중에 요시코도 없어지고 말았습니다. 이상의 상황으로 미루어 볼 때, 어쩌면 그 여자아이가 사라지게 된 어떠한 사건에 어릴 적의 저희들도 연관되어 있는 것은 아닐까…… 하고 생각한 겁니다.”

이어서 고이치는 일곱 명째 인물의 수수께끼에 대해서 설명했다.

“에이스케가 전화로 이야기한 내용에 이번 사건에 관한 중대한 단서가 있지는 않을까, 하고 저는 생각하고 있습니다. 누마타 씨가 말씀하신 대로, 저도 그 친구의 전화가 모든 것의 시작이었다는 기분이 듭니다."

"잘 알겠습니다. 제가 기억하고 있는 것을 전부 말씀드리지요."

야에는 그야말로 아주 세세한 것까지 신경 쓰며 다몬 에이스케와의 대화를 정확하게 재현하듯 이야기하기 시작했다. 원래부터 기억력이 좋은 데다, 경찰에 몇 번이나 참고인 조사를 받는 동안에 통화의 세부 내역까지 떠올리고, 그것을 완벽하게 기억하게 된 것이리라.

고이치에게는 아주 고마운 일이었다. 다만 야에와 에이스케가 어떤 대화를 나누었는지 알게 됨에 따라, 뭐라 말할 수 없는 안타까운 마음이 들기 시작했다. 힘든 상황을 호소하는 친구의 전화를, 얼마나 자신이 가볍게 받고 있었는가. 그것을 새삼 뼈저리게 느꼈다.

그나마 위안이 되는 것이 통화 내용을 전하는 사이에 야에가 하는 이야기였다. 상담원이라는 입장상 당시에는 결코 에이스케 본인에게는 말할 수 없었던 말들을 야에는 이야기했다.

그녀는 항상 긍정적이었다. 생각 없이 상대를 격려하는 것이 아니다. 어떤 상황이라도 그 안에서 반드시 좋은 면을 찾아내려고 했다. 이 사람에게 플러스가 되거나, 나중에라도 플러스로 전환될 수 있는 것이 반드시 어딘가에 있다는 것이 그녀의 신조였다.

에이스케가 콤플렉스를 가지고 있던 얼굴의 반점에 대해서도, 그녀는 그 모양으로 봐서 긍정적으로 생각하면 매력 포인트가 될 수도 있을 거라고 생각했다. 만약 자신이 어린 시절의 에이스케와 만날 수 있었다면 그렇게 말해줬을 텐데, 라고 아주 아쉽다는 듯 말했다.

야에의 이야기가 끝났을 때, 고이치의 마음에는 안도와도 비슷한 기묘한 감정이 싹터 있었다. 전화를 통해서라고 해도, 다몬 에이스케가 목숨을 잃기 전에 누마타 야에라는 여성과 이야기를 나눌 수 있었던 것은 본인은 물론이고 친구인 고이치에게도 커다란 위안이 되었다. 이것은 하세가와 형사나 엔카쿠 경부로부터 전해 듣는 이야기로는 도저히 실감할 수 없었던 것이었다. 그런 의미에서도 야에에게 직접 이야기를 들을 수 있어서 정말로 다행이라고 고이치는 생각했다.

그러나 한편으론, 유감스럽게도 새로운 수확은 아무것도 없었다. 보다 상세히 알게 된 것은 많았지만, 전부 이미 알고 있는 정보뿐이었다. 고이치가 원했던 새로운 단서를 찾아내는 데는 전혀 도움이 되지 않았다.

그의 낙담이 전해진 것인지, 야에는 미안하다는 듯이 고개를 숙였다.

"도움이 되지 못했나요……."

"아뇨, 그렇지 않습니다."

당황하며 부정했지만 고이치의 목소리는 약했다.

"에이스케와의 통화 내용을 처음부터 끝까지 다 말씀해주신 거죠?"

그래도 미련이 남은 듯이 고이치는 말을 이었다.

"네. 처음부터……."

그렇게 입을 열다가 야에는 고개를 기울였다.

"왜 그러시죠?"

"……아, 다몬 씨하고는 관계없지만, 실은 전화를 받았을 때 조금 이상한 일이 있어서……."

그 순간 고이치는 긴장을 느꼈다.

"그게…… 어린아이가 동요를 부르는 듯한……."

"목소리가 들렸습니까?"

"네……."

"……어떤 동요였죠?"

어째서인지 그렇게 물어보는 것이 두려웠다. 그러나 마음의 깊은 곳에서 물어봐야 한다는 강한 느낌을 받았다.

그런 그의 모순된 감정을 이해한 듯, 망설이면서도 각오한 눈치로 야에가 속삭이듯이 노래하기 시작했다.

"다~레마가 죽~였다……."

어느 광경 5

"다~레마가 죽~였다!"

커다란 나무에 오른팔과 얼굴을 대고 그렇게 외치고 나서, 슬래가 왼쪽 어깨 너머로 돌아보았다.

그와 동시에 저녁 햇살을 받으며 새까맣게 된 사람들의 움직임이 딱 멈췄다. 모두가 슬래 쪽을 향해, 지금이라도 걷기 시작할 것 같은 자세를 한 채로.

한 사람, 두 사람, 세 사람, 네 사람, 다섯 사람⋯⋯. 아무도 손가락 하나 까딱하지 않는다.

그러나 슬래가 다시 나무 쪽을 향하며 등을 보이자마자, 다섯 사람이 일제히 움직이기 시작했다.

"다~레마가 죽~였다!"

독특한 억양으로 또다시 슬래가 노래하듯 외쳤다.

그사이에 사람의 형체들은 조금씩 커다란 나무를 향해 다가간다. 단, 슬래가 돌아보면 움직임을 딱 멈춘다. 아무리 부자연스러운 모습을 하고 있어도, 그 자세 그대로 미동도 하지 않는다. 그저 슬래가 다시 나무 쪽을 돌아보기만을 기다리고 있다.

그런데 몇 번째인가 돌아보던 슬래가 좀처럼 앞을 보지 않았다. 커다란 나무에 얼굴을 묻지 않고 다른 사람들 쪽을 빤히 바라보고 있다.

"그러는 법이 어디 있어! 너무 길잖아!"

정지해 있는 사람들로부터 항의의 목소리가 일었다. 물론 입만 움직이고 있다.

그러나 슬래는 그저 사람들을 계속 바라볼 뿐, 그만두려고 하지 않는다.

"야, 이젠됐잖아!"

계속해서 비난의 목소리가 들린다. 그러나 슬래에게는 들리지 않았다. 왜냐하면 슬래는 열심히 세고 있었기 때문이다.

한 명, 두 명, 세 명, 네 명, 다섯 명, 여섯 명……. 한 명이 많다.

슬래가 진을 치고 있는 커다란 나무를 향해서 다가오는 사람의 숫자가, 어느샌가 다섯 명에서 여섯 명으로 늘어 있었다.

일곱 명째가 있다…….

어느 때부터인가 이 놀이는, 일곱 명이 하고 있었다.

"다~레마가 죽~였다!"

술래가 왼쪽 어깨 너머로 돌아보자, 거의 동시에 사람들의 움직임이 멈춘다. 아무도 움직이지 않은 것을 확인한 뒤에, 술래가 다시 나무 쪽을 향한다.

"다~레마가 죽~었다!"

다시 술래가 노래하듯이 외치고, 그런 뒤에 돌아본다. 사람의 형체들도 모두 움직임을 멈춘다. 그 반복이 잠시 이어지다가, 갑자기 술래가 뒤를 돌아본 채로 굳었다.

"이렇게 오래 있는 건 반칙이잖아!"

사람이 일곱 명으로 늘어나서 세고 있을 때보다 강한 항의의 목소리가 들렸다. 그러나 술래는 긴장된 표정을 지은 채로 완전히 굳어 있다.

석양을 받으며 서 있는 아이들의 뒤편에서 뭔가 검은 것이 섬뜩하게 꿈틀거리는 모습을, 그저 바라보면서…….

바라보고 있는 것이 무서워져서, 술래는 나무 쪽을 돌아보았다. 그러나 원래의 자세로 돌아갔을 뿐, 도저히 입이 떨어지지 않았다.

"빨리 말해! 이래서는 못 움직이잖아!"

다시 항의의 목소리가 들렸다. 술래는 어쩔 수 없이 계속하던 말을 외쳤다.

"다~레마가, 죽~었다!"

그리고 술래는 돌아보며 바로 외쳤다.

"에이 군, 움직였어!"

"어……. 내, 내가?"

아니라고 반론하는 듯했다. 하지만 다몬 에이스케는 그대로 순순히 나무 쪽으로 나아가서 슬래의 오른쪽 어깨에 왼손을 얹고 첫 포로가 되었다.

"다~레마가 죽~였다!"

조금 빨리 슬래가 말하고 순식간에 돌아본다.

"유준, 움직였어!"

"안 움직였어."

바로 아리타 유지가 부정했다.

"아냐, 움직였어."

"안 움직였다니까!"

조금 화난 목소리로 유지는 다시 부정했다.

이상하네?

유지보다 뒤에 있던 고이치는 자기도 모르게 고개를 갸웃거렸다. 슬래가 돌아본 순간, 유지의 움직임은 딱 멈춘 듯 보였기 때문이다. 게다가 슬래는 언제나 냉정했던 오오니타 다츠요시다. 반칙을 할 녀석이 아니다.

그러자 다츠요시가 살짝 나무 쪽으로 고개를 돌렸다. 포기하고 계속하려는 건가 싶었는데 그대로 가만히 있다. 고이치에게는 그것이 다츠요시가 에이스케에게 뭔가 속삭이는 것처럼 보였다.

그러나 에이스케는 이제까지의 다츠요시가 했던 것처럼 고이치와 다른 애들을 보면서 깜짝 놀란 듯 멈춰 서 있었다.

그리고 잠시 후.

"……유, 유준, 정말로 움직였어."

순간 정신을 차린 듯이 에이스케는 슐래의 편을 들었다.

"뭐라고!"

이번에는 유준도 놀란 듯했다.

"슐래만이 아니라 포로도 움직였다고 말하니까, 유준은 아웃이야."

거기서 다츠요시가 못을 박듯이 말했다.

"너희들, 둘이서 짜고……."

유지는 정말로 화가 난 듯했지만, 결국 어깨를 늘어뜨리며 말했다.

"알았어."

유지는 토라진 듯한 모습으로 나무까지 와서, 에이스케의 오른쪽 어깨에 왼손을 얹고 두 사람째의 포로가 되었다.

"다~레마가 죽~였다!"

바로 다츠요시가 놀이를 계속했다. 그러나 이제까지보다 외치는 게 빠르다. 마치 말 빨리 하기 놀이라도 하는 것 같다. 그리고 고개를 재빨리 돌린 순간.

"사야, 움직였어."

제대로 보지도 않고 거의 돌리자마자 말했다.

"뭐……?"

사야카는 명백히 당황하는 눈치였다. 전혀 움직이지 않 았기 때문이다.

고이치도 자신을 갖고 그녀가 움직이지 않았다고 말할 수 있었다. 그래서 술래의 착각을 지적하려고 했다.

그런데, 돌아본 유지의 얼굴에 조금 전에 에이스케와 같 은 겁에 질린 표정이 떠 있는 것을 보고, 곧바로 고이치는 굳어버렸다.

어, 어떻게 된 거지?

그러자 유지가 어색한 목소리로 말했다.

"으, 응. 사야 움직였어."

유지도 다츠요시에게 동조한 것이다. 그 앞에서는 에이 스케도 고개를 끄덕이고 있다.

"잠깐, 뭐야, 이건!"

사야카가 불만스러운 듯이 말했다.

"새로운 놀이야? 이런 짓을 하면 재미있어?"

"됐으니까, 얼른 와!"

유지의 부름에 그녀는 삐친 듯 픽 고개를 돌렸다.

"사야."

그러나 다츠요시가 다시 자상하게 부르자, 사야 역시 떨
떠름한 느낌으로 세 사람째의 포로가 되었다.

"다~레마가 죽였다!"

다츠요시가 외치고 그 슬래와 함께 에이스케, 유지, 사
야가 같이 돌아본다.

"토시, 움직였어."

바로 다츠요시가 지적했다.

"어……그, 그래?"

우치하라 사토시도 이 상황에는 납득하지 못한 듯했다.

"토시, 움직였잖아. 얼른 와!"

하지만 유지가 재촉하며 호통을 치자 사토시도 당황하며
달려가서 네 명째의 포로가 되었다.

대체 무슨 일이 일어나고 있는 거지?

도무지 영문을 알 수 없어서, 고이치는 초조함과 두려움
이 뒤섞인 아주 이상한 기분에 빠졌다.

"다~레마가 죽~였다!"

슬래인 다츠요시가 외치고 그와 함께 에이스케, 유지,
사야카, 사토시가 돌아본다.

다음에는 나다!

고이치가 생각한 대로 다츠요시가 말했다.

"고짱, 움직였어."

그러나 고이치는 조금도 움직이지 않았다. 지금뿐만이
아니라 사토시가 포로가 된 뒤로는 전혀 앞으로 나아가지
않았다.

"응, 고짱은 움직였어."

"나도 봤어."

유지뿐만이 아니라 사야카까지 소리 높여 주장하고, 에
이스케와 사토시 두 사람도 힘차게 고개를 끄덕이고 있다.

그때 흘끗흘끗 다섯 사람의 눈이 자신의 뒤쪽을 향하고
있는 것을 고이치는 가까스로 깨달았다.

뒤……?

갑자기 등 뒤가 무서워졌다. 무방비한 등 뒤가, 견딜 수
없이 두렵다.

그러나 그의 뒤에는 요시코가 있을 뿐이다. 조금 장애가
있는 아이였지만, 이 놀이의 룰은 제대로 이해하고 있다.
이제까지 다른 애들에게 폐를 끼친 적은 한 번도 없다.

요시코를 말하는 게 아닌가?

조심조심 고이치가 돌아보려고 했을 때, 앞쪽이 갑자기
시끄러워졌다.

"야! 얼른 와!"

"고짱, 이쪽!"

"그만둬! 돌아보지 마!"

그러나 고이치는 돌아보고 말았다.

그곳에는 멀뚱한 얼굴의 요시코가 서 있었다. 고이치와 나무 쪽의 다른 아이를 교대로 바라보면서도, 가만히 움직이지 않고 정지해 있다. 아직 요시코는 다루마가 굴렀다 놀이가 한창이라고 생각하고 있었던 것이겠지.

그 요시코의 등 뒤에, 시커먼 사람의 그림자가 보였다. 저녁의 약한 햇살로부터 요시코를 가리듯이, 거의 바로 뒤에 서 있다

뭐, 뭐, 뭐지, 이건……?

누구인지는 알 수 없었다. 요시코의 뒤에 있던 것은 정체 모를 무언가였다.

그러나 그것에는 얼굴이 있었다. 역광 때문에 또렷이 보이지는 않지만, 고이치와 친구들보다 어른스러운 얼굴에, 뭐라 말할 수 없는 기분 나쁜 웃음이 떠올라 있다.

다음 순간, 쭈욱 하고 그것이 두 팔을 벌렸다. 그리고 그것이 요시코에게 덮이기 직전, 마치 날이 저물어버린 것처럼 주위가 시커멓게 변했다.

그 현기증과도 같은 상태에서 간신히 다시 정신을 차렸을 때, 검은 사람의 형체와 요시코는 고이치 앞에서 사라져 있었다.

다리마가 죽였다

"……왜 그러세요, 하야미 선생님?"

흐릿하게 들린 누마타 야에의 목소리에 하야미 고이치는 현실 세계로 되돌아왔다.

"……앗."

"괜찮으신가요?"

"……네, 괜찮습니다."

고개를 끄덕이기는 했지만 아직 시야가 흐리멍덩하고 어둡다. 눈을 반복해서 깜박이는 동안 조금씩 회복되기 시작했다.

"깜짝 놀랐습니다. 갑자기 움직이지 않으시더니, 말을 걸어도 반응이 없어서……."

"……죄송합니다."

"무슨 발작이라도 일으킨 거면 큰일이니, 구급차를 불러야 하나 생각했습니다만."

"걱정을 끼쳐서 정말 죄송합니다."

고이치는 고개를 숙였다. 정신을 놓고 멍하니 있었던 듯하다.

"아무 일도 아니라면 다행입니다."

야에는 안도한 표정을 지었다가, 갑자기 망설이듯 물었다.

"혹시 어릴 적의 사건을 기억해내신 건가요?"

"……네."

"괜찮으시다면 들려주실 수 있을까요?"

일부러 조심스레 묻는 듯했지만 그런 배려는 필요 없었다. 오히려 고이치 쪽에서 되살아난 이 기억을 그녀에게 이야기하고 싶었기 때문이다.

"조금 전에 말씀하신 '다루마가 굴렀다'를 빗댄 노래, 그걸 듣자마자 순식간에 봉인된 기억이 돌아온 느낌이 듭니다."

"다레마가 죽였다……로군요. 선생님께서는 이번 사건이 일어난 뒤로 처음 들으신 건가요?"

"그렇습니다. 참고로 이 이야기를 경찰에도 하셨나요?"

"했습니다."

역시, 고이치는 쓴웃음을 지었다. 엔카쿠는 아무것도 감추지 않고 알려주고 있다는 태도를 취했지만, 실제로는 아니었던 것이다. 그 사실을 야에에게 전하자 그녀는 놀란 듯한 얼굴을 했다.

"하지만 친구분들은 모두 돌아가시기 전에 받은 전화에서 이 기묘한 노래를 들은 것 같다고 하던데……."

"뭐, 뭐라고요?"

"완전히 같은 것인지는 알 수 없지만 왠지 기분 나쁜 동요 같은 노래를 들은 것은 틀림없다고 합니다."

그것을 경부가 감추고 있었던 것은 이 말이 사건의 수수께끼를 푸는 열쇠가 된다고 생각했기 때문일까. 혹은 범인밖에 모르는 말이라고 봤던 탓일까.

"그것과 같은 노래를 누마타 씨는 다몬 에이스케에게 받은 전화에서 들으신 겁니까……."

"네. 처음에는 어린아이의 장난이나 잘못 걸려온 전화라고 생각했습니다."

"에이스케는 그 노래를?"

"듣지 못하신 것 같았습니다."

"다른 친구들이 받은 전화에서는 어떤 느낌의……."

야에가 고개를 젓는 것을 보고, 고이치는 그녀가 그것을 알 리가 없다는 것을 새삼 깨달았다.

"경찰도 본인에게 들을 수 있었을 리가 없나……."

"제가 전화로 들은 노래는 새까만 어둠 속에서 쓸쓸히 한 아이가 가만히 서서 속삭이듯이 노래하고 있는…… 느낌이었습니다."

그 정경을 떠올리자마자, 고이치의 팔뚝에 소름이 돋았다.

"……누구라고 생각하십니까?"

"그때는 물론 알 수 없었습니다."

그러나 지금은 짐작이 간다는 눈치였다.

"대체 누구라고 보십니까?"

"요시코……는 아닐까요?"

"……."

다루마가 굴렀다 놀이를 하던 중 검은 그림자에 뒤덮여서 새까만 세상으로 끌려가버린 요시코가, 지금도 그곳에서 노래를 하고 있다는 것인가.

그렇다면 다몬 에이스케를 시작으로 한 옛 친구들의 잇따른 죽음은, 예전의 놀이 친구를 같은 어둠의 세계로 끌고 가려고 하는 요시코의 짓이라는 이야기일까.

그런 바보 같은 일이…….

고이치가 완전히 입을 다물자 야에가 미안한 듯한 표정으로 다시 물었다.

"…… 그래서 선생님, 대체 무슨 일이 있었던 건가요?"

"네? 아, 죄송합니다."

당황하며 사과한 뒤, 고이치는 30년 전의 표주박산에서 다루마가 굴렀다 놀이를 하다가 일어난 사건에 대해 이야기했다.

"그렇다면 요시코는?"

그의 이야기가 끝나자마자 야에는 곧바로 물었다.

"분명히 그 검은 그림자가 납치한 거라고 생각합니다."

"그림자의 정체는 다레마의 귀신 들린 아이……."

"아마도……."

그렇게 대답한 순간, 되살아난 기억 속 그림자의 얼굴에 그가 아는 누군가의 얼굴이 겹친 듯한 기분이 들어서 고이치는 깜짝 놀랐다.

대체 누구지?

하지만 아무리 생각해봐도 알 수 없었다. 좀 더 자세히 기억해내려 해봐도 오히려 그 얼굴은 암흑 속으로 가라앉을 뿐이었다.

"다레마의 귀신 들린 아이에 대해서 아시는 건 없습니까?"

"좋지 않은 소문은 들었습니다만, 그것 말고는……."

"묘지에서 이야기를 나눈 할머니의 말로는 어딘가에 양자로 보냈다던데……."

"아아, 그러고 보니……."

야에는 필사적으로 기억을 떠올리려 하는 듯했다. 그러나 안타까운 듯한 얼굴을 하나 싶더니 힘없이 고개를 저었다.

"조금 시간을 주실 수 있을까요. 이 근방에 옛날 지인이 아직 남아 있습니다. 좀 더 찾아보고, 무언가 알게 되면 연락을……."

"폐가 되지는 않을까요."

"괜찮습니다. 가령 무슨 일이 있더라도 저는 이미 이 지역에 살지 않으니까요."

그렇다고는 해도 그녀에게까지 위험이 닥칠지도 모른다. 고이치는 부디 조심하라고 거듭 당부했다.

"그런데……."

야에가 계속 신경 쓰고 있었던 듯한 질문을 던졌다.

"그 '다레마가 죽였다'라는 노래는 어디에서 나온 것일까요?"

"……글쎄요."

잠시 고이치는 고개를 갸웃해보았지만 알 수 없었다.

"기억이 나지 않습니다. 다만 어떻게 그 노래가 만들어졌을지 추측은 갑니다."

"알려주실 수 있을까요?"

"인근에서 아이가 행방불명되는 사건이 이어지고, 다레마가에 대한 나쁜 소문이 돌았습니다. 그게 아이들이었던 저희들의 귀에 들어왔을지는 잘 모르겠습니다. 하지만 틀림없이 부모님에게는 주의를 받았겠죠. 다레마가의 이름은 나오지 않았을지도 모르지만, 근처에서 놀지 말라는 말은 들었을 것입니다. 그렇다고 해도 표주박산은 저희들만의 놀이터였습니다. 부모님에게는 비밀로 하고 그대로 계속 놀았던 것이 틀림없습니다."

"그렇겠죠."

"그전에 아마도 '다루마'와 '다레마'의 발음이 비슷하다는 말을 누군가가 꺼냈을 겁니다. 거기에 아이들의 행방불명과 다레마가에 대한 나쁜 소문이 거듭되자, 누구부터랄 것도 없이 '다루마가 굴렀다'의 발음을 조금 바꿔서 '다레마가 죽였다'라고 노래하기 시작한 겁니다."

"어른은 감추고 있다고 생각해도, 아이들은 민감하게 눈치채기 마련이죠. 하물며 자기들 또래의 아이가 관계된 사건이니까 금방 반응을 보였겠지요. 그것이 노래의 가사를 바꿔 부르는 식으로 나타난 거군요."

"그렇지만 역시나 '다레마'라고 직접적으로 가리키는 것은 위험합니다. '죽였다'라고 말하고 있기도 하구요."

"표주박산이라는 장소를 생각하면 더욱 위험하죠."

"그래서 앞부분의 '다레'를 일본어로 '누구?'라는 뜻의 비슷한 발음인 '다레誰'라고 친 겁니다. '다레마'의 다레가 '누군가'라는 의미로 바뀐 거죠. 그리고 '마'란 글자는 그대로 남게 되는데, 이게 다레마의 나쁜 소문 때문에 악마의 '마魔'처럼 느껴졌는지도 모릅니다. 그렇게 뜻을 맞춰보자면 '어느 악마가 죽였다'란 뜻이 되겠죠."

한자로 설명을 하면서 고이치는 덧붙였다.

"어쩌면 '어느 악마가 죽였어?'라는 식의 의문형이었을 가능성도 있습니다."

"그것을 기억해내신 건가요?"

"어디까지나 막연한 생각입니다만."

고이치의 해석에, 일단 야에는 납득한 듯했다.

"그래서 '어느 악마가 죽였어?'라고 노래하며 놀기 시작했습니다. 그 결과 악마 같은 존재, 다레마의 귀신 들린 아이를 부르게 되어버린 것은 아닐까요."

고이치는 고개를 숙이면서 말했다.

"게다가 저희는 말도 안 되는 짓을 저지르고 말았습니다."

"그게 뭐죠?"

야에가 자상하게 물었다.

"요시코가 다레마가의 사람에게 끌려간 사실을, 어른들에게 이야기하지 않고 입을 다물고 있었던 일입니다. 그 결과, 그 아이는 돌아오지 않았습니다……."

"하지만 당시의 선생님과 친구분들이 그 어두운 그림자가 다레마가의 귀신 들린 아이라는 것을 알 수 있었을 리가 없지 않나요. 게다가 그 애가 끌려갔다는 인식이, 애초에 있었을까요?"

"되살아난 기억으로는 그림자가 요시코를 뒤덮는 것과 동시에 주위가 새까맣게 되고, 그대로……."

"무슨 일이 있었던 걸까요?"

"……모르겠습니다. 무슨 일이 일어났는지, 좀처럼 설명할 수가 없군요."

"다른 친구분이라면……."

기억하고 있지는 않을까요, 라고 야에는 말하려 했던 듯하다. 그러나 대부분 죽었다는 사실을 떠올린 듯 입을 다물었다.

"그렇죠. 오오니타 다츠요시의 기억이 돌아온다면 어쩌면……. 다만 당시에 저희에게 일어난 현상을 이해할 수 없었다고 해도, 표주박산에서 놀고 있던 요시코가 사라졌다고 어른들에게 이야기하면 한바탕 소란이 나기는 했을 겁니다."

"경찰이 움직였을 거라고 생각하시나요?"

"……소용없었을지도 모릅니다만, 요시코를 구할 수 있을 가능성은 입을 다물고 있었을 때보다 높아졌겠죠."

"……."

아에가 아무 말도 하지 않았던 것은 고이치의 말이 맞다고 생각했기 때문일 것이다.

"그런데도 묵묵히 있었던 것은 분명히 표주박산에서 놀았던 사실을 모두 부모에게 알리고 싶지 않기 때문입니다."

"다들 아직 아이였으니……."

"그날만 그랬다면 그렇게 변명할 수도 있습니다. 하지만 다음 날부터 요시코의 모습은 전혀 보이지 않게 되었을 것이 틀림없습니다. 최소한 거기서 용기를 내서 어른들에게 이야기했다면 그 애는 무사히 집에 돌아올 수 있었을지도 모릅니다."

"하야미 선생님은……."

야에가 머뭇거리는 눈치여서, 고이치는 고개를 끄덕여서 다음을 재촉했다.

"무슨 일이 일어났는지 잘 이해할 수 없으셨던 거죠?"

"뒤를 돌아봤을 때는 그랬습니다."

"그렇다면……."

"하지만 무슨 일이 있었는지 며칠 뒤에는 모두가 알게 되었습니다. 그리고…… 이 일에 대해서는 입을 다물기로 모두 함께 결정한 거라고 생각합니다."

"……."

"확실히 기억해낼 수는 없습니다만 그랬던 것 같은 기분이 듭니다. 그래서 모두 이 일을 잊으려고 했던 거겠죠."

"……."

"그때 술래였던 사람은 오오니타 다츠요시였습니다. 놀이 도중부터 그 친구의 눈치가 이상해졌습니다. 다른 친구들 뒤에 어느 샌가 진짜 '악마'가 나타나서는 조금씩 친구들에게 다가오고 있는 것을 깨달았기 때문이겠죠. 그 시점에서 놀이를 그만두고 다 같이 도망치면 무사했겠지만 도저히 그럴 수 없었습니다."

"……."

"아무리 다츠요시가 영리했다고 해도, 어린아이니까요. 그 기괴한 분위기에 압도당해서 나무 앞에서 움직일 수 없었을 겁니다. 그래서 친구들을 자기 쪽으로 모으려고 했습니다. 놀이를 이용해서 한 명씩 포로로 만들어나갔죠. 하지만 늦고 말았습니다."

"……."

"그렇다고 해서 그 친구에게만 죄가 있었던 것은 아닙니다. 저도 마찬가지입니다."

"……."

고개를 숙이는 야에에게 힘없이 고이치가 물었다.

"요시코의 부모님은 그 뒤로 어떻게……?"

"아마 가게를 접고 다른 곳으로 이사를 갔을 겁니다."

"그렇습니까."

그래서 상점가를 뒤져봐도 요시코네 술가게가 없었던 것이다.

"다레마가 쪽과 함께, 요시코의 부모님의 행방에 대해서도 알아보겠습니다."

"부탁드려도 되겠습니까?"

여기서는 야에의 호의를 받아들이기로 하고 고이치는 고개를 숙였다. 그러나 고개를 들어 보니 그녀는 아주 미묘한 표정을 짓고 있었다.

"왜 그러시죠?"

"설마 싶긴 합니다만……."

망설이면서도 야에가 말했다.

"이번 일에는 요시코의, 그 노랫소리가 그 애의 것일 경우의 이야기입니다만…… 그, 원념 같은 것이 얽혀 있는 걸까요?"

"……."

"……아뇨, 그런 게 있을 리 없다고 생각하긴 합니다만."

"실은 저도 약간 그런 생각을 했습니다."

고이치는 조금 전에 머리를 스쳤던 생각을 정직하게 고백했다.

"하야미 선생님께서도……."

"하지만 아무리 그래도 요시코의 유령이나 원념이 벌인 일은 아닐 거라고 생각합니다."

"……역시 그런가요."

"그런 것이 존재한다면 이미 나오지 않았을까요? 무엇보다 당시에 바로 나타났을 겁니다."

"30년이나 지난 지금에 와서…… 라니 확실히 이상하네요."

"다만……."

거기서 고이치가 의미심장한 어조로 덧붙였다.

"다만 에이스케가 30년 만에 표주박산에 갔습니다. 게다가 자살을 생각하고 있었고, 그것을 전화 게임으로 결정하려고 했습니다. 그 전화를 건 상대가 당시 요시코의 실종과 관련되어 있던 사람들뿐이었습니다. 표주박산, 당시의 아이들, 죽으려는 마음, 30년이라는 세월……. 이 요소들이 한데 이어진 결과, 믿을 수 없는 현상이 일어난 것은 아닐까 하는 생각도 듭니다."

"그것이……."

"네. 다레마가 죽였다…… 라는 수수께끼의 노랫소리일지도 모릅니다."

"그건……."

"아뇨, 이 현상의 정체가 무엇인지는 알 수 없습니다. 말 그대로 요시코의 유령이라고 말하는 사람도 있겠죠. 하지만 저는 더욱 막연하고 모호한 것이라고 느끼고 있습니다."

"어쨌든 그런 것이라는 얘기군요."

"……아직은 무엇이라고도 말할 수 없습니다."

결국 고이치는 고개를 저었지만, 야에는 일종의 초자연적인 현상이라고 이해하고 그녀 나름대로 납득한 것 같았다.

"이제부터 어떡하실 거죠?"

"기억나기 시작한 과거의 그 무시무시한 사건을 오오니타 다츠요시에게 이야기하고, 아직 잊고 있는 것이 없는지 둘이 함께 검토해볼 생각입니다."

"선생님들께서 서로 충분히 상의한 뒤에, 전부 경찰에게 이야기하는 편이 좋을지도 모르겠네요."

하지만 고이치는 긍정의 대답을 하지 않았다. 정작 중요한 단서를 감추고 있었던 경부에 대한 불신감도 있지만, 이것은 자신들이 마무리를 지어야만 하는 사건이라는 의식이 더욱 강해졌기 때문이다.

그런 고이치의 생각을 알아차렸는지, 야에는 자연스럽게 말했다.

"너무 무리하지는 마세요."

"……."

"하야미 선생님?"

"……네."

고개를 끄덕이기는 했지만, 그냥 말뿐이라는 것이라는 것은 분명히 야에도 알고 있을 것이 틀림없다.

"여러 가지로 감사했습니다. 이런 일에 말려들게 해서 정말 죄송합니다."

이대로는 계속 걱정을 끼칠 듯해서 고이치는 일단 정중하게 감사의 인사를 했다.

"아뇨, 저는 아무것도 할 수 없었으니까요……."

"그렇지 않습니다. 누마타 씨와의 통화로 틀림없이 에이스케도 위안을 얻었을 겁니다. 게다가 지금 이렇게 귀중한 정보를 제공해주셨습니다. 누마타 씨께는 아무리 감사해도 모자랄 정도입니다."

고개를 숙이는 야에에게, 고이치도 진심을 담아 부탁했다.

"앞으로도 다몬 에이스케 같은 사람들을 위해서 부디 생명의 전화 활동을 계속해주세요."

그런데 야에는 작게 고개를 저었다.

"네? 설마……."

"규칙을 깬 이상, 역시 은퇴해야 한다고 생각합니다."

"하, 하지만……."

남편의 자살을 극복하는 데 10년, 생명의 전화 상담원이 되어서 18년이다. 그렇게 오랫동안 이어오던 일을, 단 한 번 규칙을 어겼다는 이유로…….

그 정도로 무거운 일이라는 것인가…….

생명의 전화 상담원들이 얼마나 진지한 자세로 활동하고 있는지, 그것을 실제로 보니 고이치는 압도되는 듯한 기분이었다.

마지막에서야 그런 질문을 하는 것 자체에 부끄러움을 느끼면서도, 고이치는 생명의 전화에 대해서, 또한 야에 자신이 그간 해온 노력에 대해 알려달라고 부탁했다. 그녀는 조금 망설였지만, 고이치의 진지한 태도에 아주 겸허한 어조로 설명해주었다.

누마타 야에와는 찻집 앞에서 헤어졌다. 그녀는 곧바로 고향의 지인을 통해 다레마가의 귀신 들린 아이와 요시코의 부모에 대해서 넌지시 알아보기 시작할 생각인 듯했다.

헤어지기 전에 고이치가 생명의 전화 활동은 지속했으면 좋겠다고 다시 말하자, 빙그레 웃은 그녀는 "잘 생각해보겠습니다"라고 대답했다. 그러나 굳은 결심은 흔들리지 않을 듯 보였다.

미타카의 아파트로 돌아와보니 전화에 자동응답이 두 건 들어와 있었다. 첫 번째는 니시도쿄 정신보건 복지센터의 도키와 요시미츠에게서 온 것으로, 과장인 마쿠마 호세이는 확실히 미다테 시 출신이 틀림없다는 내용이 녹음되어 있었다.

역시 그런가.

자신의 추측이 맞아서 고이치는 기뻤다. 그러나 마쿠마가 이번 사건의 범인이라고는 도저히 생각할 수 없다. 마쿠마라는 인물에 대한 도키와 요시미츠의 평가로 보아도, 이런 일을 저지를 수 있는 그릇이 아닐 것이다. 다몬 에이스케의 자살 후보지가 마다테 시의 표주박산이라는 걸 알고, 다레마가에 피해가 갈지도 모른다는 생각에 평소보다 열의를 보인 것뿐이 아닐까.

"뭐라고!"

그러나 두 번째의 자동응답을 재생하면서 땀에 젖은 셔츠를 벗기 시작하던 고이치는, 자기도 모르게 외쳤다.

녹음되어 있던 것은 엔카쿠 경부의 목소리로, 대학 연구실의 창문에서 오오니타 다츠요시가 추락했다…… 는 내용이었다.

제
17
장

악
마
의
정
체

하야미 고이치는 당황해서 엔카쿠 경부에게 전화를 했다.

"여보세요, 하야미입니다. 그래서 다츠요시는 대체 어떻게 되었습니까?"

"중태입니다."

죽지 않았다는 것을 알고 고이치는 안도했다. 그러나 낙관은 할 수 없다.

"상태가 심각합니까?"

"4층에서 추락했습니다. 다만 창문 아래에 나 있던 수풀 위에 떨어져서 목숨은 부지할 수 있을 것 같습니다."

"어느 병원입니까?"

바로 달려갈 생각이었지만, 면회사절이라 만날 수 없다는 이야기를 들었다.

"누군가에게 밀려 떨어진 거죠?"

"응접세트의 소파에서 창문까지 오오니타 씨를 끌고 간 흔적이 확인되었습니다."

"다툰 흔적은 없구요?"

"아마도 범인이 오오니타 씨에게 수면제를 먹인 거겠죠. 테이블 위에는 하나뿐이지만 커피 컵도 있었습니다."

"범인이 자신의 컵만 씻어버린 걸까요?"

"네. 실은 우치하라 사토시 씨 말입니다만, 체내에서 수면제 성분이 검출되었습니다. 우치하라 씨는 술에 수면제를 섞고, 오오니타 씨는 커피에 섞어서 마시게 한 거죠. 그리고 두 사람 다 높은 곳에서 밀려 떨어진 겁니다."

"대학 교내에서 범인으로 보이는 인물을 목격했다는 증언은 없습니까? 연구실에 뭔가 단서가 남아 있지는 않습니까?"

흥분한 고이치에게 엔카쿠가 냉정한 목소리로 대답했다.

"범행은 낮에 이루어졌습니다. 사람이 많이 드나드는 시간대를 노린 거겠죠. 그 덕분에 떨어진 오오니타 씨가 일찍 발견되어서 목숨을 구할 수 있었던 겁니다."

"범인에게는 오산이었겠군요."

"현재 이렇다 할 단서는 찾지 못하고 있었습니다만……."

엔카쿠가 망설이듯 말을 끊자 고이치는 다시 물었다.

"하지만 뭔가 신경 쓰이는 것이 있습니까?"

"응접세트의 테이블 아래에 떨어져 있던 복사용지에 오오니타 씨가 손으로 쓴 글자가 발견되었습니다."

"설마 다잉메시지……. 아니, 다츠요시는 죽지 않았지만……"

"뭔가 약을 먹은 것 같다고 깨달은 오오니타 씨가, 곧바로 가까이 있는 종이에 범인을 나타내는 단서를 적고서 범인이 눈치채지 못하도록 그 종이를 테이블 아래로 떨어뜨린 건지도 모릅니다."

"그 친구는 뭐라고 적었습니까?"

"알파벳 대문자로 'TF'라고."

"T와 F……."

"짚이는 건 있으십니까?"

곧바로 떠오르는 것은 아무것도 없다.

"……아뇨, 바로 떠오르는 건 아무것도 없군요. 이니셜이 아닐까요?"

"그건 맨 처음에 생각했습니다. 하지만 아무리 관계자들을 샅샅이 뒤져봐도 TF에 해당하는 사람이 한 명도 없습니다."

"이니셜이 아니다……. 그렇게 되면 약칭일까요? TF라면 트랜스포메이션transformation, '변신'이란 뜻이라든가."

"그럴 가능성은 충분히 있습니다. 다만 TF가 실제로 무엇의 약자이며 오오니타 씨가 무엇을 전하려고 했는지, 아직은 알 수가 없습니다."

"저도 생각해보겠습니다."

"어쩌면 저희들보다 하야미 씨 쪽이 알아내기 쉬울 수도 있을 거 같습니다."

"저에게 남긴 메시지라고요?"

"같이 사건을 쫓고 계셨지 않습니까. 그렇죠?"

"네, 뭐, 그렇죠."

누마타 아에와 만난 것을 이야기할까 생각하다가 그만두었다. 자칫하다간 그녀에게 폐를 끼치게 될지도 모른다.

다츠요시의 상태에 변화가 있을 경우나 면회가 가능해졌을 경우에는 반드시 알려달라고 부탁하고서 고이치는 전화를 끊었다.

잠시 멍해 있었지만, 다시 정신을 차리고 작업실에 들어가서 컴퓨터를 켰다. 그리고 인터넷에 접속해서 'TF'에 어떤 의미가 있는지를 검색해보았다.

그 결과 'TF'에 해당되는 것은 여섯 항목이 있었다.

프랑스령 남부와 남극 지역의 국명 코드.

힘의 단위Ton-Force.

태스크 포스의 약칭.

선더포스의 약칭.

트랜스포머의 약칭.

오리콘에서 토이즈팩토리를 부르는 약칭.

이어서, 각 항목에서 의미를 알 수 없는 말을 조사한다. 그러자 태스크 포스는 특정한 문제를 해결하기 위해 일시적으로 조직된 팀이고, 선더포스는 테크노 소프트에서 개발한 슈팅게임의 총칭이며, 트랜스포머는 애니메이션이나 영화로 유명한 변신로봇 시리즈, 토이즈팩토리는 일본의 레코드 회사라는 것을 알게 되었다.

"으음……."

모든 의미를 이해했을 때, 고이치는 자기도 모르게 신음했다. 아무리 생각해도 범인을 가리키는 듯한 항목이 없다. 애초에 어떤 단어도 이번 사건하고 연결되는 것처럼은 보이지 않는다.

머리를 끌어안고 있는데 전화가 울렸다. 전화를 건 사람은 의외로 누마타 야에였다. 고이치와 헤어지고 나서 상점가의 지인들을 찾아가보았지만 아직 아무런 수확도 없다는 보고를 하려고 일부러 연락한 것 같았다.

감사 인사를 한 뒤에 오오니타 다츠요시가 당한 일에 대해 전하자 야에는 말을 잃었다. 고이치는 다츠요시의 메시지라고는 말하지 않고 넌지시 'TF'에 대해서 물었다. 그러나 아무것도 짚이는 것이 없는 듯했다. 부디 조심하라고 충고하는 그녀에게 같은 말을 해주고 마지막에 다시 감사 인사를 했다.

그날 밤, 고이치는 사건을 처음부터 회고해보았다. 그때까지 보고 들었던 모든 것을 노트에 적으면서 계속 생각했다. 그 과정에서

'TF'에 대한 해석을 시도했다. 그렇게 늦은 밤까지 고민하고, 샤워를 한 뒤에 잠이 들었다.

다음 날 아침에 일어난 후, 고이치는 그대로 사건을 계속 검토했다. 그러다가 한낮이 되었을 때 고이치는 누마타 야에에게 전화를 해서 어느 사실을 물었다. 그녀는 허를 찔린 듯한 눈치였지만, "그렇게 들었던 듯한 기분도 듭니다"라고 대답했다. 그리고 "어떻게 하실 생각이시죠?"라고 묻기에 "조금 더 조사해서 확실해진 뒤에 엔카쿠 경부에게 이야기하겠습니다"라고 대답했지만, 그럴 생각은 애초부터 없었다.

점심 식사를 마치고 나서 고이치는 아파트를 나왔다. 여전한 더위에 치를 떨면서 천천히 역까지 걸었다. 전철에 타고 나서 사람이 많다는 사실을 깨닫고, 오늘이 일요일이란 것을 떠올렸다. 게다가 여름방학이 이제 곧 끝날 시기인 모양이다. 어린아이의 모습이 눈에 많이 띌 만도 하다. 그러나 전철을 갈아탐에 따라, 어린아이들의 숫자는 점차 줄어갔다.

마지막으로 갈아탄 열차에서 고이치가 내린 곳은 마다테역이었다. 역 앞에 펼쳐진 로터리를 지나서 마에나카 초의 상점가를 어슬렁거리다 마에카 초의 고서점에 들르고, 가와조에 초의 다리에서 야미강을 내려다보고, 찻집에서 잠시 쉬다가 누노비키 초로 향했다. 목적지는 물론 표주박산이다.

도중에 묘지를 바라보았지만 그 노파의 모습은 없었다. 조금 기울어 있기는 해도 아직 해가 높이 떠 있기 때문이겠지. 좀 더 해가 서쪽으로 기울어야 일과인 산책을 하러 나설 것이 틀림없다. 그리고 묘지의 벤치에서 휴식을 취하는 것이다.

사실은 고이치도 이곳에는 주위가 주홍빛으로 물드는 시각에 오고 싶었다. 그러나 시간 때우는 것에도 질리고 말았다.

검은 숲을 곁눈으로 보면서 도리이를 지나 표주박산의 기슭에 도착했다. 한번 위를 올려다보고, 돌계단을 오르기 시작한다. 곧바로 양쪽의 나무가 햇빛을 가려서 갑자기 서늘해진다. 시원해져서 좋았던 것도 잠시뿐, 곧 온몸에서 땀이 솟아나기 시작했다.

간신히 꼭대기에 도착하고 잠시 숨을 고른다. 바닥에 돌이 깔린 참도 끝의 다루마 사당을 바라보았지만 그곳으로 나아가지는 않는다. 경내의 동쪽에 우뚝 서 있는 벚나무를 향해 똑바로 걸어간다.

다~레마가 죽~였다…….

나무 앞에 섰을 때, 그런 목소리가 들린 듯한 기분이 들어서 고이치는 자기도 모르게 움찔했다. 귀를 기울였지만, 더 이상 아무 것도 들리지 않는다. 조심조심 나무 뒤를 들여다본다. 아무도 없다. 그대로 절벽으로 나아가서 다레마가, 전혀 사람이 사는 기척이 느껴지지 않는 그 저택을 가만히 내려다본다.

얼마나 그러고 있었을까. 천천히 고이치는 거목 쪽을 돌아보며 차분한 어조로 말했다.

"이제야 오셨군요."

"……."

대답은 없었지만, 나무 너머에 누군가가 있다는 기척만은 전해져 왔다.

"조금 더 날이 저물기를 기다리고 싶었지만, 시간을 때우는 것도 한도가 있으니까요."

"……."

"왜 저녁 시간에 집착하는지 묻지 않으시는 겁니까?"

"……."

저쪽에서는 아무런 대답도 없다.

"30년 전에 다레마가 죽었다…… 놀이를 했던 시각과 비슷해지기를 기다리기 위해서입니다. 그것에 의미가 있냐고 묻는다면 딱히 그런 건 아니라고 대답할 수밖에 없습니다만……. 이것도 일종의 웃기는 감상일까요."

"……."

"아무래도 저 혼자서 떠들어야만 할 것 같군요. 다른 의견이나 반론이 있을 때에는 사양 말고 마음 편히 이야기하셔도 됩니다."

그렇게 선언한 뒤에 고이치는 일방적으로 이야기하기 시작했다.

"다몬 에이스케의 전화 게임을 계기로 시작된 옛 친구들의 잇따른 죽음에 대해서 처음에는 정말로 영문을 알 수 없었습니다. 이윽고 초등학생 무렵에 표주박산에서 하고 놀았던 '다레마가 죽었다' 놀이, 그리고 그 무렵에 인근 지역 아이들이 행방불명된 사건에서 범인으로 의심받았던 다레마의 귀신 들린 아이의 존재가 깊이 관계되어 있는 것 같다는 생각이 들었습니다. 그렇지만 그것들도 전부 30년이나 지난 옛날 이야기입니다. 게다가 이 지역에는 여전히 다레마가의 영향력이 남아 있습니다. 신출내기 탐정이 조사하기에는 상당히 벅찼다는 얘기죠."

"……."

"무엇보다 단서가 너무 적었습니다. 증거라고 해봤자 상황증거라고 불러야 할 것들뿐이고, 구체적인 것이 전혀 없었죠. 그런 가운데 오오니타 다츠요시가 'TF'라는 글자를 남겨주었습니다. 이것이 돌파구가 될 거라고 생각했죠. 아니, 그래야만 합니다."

여기서 고이치는 어제 인터넷으로 검색했던 'TF'의 여섯 가지 의미를 하나씩 설명했다.

"솔직히 망연자실했습니다. 아무리 생각해도 알 수 없었습니다. 하지만 구체적인 단서는 이것밖에 없었습니다. 포기하지 않고 이여섯 가지 의미를 몇 번이나 검토했습니다. 그러자 어떤 사람이 했던 어떤 이야기가 떠오르더군요."

"……."

"어떤 사람이란 다마 시에 있는 니시도쿄 정신보건 복지센터의 도키와 요시미츠 씨입니다. 어떤 이야기란, 그 사람의 상사인 마쿠마 과장은 그 센터에 설치된 자살대책용 특별 프로젝트 팀의 일원이란 것입니다."

"……."

"특정한 문제를 해결하기 위해서 일시적으로 조직된 팀을 태스크 포스라고 합니다. 원래는 군사용어로 기동부대를 뜻하는 듯합니다만, 이것이 넓은 의미로 사용되게 되었다더군요. 태스크 포스 즉, TF죠."

"……."

"일요일 밤에 다몬 에이스케가 표주박산에 있다는 걸 알고 있던 사람은 두 그룹으로 나뉩니다. 하나는 생명의 전화 쪽 관계자와 니시도쿄 정신보건 복지센터의 직원이고, 다른 한쪽은 표주박산의 멤버들입니다. 다만 전자와 에이스케 사이에는 아무런 연결 고리도 없습니다. 전혀 동기를 찾아낼 수 없었죠. 그 때문에 용의자에서 제외했습니다만, 정말로 그런 걸까요?"

"……."

"마쿠마 과장은 업무 능력에 심각한 문제가 있음에도 불구하고 센터에서는 대우받고 있었습니다. 뭔가 대단한 배경이 있다고밖에 생각되지 않습니다. 참고로 그 사람은 마다테 시 출신입니다. 그것도 다레마가의 귀신 들린 아이와 딱 비슷한 나이죠."

"……."

"이 지역의 나이 지긋한 분에게 듣기로는, 다레마의 귀신 들린 아이가 양자로 보내진 곳은, 다레마와 아주 인연이 깊어 보이는 이름의 집안이었다고 하시더군요. 다레마垂麻와 마쿠마幕間, 한자를 보니 확실히 비슷합니다. 다레마의 '다레垂'는 '드리우다'란 뜻이 있고, 마쿠마의 '마쿠幕'는 막이란 뜻이죠. 막을 드리우다. 이렇게 조합해도 잘 어울리는군요."

"……."

"마쿠마 과장에게는 일요일 밤, 도키와 요시미츠 씨를 데리러 가기 전에 일단 표주박산에 오를 시간이 충분히 있었습니다."

"……."

"다만 도키와 요시미츠 씨의 이야기를 들어보면 마쿠마 과장이라는 인물이 이번 사건을 일으켰다고는 도저히 생각할 수 없습니다. 그 사람이 다레마가의 비호 아래 있었던 것은 틀림없겠죠. 하지만 그것뿐이라고 봐야 한다고 생각했습니다."

"……."

"거기까지 사건을 풀어갔을 때, 문득 애초에 다츠요시에게 그 센터의 프로젝트 팀에 대한 이야기를 했었던가, 하는 생각이 들었습니다. 애초에 TF란 글자는 태스크 포스를 의미하기에는 메시지로서 너무 직관성이 떨어집니다. 이걸 쓴 다츠요시가 처한 상태를 생각하면 더 단순했을 것입니다. 이런 식의 메시지는 간혹 해석하는 쪽이 쓸데없이 어렵게 생각하는 경향이 있습니다. 저는 그런 상황에 빠져버렸던 것입니다."

"……."

"그렇지만 이 잘못된 해석이 결코 헛수고는 아니었습니다. 덕분에 저의 머리가 제대로 돌아가기 시작했기 때문입니다. 그렇다면 가장 단순한 알파벳 두 글자의 약칭이란 무엇인가."

"……."

"물론 이름의 이니셜입니다."

"……."

"다만 관계자 중에 TF란 이니셜을 가진 사람은 없습니다. 거기서 생각할 수 있는 것은, 실은 메시지가 완전하지 않았을 가능성입니다. 다츠요시는 글자를 쓰던 상태에서 의식을 잃어버렸던 것은 아닐까요?"

"……."

"T가 완성되어 있다는 것은 그 형태와 순서로 생각하면 틀림없습니다. 남는 것은 F가 다른 글자를 쓰던 중이었을 경우, 해당되는 것은 무엇인가."

"……."

"E밖에 없습니다. 즉 다츠요시는 'TE'라고 쓰려고 했습니다."

"……."

"관계자 중에 이 이니셜에 맞는 사람은 한 사람입니다."

"……."

"엔카쿠 다카아키. 경부님밖에 없습니다."

그때 거목 너머에서 천천히 한 인물이 나왔다.

"이제야 등장하십니까."

모습을 보인 인물은 엔카쿠였다.

"간신히 정체를 보이셨군요."

그러나 그는 고이치에게는 눈길 한 번 주지 않고 절벽 앞까지 가더니, 다레마가를 가만히 바라보았다.

"생가를 보는 건 오래간만입니까?"

"……."

"다레마의 귀신 들린 아이는 당신이죠?"

"하야미 씨는……."

거기서 엔카쿠가 간신히 고이치에게 얼굴을 향했다.

"일요일 밤, 다몬 에이스케 씨가 표주박산에 있는 걸 알고 있던 것은 두 그룹이라고 말씀하셨습니다. 저는 그중 어느 쪽에도 속하지 않습니다."

"맞는 말씀입니다. 다만 마쿠마 과장의 보고로 그걸 알 수는 있었죠."

"그렇게 믿고 있다면 부정해도 소용없겠군요."

"제 아파트에서 이야기를 하실 때, 채권자로부터 도망치고 있던 다몬 에이스케는 다루마 사당 뒤편 같은 곳에 숨어 있었던 것은 아닌가, 라고 경부님은 말했죠."

"그게 뭔가 문제라도?"

"이 지역 사람들에게 듣기로는 표주박산이나 다루마 사당이라는 호칭은 이미 아무도 쓰지 않는다고 합니다."

"……하야미 씨, 그 이름은 생명의 전화 상담원이 다몬 씨에게서 들었고, 그것을 하세가와 형사가 참고인 조사에서 알아내서 저에게 전했습니다. 어디에 문제가 있습니까?"

"확실히 하세가와 형사님은 표주박산이란 말은 했죠. 하지만 다루마 사당이라는 말은 한마디도 하지 않았습니다. 단순히 신사라고만 했을 겁니다. 아뇨……."

엔카쿠가 반론하려 하는 것을 눈치채고, 고이치는 한쪽 손을 들어 제지하면서 말을 이었다.

"가령 참고인 조사의 기록에 다루마 신사라고 적혀 있다고 해도, 보통 그것을 다루마 사당이라고 표현하지는 않겠죠. 그렇게 부르는 사람은 이곳을 잘 아는 사람뿐입니다."

"추리가 빈약하군요."

전혀 동요하는 기색이 없는 엔카쿠의 모습에도 움츠러들지 않고 고이치는 입을 열었다.

"그 빈약한 추리를 계속하지요. 조금 전에 다레마와 마쿠마가 비슷하다고 지적했습니다. 하지만 비슷하다고 하면 역시 다레마와 다루마 쪽이겠죠. 그 기괴한 동요도 그 점에서 시작하고 있습니다. 거기까지 생각했을 때, 경부님의 이름과도 연결점이 있다는 것을 깨달았습니다."

"그렇군요."

경부는 여전히 포커페이스였지만, 적어도 이의를 제기할 생각은 없는 듯했다.

"다루마란 달마선사를 말합니다만 원각대사, 즉 엔카쿠 대사라고도 불리는 경우도 있습니다. 이것은 정말 우연일까요?"

"네, 우연이겠죠."

엔카쿠는 태연히 대답했지만, 고이치는 신경 쓰는 눈치도 없이 이야기를 계속했다.

"만일을 위해서 당시의 기억이 있는 사람에게도 물어봤습니다. 그러자 확실히 그런 드문 성을 가진 집안으로 다레마에서 양자로 간 사람이 있는 것 같다는 증언을 얻었습니다."

"……있는 것 같다, 입니까?"

묘지의 노파가 아니라 누마타 야에에게 물었기에 그 이상 자세한 이야기를 듣는 것은 무리였다. 물론 그것을 엔카쿠에게 말할 생각은 없다.

"다만 이런 명칭 같은 단서는 어디까지나 부수적인 것입니다. 제가 경부님을 의심한 가장 큰 이유는 따로 있습니다."

"뭐죠?"

"이 사건에 대한 당신의 자세입니다."

"호오."

"일찌감치 연쇄살인이라고 의심했으면서도 당신은 구체적인 조사를 전혀 하지 않았습니다."

"그건 경찰조직이……."

"연쇄살인 사건이라고 인정하지 않았기 때문입니까? 그렇다면 어째서 경부님은 자신의 의견을 이야기하지 않았습니까? 아리타 유지의 죽음만으로는 어려웠다고 해도, 연이어 오다기리 사야카가 죽었고 두 사람 모두 다몬 에이스케와 연결 고리가 있는 사람이란 것을 알면 누구라도 연쇄살인을 의심하기는 할 겁니다. 실제로 경부님도 그렇게 말했고 말입니다."

"즉 연이은 죽음에 대한 정보를 제가 고의로 은폐했다는 얘깁니까? 하지만 하세가와 형사가 알아차리지 않겠습니까?"

"경시청의 경부에게 대드는 관할서 형사가 어디 있겠습니까? 게다가 아리타 유지 사건 외에는 전부 타 지역에서 발생한 일입니다. 게다가 처음에는 사고나 자살 취급이었는지도 모르죠. 하세가와 형사가 어디까지 눈치채고 있었는지는 의문입니다."

"그건 맞는 말씀이로군요."

"마쿠마 과장에게 연락을 받고 다몬 에이스케에 관한 일을 알게 된 경부님은, 그 내용을 듣고 30년 전을 떠올렸죠. 하필이면 에이스케는 당시의 표주박산에서 했던 놀이를 그 무렵의 친구들에게 전화로 이야기한 듯 보였습니다. 그래서 다몬 에이스케의 집에 숨어들어서 일단 연하장을 가지고 나왔습니다. 그런 뒤에 본인과 만나서 누구에게 전화를 했는지를 들으려고 했습니다. 하지만 실패했기 때문에 절벽에서 떠밀었습니다."

"자살을 계획하고 있고, 말기 암에 걸려 있는지도 모를 피해자를 왜 일부러 죽였다는 겁니까?"

"그 사람과 만나서 신분이 노출되었다는 것도 이유 중 하나였겠죠. 하지만 사실 꼭 본인을 만날 필요는 없었죠. 그 시점에서 제 이름은 밝혀진 상황이니, 전화를 받은 사람을 찾을 방법은 그 밖에도 있었을 겁니다."

"그렇겠군요."

"그렇다면 에이스케를 죽인 가장 큰 동기는 무엇인가. 그것은 연쇄살인을 실행하는 데 방해가 되었기 때문입니다. 에이스케가 자살하기 전에 옛 친구들이 차례차례 죽어나가고 있다는 것을 깨닫는다면 어떻게 될까요?"

"전화 게임을 떠올리고, 과거의 사건과 연결시킬지도 모른다?"

"반드시 그렇게 될 거라고 볼 수는 없지만, 그럴 위험성은 충분히 있습니다."

"그렇다고 하면 왜 시체를 감춘 겁니까? 그대로 놔두면 자살로 판단될 가능성이 높은데."

"절벽에서 밀어 떨어뜨릴 때 다퉜기 때문에 그 친구의 시신에 격투의 흔적이 남아버렸습니다. 자칫하다간 타살이라는 게 밝혀지고 말겠죠. 그래서 어쩔 수 없이 시신을 감췄습니다. 아닙니까?"

"확실히 있을 수 있는 상황이군요."

"가장 먼저 에이스케를 살해한 경부님은 하세가와 형사가 저를 조사한 기록을 보고, 거기에 적힌 초등학교 시절의 친구의 이름을 에이스케의 집에서 입수한 연하장에서 찾아내 한 명씩 제거하고……."

"당신이 준 리스트에는 초등학교 동창의 이름이 여럿 있었습니다. 거기서 대체 어떻게 범위를 좁혔다는 겁니까?"

"그랬기에 경부님은 사건에 대해서 의논하는 척 저에게 접근했습니다. 표주박산의 여섯 친구가 누구였는지 알기 위해서죠."

"그렇군요."

"누군지만 확실해지면 각자에게 접근하는 것은 간단합니다. 에이스케에 대해 조사한다고 말하면 됩니다. 아니, 꼭 자신의 모습을 드러낼 필요는 없습니다. 상대만 확인할 수 있으면 몰래 다가가서 떠밀면 되죠. 우치하라 사토시의 경우에는 그 친구의 업무 관련으로 접근할 수도 있었을 겁니다."

"그러고 보니 서적 판매를 하고 계셨죠."

"네, 그 친구가 근무하던 출판사는 경찰서나 경비회사 쪽을 타깃으로 한 무술 관련 기획서적을 내고 있습니다."

"그것에 흥미를 보이며 상대의 관심을 끈 걸까요?"

엔카쿠는 마치 남 이야기를 하듯이 말했다.

"당신이 말하는 것처럼 표주박산의 여섯 친구가 누군지 알아내는 것이 목적이라면, 사건에 대한 정보를 이것저것 전부 제공할 필요는 없는 것 아닐까요?"

"아뇨. 경부님은 중요한 것을 결코 알려주지 않았습니다."

"뭘 말입니까?"

"다레마가 죽였다, 라는 키워드입니다. 이걸 이야기했다가 저나 다츠요시의 기억이 돌아오면 곤란했기 때문입니다."

"그런데도 다른 사람들에게 건 전화에서는 그 말을 했다. 이상하군요. 아무리 전화 통화를 한 다음 날에 살해할 계획이라지만, 그 사이에 과거의 기억을 되찾아서 하야미 씨나 오오니타 씨에게 연락할지도 모르는데. 모순되지 않습니까?"

그렇게 반박하면서 엔카쿠는 고이치의 대답을 기다리지 않고 말을 이었다.

"무엇보다 경시청의 경부에게 연쇄살인을 할 틈이 있을 거라 생각하십니까? 오다기리 사야카 씨가 죽은 수요일에, 저는 하루 동안 도쿄와 교토 사이를 두 번 왕복했다는 얘기가 됩니다."

"그 말대로입니다. 너무나 부자연스럽습니다."

"네?"

"이번 연쇄살인 사건은 도저히 경부님이 실행할 수 없다는 이야기입니다."

무표정이었던 엔카쿠의 얼굴에 처음으로 작은 변화가 나타났다.

"즉 저에 대한 의심은 풀렸다는 겁니까?"

"물론 당신이 다레마의 귀신 들린 아이라는 사실과는 별개의 문제입니다만."

"……."

"이제 그만 인정하시는 게 어떻습니까? 저 혼자서는 무리겠지만, 그 사실을 밝혀낼 방법은 얼마든지 있다는 건 당신도 아실 텐데요."

"뭐, 인정하더라도 이제 와서 과거의 사건에 대한 벌을 받게 되는 것은 아니니까요."

"납치죄는 공소 시효가 지났겠죠. 거기에 살인과 시체유기죄가 더해진다고 해도, 전부 시효가 지났다는 사실은 달라지지 않습니다."

고이치가 슬쩍 떠보면서도 협박을 하듯 말했지만, 엔카쿠는 냉정했다.

"그렇지만 도의적인 책임은 남습니다. 하물며 경찰관이라면 말입니다."

"경찰은 내부자에게 관대하다는 것은 아실 텐데요. 하물며 엘리트로서 출세길을 걷고 있는 저 같은 사람에는 더더욱……."

그 말에 고이치가 노려보았지만, 엔카쿠의 눈빛에 변화는 없다.

"게다가 영락했다고는 하지만 다레마 가문에게도 아직 힘은 남아 있으니까요."

"……."

"애초에 지금 거론된 저의 죄 중 증명할 수 있는 것은 없습니다."

"……."

"그런 건 제쳐두고, 연쇄살인 이야기로 돌아가죠. 제가 하야미 씨에게 접근한 것은 무슨 일이 일어나고 있는지 알 수 없었기 때문입니다. 그걸 알기 위해서 당신과 오오니타 씨에게 접근한 겁니다."

"역시 30년 전 당신이 범한 죄가 원인이라고 생각했습니까?"

고이치의 빈정거림은 전혀 통한 것 같지 않았다. 그때까지와 마찬가지로 엔카쿠는 담담한 어조로 응답했다.

"그럴 수 있다는 걱정을 했기 때문에 저는 무슨 일이 일어났는지를 밝히려고 했던 겁니다."

"한 가지 물어봐도 되겠습니까?"

"하시죠."

"당신은 우리들을 기억하고 있었습니까?"

엔카쿠는 시시하다는 듯이 대답했다.

"물론입니다. 단 어디의 누구인지는 몰랐습니다. 그렇지만 이렇게 마주하면 그때의 아이들 중 누구였는가는 금방 떠올랐겠죠."

"우리를 그냥 내버려둔 게 불안하지는 않았습니까?"

"어째서 불안할 필요가 있습니까? 그때 봤던 표정들로 당신들이 침묵할 것이라는 것은 간단히 예상할 수 있었습니다. 실제로 그 뒤로 아무 일도 일어나지 않았으니까요."

"……."

"조금 전에 하야미 씨는 제 과거의 죄를 언급했습니다만, 당신들이 침묵한 죄는 대체 어떻게 하실 생각입니까?"

"……."

너한테 그런 소리 듣고 싶지 않다, 라는 말이 목구멍까지 올라왔다. 그러나 엔카쿠의 지적은 틀리지 않았다. 그가 살인자라는 사실은 고이치의 죄와는 아무런 관계가 없다.

"뭐, 서로 과거에 대해서는 잊도록 하죠."

마치 죄를 사해주는 듯한 종교인 같은 태도로 엔카쿠는 이야기했다.

"다만 이번 사건으로 그 과거가 되살아난 것뿐이죠……."

"애초에 그렇게 생각했던 것 자체가 근본적인 착각이었는지도 모릅니다."

"무슨 의미죠?"

엔카쿠의 시선이 날카로워졌다.

"다몬 에이스케 사건에 대해서 경찰은 사채업자 같은 금융 관계자 중에 범인이 있지 않을까 하고 짐작했습니다. 과거에 있었던 그 끔찍한 사건을 모르지만, 현재 에이스케의 빈궁한 재정 상황은 알고 있었으니, 극히 당연한 수사 방향이라고 생각합니다."

"네, 초동수사로서는 아무런 문제도 없었겠죠. 덕분에 저도 상당히 편했습니다."

"거기서 살인 사건이라고 가정하게 되면 그 후에 이어진 옛 친구들의 죽음도 언젠가 연쇄살인이란 의심을 받게 될 테니까요."

"그렇죠. 그런데 그게 어쨌다는 겁니까?"

웬일로 엔카쿠가 호기심을 내비쳤다.

"즉 경부님이나 저나, 너무 과거에 구애됐는지도 모릅니다. 사건의 원인이 현대에 있었다고 하면 어떨까요?"

"설마 정말로 금융 관계자 중에 범인이 있다고……."

"그래서는 에이스케 사건은 해결되어도, 다른 연쇄살인에 대한 설명이 되지 않습니다."

"그러면 대체……."

"TE란 이니셜을 가진 인물은 관계자 중 엔카쿠 다카아키 경부님 한 사람뿐이라고 했습니다. 하지만 실은 또 한 명 존재했습니다."

"누굽니까?"

"다몬 에이스케……. 일본식으로 성과 이름 순으로 표기하면 이쪽도 TE가 됩니다."

"……."

같은 무표정이라도, 이번에는 엔카쿠가 말을 잃었다는 것을 알 수 있었다.

"하, 하지만 그 사람은……."

"절벽에서 밀려 떨어진 뒤에 그대로 어딘가로 끌려간 것처럼 보였습니다만, 정작 시신은 발견되지 않았습니다."

"본인의 위장이란 겁니까?"

"절벽에서 뭔가 큰 물건을 떨어뜨리면 떨어진 흔적이 만들어집니다. 신발 한쪽을 절벽 가장자리에 던지고, 파우치를 절벽 아래에 남겨두는 거죠. 바위에 묻어 있던 혈흔은 주사기로 자기 피를 뽑아두면 위장할 수 있습니다. 그리고 절벽에서 떨어뜨린 커다란 물건을 수풀까지 끌고 가서, 마치 시체를 처리한 듯한 흔적을 연출합니다. 표주박산에서 이런 위장공작을 하기 전에, 에이스케는 본가에 누군가가 침입한 흔적을 만들어두었습니다. 어디까지나 자신이 피해자로 보이게 만들기 위해서입니다."

"동기는 뭡니까? 그 사람에게는 동기가 없잖습니까?"

"아뇨, 극히 현실적인 동기가 있습니다. 말 그대로 눈앞에 대롱대롱 매달려 있었습니다. 그런데 경부님도 저도 코앞의 사건에만 사로잡힌 탓에 그 사실을 전혀 알 수 없었습니다."

"뭡니까? 다몬 에이스케의 동기는?"

"질투입니다."

"네……?"

"초라한 자신과는 반대로 옛 친구들은 전부 성공했다. 그렇게 생각한 에이스케의 마음에 싹튼 강렬한 질투와, 암으로 목숨이 얼마 남지 않았다고 절망한 자포자기의 충동 같은 것이 그 친구를 동창생 연쇄살인으로 몰아간 겁니다."

"확실히 현실적인 동기군요."

충분히 있을 수 있다고 납득했는지, 엔카쿠는 보충하듯이 말했다.

"생명의 전화 상담원의 조사 기록에서도, 여러분의 현재 생활을 다몬 씨가 아주 부러워하는 눈치였다고 확실히 적혀 있었습니다."

이미 누마타 야에에게 같은 정보를 얻은 상태였지만, 물론 고이치는 입을 다물었다.

"에이스케에게 일어난 사건에 대해 친구들은 몰랐습니다. 그러니 갑자기 그 친구가 나타나도 크게 의심하지 않았을 겁니다. 가령 저나 다츠요시에게 죽었다는 연락이 갔다고 해도, 사채업자로부터 도망치기 위한 위장공작이었다고 설명하면 누구라도 받아들여줬을 겁니다."

"그 사람이었기에 피해자들에게 문제없이 접근할 수 있었다는 말씀인가요."

"그렇습니다."

"어째서 다몬 씨는 과거의 사건을 이용하려고 했을까요?"

"아마도 아무런 문제없이 살고 있던 옛 친구들에게 먼저 과거의 죄를 떠올리게 하고, 그런 뒤에 죽일 생각이었겠죠."

"그렇군요."

"전화에서 들렸던 '다레마가 죽였다'란 노랫소리도 에이스케의 연출이었습니다. 생명의 전화에 걸려온 전화에서 이 말이 들렸다는 것은, 그 친구가 범인이라는 무엇보다 큰 증거가 됩니다."

"다몬 씨의 마음은 그 시점에서 이미 상당히 뒤틀려 있었다고 봐야겠군요."

말은 그렇게 하면서도 엔카쿠는 다몬 에이스케의 특이한 심리 상태를 저항 없이 받아들이고 있는 듯했다. 다만 거기서 그는 약간 고개를 갸웃거렸다.

"당신의 추리는 훌륭합니다만, 조금 신경 쓰이는 것이 있습니다."

"뭐죠?"

"일본식으로 쓰면 확실히 다몬 에이스케는 TE입니다. 하지만 오오니타 다츠요시 씨의 연구실 문에는 'Tatsuyoshi Oonita'라고 되어 있습니다. 즉 오오니타 씨가 다몬 에이스케 씨를 범인으로 고발한다면, 'TE'가 아니라 'ET'로 적지 않을까요?"

"역시 눈치채셨군요."

"……."

엔카쿠가 의아하다는 어조로 말했다.

"뭘 말입니까?"

"그 말이 맞다는 이야기입니다만."

"……TE는 다몬 씨가 아니라는 겁니까?"

"네. 어른이 되어서 변해버렸을 가능성이 있다고 해도, 그 에이스케가 살인을 저지른다는 건 무리입니다. 게다가 표주박산의 친구들을 질투나 부러움 때문에 차례차례 살해하다니, 도저히 생각할 수 없습니다. 있을 수 없는 일입니다."

"하야미 선생님……."

엔카쿠가 처음으로 빙그레 미소 지으면서 말했다.

"과연 작가이신 만큼 상상력이 정말 대단하시군요. 그건 인정합니다만, 조금 전부터 이리저리 방황하는 이 추리는 대체 뭡니까?"

그러나 미소 짓는 엔카쿠를 바라보는 고이치의 표정은 딱딱했다.

"어젯밤부터 오늘 아침에 걸쳐, 제가 더듬어간 생각의 흐름을 그대로 이야기하고 있습니다."

"호오, 추리의 흐름인가요."

"제가 도조 겐야 선생의 사건부 시리즈를 좋아하거든요. 민망하지만 그 형식을 따라 해봤습니다."

"그 작품이라면 확실히……."

엔카쿠가 기억을 더듬는 사이, 고이치는 질문을 던졌다.

"그런데 경부님은 그 '다레마가 죽었다'라는 노래에 대해서 어떻게 생각하십니까?"

바로 엔카쿠가 대답했다.

"생명의 전화 상담원도 듣고, 피해자 중에서도 몇 사람인가가 들었다는 그 동요 말입니까? 제가 의도적으로 하야미 씨에게 이야기하지 않았던……."

"그렇습니다."

"다몬 씨가 범인이라고 생각하지 않는 한, 그 부분은 확실히 설명이 불가능할지도 모르겠군요."

"하지만 그 친구는 범인이 아닙니다."

"솔직하게 말씀드리자면, 저는 그게 별로 중요하다고 보지 않습니다."

"어째서입니까?"

"확실히 들은 사람은 생명의 전화 상담원 한 명뿐입니다."

"아리타 유지와 오다기리 사야카도……."

"아뇨, 그건 가족의 증언에 지나지 않습니다. 게다가 뭔가 동요 같은 것을 들었다, 라는 극히 모호한 것일 뿐입니다."

"자세한 내용은 알 수 없더라도 여러 상황으로 미루어 보면, 그들이 들은 것이 '다레마가 죽었다'였을 가능성은 지극히 높다고 말할 수 없을까요?"

"그렇게 생각할 수도 있겠습니다만……."

"무엇보다, 이번 사건과는 전혀 상관없는 생명의 전화 상담원이 들었다는 사실은 상당히 중요하게 봐야 하지 않겠습니까? 단 한 명뿐입니다만, 그것이 외부인이기에 중요한 것이 아닐까요."

그 말을 듣고 가만히 생각하던 엔카쿠가 아주 흥미롭다는 어조로 입을 열었다.

"상당히 설득력이 있군요."

"저는 최종적으로 이 동요야말로 사건의 수수께끼를 풀 중요한 열쇠일지도 모른다는 생각에 도달했습니다."

"그래서 어떻게 해석하셨습니까?"

거기서 고이치는 누마타 야에와 이야기했던 '요시코의 목소리가 아닌가'라는 설을, 야에에 대해서는 언급하지 않고 말했다.

"하야미 선생님……."

엔카쿠의 목소리에는 이제까지 없었던 낙담이 담겨 있었다.

"근거가 빈약하긴 했어도 이제까지 극히 논리적인 추리를 진행해오신 선생님께서 그런 비과학적인 가설을 말씀하시다니, 조금 실망스럽군요."

"다레마가에는 다루마 신사라는 몹시 불가사의한 존재가 있지 않았습니까."

"그건 사건과는……."

"관계없다고 말할 수 있을까요? 다레마의 귀신 들린 아이가 탄생한 배경에는 그 사당의 다루마가 관여하고 있다고 생각하는 사람이 있을 정도입니다."

"시시껄렁한 종교인의 헛소리 따위……."

"게다가 사건의 밑바닥에는 역시 표주박산에서 그때 했던 다레마가 죽였다 놀이가 깔려 있습니다. 전혀 관계가 없다고는 도저히 생각할 수 없습니다."

"사건에 대해서만 생각하면 그럴지도 모릅니다. 그렇지만 그때 아이들의 목소리가 지금 와서 들리다니…….'

"있을 수 없습니까?"

"당연하죠."

"그 아이를 30년 전에 당신이 죽였기 때문입니까?"

"……."

"이미 한참 전에 죽었기 때문에 목소리가 들릴 리 없다는 것을 당신 스스로가 알고 있기 때문입니까?"

"……."

"아닙니까, 경부님?"

"……하야미 씨."

크게 한숨을 쉬며 엔카쿠는 고이치의 이름을 불렀다.

"가령 요시코가 살아 있더라도 이미 번듯한 어른입니다. 어린애 목소리는 낼 수 없습니다. 당신이 하고 있는 얘기는…….'

"이야기가 빗나갔군요. 하던 이야기로 돌아가죠. 완전히 제삼자인 생명의 전화 상담원이 어린아이의 목소리를 들었습니다. 이건 사실입니다."

"뭐, 그렇습니다만…….'

"그렇지만 그때 전화를 걸어온 것은 다몬 에이스케고, 그 친구의 주위에는 어린아이는커녕 사람 한 명 없었습니다."

"그것도 확실하겠습니다만…….'

"그리고 이번 사건에는 30년 전의 사건이 그림자를 드리우고 있고, 거기에는 요시코라는 아이가 관계되어 있습니다."

"그렇다고 해서…….'

"그 아이의 목소리가 들렸다고는 도저히 생각할 수 없겠습니까?"

"저는 경찰관입니다."

"다레마가의 사람으로서, 라면 어떻습니까?"

"……."

놀랍게도 그 순간 엔카쿠는 그런 현상이 표주박산에서는 일어날 수도 있다는 것을 완전히 긍정하는 듯한 표정을 지었다.

"인정하실 수 있겠습니까?"

"……."

"경부님?"

"그건……."

"네?"

"그 사당 안에 모셔진 그것은, 아주 무서운 것입니다……."

그렇게 이야기한 엔카쿠의 얼굴은 엄청난 공포에 일그러져 있었다. 이 남자가 뭔가를 두려워하는 모습은 상상할 수 없었던 만큼, 고이치는 크게 놀랐다.

그러나 그것도 한순간이었다. 엔카쿠는 금방 원래의 포커페이스로 돌아가더니 아무 일도 없었다는 듯이 말했다.

"만약 인정한다고 해도, 그걸로 무엇을 알 수 있단 말입니까?"

"대체 그 사당의……."

"그것은 지금 하는 이야기와는 관계없습니다."

"하지만……."

오싹할 정도로 차가운 시선을 던지는 엔카쿠의 모습에 고이치는 하던 이야기로 돌아가기로 했다.

"몇 가지의 조건이 겹쳐져서 요시코의 목소리가 들렸는지도 모른다. 그렇게라도 해석하지 않고서는 도저히 설명이 되지 않는 현상입니다."

"그걸 인정한다고 해서, 무슨 진전이 있습니까?"

"딱 30년째 되는 8월이라는 시기에, 표주박산이라는 문제의 장소에서, 전화상이라고는 해도 당시의 아이들이 모두 연결되었다. 게다가 전화를 한 다몬 에이스케는 죽음에 홀려 있는 상태였다…….
그래서 요시코의 목소리가 들렸다."

엔카쿠는 끼어들지 않고 가만히 고이치를 바라보고 있다.

"여기까지는 괜찮습니다. 초자연적인 해석이긴 하지만, 나름대로 앞뒤는 맞다고 치죠."

"그런 걸로 합시다."

"다만 아무리 생각해도 이상한 점이 있습니다."

"뭡니까?"

"월요일부터 금요일까지의 전화에는 아무도 요시코의 목소리를 듣지 못했는데, 생명의 전화에서 그 목소리가 들린 이후로는 연쇄 살인의 피해자들이 차례차례 그 목소리를 듣게 되었다…… 라는 점입니다."

"즉?"

"어째서 그때의 친구 다섯 사람에게 전화를 다 걸고 나서, 전혀 관계없는 토요일의 전화에서만 요시코의 목소리가 들렸는가."

"표주박산의 아이들에게 거는 전화가 한 바퀴 도는 것을 기다렸다?"

"처음에는 그 정도 이유밖에 찾을 수 없었습니다. 그렇지만 어째서 기다릴 필요가 있었는지 전혀 알 수 없습니다."

"그런 현상을 애초에 논리적으로 생각하는 것이……."

"그런 지적은 일단 치워두겠습니다."

엔카쿠는 어쩔 수 없다는 듯이 말했다.

"알겠습니다. 그래서 납득이 가는 이유는 있었습니까?"

"네."

"뭡니까?"

"거기에 마지막 조건이 더해졌기 때문에, 라는 이유죠."

"그 조건이란?"

"전화를 받은 인물이 요시코의 어머니였다……."

제
18
장

마지막 한 사람

"호오."

엔카쿠는 감탄했다는 듯한 목소리를 냈다. 그러나 곧바로 딴죽을 걸었다.

"거의 생각할 수 없을 정도의 엄청난 우연이군요."

"그 정도의 조건이 모였기 때문에 요시코의 목소리가 들리게 되었다. 반대로 그렇게 볼 수도 있습니다."

"다만 생명의 전화 상담원…… 아니, 하야미 씨도 아실 테니 이제는 누마타 야에 씨라고 말해도 되겠죠."

"제가 그녀를 만난 걸 알고 계셨습니까?"

"네, 물론 알고 있었습니다. 게다가 지금 당신은 '어머니'라고 이야기했죠. 어떻게 상담원이 여성이란 걸 알고 있는가. 이것만으로도 당신이 상담원의 정체를 알고 있다고 볼 수 있습니다."

방심이라곤 전혀 하지 않는, 빈틈 없는 남자다.

"그런데 누마타 씨의 이니셜은 'YN'입니다."

"다츠요시가 남긴 'TF'는 이름의 이니셜이 아니었습니다."

"그러면 뭡니까?"

"그것이 'TE'를 쓰려고 한 것이라는 해석은 그대로 활용할 수 있습니다. 게다가 'TE'도 아직 다 완성된 게 아니라고 생각해봤습니다."

"메시지는 세 글자였다고요?"

"그렇습니다. 그 친구는 T하고 E 뒤에 L이라는 글자를 쓸 생각이 아니었을까요? 즉 전화, 'Telephone'의 약자입니다. 다츠요시를 찾아갔을 때, 누마타 씨는 자신의 이름을 이야기했겠습니다만 그 친구 쪽이 느끼기에는 생명의 전화 상담원이라는 인상이 강했습니다. 그랬기 때문에 곧바로 'TEL'이라고 쓰려고 했던 거죠."

"의미는 통하는군요. 그렇지만 그 여자는 가족을 잃은 지 10년, 상담원이 된 지 18년이 지났다고 들었습니다. 즉 합계 28년으로 30년 전의 사건과는 햇수가 안 맞지 않습니까?"

"연수생으로서의 양성 과정이 2년이니 합해서 30년입니다."

"그렇지만 누마타 씨의 자식은 남자아이였다고 들었습니다. 요시코일 리가 없고, 그 무렵에 행방불명된 아이 중에도 거기에 해당되는 소년은 없었습니다."

"그건 저도 당시의 신문을 봐서 알고 있습니다. 다레마가 뒤에서 손을 써서 기사화되는 것을 저지했다고 생각했습니다만……."

"그럴 거라면 첫 번째 사건부터 했겠죠."

고이치는 고개를 끄덕였다.

"즉 보도된 세 명의 아이 중에 요시코가 있다는 이야기가 됩니다. 행방불명된 아이는 세 명이라고 보도되었지만, 그중 마다테 시의 아이는 이쿠라 요시히코, 한 명뿐입니다. 누마타 씨 남편의 성은 이쿠라였던 게 아니었을까요? 성이 '이쿠라'였기에 가게 이름을 '사케토미'로 한 거죠."

"호오, '이쿠라'가 연어 알이란 뜻이니 가게 이름에 연어란 뜻의 '사케'를 붙였다는 겁니까. 말은 되는군요."

"요시코는 '오오니타 군'을 '오오타 군'이라고, '마에나카 초'는 '마에카 초'라고 말하곤 했습니다. 양쪽 다 세 번째 음절을 빼먹고 있죠. 그렇다면 자기를 소개할 때 했던 '사카야노 요시코'라는 말에 대해서도 그것을 똑같이 적용할 수 있습니다."

"사카×야노 요시×코…… 라는 이야기입니까."

"사카나야노 요시히코. 생선가게의 요시히코란 뜻이죠. 즉 '사카야노 요시코'는 사실 사케토미라는 생선가게의 아들인 이쿠라 요시히코를 의미했던 겁니다."

"여자아이 차림을 하고 있던 것은?"

"너무 잘 어울렸기 때문이든가, 혹은 인근 지역에서 비슷한 또래의 남자아이가 잇따라 실종되고 있어서 만일을 대비했든가."

"그때 저는 남자아이라는 것을 알 수 있었습니다만……."

자랑하는 기색도 없이 당연하다는 듯이 말하는 엔카쿠를 고이치는 최대한 무시했다.

"아마도 그때의 일을 에이스케는 생명의 전화에서 이야기한 거겠죠. 어디까지 이야기했는지는 알 수 없습니다만, 아마도 저뿐만이 아니라 친구들의 이름도 포함해서 상당히 자세히 이야기했던 것은 틀림없습니다. 그랬기 때문에 그 친구에게 '다레마가 죽었다' 놀이 중에 일어났던 사건에 대해 듣는 동안, 누마타 씨는 당시 무슨 일이 일어났었는지 깨닫고 만 것입니다."

"자기 아이의 실종에 대한 수수께끼를 생명의 전화에 걸려온 목격자의 통화를 통해 풀게 되다니, 너무 얄궂지 않습니까?"

끼어드는 엔카쿠의 말을, 이번에도 고이치는 애써 무시했다.

"이번 사건을 처음부터 돌아보면서 제일 먼저 걸렸던 것이, 다몬 에이스케의 통화 내용을 알려줄 때 누마타 씨가 했던 어떤 말이었습니다."

"호오, 무엇에 대한 이야기였습니까?"

계속 무시당하고 있는데도 개의치 않고 엔카쿠가 물었다.

"에이스케의 반점입니다."

"옛날 애니메이션에 나오는 구름 같은 모양이었던가요."

"에이스케는 그런 표현밖에 하지 않았습니다. 그것만으로는 둥그스름한 구름인지, 길게 늘어져 있는 구름인지는 판단하기 어려웠을 겁니다."

"그 여자는 뭐라고 했습니까?"

"그 모양으로 봐서 긍정적으로 생각하면 매력 포인트가 될지도 모른다, 라고 했죠. 이건 보기 싫게 길게 늘어진 구름을 말하는 거라고는 생각할 수 없습니다. 슈크림처럼 생긴 구름이었기에 매력 포인트가 될 수도 있다는 말이 나온 겁니다. 요컨대 그 사람은 반점을 실제로 본 게 아닐까 했던 거죠. 그러면 언제, 어디서?"

"문제의 일요일에 표주박산에서……라고밖에 생각할 수 없군요."

"거기서 누마타 씨에 대한 의혹이 싹텄습니다."

"그렇군요."

"그 사람과의 대화를 떠올려보면, 그 밖에도 신경 쓰이는 점이 있습니다. 우선 '다레마가 죽었다'의 노랫소리를 죽기 전에 모두 들었던 것 같다고 말했던 것. 아리타 유지와 오다기리 사야카의 가족이 그럴 수도 있다는 증언을 한 것뿐인데, 전해 들은 것이라고는 해도 '모두 들었다'고 단언하는 게 이상했습니다."

"실수로 말해버린 거군요."

"그 뒤에 제가 기억해낸 과거를 오오니타 군에게 이야기해서 둘이 검토할 생각이라고 말하자, 그 사람은 선생님들께서 충분히 상의한 뒤에, 전부 경찰에게 이야기하는 편이 좋을 거라고 말했습니다. 그때는 아무 생각도 없었습니다만, 저와 다츠요시를 가리켜서 '선생님들'이라고 표현한 것은 이미 다츠요시가 대학의 준교수라는 것을 알고 있었기 때문은 아니었을까요."

"오전 중에 오오니타 씨를 창가에서 밀어 떨어뜨리고, 그 뒤에 하야미 씨가 있는 곳에 갔다. 당연히 그 전에 이미 연하장을 손에 넣어서 오오니타 씨의 거처를 밝혀내고, 그 뒤에는 미행해서 근무지도 조사했을 겁니다."

고이치의 해석을 보충하면서 엔카쿠가 다음을 재촉했다.

"우치하라 사토시 씨 때는?"

"그 친구의 업무와 관련해서 접근했을지도 모릅니다."

"어떻게요?"

"니시도쿄 생명의 전화에서는 1년에 한 번 각자 주제를 정해서 연구한 결과를 발표한다고 합니다. 누마타 씨가 올해 연구한 주제는 '전화 상담에 도움이 되는 기본 도서'였죠. 사토시의 회사에는 의료나 간호 관련 기획으로서 멘탈 헬스 시리즈를 내고 있었습니다. 생명의 전화의 기본 도서로 딱 어울리는 책이 아닐까요?"

"생각해볼 수 있군요."

"사토시의 핸드폰으로 전화를 해서, 에이스케에게 소개받았으며 이 전화번호도 그 친구에게 들었다고 말하면 아마도 사토시도 믿었겠죠."

고이치는 거목의 굵은 줄기에 눈길을 주었다. 그것은 틀림없이 에이스케가 목을 매달기 위해 로프를 걸었던 나무줄기였다.

"곧 자살할지도 모르는 다몬 에이스케를, 어째서 범인은 일부러 살해했는가. 그것은 꼭 자기 손으로 에이스케의 목숨을 빼앗고 싶었기 때문입니다."

"하야미 씨와 친구분들이 신고했다면 아들을 구할 수 있었을지도 모른다. 30년이나 된 사건이라고 해도…… 아니, 이 경우에는 시간 따윈 상관없겠군요. 무슨 일이 있었는지 알게 된 순간, 살의가 싹텄다. 동기로서는 충분하겠죠."

남의 일을 이야기하는 것 같은 말투에 고이치는 화가 치밀었지만 최대한 자제심을 발휘해서 냉정하게 이야기를 진행했다.

"그 전에 에이스케가 친구들의 성공담을 늘어놓았던 것도 누마타 씨에게는 동기가 되었을 게 틀림없겠죠."

"그렇다는 말씀은?"

"자기 아들은 그런 인생을 걷지 못했다. 아니, 에이스케가 호소한 자신의 힘든 상황조차, 그 사람에게는 부러움에 가까운 기분을 느끼게 했을지도……."

"그것도 인생이라고 말입니까? 무엇보다 살아 있는 증거라고?"

고이치는 천천히 고개를 끄덕였다.

"이곳에 누마타 씨가 향을 피우러 왔던 것은, 물론 다른 친구들의 명복을 빌기 위해서가 아닙니다. 오히려 반대입니다. 한 명씩 복수를 달성할 때마다 아들에게 향을 피워서 보고했던 것입니다."

"향을 피웠다는 것은 전혀 몰랐습니다."

태평스럽게 대답하는 엔카쿠를 상대하지 않고, 고이치는 다음 이야기로 넘어갔다.

"첫 피해자가 다몬 에이스케였던 것은 그 상황을 생각하면 납득할 수 있습니다. 하지만 그 친구가 연쇄살인의 첫 번째 희생자가 된 것이 원래 올바른 순서였다고 한다면……."

"연쇄살인의 순서?"

"이번 사건의 희생자들은 다몬 에이스케, 아리타 유지, 오다기리 사야카, 우치하라 사토시 순으로 살해당했습니다. 그때 다레마가 죽였다 놀이에서 술래였던 오오니타 다츠요시의 포로가 되었던 순서와 같습니다."

"……요시히코 군의 뒤로 다가가는 저의 존재를 깨달은 순서라는 얘깁니까?"

엔카쿠는 감탄한 듯 만족스러운 미소를 지으면서 말했다.

"알아차렸으면서도 보고만 있었을 뿐 아무것도 하지 않았다. 그래서 그 순서대로 죽였다. 이야, 그런 부분까지는 몰랐습니다."

"그림자의 존재를 제일 처음 깨달은 사람은 물론 다츠요시였겠죠. 하지만 처음이었기에 나중까지 남아 있었습니다. 가장 죄가 컸기 때문에 마지막에 손을 대기로 한 겁니다."

"하야미 씨만이 예외인 것은 당신이 저를 알아차린 직후에 제가 요시히코 군을 납치했기 때문입니까? 즉 하야미 씨에게는 보고만 있었을 뿐 아무것도 하지 않았다고 할 만한 시간이 애초에 없었으니까요."

"정말로 그럴까요?"

"호오. 마지막 피해자는 당신일지도 모른다고요?"

"그때 그 자리에서는 저에게 죄가 없었다고 말할 수 있을지 몰라도, 그 뒤에 침묵한 죄는 분명히 남아 있습니다."

"그렇다면 누마타 씨는 어째서 당신하고 만났을 때 죽이지 않은 걸까요? 기회가 없었던 걸까요?"

"아뇨, 누마타 씨가 표주박산으로 돌아가자고 했다면 저는 동행했겠죠. 그 뒤에는 절벽 가까이에 서게 한 뒤에 에이스케처럼 등을 떠밀기만 하면 끝입니다."

"그런데 다몬 씨의 경우에 시신을 숨긴 이유가 뭘까요?"

"도중에 연쇄살인이 발각되었을 경우에 그 친구를 범인으로 세우기 위해서가 아니었을까 생각합니다. 친구들이 요즘 지내는 모습을 듣고 부러웠다는 에이스케의 이야기는 사실이겠죠. 누마타 씨는 그것이 동기가 될 거라고 생각했습니다. 이 경우에 필요한 것은, 죽었을 다몬 에이스케가 실은 살아 있어서 옛 친구들을 죽이고 있는 것은 아닐까 하는 의혹뿐입니다. 실제로 죄를 덮어씌우는 게 아니라, 요컨대 본인이 연쇄살인을 저지르는 사이에만 에이스케가 가짜 범인이 되어주면 족합니다. 그런 상황에 대비해서 에이스케의 시신을 표주박산의 북쪽 길까지 끌고 가서 차에 싣고 어딘가로 옮긴 거죠."

"그렇군요. 하던 이야기로 돌아오겠습니다만, 당신을 죽이지 않았던 이유는 뭘까요?"

"오오니타 다츠요시를 죽이는 데 실패했을지도 모른다, 라고 생각했기 때문이 아닐까요."

"떠밀 때, 혹은 떨어질 때에 아래쪽의 수풀이 눈이 들어왔다. 그래서 실패한 것이 아닐까 하고 걱정했다고요?"

"그렇습니다. 언젠가는 신문에 기사가 나겠습니다만, 느긋하게 기다릴 수는 없습니다. 그렇다고 해서 경찰에게 물어볼 수도 없죠. 그래서 저를 정보원으로 삼으려고 생각한 겁니다. 그것 때문에 실제로는 할 생각도 없는 탐문조사를 해주겠다고 약속을 했고, 경과를 보고하는 척하면서 전화를 걸어 다츠요시의 상태를 살폈던 거죠."

"임기응변이라고는 생각할 수 없는 멋진 판단이군요."

"애초에 제 이름만 경찰에게 알린 것도, 여차할 때 접촉해서 제게 정보를 얻을 생각이 있었기 때문이겠죠. 당신하고 마찬가지입니다."

엔카쿠는 고이치의 빈정거림을 무시하고서 말했다.

"오오니타 씨를 처치한 뒤에 마지막으로 하야미 씨를 죽여서 아들의 복수를 이룬다는 것이 누마타 씨의 계획이었던 거군요."

"아뇨. 마지막은 엔카쿠 경부님, 당신입니다."

가만히 상대의 눈을 보면서 고이치가 말했다.

"호오, 저의 정체를 간파하고 있었다고요?"

"어느 시점부터인지는 알 수 없습니다만, 연쇄살인의 범인이 누마타 야에 씨라는 것을 경부님도 짐작하고 있지 않으셨습니까?"

"저는 경시청의 경부입니다. 아마추어와 똑같이……."

"누마타 씨는 당신이 죽인 희생자의 어머니니까요."

"……."

"생명의 전화에서 다몬 에이스케가 다레마가 죽였다 놀이에 대한 상세한 이야기를 했습니다. 그랬다면 당연히 다레마의 귀신 들린 아이에 대해서도 이야기했을 겁니다. 게다가 누마타 씨는 이곳에서 에이스케와 직접 만났습니다. 그때의 사건에 대해 더욱 자세히 이야기했을 가능성이 있습니다."

"실제로는 어땠을지 모르죠."

"가령 아직 모른다고 해도 언젠가 누마타 씨는 찾아낼 겁니다."

"그 전에 제가 체포하면……."

"경부님이 소년 시절에 저질렀던 범죄가 밝혀질 뿐입니다. 아니, 누마타 야에 씨가 잡히지 않더라도 제가 고발할 겁니다."

"증명하는 건 불가능하다고 조금 전에 이야기했을 텐데요? 누마타 씨를 체포해도 밝혀지는 것은 하야미 씨와 친구들의 죄뿐입니다. 연쇄살인의 동기는 거기에 있으니까요."

"사건이 일어난 가장 큰 원인은 다레마의 귀신 들린 아이, 엔카쿠 다카아키 당신이 어린 시절에 저지른 혐오스러운 납치와 끔찍한 행위가 아닙니까?"

"몇 번이나 말씀드린 대로, 그걸 증명하는 건 무리일 겁니다."

어느샌가 표주박산에는 해가 저물고 있었다. 서쪽에 우거진 나무 사이로 탁한 석양이 비쳐 들고 있다. 그 핏빛 햇살을 받고 있는 엔카쿠는 마치 붉은 귀신처럼 보였다.

다레마의 귀신…….

귀신 들린 아이가 아니라 이미 어른이 된 귀신이 그 자리에 서 있었다. 어린 시절뿐만 아니라, 이후로도 이 남자는 무시무시한 범죄에 손을 물들여온 게 아닐까. 어쩌면 경찰관이 되고 나서도 경시청의 경부라는 입장이 된 지금도, 남몰래 계속하고 있는 것은…….

정신이 들고 보니 엔카쿠에게 공격적으로 묻고 있었다.

"왜 어린아이를 납치한 겁니까?"

"……."

"그것도 남자아이만을?"

"……."

또 침묵하나 싶었는데, 의외로 엔카쿠는 그때까지 보인 적 없는 곤혹스러운 표정을 지었다. 마치 망연자실한 듯했다.

"대답해주세요."

"한마디로 설명하는 것은 좀 어렵겠군요."

"시간은 있습니다."

"아뇨, 말로는 다 설명할 수 없다고 말해야 할까요."

엔카쿠는 생각하는 듯한 표정을 짓다가 말했다.

"그래도 하야미 선생님이라면, 그런 작품을 집필하실 수 있는 하야미 고이치라면 저의 마음을 이해할 수 있을지도 모릅니다."

"과찬의 말씀에 몸 둘 바를 모르겠습니다만……."

고이치는 빈정거리듯 대꾸하다가 곧 진지한 어조로 물었다.

"그러면 알려주십시오. 어째서 아이들을 납치했습니까."

"……."

"엔카쿠 경부님?"

"……역시, 아무리 하야미 고이치라고 해도 이건 무리겠죠."

작게 고개를 저은 엔카쿠의 얼굴이 정말로 아쉬워 보였다. 그 표정을 보자마자, 고이치는 자기도 모르게 오싹해졌다.

"아이들을 어떻게 납치했습니까? 그 애들에게 무슨 짓을 했습니까? 대체 그 애들은 어디로 보냈습니까?"

그래도 그는 겁먹지 않고 씩씩하게 다시 물었다.

그러나 고이치의 질문을 들은 엔카쿠는 곧바로 활짝 웃었다. 마치 당시의 자신의 행동을 떠올리며 그것에 취한 것처럼…….

잠시 황홀경에 빠진 듯한 모습이던 경부는 갑자기 입을 열었다.

"처음과 마지막 질문에는 대답할 수 있습니다."

"네?"

"그 애들을 어떻게 납치했는가……. 그 부분에 대해서는 사실 저도 잘은 모르겠습니다만……"

"그럴 리가……."

항의하는 고이치를 몸짓으로 제지하면서 경부는 말을 이었다.

"물론 제가 계획을 세우고, 누구에게도 들키지 않도록 실행했습니다. 다만 그것뿐만은 아니었던 것 같은 기분이 듭니다. 그것은 운이 좋았다기보다, 마치 어떠한 힘이 작용하고 있었다는 듯한 느낌이 들었습니다."

"다루마 사당의…… 말입니까."

고이치의 지적에 엔카쿠는 어깨의 힘을 빼며 늘어뜨렸다. 지금까지 합리적인 해석 말고는 인정하지 않겠다는 태도를 취하고 있던 경부였기에, 더욱 충격적인 이야기였다.

"자신의 의지가 아니라 그 기괴한 다루마에게 조종당한 거라고 말씀하시고 싶은 겁니까?"

"아뇨, 전부 제 의지로 한 일입니다."

아무래도 엔카쿠는 발끈한 듯했다.

"하야미 선생님도 그렇게밖에 이해해주지 않는다면……."

"알겠습니다."

이대로는 끝이 보이지 않겠다고 생각한 고이치는 다음 질문을 했다.

"그러면 그 애들은 어디에 있습니까?"

"설령 어딘지 알더라도, 결코 발견할 수 없을 곳입니다."

그렇게 말하면서 엔카쿠가 다시 절벽 쪽을 향했다. 그 움직임을 통해 고이치는 순식간에 그 답을 알 수 있었다.

"다레마 가문의 다른 땅이군요. 그곳 어딘가에 아이들의 시신을 묻은 거죠. 아닙니까? 예를 들면 계곡에 묻었다든가."

"그걸 지금 제가 인정한다고 해도 아무런 소용도 없습니다."

"모든 것을 이야기해주세요. 공표하란 말입니다."

계속해서 밀어붙이는 고이치에게, 엔카쿠는 절벽에서 다레마가를 바라보며 담담한 어조로 말했다.

"오해하지 않도록 이야기해두겠습니다만, 저는 모든 것을 공표하게 되면 사회에서 당하게 될 일들을 두려워하는 것도 기피하는 것도 아닙니다. 그저 저의 생각이 이해받을 수 없다는 것 그것을 참을수 없기 때문입니다. 일단 틀림없이 보통 사람은 인정할 수…… 아니, 도저히 받아들일 수 없을 것이 틀림없습니다."

"이대로 도망칠 생각입니까?"

"도망쳐요?"

엔카쿠는 흘끗 고이치를 보더니, 혀를 차면서 고개를 저었다.

"하야미 씨조차 그런 관점으로만 저를 보시고……."

그때 갑자기, 거목 뒤편에서 사람이 튀어나왔다.

"앗!"

고이치가 깨닫고 소리친 직후였다.

"으악!"

엔카쿠의 등을 향해 돌진한 사람의 그림자가, 그의 비명과 함께 절벽 아래로 길게 추락했다.

멍하니 그 자리에 못 박힌 고이치의 눈앞에서 엔카쿠에게 달라붙으며 함께 절벽으로 떨어진 인물은, 누마타 야에였다.

종장

표주박산 동쪽 절벽에서 굴러 떨어진 두 사람의 운명은, 엔카쿠 다카아키가 목숨을 부지하고 누마타 야에는 즉사하는 얄궂은 결과로 명암이 갈렸다. 떨어지는 순간, 고이치에게는 엔카쿠가 아래고 야에가 위인 것으로 보였지만, 그것이 도중에 뒤바뀐 모양이다. 어쩌면 경부가 재빨리 몸을 비틀었는지도 모른다. 정말로 명줄이 질긴 남자다.

다몬 에이스케의 시체는 누마타 야에가 살던 아파트 뒤편의 잡목림 한구석에서 발견되었다. 너무 대충 묻어놓아서 경찰견으로 어렵지 않게 찾을 수 있었다고 한다. 역시 그녀는 시체를 영원히 감출 생각이 없었던 것이다.

그 뒤로 이 두 사람이 얽힌 사건에 세간의 관심이 집중되었다. 그것은 일부의 주간지에서 '다레마가 죽였다 살인 사건', 혹은 '다레마 연쇄살인' 등으로 불리며 일제히 매스컴에 오르내리게 되었다.

대부분은 비밀의 베일에 감싸여 있는 상태라고 해도 현직 경시청 경부가 소년 시절에 저지른 범죄가 원인이 되어, 30년이란 세월을 넘어 피해자의 어머니가 복수한 사건이다. 매스컴이 소란을 떠는 것도 당연하다. 그 복잡하고도 기괴한 사건의 배경에 대해 텔레비전 방송에서는 선정적으로 보도했고, 각 주간지도 뒤지지 않을 기세로 기사를 써댔다.

그런데 이윽고 경찰 조사도 미디어의 보도도 현대의 연쇄살인 사건으로 기울기 시작했다. 30년 전의 사건에 대해서는, 세 아이의 행방불명 사건에 연관성이 있다는 점이나 그 일에 특정 인물이 관련되었다는 점을 도저히 증명할 길이 없다고 최종적으로 판단되었기 때문이다. 애초에 사건이라고 불릴 만한 무언가가 일어났는지조차 확실히 않다고 결론이 내려졌다.

유감스럽게도 거의 엔카쿠 다카아키가 예측한 대로의 전개가 된 셈이다. 참고로 경부는 중태라는 이유로 일절 표면으로는 노출되지 않았다. 그의 본명을 보도한 미디어도 거의 없었다. 일부 주간지는 이름을 폭로했지만 엔카쿠 가문과 다레마 가문으로부터의 명예훼손으로 고소를 당해서, 결국 거액의 위자료만 지불하게 되었을 뿐이다.

그런 데다가 언젠가부터 연쇄살인 사건의 동기가, 아들의 실종과 남편의 자살에서 도저히 재기할 수 없었던 누마타 야에의 망상이라는 새로운 해석이 점차 힘을 얻어갔다. 단기간에 네 명이나 되는 사람의 목숨을 빼앗고 두 사람을 중태로 몰아넣은 범인의 광기가 사람들 사이에서 화제가 되었다.

하야미 고이치는 열심히 누마타 야에를 변호했다. 그러나 좀처럼 생각대로의 성과를 내지 못한 채로, 세간의 관심은 '무코六蟲의 몸'이라고 자칭하는 인물이 일으킨 엽기적 연쇄살인 사건으로 옮겨 갔다.

경찰은 절묘한 타이밍에 피의자가 사망한 사건으로 처리하고는 이 사건을 마무리 지었다. 엔카쿠는 아무런 처분도 받지 않은 채,

언제 퇴원했는지도 알 수 없이 홀연히 모습을 감췄다.

그런 상황 속에서 그나마 위안이 되는 것은 오오니타 다츠요시가 의식을 되찾고 그 후로도 순조롭게 회복했다는 사실뿐이다.

면회사절이 풀려서 만나러 가보니, 다츠요시가 사건의 전말을 궁금해했다. 몸에 지장이 생기니 안 된다고 말해도 전혀 말을 듣지 않았다. 아무것도 알려주지 않아도 언젠가 정보를 알게 될 것이 틀림없었다. 고이치는 어쩔 수 없이 간략하게 사건에 대해 이야기했다. 역시 상당히 충격적이었는지 다츠요시도 안색을 바꾸며 이야기를 들었다. 회복에 영향을 주지 않을까 하는 걱정도 들었지만, 그것은 다행히 기우로 끝났다.

다츠요시가 육체적으로도 정신적으로도 상당히 회복했을 때, 두 사람은 병실에서 사건의 나머지 수수께끼에 대해 이야기를 나눴다.

"어째서 다레마의 귀신 들린 아이의 모습을 가장 오래 보았을 오오니타 군의 기억이 좀처럼 돌아오지 않았던 걸까?"

"글쎄……."

처음에는 다츠요시 자신도 명확한 답이 생각나지 않는지 조금 난처한 기색이었다. 그러나 이윽고 자기 나름의 해석을 이야기했다.

"너무 강렬한 체험이라 오히려 기억의 봉인이 가장 강했는지도 모르지."

"그것도 생각할 수도 있겠네."

"……하지만 완전히 잊었던 것은 아니다…… 하는 기분이 들어."

다츠요시의 말을 듣고 문득 고이치는 문득 말했다.

"오오니타 군만이 가지고 있는 '괴이를 감각적으로 느끼는 광경'이란 시점은 그 일에 유래하는 것이 아닐까?"

"응?"

"그 봉인된 기억이 경관학에서 오오니타 군 특유의 시각으로 나타난 거라고 한다면…….”

“……말 되네.”

자신이 매진하던 연구의 근원에 어린 시절의 끔찍한 사건이 관계되어 있을 가능성이 있다니, 다츠요시에게는 마음이 불편한 이야기였을지도 모른다. 그러나 그는 부정도 긍정도 하지 않았다. 옛 친구의 지적을 그대로 받아들인 듯 보였다.

그런 다츠요시의 모습을 보고, 가볍게 할 이야기가 아니었다 싶어 고이치는 뒤늦게나마 자신의 경솔한 발언을 후회했다.

참고로 다츠요시는 이쿠라 요시히코가 납치된 순간의 기억을 완전히 잃어버린 상태였다. 주위가 새까맣게 되었다는 기억까지는 고이치와 같았지만, 그것 이외에는 전혀 기억하지 못했다. 아마도 창문에서 떨어진 후유증 때문일 것이다.

“그렇다고 해도 엔카쿠 다카아키는 아이들을 차례차례로 납치해서 대체 뭘 하고 있었던 걸까? 남은 것 중 가장 큰 수수께끼가 이거지.”

입을 다물어버린 고이치 대신 다츠요시가 이야기를 이어나갔다.

“그 문제에 대해서는 시테가와라 선생님께도 의견을 구하지 않았어?”

“……응. 하지만 교수님의 말로는 일그러진 성적性的 욕구 혹은 일종의 살인기호 같은 동기부터 시작해서 다루마 사당이 관계된 주술적인 목적까지 너무나 다양한 해석이 가능하기 때문에 새롭게 결정적 증거라도 나오지 않는 한 확실히 알 수 없다고 하더라구.”

“확실히 그렇지.”

“오오니타 군은 어떻게 생각해?”

“고쨩과의 대화에서 느끼기로는 주술적인 냄새가 났지. 본인은 상당히 합리주의적인 인물인 듯하지만, 이 일에 관해서만큼은 오컬

트적인 냄새를 풍긴단 말이야. 그것이 진실이기 때문이 아닐까? 조금 역설적인 이야기지만……."

"아니, 잘 알 것 같아."

결국 이 수수께끼에 대해서는 두 사람 사이에서도 결론이 나오지 않았다.

"에이스케가 일요일 밤에 전화를 건, 혹은 걸 예정이었던 일곱 번째 인물이란 대체 어디의 누구였을까?"

마지막으로 남은 의문을 고이치가 이야기하자 다츠요시는 아주 쓸쓸해 보이는 표정을 지었다.

"그건 수수께끼인 상태로 내버려두는 게 좋을지도 몰라."

"왜?"

"누구에게다 한두 개쯤, 가족이나 친구도 모르는 어떠한 마음의 안식처를 가지고 있으니까. 아니, 가지고 있어야만 해."

"즉 에이스케에게는 우리가 모르는 친구가 있었다고?"

가만히 다츠요시가 고개를 끄덕였다.

"그럴까?"

"그러면 고짱의 의견은?"

"그런 인물은 처음부터 없었다. 에이스케가 보인 최대한의 허세였다. 그렇게 생각하는 편이 훨씬 후련해."

"…… 그렇지."

다츠요시는 다시 고개를 끄덕이면서도 뭐라 형용할 수 없는 어조로 말했다.

"하지만 에이 군에게는 우리가 모르는, 그 녀석만의 친구가 분명히 있었던 거야."

"……."

"어쩔 도리도 없는 궁지에 몰려서 마지막의 마지막이 되었을 때에 문득 떠오를 만한 친구가, 에이 군에게는 있었던 게 아닐까?"

가능하면 그랬으면 좋겠다, 라는 다츠요시의 바람인 듯했다.

"…… 그러네."

그 정도로 현실은 만만하지 않다고 생각하면서도, 고이치도 옛 친구의 생각이 사실이기를 기도하는 듯한 마음이 되었다.

병실에 잠시 침묵이 흐른 뒤에, 가만히 다츠요시가 입을 열었다.

"누마타 야에 씨에게는 정말로 미안한 짓을 했어."

"…… 응."

고이치는 고개를 숙이면서 짜내는 듯한 목소리로 대꾸하고는 이어 말했다.

"살인을 정당화할 생각은 없고, 죽은 친구들을 생각하면 참으로 안타깝지만……. 그 사람의 동기는 절절히 이해할 수 있어."

"나도 그래."

"그런데도 사람들 모두가 언젠가부터 냉혹하고 잔인한 살인귀라는 식으로 그 사람을 매도하고 있으니……."

"…… 그런가."

"확실히 사야카는 열 살 난 요시노리 앞에서 선로로 떨어졌지. 그건 극악무도한 살인이라고 해도 어쩔 수 없을지도 몰라. 하지만 그렇다면 누마타 야에 씨가 맛본 30년 전의 고통은 대체 어떻게 되는데? 아들의 실종과 남편의 자살을 극복하고 생명의 전화 상담원으로서 20년 동안이나 계속 힘써왔던 그 사람의 공적은? 이번 사건으로 그것들이 전부 없었던 일이 된다는 거야?"

점차 격앙하기 시작한 고이치를 달래듯이 다츠요시가 냉정하게 말했다.

"그래서 그런 거겠지."

"어, 뭐가?"

"누마타 씨는 30년에 걸쳐서 아들과 남편의 죽음을 받아들였어. 물론 실제로는 어땠는지 알 수 없지. 하지만 생명의 전화 상담원 일을 그만두지 않고 계속해오고 있었다는 사실이, 그것을 뜻하고 있었다는 기분이 들어."

"만나서 이야기한 건 한 번뿐이지만, 그 생각은 맞을 거야."

고이치의 말에, 다츠요시도 고개를 끄덕이며 말했다.

"그게 에이 군의 전화로 단숨에 무너졌어. 30년이나 걸쳐서 쌓아왔던 것이 단 몇 분간의 대화로 와해되어버렸으니 이 반동은 틀림없이 엄청났을 거야."

"그래서 그녀는 잇따라 살인을 저질렀다……."

"분명히 자기 자신도 범행을 그만둘 수 없었을 거라고 봐."

"……."

"뭐든 그렇지. 쌓아 올리기 위해서는 노력과 시간이 많이 들어. 하지만 그것이 무너지는 것은 아주 작은 계기와 눈 깜짝할 정도의 시간만 있으면 충분하니까."

"요시코…… 가 아니라 요시히코에 대해서는 어떻게 생각해?"

갑작스러운 고이치의 질문에 다츠요시는 조금 생각에 잠기더니 대꾸했다.

"그 아이가 누마타 씨의 범행을 도왔느냐는 얘기야?"

"……응. 적어도 그 아이가 인도한 게 아닐까 하는 생각이 들어."

"그렇지. 그 사람의 범행은 상당히 무계획적이었을 거야. 그런데도 붙잡히지 않았던 것은 요시히코 덕분이었을지도 몰라."

"누마타 씨는 아들의 존재를 깨닫고 있었던 걸까?"

"글쎄. 만약 깨닫고 있었다면 대체 어떤 기분이었을까……."

"……."

병실이 다시 침묵으로 채워지고 두 사람 사이에 답답한 공기가 흐른 뒤, 다츠요시가 갑자기 화제를 바꿨다.

"그런데 신작은 어떻게 되어가?"

"어떻게고 뭐고…… 아무런 진전이 없어."

"그 테마로는 이제 안 쓸 거야?"

고이치는 고개를 끄덕이다가 황급히 고개를 저었다.

"그렇지 않아. 구상을 새로 해서 처음부터 다시 쓰려고 생각하고 있어. 타이틀은 '일곱 명의 술래잡기' 그대로지만, 내용은 이번 사건을 소재로 할 생각이야."

"논픽션이야?"

의외라는 듯이 묻는 다츠요시에게 고이치는 대답했다.

"아니야."

"그러면 픽션으로서 쓰는 건가?"

"소설도 아니야."

"이봐……."

두 손 다 들었다는 표정을 짓는 다츠요시에게 고이치는 스스로도 당황하면서 대답했다.

"나 자신도 아직 잘 모르겠어. 써보지 않으면 어떤 작품이 될지 짐작도 안 가. 그게 지금의 솔직한 심정이야."

"그런가."

아무래도 다츠요시는 나름대로 납득한 듯했다. 그는 입원한 후 처음으로 미소를 보이더니 말했다.

"그게 어떤 작품이든, 고짱이라면 멋지게 해낼 거야. 내가 할 수 있는 게 있으면 뭐든 협력할게."

"고마워."

오오니타 다츠요시에게는 이야기하지 않았지만, 하야미 고이치의 가슴속에는 어떤 결심이 감추어져 있었다. 어쩌면 그의 옛 친구는 어렴풋이 그것을 느끼고 있을지도 모른다. 어쨌든 작품이 완성될 때까지는 누구에게도 밝힐 생각이 없었다.

지금부터 집필할 작품이 두 모자에게 진혼을 바치는 작품임과 동시에, 한 살인자를 고발하는 작품이 되리라는 것을.

　미쓰다 신조는 본격 추리와 호러를 융합한 스타일로 인기를 얻고 있는 작가입니다. 특히 일본의 민속학적인 요소가 강조된 개성적인 작품들을 선보이고 있습니다. 《일곱 명의 술래잡기》에도 음산하고 기괴한 분위기를 자아내는 미쓰다 신조의 이런 스타일이 잘 드러나 있지요. 이미 다들 눈치채셨겠습니다만, 작중에 등장하는 '다루마가 굴렀다'는 우리나라에서는 '무궁화 꽃이 피었습니다'라고 부르는 놀이입니다. 저도 어릴 적에 했던 놀이라 본문을 읽을 때 친근함이 느껴지더군요. 하지만 다른 한편으로는 해 질 무렵의 시간적 배경과 합쳐지며 만들어지는 으스스한 이미지에 오싹하기도 했습니다. 이런 기묘한 분위기야말로 미쓰다 신조의 매력이라 할 수 있겠지요.

　미쓰다 신조의 다른 대표작으로는 방랑 소설가가 주인공인 '도조겐야 시리즈'를 꼽을 수 있습니다. 그 밖에는 작가인 미쓰다 신조가 작품 내에 직접 등장하는 일명 '작가 시리즈'라고 불리는 작품도 있지요. 두 시리즈 모두 국내에 소개된 상태이며 계속 발간되고 있으니《일곱 명의 술래잡기》로 미쓰다 신조를 처음 접해보신 분들께서는 다른 작품들을 읽어보시는 것도 좋을 것 같습니다. 보통의 추리소설들과는 다른 분위기에 푹 빠지게 되실 겁니다.

이《일곱 명의 술래잡기》에는 내용 외에도 재미있는 요소들이 숨겨져 있습니다. 몇 가지를 꼽아보자면, 고이치가 시테가와라 교수와 이야기를 할 때에 잠깐 나오는 '미궁초자迷宮草子'는 앞서 이야기한 '작가 시리즈'에 나오는 소설 동인지 이름입니다. 또 고이치가 엔카쿠 형사와 대화를 나눌 때에 나오는 '도조 겐야'는 유명한 '도조 겐야 시리즈'의 주인공이죠. 그리고 이야기 마지막 부분에서 잠깐 지나가는 '무코의 몸'은 미쓰다 신조의 또 다른 시리즈인 '사상학 탐정 시리즈'에 등장하는 살인범의 호칭입니다. 본 작품 자체는 내용적으로 앞의 세 작품과는 연결되지 않습니다만, 기존의 미쓰다 신조 팬들에게는 소소한 재미를 주는 메타적 요소들이 곳곳에 숨겨져 있습니다.

2001년에 데뷔한 이후로 활발히 활동해온 미쓰다 신조의 작품 중에는 아직 국내에 소개되지 않은 작품들이 많이 있습니다. 그의 매력적인 작품들이 국내에 계속 소개될 수 있기를 바랍니다. 좋은 작품을 맡겨주신 북로드 편집부에 감사드립니다.

현정수

옮긴이
현정수

일본문학 전문 번역가. 다양한 장르의 책을 번역하고 있다. 옮긴 책으로는 미쓰다 신조의 《노조키메》《괴담의 집》《괴담의 테이프》《흉가》《화가》《우중괴담》《검은 얼굴의 여우》 등이 있고, 그 외에도 미아키 스가루의 《3일간의 행복》과 구시키 리우의 《사형에 이르는 병》 등을 우리말로 옮겼다.

일곱 명의 술래잡기

초 판 1쇄 발행 2013년 1월 11일
개정판 1쇄 인쇄 2023년 12월 26일
개정판 1쇄 발행 2024년 1월 2일

지은이 미쓰다 신조
옮긴이 현정수
펴낸이 신경렬

상무 강용구
기획편집 최장욱 송규인
마케팅 박진경 **디자인** 박현경
경영지원 김정숙 김윤하 **제작** 유수경

펴낸곳 ㈜더난콘텐츠그룹
출판등록 2011년 6월 2일 제2011-000158호
주소 04043 서울시 마포구 양화로 12길 16, 7층(서교동, 더난빌딩)
전화 (02)325-2525 | **팩스** (02)325-9007
이메일 longest@thenanbiz.com | **홈페이지** www.thenanbiz.com

ISBN 979-11-5879-212-1 03830